Kristin Billerbeck

LIEBESLEBEN

Ein Ashley Stockingdale Roman

Kristin Billerbeck

LIEBES LEBEN

Ein Ashley Stockingdale Roman

Aus dem Amerikanischen
von Elke Wiemer

Brendow
VERLAG + MEDIEN

Bibliografische Information Der Deutschen Nationalbibliothek
Die Deutsche Nationalbibliothek verzeichnet diese Publikation in der Deutschen Nationalbibliografie; detaillierte bibliografische Daten sind im Internet über www.d-nb.de abrufbar.

ISBN 978-3-86506-261-1

Originaltitel: What a girl wants
First published by WestBow Press, a division of
Thomas Nelson, Inc., Nashville, TN 3721

Einbandgestaltung: Brendow Verlag, Moers
Titelfoto: Getty Images
Satz: Satz & Medien Wieser, Stolberg
Druck und Bindung: CPI – Clausen & Bosse, Leck
Printed in Germany

www.brendow-verlag.de

1

»Hier ist für Sie Rick Ramirez von ›Unterhaltung am Abend‹.« Der Sprecher rollt das R, um seine lateinamerikanische Abstammung hervorzuheben. Er ist so eine Mischung aus südländischem Casanova und dem Gebrauchtwagenhändler um die Ecke.

»Wir berichten live aus Silicon Valley von der Hochzeitsfeier von Ashley Wilkes Stockingdale und dem wohl begehrtesten Junggesellen, John Folger, Erben des Folger Kaffeeimperiums. Seit John F. Kennedy Junior waren die ledigen Frauen dieser Welt über keine Hochzeit mehr so betrübt. Aber Ashley hat sein Herz erobert und aus dem eingefleischten Junggesellen einen glücklichen Bräutigam gemacht. Wir hören die Wehklage junger Frauen: Wer ist diese Frau? Um mehr über Ashley zu erfahren, schalten wir zu Jen Jenkins in Helikopter 7.«

»Rick, wir schweben gerade direkt über der Kapelle der Stanford Universität und warten auf das von allen heiß ersehnte Erscheinen dieser geheimnisvollen Ashley Stockingdale, der Frau, die sich für ihre diamantbesetzten Hochzeitsschuhe extra den weltberühmten Damenschuhdesigner Manolo Blahnik nach Kalifornien bestellt hat. Wer ist diese Ashley Stockingdale?« Dabei beugt sich Jen ganz nah zur Kamera.

»Gute Frage. Ashley Wilkes Stockingdale kommt aus eher bescheidenen Verhältnissen und ist in einem altmodischen kalifornischen Bungalow aufgewachsen. Als Tochter eines Zimmermanns und einer Hausfrau wusste Ashley schon früh, dass sie zu etwas Besonderem berufen war. Obgleich es in ihrem Leben auch so banale Dinge gab wie im Cheerleader-Team ihrer Schule zu sein, war sie doch eine sehr ernsthafte Schülerin und Studentin, die ihr Juraexamen auf Anhieb bestand. Aber sie hat ihre Herkunft nicht vergessen. Auf die Frage, ob der Sohn des weltbekannten Evangelisten Billy Graham, Franklin Graham, die Trauung halten solle, lehnte sie ab und entschied sich stattdessen für den Prediger ihrer Heimatgemeinde, den sie sehr schätzt. Gerüchten

zufolge soll sie ein cremefarbenes, eng anliegendes, langes Kleid der New Yorker Brautmodendesignerin Vera Wang tragen. Die ganze Welt wartet auf sie, und ich gebe vorerst zurück an Rick.«

Ja, die ganze Welt wartet. Und ich auch. *Es gibt Singles auf Zeit und Singles auf Ewigkeit*. Das hatte der Leiter der Single-Gruppe in unserer Gemeinde immer gesagt und dabei gelacht wie Spongebob. Damals fand ich den Satz zum Brüllen, aber das war vor meinem dreißigsten Geburtstag. Danach hing ich trüberen Gedanken nach. Vielleicht gehörte *ich* ja zu den Singles auf Ewigkeit. Es war deprimierend, als ich merkte, dass mein Traumprinz nicht auf einem weißen Pferd dahergeritten kommen würde und dass sich der verstorbene Prediger J. Vernon McGee im Radio auf einmal äußerst attraktiv anhörte.

Wenn ich mich in unserer Single-Gruppe umsehe, entdecke ich jede Menge Ewigkeitssingles. Tim Hanson mit seinen Haarbüscheln sieht aus, als sei sein Kopf ein Maisfeld. Jake Henley verzehrt sich schon seit gut drei Jahren vor Sehnsucht nach einer Exfreundin, die aber niemand je gesehen hat. Er telefoniert immer noch mit ihr, und manchmal bin ich versucht zu sagen, »Wach endlich auf, du Dummkopf! Es ist aus!« Sein Leben an eine Beziehungskiste zu verschwenden, die zu nichts führt, ist natürlich eine billige Erklärung für das Singlesein. Damit war er vergeben und musste sich gleichzeitig nicht binden.

Und dann ist da noch Kay Harding, die schon zum Inventar gehört, Organisationstalent und ordnungssüchtig. Sie hat das Leben jedes Einzelnen der Gruppe voll im Griff und findet darin ihre Befriedigung. Das Traurige daran ist, dass wir alle brav mitmachen, weil wir nicht genug Eigeninitiative haben, um unsere sozialen Kontakte selbst in die Hand zu nehmen. Kay macht ihre Sache gut, und so haben wir am Samstagabend immer etwas vor. Wer sollte sich also beklagen? Bei Kay zu Hause sieht es aus, als wohne die Hausfrauen-Ikone und Herausgeberin mehrerer Haushaltsmagazine, Martha Stewart, bei ihr. Aber sie wohnt alleine. Genau wie ich. Wenn es bei allen anderen so offensichtlich ist, weshalb sie ewig Single bleiben, was steckt dann bei mir dahinter? Und warum merke ich es nicht, wenn ich es doch bei allen anderen so deutlich erkennen kann?

Als ich mein Juraexamen an der Santa Clara Universität machte und meine Zulassung als Anwältin bekam, dachte ich, die Welt läge mir zu Füßen. Mein Ego war so groß, dass ich kaum damit durch eine Tür kam. Aber seither ist es Tag für Tag geschrumpft, durch die permanente Ablehnung, mit der ich leben muss.

Meine Mutter erklärte mir, dass kein Mann eine Rechtsanwältin heiraten wolle. »Du bist zu gebildet«, sagte sie. Als bräuchte ich für die richtige Partie noch ein Intelligenz-Downgrade. Ich musste lachen bei diesem Gedanken. Schließlich hatte ich während meiner Collegezeit mehrere Freunde gehabt, wollte aber auf die wahre Liebe warten. Ich wusste, dass irgendwo da draußen der Mann war, der mich kribbelig und schwindelig machen würde. Aber mittlerweile würde ich mich sogar schon mit einem Anruf begnügen. Die Intelligenz-Theorie meiner Mutter verfestigt sich in meinen Gedanken immer mehr, wie Sülze, die fest wird. Aber ich lebe doch im Silicon Valley, und Intelligenz ist hier nicht gerade verpönt – wo bleibt also mein Ritter in seiner glänzenden Silikon-Rüstung?

Meine Familie unterstützt mich an diesem Punkt in jeder Hinsicht. Nicht nur meine Mutter, sondern auch mein Bruder, der mich »Bus-Braut« nennt, was so viel bedeutet wie, meine Chancen, von einem Bus überfahren zu werden, sind größer, als mit über dreißig noch einen Mann zu finden. Es ist erwiesen, dass diese Statistik vollkommen aus der Luft gegriffen ist, aber das interessiert meinen Bruder nicht. Absolut nicht. Mir tut nur die Ärmste leid, die ihn einmal am Bein haben wird. Er ist übrigens Busfahrer. Und wahrscheinlich auch derjenige, der mich eines Tages überfahren wird, nur um zu beweisen, dass er recht hatte.

Verstehen Sie mich nicht falsch. Ich lebe ein erfülltes Leben als christlicher Single und warte nicht darauf, dass das Leben erst anfängt, wenn ich heirate. Ich frage mich nur ständig, weshalb ich noch Single bin. Habe ich irgendeinen auffälligen Mangel, den nur ich nicht erkenne? Das macht mich wahnsinnig, genauso wie Männer in meinem Alter, die diese zwölfjährigen Küken direkt vom College weg heiraten. Na schön, sie sind nicht zwölf, sondern Anfang zwanzig. Aber ich erinnere mich noch, wie ich dem Typ bei der Flirt-Show »The Bachelor« zugejubelt habe, als er sich für die siebenundzwanzigjährige Frau entschied. Endlich ein Mann, für den Alter wie lang gereifter Wein war und nicht wie Essig.

Und doch sitze ich hier mit den gleichen Singles, mit denen ich schon seit Jahren hier sitze. Hin und wieder kommt so ein süßes junges Ding Anfang zwanzig zu uns, und schwuppdiwupp taucht aus dem Nichts ein Mann auf und schnappt sie sich. Dann fragen wir Ewigkeitssingles uns wieder einmal, ob wir irgendeinen seltsamen Geruch verbreiten - vielleicht den Geruch der Verzweiflung?

Ich fühle mich nicht verzweifelt. Ich singe in der Band in unserer Gemeinde, arbeite im Obdachlosenheim mit und habe fast jeden Abend irgendetwas vor. Zugegeben, was ich abends mache, hängt davon ab, welche Reality-Show gerade im Fernsehen läuft, aber immerhin habe ich einen vollen Terminkalender.

Kay Harding ist nach vorn gegangen, und ihre vertraute Stimme bricht in meine Gedanken. »Am Samstagabend wollen wir im Starbucks-Café eine Talentshow veranstalten. Wenn ihr euch anmelden wollt, kommt bitte nach der Sonntagsschule zu mir.« Kay holt einen Stift hinter ihrem Ohr vor und steckt ihn an das Schreibbrett mit der Liste. »Ich lasse die Anmeldeliste rumgehen, aber kommt bitte zu mir, wenn ihr einen Beitrag habt.«

Bei dem Gedanken daran, die Cafébar im Ort zu überfallen und mich zu blamieren, dreht sich mir der Magen um. Gleichzeitig wird mir klar, dass ich auch kommen werde. Was soll ich denn sonst machen? Es ist immer das Gleiche. Genau wie wenn ein Ingenieur versucht, mir eine neue Technologie zu erklären. Ich weiß, dass ich es letztlich kapieren werde, aber zunächst bin ich gefrustet und frage mich, warum ich diesen Job überhaupt mache.

Jim Henderson klatscht. Ich nenne Jim den Herzens-Lebemann, weil er bei jeder Gelegenheit aus John Eldredges Buch »Lebe, was dein Herz dir sagt« zitiert. Leider hat er die Aussage des Buches wohl nicht richtig verstanden, denn er ist dadurch nicht männlicher, sondern nur nerviger geworden. Natürlich habe ich kein Recht, ihn zu verurteilen, denn ich sitze genau wie er da und warte darauf, dass irgendjemand meine Weiblichkeit bemerkt.

Seth Greenwood steht auf. Seth ist die einzige Ausnahme in unserer Gruppe. Er sieht gut aus, auch wenn er schon eine Glatze hat, aber das stört mich nicht. Er hat strahlend blaue Augen und ein Herz so weit wie die Bucht von San Francisco. Er ist Programmierer - im Klartext: Außenseiter. Aber wer ist das nicht im Silicon Valley? Er ist vierunddreißig - obwohl ihn die Glatze älter wirken lässt -, und er ist immer da, wenn jemand Hilfe braucht. Einschließlich ich. Im Moment hat er seinen Freund, einen arbeitslosen Vertreter, bei sich aufgenommen. Der Typ hat zwei Katzen mitgebracht. Seth ist wahrscheinlich noch Single, weil er Angst vor einer Bindung hat, wie alle Single-Männer. Aber ich habe so ein Gefühl, dass das nicht ewig so bleiben wird. Ich vermute mal, dass er doch zu den Singles auf Zeit gehört. Wir werden sehen.

Seth stellt sich mitten auf die Bühne, hinter den klapprigen Notenständer. »Am Mittwochabend nach der Bibelstunde wollen wir gemeinsam den Hitchcock-Film ›Berüchtigt‹ sehen, mit Cary Grant« - ein Uuuuh von den Frauen - »und Ingrid Bergman« - vereinzeltes Kichern bei den Männern. »Wer hat Lust?« Seth schaut zu Kay hinüber, die mit ihrer Liste bestens durchorganisiert ist, und zuckt unmerklich zusammen. »Na ja, wer Lust hat, kommt einfach am Mittwochabend. Wir wissen dann schon, warum ihr kommt. Bringt was zu Knabbern mit, sonst müsst ihr euch auf meine Vorräte verlassen.« Seth setzt sich wieder hin, und ich spüre ein Lächeln auf meinem Gesicht. Seth hat einen verborgenen Charme, so wie Fred Astaire. Er ist nicht äußerlich attraktiv wie Hugh Jackman, aber er hat etwas, das einen im positiven Sinn umhaut.

Der Leiter der Single-Gruppe steht auf. »Wenn das so weit alle Ankündigungen waren, dann habe ich auch noch eine.« Pastor Max Romanski sieht traumhaft aus, so eine Art Mischung aus dem Quarterback der Highschool-Footballmannschaft und dem Schülersprecher, nur erwachsen. Er ist nicht der coole Typ, dessen Blütezeit nach der Schule vorbei ist, sondern eher jemand, dessen Begabung bis ins Erwachsenenalter erhalten bleibt.

Max ist groß und strahlt eine brennende Liebe für Jesus aus. Schon allein wegen der Art, wie er seine Frau ansieht - mit ganz großen Augen, wie ein verliebter Teenager -, kann man ihn schätzen. Und vielleicht auch ein kleines bisschen begehren.

Max' Frau, Kelly, ist eine blonde Schönheit mit großen Bambi-Augen. Sie ist süßer als Zuckerwatte, und es ist offensichtlich, warum sie geheiratet hat. In der Highschool wünschten wir uns alle, so zu sein wie sie, mit ihren schicken Klamotten und der gestylten Frisur. Ich kann mich nicht erinnern, dass Kelly je einmal nicht gut aussah.

Max grinst wie frisch aus der Zahnweiß-Werbung. »Kelly und ich wollten euch mitteilen, dass wir ein Baby erwarten. Es soll im Juli kommen.«

Alle klatschen. Es ist ein höflicher Applaus, bei dem Freude über das Geschenk neuen Lebens anklingt, aber auch eine gereizte Eifersucht, die zwar keiner will, aber wer kann sich schon dagegen wehren. Jedes Mal, wenn wieder jemand schwanger wird, erinnert es mich daran: Das wird mir in absehbarer Zeit ganz bestimmt nicht passieren. Es sei denn, Gott plant noch eine weitere Jungfrauengeburt. Aber ich glaube, mit dieser Art von Wundern ist es vorbei.

Also klatsche ich ein bisschen lauter als die anderen und lächle. Es ist ein aufgesetztes, künstliches Lächeln, aber zu mehr bin ich nicht in der Lage. Ich freue mich für sie, wirklich, und ich weiß, dass Neid Sünde ist, also verdränge ich diese Art von Gefühlen. Aber wenn ich mal wieder helfe, eine Party vorzubereiten, weil ein Kind gekommen ist, und das süße Kleine dann im Arm halte, schmerzt es - und ich hasse es, wenn ich mich so fühle.

Ich merke, dass ich besser reagiere als Kay Harding. Ich kann mir gar nicht vorstellen, was das für sie bedeutet, wo sie doch ihr ganzes Leben so perfekt organisiert hat. Man könnte fast meinen, sie könnte ein Kind bekommen, indem sie es in ihren PDA einträgt. Aber es ist noch nicht geschehen, und sie ist schon über vierzig – ein Alter, das uns alle in Panik versetzt.

Jetzt kommt das Gebet. Immer das Gleiche. Noch seichter können unsere Gebete kaum werden, bevor sie ganz verdunsten. Es geht immer nur um die Arbeit, einen Stellenwechsel und vielleicht einen Umzug. Aber wer von uns würde es schon wagen, sein Innerstes zu zeigen? Es ist, als würde unsere Einsamkeit erst dadurch real, dass wir sie laut aussprechen. Wir würden doch um Himmels willen nicht über ein Thema sprechen, das uns wirklich am Herzen liegt! Wie zum Beispiel, »Ich habe mich seit einem halben Jahr nicht mehr mit einem Mann verabredet«, oder dass die Talentshow in der Cafébar, so armselig sie auch ist, tatsächlich der Höhepunkt unserer Woche ist. Aber so etwas sagen wir nicht laut. Entweder sagen wir, alles sei in Ordnung, oder wir jammern über unsere Arbeit und unsere Wohnungen.

Ehrlich gesagt kann ich mich über meine Arbeit nicht beklagen. Ich habe mir einen langweiligen Beruf ausgesucht, und meistens ist er tatsächlich zum Einschlafen. Da ich aber von vornherein keine hohen Erwartungen gehabt hatte, bin ich zufrieden. Man sollte meinen, dass ich mich als Patentanwältin, die ständig mit Ingenieuren zu tun hat, vor Verehrern nicht mehr retten kann. Aber bei der Arbeit sind Ingenieure auf einer ganz anderen Schiene. Sie denken überhaupt nicht an Frauen und Verabredungen, sondern nur an integrierte Schaltkreise, und da sie immer nur eine gedankliche Schublade auf einmal öffnen können, sind meine Chancen, auf der Arbeit einen Freund zu finden, so dünn wie Ally McBeals Hals.

Nach dem Gebet kommt die Bibelarbeit. Im Moment beschäftigen wir uns gerade mit dem Thema Unterordnung und Autorität. Vielleicht hofft Pastor Max, damit die Gebete für Probleme an der Arbeitsstelle zu reduzieren, aber bisher hat es nicht funktioniert. Einem Single den Begriff Unterordnung zu erklären ist ungefähr so, wie wenn man einem Mann versucht, den Begriff Bindung zu erklären. Es leuchtet zwar alles ein, aber ohne Partner hat man nicht wirklich viele Möglichkeiten, es auszuprobieren.

Hinterher geht jeder in seine eigene Wohnung und denkt über Unterordnung nach, aber wenn nicht gerade die Katze des Nachbarn vorbeikommt und wir uns vor ihr verbeugen, sind unsere guten Vorsätze auch schon wieder verflogen. Ich kann mich problemlos meiner Chefin unterordnen. Sie sagt mir, was ich tun soll; ich tue es. Das ist wirklich nicht schwer zu begreifen. Da es sonst niemanden gibt, der mir übergeordnet ist, liege ich wohl ganz gut im Rennen.

Max schließt seinen Vortrag mit einem herzlichen: »Und jetzt freut euch und genießt den Tag!«

Seine Aufforderung kündigt an, dass jetzt Sonntag Nachmittag ist. Jetzt werden wir wie ein Leib in irgendein nahe gelegenes Schnellrestaurant gehen, vermutlich Chili's oder Applebee's, und der Bedienung demonstrieren, warum wir alle noch Single sind. Kay wird ihre Bestellung aufgeben, als sei sie in einem Fünfsternehotel mitten in San Francisco: Davon noch ein wenig extra, bla bla bla ...

Jemand wird unweigerlich die Bedienung anschnauzen, meist unmittelbar bevor wir laut gemeinsam beten. Bei gemeinsamer Rechnung fehlte zum Schluss immer Geld, und so sorgt Kay jetzt dafür, dass wir alle eine separate Rechnung bekommen - ein weiterer Grund für die Bedienung, uns zu hassen. Irgendjemand hatte wohl gedacht, dass man Steuern und Trinkgelder vom Rechnungsbetrag abziehen statt dazuzählen müsse, und so mussten andere immer noch einen Dollar extra drauflegen. Es lohnt sich nicht, darüber zu streiten, aber bei dem Gedanken daran, was für ein Bild Christen abgeben, zucke ich zusammen: Wir geben lieber unseren Glauben preis als einen Dollar.

Und so sitze ich in der Zwickmühle. Da ich nicht aus einem Flugzeug springen kann, was ich nicht vorhabe, und auch keinen Urlaub plane, weil ich es mir nicht leisten kann, wenn ich meinen

Job nicht jemand anderem überlassen will, habe ich keine Ahnung, wie ich an meiner Situation etwas ändern soll. Ich habe schon über Internet-Bekanntschaften nachgedacht, aber andererseits will ich nicht, dass mein Computer mich auch noch missachtet. Wenn ich daran denke, wie aufgeregt Meg Ryan jedes Mal war, wenn sie eine Mail bekommen hatte, dann wage ich nicht, mir vorzustellen, wie es mir gehen würde, wenn mein Posteingang leer bliebe. Das hieße so viel wie: »Ich sehe dich zwar nicht, aber du bist trotzdem eine Niete.«

Vielleicht brauche ich eine äußere Veränderung. Aber ich habe mir schon so einen goldigen Wuschelkopf schneiden lassen. Wenn man sich die Frisur eines Filmstars zulegt, sollte man dabei immer bedenken, dass die ihr Gesicht haben und man selbst immer noch das eigene. Bei einer Schönheitskönigin und Schauspielerin wie Halle Barry mag ein Chihuahua-Haarschnitt gut aussehen, aber bei mir nicht. Diesmal wollte ich einen Haarschnitt wie Reese Witherspoon. Aber Reese ist ein Glückskind, ihr Haar fällt immer richtig, während meines ständig durcheinander ist.

»Kommst du mit uns essen, Ash?«, fragt Seth.

Ich will nicht zugeben, dass ich nichts Besseres vorhabe, und so antworte ich: »Natürlich. Das lasse ich mir nicht entgehen.« Ich sprühe förmlich vor Begeisterung.

»Sam fährt. Willst du mit uns fahren?«

Nur zu gerne würde ich das als einen Kavaliersakt sehen, aber vor den Restaurants gibt es immer zu wenig Parkplätze, und so ist Seths Frage vermutlich rein logistischer Natur.

»Klar«, sage ich und zucke gleichgültig mit den Schultern. Aber mein Herz macht einen kleinen Salto. Oh, diese blauen Augen. Sie sind wie die schönsten Saphire oder Aquamarine. Vollkommene Edelsteine, von Gott alleine geschaffen. Auf die Gefahr hin, kitschig zu klingen, aber wenn sie auf mich gerichtet sind, werden meine Knie weich. Seth und ich haben eine lange gemeinsame Geschichte. Er ruft mich an, wenn er sitzen gelassen wird. Ich rufe ihn an, wenn mich niemand anruft. Wir sind schon seit Jahren gute Freunde – und werden auch nie mehr als gute Freunde sein.

Also schnappe ich mir meine Prada-Handtasche, die ich mir selbst geschenkt habe, als ich mein Rechtsanwaltspatent bekommen habe, und folge Sam und Seth zu ihrem Auto. Wohlgemerkt, ich *folge* ihnen, denn Kavalier sein ist out im Silicon Valley. Ich weiß aus Erfahrung, dass Seth mir die Autotür nicht aufhalten wird und dass ich hinten sitzen muss, während er vorne sitzt. An einem Ingenieur gibt es nichts Romantisches. Sie sind, wie sie sind: und das heißt, vor allem praktisch. Und mit fast einem Meter neunzig ist es für Seth extrem unpraktisch, hinten zu sitzen.

Ich schaue in seine blauen Augen und stelle mir vor, wie es wohl wäre, wenn Seth mich als Frau wahrnehmen würde. Er hat vielleicht ein Diplom in Ingenieurswesen, aber was Frauenkunde angeht, ist er immer noch in der ersten Klasse. Ich kann mir eher vorstellen, dass er mich an den Haaren zieht, als dass er mich küsst. Vorausgesetzt natürlich, ich habe noch genug Haare, um daran zu ziehen, was im Moment leider nicht der Fall ist. Ich hatte einmal eine wallende Lockenmähne wie aus einem Liebesfilm, aber ein Bild von Reese Witherspoon im InStyle Magazin und ich trottete wie ein Lamm zur Schlachtbank.

Wir quetschen uns in den Saab, Sams zerbeulte Version der europäischen Limousine, und fahren zu unserem wohlvertrauten Restaurant. Die Serviermädchen streiten sich wahrscheinlich schon darum, wer uns bedienen muss.

2

Das Mittagessen verläuft wie erwartet. Die Bedienung fällt beinahe anbetend zu Boden, als wir gehen. Wer behauptet eigentlich, dass wir den Außenstehenden keine Botschaft vermitteln, wenn wir einfach nur essen gehen? Wenn die Bedienung hinterher überwältigt am Boden liegt, hat man doch eine ganze Menge Glauben verbreitet.

Auf den Vordersitzen des Saab unterhalten sich Seth und Sam wieder über Videospiele. Sie sprechen von irgendeinem geheimen Schlüssel in einer versteckten Kammer, und ich lächle stumm, als hätte ich auch nur die leiseste Ahnung, wovon sie sprechen oder als würde es mich im Geringsten interessieren.

In der achten Klasse verstand ich es, wenn die Jungs sich über Videospiele unterhielten. Aber jetzt, mit einunddreißig, denke ich nur: *Wenn ihr Jungs endlich erwachsen werden würdet, hättet ihr inzwischen vielleicht auch mal Sex, statt Super Mario XXXIV zu spielen*. Aber als alternde Jungfrau kann ich mir kein Urteil erlauben.

»Soll ich dich an der Gemeinde absetzen oder zu Hause?«, fragt Sam und schaut mich im Rückspiegel an. Seine Augen mit dem leicht asiatischen Einschlag flehen mich an, ihm den Umweg über die Gemeinde zu ersparen.

»Na ja, ich bräuchte mein Auto«, antworte ich und versuche dabei nicht so zu klingen, als wollte ich sagen, »du Trottel«. Obwohl es eigentlich naheliegend ist, dass ich zu meinem Auto will, habe ich inzwischen gelernt, dass Ingenieure einfache Logik nicht verstehen. A + B = C. B ist dabei die Unbekannte. Und wenn B von einem Ingenieur verlangt, seinen eingeschlagenen Pfad zu verlassen, dann geht die Gleichung für ihn einfach nicht auf.

Ich schimpfe immer auf die Ingenieure, aber wenn Sie hier im Silicon Valley leben würden, wo alle Männer Ingenieure und alle Frauen hoffnungslos Single sind, würden Sie mich verstehen. Wenn hier ein neuer Science-Fiction-Film ins Kino kommt, ist das ein gesellschaftliches Ereignis, zu dem man sich schick macht. Essen gehen heißt dagegen, zum nächsten Schnellrestaurant im Einkaufszentrum zu gehen. Ich möchte nur einmal einen Mann kennen lernen, der weiß, dass es sich gehört, einer Frau die Tür aufzuhalten und ihr den Vortritt zu lassen - statt zu versuchen, Erster zu sein.

Seth dreht sich um, und seine blauen Augen strahlen lachend. Er weiß genau, wo Sam hinfahren sollte, behält es aber für sich, als amüsiere er sich über die Ahnungslosigkeit seines Freundes. »Heute Abend schauen wir uns Matrix an, Ash. Hast du Lust, rüberzukommen?«

»Nein, danke. Ich bin heute zum Abendessen bei meinen Eltern.« *Mein Geburtstagsessen*. Ich sage nicht, dass ich rechtzeitig zur Masterpiece-Serie wieder daheim sein werde oder dass ich Matrix blöd finde. Das wäre in diesen Breiten gotteslästerlich. »Habt ihr das Leben hier im Silicon Valley eigentlich nie satt?«

Wir stehen gerade an einer Ampel, und die beiden drehen sich um und starren mich an, als hätte ich Schlagsahne auf der Nase.

»Wie meinst du das?«, fragt Sam.

»Ich meine, wir tun immer nur die gleichen Dinge. Wir gehen zum Coffeeshop, sehen immer die gleichen Filme, wir - mir fällt ja schon nicht einmal mehr ein, was wir noch tun. Wir sollten einen Ausflug zum Strand planen und ein wildes Volleyball-Turnier veranstalten oder so etwas.«

Es ist grün, aber die beiden starren mich immer noch an. »Mit Verlaub, aber Matrix ist eine Allegorie und hat sehr viel Bedeutung.«

»Trotzdem haben wir den Film schon ein paar Mal gesehen«, halte ich halbherzig dagegen. Ich habe das Thema angefangen. Jetzt kommen die wirklich tiefen Gespräche - zum Beispiel darüber, warum Spock, der als Vulkanier keine Gefühle hat, sich in Star Trek Genesis trotzdem opfert, um die Menschheit zu retten.

»Möchtest du lieber ›Herr der Ringe‹ sehen?«, fragt Seth.

Ich kann mir einen hörbaren Seufzer nicht verkneifen. »Nein. Ich bin bei meinen Eltern. Egal. Ich habe nur laut gedacht.«

Seth verzieht das Gesicht. Er versteht nicht, was ich heute für ein Problem habe, und ich kann mein eigenes Desinteresse am Leben um mich herum auch nicht ergründen. Ingenieure haben ihre eigene Sprache und ihre eigene Kultur. Ich beherrsche sie fließend, aber ich habe Angst, dass ich vielleicht kein normales Englisch mehr kann, wenn ich jemals von hier weggehe. Oder dass ich nur noch über den Kampf um Mittelerde diskutiere. Das hier ist mein Volk.

»Vielleicht brauchst du mal Urlaub, Ash«, meint Seth.

»Ja, vielleicht«, entgegne ich achselzuckend. »Aber ich kann jetzt keinen Urlaub nehmen. Wir sind gerade an sechs neuen Patenten dran. Vielleicht bekomme ich ja etwas dafür, wenn ich damit fertig bin ... vielleicht dreht meine Chefin dann nicht mehr so am Rad.« Aber innerlich habe ich nicht wirklich viel Hoffnung. Urlaub ist hier im Silicon Valley so eine Art Schimpfwort. Das gibt es nur für Schwächlinge und Arbeitslose. Man verdient gut im Silicon Valley, aber das kostbarste Gut ist trotzdem die Zeit, und die hat meine Chefin in der Hand. Und daher hat meine Chefin mich in der Hand.

In Urlaub zu gehen heißt, dass man sein Gehalt und sein Anrecht auf Belegschaftsaktien aufs Spiel setzt – und es ist nicht sehr wahrscheinlich, dass man beides hinterher immer noch vorfindet. Dem Strand auf Hawaii den Vorzug zu geben vor einem Arbeitsplatz kommt einem irgendwie verantwortungslos vor. Und einen neuen Job zu suchen, während sich die Wirtschaft nach dem E-Business Crash im Abwärtstrend befindet, ist kein Zuckerschlecken.

Als Roboter wäre ich für das Leben hier wohl besser geeignet. In vielerlei Hinsicht war mein Leben auch sehr mechanisch, aber jetzt ist es, als sei in mir irgendein Schalter umgelegt. Vielleicht liegt es an meinem Geburtstag. Ich bin wieder ein Jahr älter und weiser und so weiter. Ich weiß nur, dass mir die Farben um mich herum plötzlich bewusst sind, die wunderschönen sanften Hügel und die majestätischen Eichen. Es ist fast wie im »Zauberer von Oz«, wo plötzlich alles zum Leben erwacht, und da fällt mir auf, wie schwarz-weiß mein eigenes Leben ist. Mein Bankkonto sprießt und blüht plötzlich und verspottet mich mit seinem Chlorophyll-Grün, während mein eigenes Leben langsam verdorrt.

Wir sind bei meinem Auto angekommen, und die beiden Männer sehen mich immer noch an, als hätte ich einen ganzen Schwarm Fische verschluckt.

»Danke fürs Mitnehmen. Viel Spaß beim Film schauen.« Ich krabble aus dem Rücksitz und mache den Kofferraum meines Audis auf. Ich gebe zu, dass ich das nur tue, um zu sehen, ob sie warten, bis ich in mein Auto gestiegen bin. Natürlich tun sie das nicht, und ich muss unwillkürlich über die Komik dieser Situation lachen. Und so stehe ich auf dem Parkplatz vor unserer Gemeinde und sehe genauso abgedreht aus, wie ich bin.

Meine beste – und inzwischen verheiratete – Freundin Brea ist zufällig auch gerade auf dem Parkplatz und schüttelt den Kopf über mich. Es stehen nur noch ein paar Autos hier, und ihr Kleinbus steht ganz in der Nähe von meinem Audi.

Brea lächelt. Mit ihren dunklen, leicht gelockten Haaren und ihrer modischen Sonnenbrille sieht sie aus wie ein Model. Mit ihrer unverbesserlichen Begeisterung ist Brea genau die Art von Person, neben der man in einer Besprechung nicht sitzen möchte, weil alles, was sie von sich gibt, ansporn. Sie gibt Praktikern wie mir immer das Gefühl, wie eine Totenglocke zu klingen. Aber ich liebe sie. Und alle anderen tun das auch. Man kann sie gar nicht nicht lieben.

»Du lachst ganz allein vor dich hin? Sollte mich das irgendwie beunruhigen?« Brea verschränkt die Arme und zieht ihre perfekt gezupften Augenbrauen hoch.

»Ich bin nur schräg drauf. Wusstest du das etwa noch nicht?« Taktvoll wechsle ich das Thema. »Wo ist dein Traumprinz?«

»John trifft sich mit den Gemeindeältesten zu einer Besprechung über das Programm an Ostern. Warst du mit dem Trupp essen?« Brea hatte auch einmal zu diesem »Trupp« gehört, bis John kam und sie in den sicheren Hafen der Ehe entführte. Ich weiß, dass es in der Ehe auch einen gewissen Realismus geben muss, aber bei Brea und der Frau des Pastors, Kelly, ist er schwer zu erkennen. Ich glaube, sie wären auch glücklich mit Attila, dem Hunnenführer. Sie würden ihm sagen, wie stark und sexy er sei.

»Haben sie zu deinem Geburtstag etwas Besonderes gemacht?«, fragt Brea, nimmt ihre Sonnenbrille ab und schaut mich hoffnungsvoll an.

»Nein. Es gab keine Geburtstagsfeier. Der Trupp ist wieder mal zu Chili's gegangen. Die Bedienung verabscheut uns, der Kampf um Mittelerde wird für immer und ewig weitertoben, und bei Seth läuft heute Abend mal wieder ›Matrix‹. Es war ein ganz normaler Tag.«

»Du bist unmöglich! Warum bist du nicht zu Seth gegangen? Das klingt gut, und du magst ihn doch. Ich habe genau gesehen, wie du ihn anschaust.« Brea schiebt die Sonnenbrille wie ein Haarband in ihre vollen Haare. Sie starrt mich mit ihren grünen Augen an. »Gib's zu.«

»Willst du ihm jetzt einen Zettel von mir zustecken, wie früher in der Schule?« Vor Begeisterung über meinen Witz fange ich an herumzuhüpfen.

»Ach Ash, es ist doch nichts dabei, wenn man jemanden mag. Wieso bist du so zynisch?«

Als ich einen Moment lang still nachdenke, treibt mir dieser Vorwurf die Tränen in die Augen. »Zynisch ist ein hässliches Wort. Aber es stimmt. Ich weiß auch nicht, was mit mir los ist ...« Ich gehe vor ihr hin und her und versuche dabei, mir selbst darüber klar zu werden, was los ist, und es ihr zu erklären. Vielleicht kann sie mir helfen, die Dinge wieder im richtigen Licht zu sehen und meine verworrenen Gedanken zu ordnen.

»Ich bin nicht gut drauf, Brea, und ich weiß nicht mal, warum. Ich habe alles, von dem ich immer dachte, dass ich es haben wollte ... aber irgendwie kommt mir mein Leben so leer vor. Ich wünschte, ich wüsste, was ich tun soll. Wahrscheinlich habe ich alle meine Ziele erreicht, und jetzt habe ich keine neuen mehr.«

In ihrer übermäßig besorgten Art nimmt sie meine Hand in ihre. Ich liebe Brea. »Du meinst doch nicht, dass ein Mann das ändern würde, oder, Ash?«

Ich schüttle den Kopf. »Ich weiß, dass er das nicht wird. Aber es ist nicht nur die Suche nach einem Mann, die mich plagt. Äußerlich sehe ich jung, dynamisch, erfolgreich aus.« Ich mache mit den Fingern das Siegerzeichen auf meine Stirn. »Ich dachte, ich könnte die Welt verändern. Und stattdessen gehe ich jeden Sonntag mit Menschen in einem Schnellrestaurant essen, denen es eigentlich egal ist, ob ich dabei bin oder ob ich gerade mal ein Jahr älter geworden bin.«

»Ich glaube, das ist nur eine Stimmungsschwankung, Ashley. Ich habe bei dir noch nie Selbstmitleid erlebt. Und der Trupp liebt dich. Alle lieben dich.«

»Und warum sollte ich bitte kein Mitleid mit mir selbst haben? Ich habe soeben meinen Geburtstag bei Chili's gefeiert!« Ich muss daran denken, dass Brea zu ihrem letzten Geburtstag ein Diamantarmband bekommen hat und jemand ihr eine selbst gebackene Torte gemacht hat. Kann sie den Widerspruch denn gar nicht sehen?

Brea meint es natürlich nicht böse. In ihrem Größe 36 Körper steckt kein Gramm böser Wille. Plötzlich leuchtet Breas Gesicht auf. »Ich muss dir etwas erzählen, das dich ganz bestimmt aufmuntern wird«, flüstert sie mir zu.

Schon an der Art, wie sie es sagt, merke ich, was es ist. »Du bist schwanger!«

Das Lächeln auf ihrem Gesicht verschwindet. »Woher weißt du das?«

Ich lache. »Es ist wahrscheinlich dein Strahlen. Das und die Tatsache, dass ihr euch nach den Flitterwochen einen Kleinbus gekauft habt. Schließlich hast du auf diesen Augenblick schon gewartet, solange ich dich kenne.«

Brea streicht sich über den Bauch. »Kannst du glauben, dass es jetzt endlich so weit ist?«

»Nein!«, antworte ich mit einem angemessenen kleinen Freudenschrei und ziehe sie an mich. »Ich freue mich so für dich, Brea.« Ich kämpfe gegen die Übelkeit, als ich an ihren perfekt frisierten Haaren vorbei über den leeren Parkplatz starre. Kelly, die Frau unseres Pastors, und meine beste Freundin auf einmal. Zwei Schwangerschaftsankündigungen an einem Tag ist ein bisschen viel. *Herr Jesus, hast du ganz vergessen, dass heute mein Geburtstag ist? Du hast versprochen, dass du mir nicht mehr aufbürden würdest, als ich ertragen kann! Aber das da?*

Ich atme tief durch und setze das passende Lächeln auf, damit ich meine beste Freundin wieder aus meiner eisernen Umarmung entlassen kann. Brea ist als Mutter wie geschaffen. Sie hat diesen Nestbauinstinkt, kauft einen Kleinbus, noch bevor das erste Kind da ist. Dass sie mich ständig bemuttert, beweist ihre Fähigkeiten. Sie hat mich in die Gemeinde gebracht, mich in der Highschool von einer Saufparty gerettet und mir gezeigt, dass ich in Gottes Augen wertvoll bin, auch wenn ich es in den Augen meiner Eltern anscheinend nicht bin. Ich weiß nicht, was aus mir geworden wäre ohne Brea und ihre erfrischende Liebe zu Gott. Vielleicht ein leicht angetörnter Busfahrer, wie mein Bruder.

Breas Kinder werden aussehen wie sie, wie kleine Brea-Modelle. Sie wird ihre Kinder niemals wie klein Doofi anziehen, und im Gegensatz zu meiner Mutter versteht sie instinktiv, was es bedeutet, mit zwölf Hochwasserhosen tragen zu müssen oder überhaupt die falsche Jeansmarke anzuhaben. Breas Kinder werden einmal Führungspersönlichkeiten sein, und Jesus wird in ihrem Leben zu sehen sein. Das ist ein ziemlich beeindruckendes Vermächtnis. Ich werde wehmütig und bekomme feuchte Augen bei dem Gedanken.

»Wann wollen wir Sachen für die Kleine kaufen gehen?«, frage ich.

»Es könnte auch ein Junge werden«, entgegnet Brea mit hochgezogenen Augenbrauchen.

»Sie würde es niemals wagen, ein Junge zu sein. Tante Ashley möchte ihr lauter niedliche Sachen in Rosa kaufen«, widerspreche ich mit der Faust in die Hüfte gestemmt.

»Wenn es ein Junge wird, wird John über Rosa nicht glücklich sein. Männer sind da etwas eigen.«

Ich klatsche begeistert in die Hände. »Wir könnten ihr kleine Pullover von Lilly Pulitzer kaufen! Und Kleider von Oilily im Partnerlook für dich und sie. Ich kann es kaum erwarten! Los, drück das Kind raus!« Dabei reibe ich ihr über den Bauch.

Brea verschränkt die Arme. »Mach mich nicht heiß auf ein Mädchen. Wenn es ein Junge wird, will ich mich genauso freuen können und nicht enttäuscht sein.«

Ich gebe schließlich nach. »Na schön, wenn es ein Junge ist, müssen wir eben bei H & M einkaufen. Die haben auch süße Sachen. Wir könnten ja so eine kleine Schirmmütze und vielleicht eine coole Sonnenbrille kaufen. Hey, wie wäre es mit süßen kleinen Jeans?« Wir quieken beide vergnügt.

Breas Schultern entspannen sich. »Ich kann es kaum erwarten, Ashley.« Sie streicht sich wieder über den Bauch.

»Ich auch nicht.« Und das kann ich wirklich nicht. Fünfundzwanzig Jahre lang habe ich mir Breas Träume angehört. Ihr höchstes Ziel war schon immer gewesen, Mutter zu sein, damit sie all ihre Haushaltskünste umsetzen konnte, die sie immer spielte, wenn wir Familie spielten. (Ich war immer der Mann. Was schließen Sie daraus?)

Brea lebt nur dafür, Frau Wright zu sein. Sie haben die Single-Gruppe verlassen und sind nun glücklich eingebunden in die Gruppe für junge Ehepaare, die sich sicherlich zur Gruppe junger Familien entwickeln wird. Ich wünschte, ich könnte mit ihr dorthin gehen, und sei es nur, weil ich es satthabe, immer im gleichen Umfeld zu sein. Single sein ist manchmal, als hätte jemand einen großen Kreidekreis um einen gezogen. Ich habe alle Freiheiten, die man sich nur denken kann, aber die Unfähigkeit, über diese Linie zu treten, ist meine Unfreiheit. Ich möchte wissen, wie es dort aussieht, wo ich mich nicht hintraue.

Brea umarmt mich noch einmal.

»Wofür war das?«

»Ich bin so stolz auf dich, Ashley. Ich habe schon immer gewusst, dass du einmal jemand Wichtiges sein würdest. Ich bete immer, dass meine Kinder nicht so dumm sein werden wie ich, sondern so schlau wie ihre Tante Ashley.«

Ich schüttle den Kopf. »Das hast du schon immer gesagt, Brea. Aber du warst immer die klügere von uns beiden. Du hast gewusst, dass betrunkene Footballspieler keine guten Freunde sind. Du hast gewusst, dass mein Bruder nicht irgendwelche Pflanzen für den Bio-Unterricht in meinem Rucksack versteckt hatte ...«

»Vielleicht sollte ich Heimunterricht geben«, meint Brea lachend und schüttelt ihre dunklen, braunen Locken. Im Augenwinkel sehe ich, wie ihr Mann, John, von den Eingangsstufen aus ihre Bewegung beobachtet. Er beobachtet Brea, als hätte er einen Kolibri gefangen und könne es noch gar nicht glauben.

Brea weiß alles, was man wissen muss, um die Menschen in ihrer Umgebung glücklich zu machen. Das kann man nicht in der Schule lernen, aber wo diese Gabe auftaucht, verändert sich die Welt darum herum.

Ich verabschiede mich und springe in meinen kleinen Zweisitzer. Zweisitzer! Wenn ich keine Aktentasche hätte, bräuchte ich nur einen Sitz.

3

Ein Abendessen bei meinen Eltern ist immer etwas ganz Besonderes. Mein Bruder kommt auch, aber nur, weil es sich anbietet, da er bei meinen Eltern wohnt. Mit Busfahren kann man im Silicon Valley nicht viel verdienen, es sei denn, man rechnet den schnellen Kontakt zu Marihuana-Dealern mit zum Verdienst. Für mich zählt das nicht. Für meinen Bruder Dave wohl schon, als er sich für diese Stelle entschied.

Zum Glück gehören gelegentliche Drogentests zu seinem Job, worüber wir alle sehr erleichtert sind. Dave darf so lange mietfrei bei meinen Eltern wohnen, wie er einen anständigen Job hat. Man sollte pure Bequemlichkeit als Beweggrund niemals unterschätzen.

Dave ist so eine Art Demonstrationsbeispiel für zu nachsichtige Erziehung. Ich bin offen gesagt der Meinung, meine Eltern sollten ihn einmal zurückbringen zu seiner alten Schule, an der er damals der große Macker war, um den Schülern dort zu zeigen, was passiert, wenn man mit sechzehn schon sein ganzes Pulver verschossen hat. Nur um den Klassendeppen dort Hoffnung zu machen.

»Herzlichen Glückwunsch, alte Jungfer.« Mit seinem Kleiner-Junge-Kichern klopft mir Dave dabei auf den Rücken. Dabei ist er schon achtundzwanzig. »Wie fühlt es sich an, wenn man ein weiteres Jahr als Bus-Braut vor sich hat?«

»Werd endlich erwachsen.« Ich lege die Hand auf den Mund und tue so, als müsste ich gähnen. »Oh, ich vergaß. Du bist ja erwachsen. Man merkt es nur nicht so, weil du immer noch im Hotel Mama wohnst.«

»Ashley Wilkes Stockingdale, sei nett zu deinem Bruder.« Meine Mutter kommt mit einer Platte aus der Küche, mit etwas darauf, das aussieht wie Rindfleisch mit Kartoffeln. Sie trägt ihre selbst genähte Schürze und erinnert mich daran, dass das Glück der Ehe wohl nicht nur so ist, wie ich mir das erträume. Mama küsst mich auf die Wange. »Herzlichen Glückwunsch zum Geburtstag, meine Liebe.«

Papa schaut im Wohnzimmer ein Footballspiel und ist viel zu versunken darin, als dass er mich begrüßen oder seiner Erstgeborenen zum Geburtstag gratulieren würde. Mein Bruder setzt sich an den Tisch vor den Braten und streckt sich. »Ich bin am Verhungern«, sagt er.

»Du wartest, Dave. In der Werbepause wird dein Vater kommen und das Tischgebet sprechen.«

Tischgebet. Das hat dieser Familie noch gefehlt. Also warten wir. Mein Bruder kann der Versuchung, mich zu ärgern, kaum widerstehen, und lauert schon wie ein sprungbereiter Löwe auf eine passende Gelegenheit. Meine Mutter geht in die Küche, um den Rest meines Geburtstagsessens zu holen - bei dem todsicher auch Rührkuchen mit Erdbeerfüllung dabei ist, mein Lieblingskuchen seit meiner Kindergartenzeit.

»Hey, vielleicht findest du dieses Jahr irgendeinen Einfaltspinsel - äh, ich meine Mann -, der dich heiratet.«

Ich sage nicht, was ich gerne sagen würde - wahrscheinlich weil ich Christ bin. »Meinst du wirklich, ich brauche einen Mann, der kommt und mich rettet?« Dabei stütze ich mein Kinn auf meine geballten Fäuste. »Na ja, mein nagelneuer Audi TT Cabrio und meine Wohnung in Palo Alto sind schon ein hartes Los. Ich habe es schon schwer im Leben, sehr schwer! Wahrscheinlich hast du recht, Dave, ich hoffe tatsächlich, dass bald ein Mann kommt und mich davon erlöst.« Zur Betonung füge ich noch einen sehnsüchtigen Seufzer hinzu. »Aber wann kommt eigentlich jemand, um dich zu erlösen?«

Meine Mutter kommt natürlich wieder einmal im unpassendsten Moment herein. »Ashley, es gehört sich nicht, so verletzend zu deinem Bruder zu sein.« Meine Mutter hat Dave nie erwischt, wenn er etwas Beleidigendes gesagt hat. »Ashley hätte niemals so über andere geredet.«

Ashley ist Ashley Wilkes in *Vom Winde verweht* und mein Namensvetter. Warum meine Mutter auf die Idee kam, mich nach diesem Schleimer zu nennen statt nach Rhett oder Scarlett, ist die ganz große Frage. Aber es erklärt ihre unerschütterliche Hingabe an Dave, der Ashleys hoffnungslose Art im Überfluss besitzt. Ich vermute, zu viel Witz ist gefährlich, und meine Mutter, Mary Stockingdale, konnte noch nie mit Konflikten umgehen. Ich sollte mich wahrscheinlich glücklich schätzen, dass sie noch nicht verlangt hat, dass ich einen meiner Cousins heirate. Die Wilkes tun das schließlich immer.

»Mama, hast du schon gehört, dass die Mieten jetzt runtergehen?«, frage ich sie mit einem Seitenblick auf meinen Bruder und ziehe dabei fast unmerklich die Mundwinkel nach oben. Dave kneift die Augen zusammen, als wolle er mir drohen. »Dave könnte sich vielleicht bald eine eigene Wohnung suchen.«

»Ashley, du weißt doch, dass dein Bruder im Dienstleistungssektor arbeitet. Er wird niemals so viel verdienen wie eine Patentanwältin, weil er anderen Menschen hilft.« Dabei klopft sie mir auf die Schulter und stellt die Grütze auf den Tisch. Dienstleistungssektor. Als sei es eine Dienstleistung, aus purem Spaß einen Mercedes zu schneiden.

Dave grinst höhnisch. »Manche Menschen haben eben ihr Leben gelebt, während andere die wunderschönen Sommertage damit vergeudet haben, die Schulbank zu drücken.«

»Schulbank? Das klingt, als sei das Jurastudium wie die Grundschule. Aber mehr kennst du natürlich nicht, stimmt's?«

»Ich bin in die Schule des Lebens gegangen. *Ich* kann anderen erklären, was ich mache.«

»David! Deine Schwester hat schwer gearbeitet, um ihren Job zu bekommen. Du solltest stolz auf sie sein.« Ich kann mein Erstaunen darüber, dass sie mich verteidigt, kaum verbergen. Ihre Zurechtweisung bringt Dave zumindest vorübergehend zum Schweigen. »Hank!«, ruft meine Mutter. »Komm und sprich das Tischgebet, damit wir mit dem Essen anfangen können!«

»Es ist Nachspielzeit! Fangt schon mal ohne mich an!«, ruft er zurück. Beten ist nicht gerade die Stärke meines Vaters. Ich weiß es zu schätzen, dass sie sich diese Mühe machen, wenn ich zum

Essen komme, aber das letzte Mal, dass mein Vater eine Kirche mit seiner Anwesenheit beehrt hat, war bei seiner Hochzeit. Seine Gebete bestehen gewöhnlich aus diesen Reimen, die wie irische Limericks klingen.

Meine Mutter lächelt verlegen, überlegt, ob sie versuchen sollte zu beten, entscheidet sich dann aber dagegen. »Dann wollen wir essen.« Sie setzt sich. »Ashley, erzähl von deiner Arbeit. Hast du schon irgendwelche neuen Dokumente verfasst?«

»Patente, Mama. Ja, ich schreibe jeden Monat etwa drei, aber im Moment sind es sechs.«

»Das ist schön. Hank! Komm jetzt, bevor dein Essen kalt wird!« Sie dreht sich wieder zu mir, und ich stelle nicht zum ersten Mal fest, dass meine Mutter eine wirklich hübsche Frau ist. Sie hat fast keine Falten, und ihre Haut ist geschmeidig wie eine Aprikose. In ihren grauen Augen liegt trotz der blassen Farbe ein gewisser Funke. Warum sie sich all diese Jahre mit meinem Vater abgefunden hat, ist mir ein Rätsel. Allerdings hat er ihr erlaubt, mich Ashley Wilkes Stockingdale zu nennen. Sie hatte also vielleicht mehr Freiheiten, als ich denke.

Mein Vater kommt aus dem Wohnzimmer geschlurft und macht den Reißverschluss seiner Hose zu. Warum es zu viel verlangt sein soll, dass er mit geschlossenem Reißverschluss fernsieht, werde ich nie verstehen. Ich würde ihm ja weitere Hosen kaufen, aber sie hängen ohnehin schon an ihm herunter wie die Falten eines Rhinozerosses.

Er schaut zu meiner Mutter und streicht sich mit der Hand über seine größer werdende Glatze. »Konntet ihr nicht noch fünf Minuten warten?«

»Heute ist der Geburtstag deiner Tochter.«

Papa sieht mich an und nickt mir zu. »Herzlichen Glückwunsch.«

»Danke.« Das war's. Das war die längste Unterhaltung, die wir im ganzen Jahr führen werden.

»Verabredest du dich denn mit irgendjemand, mein Schatz?«, fragt meine Mutter mit hoffnungsvoll aufgerissenen Augen.

Dave verschluckt sich fast an seinen Kartoffeln, aber er hält ausnahmsweise den Mund. Und wenn schon. Normalerweise würde er jetzt so etwas sagen wie: »Ashley sich mit jemandem verabreden? Eher fängt der Speck an zu fliegen. Ist dein Frühstücksspeck heute davongeflogen, Dad?«

Papa lacht trotzdem über den unausgesprochenen Witz, und Dave fängt an laut zu lachen. Bei den Stockingdales herrscht pubertärer Humor, und wenn er erst einmal angefangen hat, artet er schnell aus, bis meine Mutter dazwischengeht. Plötzlich sehne ich mich nach den geistigen Anregungen, die eine schöne Diskussion über die allegorische Bedeutung eines Science-Fiction-Films bietet. Ich hätte doch zu Seth gehen sollen.

Das Gelächter meines Vater vermischt sich mit Daves heiserem Gackern und dringt durch meine unsichtbare Schutzmauer. Meine Nase brennt, weil ich die Tränen unterdrücke. Nicht wegen des idiotischen Humors - den bin ich gewöhnt -, sondern weil es niemanden wirklich interessiert, dass ich heute einunddreißig werde. Keinen Einzigen. Meine beste Freundin hat mich verlassen und geheiratet, und jetzt stehe ich ganz allein da mit den drei Personen, denen ich auf der ganzen Welt am wenigsten ähnlich bin. Irgendwo muss es auch für mich einen Platz geben. Irgendwo.

Alle drei starren mich mit den Gabeln in der Hand und offenem Mund an. »Nein, Mama, ich habe mich mit niemandem verabredet.« Das Besteck fängt wieder an zu klappern.

»Was ist mit dem netten Jungen, mit dem du bei Breas Hochzeit zusammen warst?«

»Das war der Trauzeuge, Mama. Er ist verheiratet.«

»Und wenn schon«, erwidert meine Mutter mit Verzweiflung in ihrer Stimme. »Wer ist heutzutage nicht verheiratet? Versuchst du es denn überhaupt ernsthaft? Du bist ein hübsches Mädchen, Ashley. Irgendwer muss sich doch nach dir umdrehen.«

Es versuchen? Jetzt muss ich hustend ein Lachen unterdrücken. »Nun ja, ich habe vor, mich wie Lara Croft anzuziehen und in meiner Freizeit Tomb Raider zu spielen. Meinst du, das bringt eine gute Partie?«

Dave lacht mit mir, und dieses plötzliche Gefühl, verbündet zu sein, mit einem Mann, den ich mir normalerweise niemals freiwillig aussuchen würde, ist seltsam. Aber schließlich lachen wir über mich. Trotzdem ... Ich werfe ihm einen Blick zu, aber er ist ganz in seinen Braten vertieft.

»Ist Lara so ähnlich wie Scarlett O'Hara?« Mama blinzelt mit ihren grauen Augen. Sie ist nicht dumm ... warum redet sie sich also ein, dass ich immer noch die Ballkönigin sein könnte? Zu ihrer Zeit heirateten die Mädchen sofort nach der Schule. So einfach war das. Alle machten es so. Aber seit es Diplome und Doktortitel wie Sand am Meer gibt, ist das nicht mehr so, und kirchliche Trauungen sind seltener als gute Aktien.

Ich beschließe, dass es besser ist, das Lara-Thema zu beenden. »Was ist mit dir, Dave? Gibt es in deinem Leben eine Herzensdame?«

Die Köpfe meiner Eltern fliegen herum wie Metallspäne, die von einem Magneten angezogen werden. »Gibt es jemanden, mein Schatz?«, fragt Mama.

Ich muss mir die Hand vor den Mund halten, um die Schadenfreude zu unterdrücken, die ich bei diesem kindisch billigen Trick empfinde. Ich bin einunddreißig, aber bei meinem Bruder werde ich sofort wieder acht und freue mich diebisch, wenn ich sehe, wie er sich windet. Wenn ich als Christ jemals im Glauben reifen will, muss ich mich wohl von meinem Bruder fernhalten.

Dave spielt den lüsternen Playboy, aber in Wirklichkeit hat er Angst vor Frauen. Er scheint sich zu der Art von Frauen hingezogen zu fühlen, die seine Autorität nicht infrage stellen. Die meisten Frauen, mit denen er ausgegangen ist, waren aus asiatischen Ländern und brauchten Dave als Übersetzer. Ich bin überzeugt, dass sein Busfahrerjob an einem Ort, an dem amerikanische Autos als minderwertig betrachtet werden, ihm nicht gerade die besten Möglichkeiten verschafft, Frauen kennen zu lernen. Wenn ich es so sehe, dann habe ich Mitleid mit ihm. Also versuche ich mit aller Kraft, nicht so zu denken.

Dave schüttelt den Kopf und ächzt; in der Familie Stockingdale eine vollkommen angemessene Art der Kommunikation. Ich bin eine glühende Verfechterin der Schöpfungslehre. Aber deshalb kann ich an meinem Bruder trotzdem sehen, dass einiges für die Evolutionstheorie spricht.

Meine Mutter richtet ihre Aufmerksamkeit sofort wieder auf mich. Schließlich ist es ja mein Geburtstag. Warum sollte sich nur Dave amüsieren? »Ashley, ich habe in der Zeitung gelesen, dass der Junge, mit dem du im College befreundet warst, geheiratet hat. Seine Frau ist ein Engel, eine kleine Blonde. Ich habe die Zeitung für dich aufgehoben.«

»Danke, Mama.« Genau das hat mir gefehlt, um diesen Tag zu einem richtig gelungenen Geburtstag zu machen.

Mama steht auf, als könne sie es gar nicht erwarten, mir das Bild von der Hochzeit zu zeigen, die eigentlich meine hätte sein sollen. Ich lächle verbissen, als sie mir die Zeitung gibt und dabei auf meinen Exfreund und seinen »Engel« von Braut zeigt. Sie ist wirklich ein Engel, und das macht mich richtig wahnsinnig, denn sie ist gute zehn Jahre jünger als Eddie. Aber es bereitet mir eine gewisse Genugtuung zu sehen, dass Eddie fast alle Haare verloren hat.

»Sie sind ein süßes Paar«, sage ich und schiebe die Zeitung wieder zu meiner Mutter.

»Hast du ihr Kleid gesehen?« Damit schiebt sie mir die Zeitung wieder hin. »Es sieht sehr reich verziert aus.«

Ich finde, sie sieht eher aus wie Barbie bei »Amerika sucht den Superstar«, behalte meine Meinung aber für mich. Muss ich daheim wirklich auch Christ sein? Das ist der schwierigste Test überhaupt. Ich versuche es auf Daves Art und grunze eine Antwort, aber es hat nicht die gewünschte Wirkung.

»Ashley? Hast du ihr Kleid gesehen?«, fragt meine Mutter noch einmal.

»Ja, Mama. Es ist wunderschön. Sie ist ein Prachtstück.« Noch einmal ein verbissenes Lächeln. »Eddie hat sicher das reinste Glück mit so einem hübschen Kleid an seiner Seite.«

»Ashley, was hat Eddie dir eigentlich getan?«

Ähm, mich sitzen lassen, weil ich nicht bereit war, nach einem Saufgelage auf einer Fete in einer der Burschenschaften an der Uni mit ihm ins Bett zu gehen. »Nichts, Mama.«

»Manchmal habe ich den Eindruck, dass du mit deiner Religiosität andere sehr schnell verurteilst. Wir haben dir nicht beigebracht, dass man sich nicht mit anderen freut.« Mama tätschelt meine Hand. »Das gehört sich nicht. Ich dachte, Gott möchte, dass wir uns gegenseitig lieben und uns über das Glück des anderen freuen.«

Mama, dein Gottesbild gleicht eher Pu dem Bär als dem biblischen Gottesbild. »Die Liebe freut sich an der Wahrheit«, entgegne ich. Die Wahrheit ist, dass Eddie sich während seiner ganzen Studienzeit von einem Bett zum anderen gehangelt hat und mich nur als seine »intellektuelle« Freundin benutzt hat. Ich war die Vorzeige-Freundin für Gelegenheiten, bei denen man etwas hermachen musste.

Ich schaue auf und merke, dass Dave mich beobachtet und dann schuldbewusst auf seinen Teller schaut. Er schiebt sich den Rest seiner Kartoffeln und des Bratens in den Mund, schiebt seinen Stuhl zurück, und während er noch kaut, steckt er die Arme in seine Lederjacke - sein einzig anständiges Kleidungsstück.

»Gehst du weg, Dave?«, fragt Mama mit hoher Stimme.

»Ja, ich habe noch was vor«, sagt er und streckt den Hals vor, um den riesigen Bissen in seinem Mund besser schlucken zu können. Sein Blick wandert kurz zu mir. »Herzlichen Glückwunsch zum Geburtstag, Ash.«

»Aber Dave, du hast ja noch gar keinen Kuchen gegessen!«, ruft Mama ihm nach.

»Später. Ich hole mir später ein Stück.« Und schon ist er zur Tür hinaus und lässt mich verstört zurück, weil er sich 1. einen Augenblick lang anständig benommen hat und 2. an meinem Geburtstag weg darf, während ich hier festsitze.

Mein Vater grunzt und rülpst dann. Weil er dadurch offensichtlich wieder mehr Platz im Bauch hat, isst er seinen Braten auf und schlurft wieder zu seinem ewigen Footballspiel zurück, ohne sich noch einmal an mich zu wenden oder meiner Mutter für das Essen zu danken. Ich sehe, wie das Glänzen in den Augen meiner Mutter erlischt. Seit vierunddreißig Jahren hofft sie jeden Abend darauf, dass sich irgendetwas an meinem Vater verändert. Aber das tut es nicht. Ich wünsche mir so, ich könnte ihr erzählen, was Brea mir über Erwartungen gesagt hat und dass man sie nicht haben darf, wenn man glücklich sein will, aber ich kann nicht. Jedes Mal wenn ich es versuche, muss ich weinen, und Gefühle sind im Hause Stockingdale nicht gern gesehen.

Ich helfe meiner Mutter beim Tisch abräumen, und dann setzen wir uns zusammen hin und essen Kuchen. Ich esse hastig. Ich will es einfach nur hinter mich bringen. »Ich muss nach Hause, Mama. Morgen ist Montag.«

»Schön, dass du zum Abendessen kommen konntest, Ashley. Du siehst immer noch aus wie sechsundzwanzig.« Dabei klopft sie mir auf die Schulter.

Heute ist das nur ein kleiner Trost für mich, denn ich fühle mich wie sechsundfünfzig. »Danke, Mama.« Ich schaue zu, wie sie meinem Vater seinen Kaffee bringt, und meine Gedanken schweifen ab. Brea hat geheiratet und ist damit weg. Meine Familie kennt mich gar nicht wirklich, und ich bin eingetragenes Mitglied der Silicon-Valley-Ewigkeitssingles. »So habe ich mir mein einunddreißigstes Lebensjahr nicht vorgestellt.«

»Was meinst du, Schatz?«

»Ich brauche eine neue Frisur«, verkünde ich. Sie lächelt ihr »oh-wie-nett«-Lächeln. Ich gebe ihr einen Kuss auf die Backe und bereite mich nach dem kurzen Besuch in dieser anderen Realität auf die echte Welt da draußen vor. Oh ja, Mama, jetzt kommen die Ingenieure, der frisch geröstete Kaffee und der schleppende Verkehr. Montagmorgen im Silicon Valley: Los geht's!

4

Es ist sieben Uhr morgens, und ich schleppe all die Aktenstapel aus meinem Auto in mein Büro. Jim Bailey, der Botenjunge, rettet mich am Eingang.

»Ashley, wie war dein Wochenende?« Dabei schnalzt er und zwinkert mir zu. »Hast du es getan?«

Dafür ist es eindeutig noch viel zu früh. In welchem Männerhandbuch steht eigentlich, dass Frauen so angesprochen werden wollen? Dieses Buch muss ich kriegen und es dann in die Rubrik »Wie man garantiert nie eine Frau findet« stellen.

»Es? Was soll das sein, Jim?« Ich klimpere unschuldig mit den Wimpern. Nicht umsonst bin ich in diesen heiligen Hallen als Kirchenmaus bekannt. Man muss ihm zugutehalten, dass er deutlich errötet und sein Sommersprossengesicht rot wird wie eine reife Tomate.

»Nimm's nicht so ernst, ich wollte nur freundlich sein. Hast du schon was für die Post?«

Ich schüttle den Kopf. »Noch nicht.« Ich sehe zu, wie er sich davonschleicht, und fühle mich schuldig. Ich wollte ihm sein John-Wayne-Gefühl nicht nehmen. Ich mag vielleicht altmodisch sein, aber ich mag es einfach nicht, wenn man mich fragt, ob ich *es* dieses Wochenende getan habe. Ist das zu viel verlangt? Aber jetzt habe ich ein schlechtes Gewissen, weil er sich wegen mir schämt. Und ich höre schon die Stimme meiner Mutter, die mich zurechtweist, weil ich mal wieder vorschnell geurteilt habe.

Purvi Sharma, meine Chefin, tänzelt mit einem ähnlich großen Stapel A4-Umschläge herein, wie der, den ich mit nach Hause genommen hatte, und lässt ihn auf meinen Schreibtisch fallen. »Was ist los mit Jim? Hast du ihn wieder geärgert?«, meint sie lachend. Purvi ist eine wunderbare Chefin. Sie kommt aus Indien, ist froh, in Amerika zu sein, und versteht es, aus jedem Tag und jeder Situation das Beste zu machen.

Sie lässt sich nicht von nervösen Vorstandsmitgliedern provozieren, wenn sie etwas brauchen. Nachdem sie gesehen hat, wie Menschen in Kalkutta auf der Straße sterben, ist Technikpatente schreiben für sie wie Liegestühle auf der Titanic ordnen. Sie lässt sich nicht stressen. Allerdings lässt sie sich meistens nur deshalb nicht stressen, weil sie den Stress auf mich abwälzt. Trotzdem wünschte ich mir, ich hätte ihre innere Ruhe. Nicht ihre arbeitssüchtigen, kranken Überstunden, aber ihren inneren Frieden.

Wenn zu mir ein Vorstandsmitglied ins Büro kommt, dann bekomme ich die Krise, weil ich Angst habe, dass ich einen Termin nicht einhalten kann und dass uns dann eine andere Firma das Geschäft wegschnappt, weil ich mich nicht genug für die Anerkennung eines Patentes eingesetzt habe. Meine Welt bricht zusammen, als wäre das der Untergang der heutigen Technik - ja sogar der ganzen Menschheit.

Ich muss wirklich mehr raus.

Purvi hat einen Sohn von ihrem Mann, der immer noch in Indien lebt, und alles dreht sich um diesen Jungen. Es gibt vieles, was man an Purvi bewundern kann, aber ihre Einstellung, was sexuelle Belästigung angeht - und die Bemerkungen des Botenjungen -, stammt eindeutig aus lang vergangenen Zeiten und zählt nicht zu ihren guten Seiten. Sie denkt, sexuelle Belästigung sei etwas typisch Amerikanisches, und findet es lächerlich. *Einen Mann verklagen, weil ihm auffällt, dass eine Frau hübsch ist und er eine dumme Bemerkung macht? Das gibt es nur in Amerika. Nur in Amerika. In meinem Land müsste er der Familie der Frau viele Kühe geben, die Frau würde ihre Familie verlassen und Ende der Geschichte. Damit wäre der Fall abgeschlossen.*

Aber andererseits gibt es in ihrem Land auch Gebiete, in denen eine Frau jedes Stückchen Haut bedecken und ein paar Schritte hinter ihrem Mann gehen muss. Aber ich sage nichts über diesen Widerspruch. Und auch nicht darüber, dass sie gar nicht in ihrem Land lebt oder dass ihr Mann nicht bei ihr lebt. Purvi schiebt mir noch mehr Akten hin, und ich sehe ihr verwundert nach, als sie hinausgeht.

Dianna Kendal sitzt vor Purvis Büro. Sie ist ein bisschen klischeehaft. In vielerlei Hinsicht das Gegenteil von Purvi. Sie zieht sich auf der Arbeit ziemlich provozierend an und ist allein erziehende Mutter eines vierjährigen Mädchens. Keine Mutter sollte sich so anziehen wie sie. Dianna zeigt jedem Mann schon durch ihr, wenn auch wohl überlegtes, Verhalten, dass sie zu haben ist. Ich beobachte fasziniert und gleichzeitig angewidert, wie sie sich benimmt, denn sie ist die Art von Frau, die kein Mann ernst nehmen würde. Sie zeigt überdeutlich, dass sie der Typ Frau ist, mit der man in die Kiste steigt, die man aber nicht heiratet.

Ich kenne viele allein erziehende Mütter in meiner Gemeinde. Es sind ernsthafte Christen, die einmal einen Fehler gemacht haben und sich jetzt ganz ihren Kindern hingeben. Dianna gehört nicht zu dieser Sorte Mutter. Sie ist der Typ Frau, der denselben Fehler immer und immer wieder machen würde, wenn sie die Möglichkeit dazu hätte. Und sie hält bei jeder Gelegenheit nach dieser Möglichkeit Ausschau.

Jedes Mal, wenn Dianna mit einem der Männer im Büro spricht, muss sie sich plötzlich wegen irgendetwas bücken, damit derjenige einen Blick in ihr Dekolletee werfen kann, das aus einem viel zu engen BH quillt. Eine deutlichere Art, einem Mann zu verstehen zu geben, dass man für jedes Bett zu haben ist, gibt es wohl kaum. Ich beobachte Dianna, wie sie sich gerade an ihren Schreibtisch lehnt, den Kopf hin und her wiegt und sich langsam mit der Zunge über die Lippen fährt.

Jim Bailey erliegt soeben dem Blick in die Tiefen ihres Ausschnittes und sammelt dann ungeschickt ihre Post ein. Es ist, als liefe in meinem eigenen Büro ein billiger Bierwerbespot. Oh, wie entzückend.

Das Telefon auf meinem Schreibtisch klingelt, und Brea ist dran – sagt die Anzeige auf dem Display. Brea ist vermutlich zu Hause und ganz hysterisch, weil sie sich Sorgen um mich macht, wegen der Neuigkeit von ihrer Schwangerschaft. Sie hat mir schon zehn Mal auf den Anrufbeantworter gesprochen und drei E-Mails geschickt. Ich muss ihr irgendwie verständlich machen, dass ich völlig aus dem Häuschen bin vor Freude über die Nachricht.

Ich nehme ab, ohne zu grüßen. »Es reicht. Ich freue mich so tierisch für dich, dass ich vor lauter Freude in einem Tanga mit Tigerstreifen durch den Wald rennen und meine Freude hinausschreien könnte!«

»Ashley?«, meldet sich John verwirrt, und ich zucke zusammen. Uups, ich habe soeben den Mann meiner besten Freundin angemacht.

John hat meine Beziehung zu seiner Frau nie wirklich verstanden. Aber wir sind quasi zusammen aufgewachsen. Brea und ich haben unsere eigene Sprache, und das ist für John schwer zu verstehen. Meine Eltern werden dabei ja schon wahnsinnig.

»John, entschuldige. Ich dachte, es wäre Brea.« Ich hoffe, er hatte genug Zeit, um die Vorstellung von mir im Tanga wieder zu vergessen. Ich wünsche mir weiß Gott, dass ich sie vergessen könnte.

»Hör zu, Brea ist im Krankenhaus. Sie hatte heute Morgen eine Fehlgeburt und weint sich jetzt die Augen aus.«

Mir verschlägt es den Atem. Lautlos sage ich Nein. Ich habe keine Luft mehr.

»Ich wünschte, ich könnte irgendetwas für sie tun, aber alles, was ich sage, ist falsch. Sie will dich sehen, Ashley.«

Mein Magen zieht sich zusammen. Wenn es irgendetwas gäbe, womit ich Brea diese Last abnehmen könnte, würde ich es tun. Niemand wünschte sich so sehr ein Kind wie sie. Niemand hatte ein Kind so verdient wie sie, und wenn es ihr helfen würde, würde ich dafür auf Kinder verzichten. Ich halte mir den Bauch, der vor Mitleid schmerzt.

Schließlich finde ich meine Stimme wieder. »Geht es ihr gut? Ich meine körperlich«, frage ich.

»Sie ist erschöpft. Sie ließ zwei Ultraschallaufnahmen machen, bis sie glauben konnte, dass das Kind wirklich nicht mehr da war. Sie wollen morgen eine Ausschabung machen und haben ihr gesagt, dass sie in ein paar Monaten wieder versuchen könnte, schwanger zu werden. Aber sie ist am Boden zerstört, Ashley. Es ist, als könne sie nie wieder glücklich werden.« Johns Stimme bricht, und ich spüre, wie mir selbst die Tränen in die Augen steigen. Es macht mich froh, zu wissen, dass Brea einen Mann hat, der sie so sehr liebt. Es wird noch mehr Kinder für sie geben, aber dieses wird immer Breas erstes bleiben. Das weiß ich.

»Ich komme gleich, John. Sag ihr, dass ich schon auf dem Weg bin.«

Ich zögere, entschuldige mich dann aber bei Purvi und schnappe noch schnell ein paar Akten, an denen ich dann heute Nacht arbeiten werde. Diesmal sind mir die Arbeit oder die Stunden, die mir fehlen werden, egal. Meine beste Freundin hat gerade das verloren, was sie sich am allermeisten gewünscht hatte, und ich könnte bei dieser Ungerechtigkeit toben. Irgendwelche Suffköpfe kriegen reihenweise Kinder, und meine allerliebste Brea verliert ihres.

Im Auto versuche ich, mich zu beruhigen und die letzten Überreste meines Gefühlsausbruchs abzuwischen. Das Letzte, was Brea jetzt braucht, ist meine Tränen zu sehen. Sie weint jetzt weiß Gott genug für uns beide. Ich halte kurz bei Starbucks und bestelle einen doppelten Frappuccino für sie. Wenn alles andere versagt, geht nichts über eine gute doppelte Portion Koffein. Das ist die einzige Droge, die wir je genommen haben - und die einzige Droge, die wir je brauchen werden. Außer natürlich einer Spinalnarkose, wenn es so weit ist. Oh nein! Eine Spinalnarkose ... Und wieder fließen die Tränen.

Als ich ins Krankenhaus zu Brea komme, liegt sie in einem winzigen Zimmer mit zwei anderen Frauen. Beide sprechen irgendeinen chinesischen Dialekt - und das ziemlich laut. Breas hübsches Gesicht ist ganz rot, und Augen und Nase sind vom Weinen geschwollen. Als sie mich sieht, bricht sie wieder zusammen und zittert am ganzen Körper. John sitzt neben ihr und wittert sofort seine Chance zum Rückzug.

»Ich komme später wieder«, sagt er und verlässt fluchtartig das Zimmer.

»Ist schon gut, Brea«, sage ich unter Tränen, während wir uns aneinanderklammern. »Du wirst noch mehr Kinder bekommen.

Diesmal war es einfach noch nicht so weit, das ist alles. Dieser Mann« - dabei zeige ich auf die Tür - »der gerade wie der Blitz hier rausgerannt ist, liebt dich von ganzem Herzen.«

Wir kichern unter Tränen.

Sie schnieft noch einmal. »Ist der Frappuccino für mich?«

Ich nehme ihn ihr weg und tue so, als wolle ich daraus trinken. »Nein. Wolltest du einen?«

»Ich wette, es ist ein doppelter, und du Schwächling verträgst so viel Koffein überhaupt nicht.«

Ich gebe ihn ihr. »Siehst du, den Vorteil hat es. Du kannst wieder Kaffee trinken.«

»Nur heute. Ab morgen mache ich die gesündeste Diät, die du dir denken kannst. Mein Bauch wird der gesündeste sein, den die Wissenschaft je gesehen hat.« Dabei zieht sie noch ein Papiertuch aus der Schachtel auf ihrem Nachttisch. »Andere schwangere Frauen werden mich fürchten, weil ihre Babys sich nach den Annehmlichkeiten dieser Luxussuite sehnen werden.«

»Du meine Güte! Dann halte dich besser von meinem Bruder fern. Wenn der dahinterkommt, dass man da keine Miete zahlen muss, steht er sofort auf der Matte.« Wir brechen beide in ein heiseres Lachen aus, und ihre asiatischen Zimmergenossinnen schauen uns an, als seien wir nicht mehr ganz dicht. »Es tut mir so leid, Brea.« Wir drücken uns noch einmal fest.

»Meinst du, John geht es gut?«, fragt Brea und lehnt sich in ihr Kissen zurück.

Ich nicke. »Er liebt dich so sehr, Brea. Alles was er möchte ist, dass es dir wieder gut geht.«

»Ich wusste nicht, was ich ihm sagen sollte, Ash. Wenn er mich mit seinem treuen Hundeblick anschaut, habe ich das Gefühl, dass ich ihn enttäuscht habe. Ich fühle mich so schuldig, ich kann ihn einfach nicht anschauen.«

Ihre schonungslose Offenheit versetzt mir einen Stich. John weiß genau, dass er die beste aller Frauen hat, und Brea macht sich Sorgen, weil sie denkt, sie hätte ihn enttäuscht. »John weiß, dass Gott einen Plan mit euch hat«, antworte ich. »Ich kann mir zwar im Moment absolut nicht vorstellen, wie er aussieht, aber es gibt einen Grund für all das.« Warum wirkt der Glaube in solchen Situationen nur so hohl? Ich weiß, dass es stimmt, was ich sage, aber wenn man verletzt ist, klingt das manchmal höhnisch. Ganz gleich, wie sehr wir es auch versuchen, aber Worte können den Schmerz nicht mildern.

»John hätte eine Frau heiraten können, die ihm sofort Kinder schenkt, die in klugen Sätzen sprechen kann. Warum hat er mich geheiratet?« Sie schnieft wieder.

»Muss ich dich daran erinnern, dass John nicht der Einzige war, der dich heiraten wollte, Brea? Er hat dich nicht geheiratet, damit du so schnell wie möglich so viel wie möglich Kinder bekommst. Und ich kann es nicht mehr hören, dass du immer behauptest, du wärst dumm. Du bist einer der klügsten Menschen, die ich kenne, und hast definitiv Niveau. Ich würde meinen IQ jederzeit für eine Verabredung mit einem Mann tauschen.«

Brea grinst mich an, aber dann verschwindet das Lächeln. Sie starrt mit zitterndem Kinn aus dem Fenster. »Hast du Johns Gesicht vorhin gesehen? Er wünscht sich ein Baby.«

Wie kann Brea nur übersehen, dass es ihm um sie leidtut? Ich würde mein Leben geben, damit ein Mann mich so ansieht. »Er ist zutiefst geknickt. Aber im Moment macht er sich nur um dich Sorgen. Merkst du daran nicht, was andere für dich empfinden? Du bist nicht zweite Wahl. Er will keine andere. Du bist seine große Liebe.« Ich seufze und versuche es mit etwas Humor. »Jetzt weiß ich, dass du wirklich großen Kummer hast. Du hast deinen Frappuccino noch nicht einmal angerührt.«

Sie ignoriert meinen gekonnten Themenwechsel. »Und wenn ich nie wieder Kinder kriegen kann?«

»Darüber werde ich jetzt nicht reden, weil es lächerlich ist. Die Ärzte haben nichts dergleichen gesagt, richtig? Fehlgeburten kommen vor, bei jeder vierten Schwangerschaft oder so. Es war einfach Zufall.«

Brea schüttelt den Kopf. »Vielleicht wartet Gott, bis du heiratest, damit wir gemeinsam schwanger sein können.«

»Hmmm. Ich glaube, wenn bei uns beiden gleichzeitig der Hormonhaushalt verrückt spielt, wäre das gar nicht gut. Bekomm du nur ein Kind, und dann kannst du mir erzählen, wie das geht.«

Ich bleibe etwa eine Stunde bei Brea, als ich es plötzlich in ihren Augen erkennen kann: Sie will John sehen. Er tigert den Flur auf und ab wie eine Raubkatze kurz vor der Fütterung. Es ist seltsam, dass John und ich so schwer miteinander ins Gespräch kommen, wo wir doch Brea gemeinsam haben. Wahrscheinlich wollen wir sie beide ganz für uns.

Aber sie gehört ihm. »Jetzt hast du sie für dich«, sage ich zu John, als er auf mich zugerannt kommt wie ein übergroßer Bernhardinerwelpe.

»Danke, Ashley.« John klopft mir auf die Schulter und umarmt mich dann unbeholfen. »Wir werden noch Kinder bekommen. Das hast du ihr doch gesagt, oder?«

Ich schaue ins Zimmer zu Brea und dann zu John. »Ich habe es ihr gesagt. Und Gott hat es ihr auch gesagt. Okay?« Ich schaue sie an, bis ein leichtes Lächeln auf ihrem Gesicht erscheint. Sie weiß es. Gott hat sie nicht verlassen.

Als ich aus dem Zimmer bin, schlendere ich die Flure entlang zur Entbindungsstation. Kann man überhaupt in ein Krankenhaus gehen, ohne dorthin zu gehen? Dorthin, wo das Leben noch ganz neu ist und lieblich nach Babypuder duftet?

Hinter dem Besucherfenster liegen drei kleine Babys. Eines ist klein und rosa und offensichtlich über seinen neuen Aufenthaltsort gar nicht erfreut. Das andere hat einen schwarzen Haarschopf und dunkle Augenbrauen. Und dann liegt da noch ein kleines Mädchen. Sie hat einen Hauch von rotblondem Haar und zarte Haut mit einem gesunden rosa Ton, und mein Herz zieht sich wieder für Brea zusammen.

Wenn man gerade meint, man hätte das Leben unter Kontrolle, lässt Gott einen Fehlpass zu, und man ist draußen!

5

Nach meinem freien Morgen und einem deshalb umso längeren Arbeitstag geht der andere Trupp (nicht die Ewigkeitssingles, sondern eine Gruppe von Anwalts- und Büroassistenten mit ein paar weiblichen Ingenieuren als Zugabe) noch etwas trinken. Normalerweise gehe ich mit, obwohl ich mich lieber an die harten Sachen halte, wie Cola Light on the Rocks. Wenn ich ganz mutig bin, gehe ich sogar so weit und bestelle sie mir mit Zitrone. Aber heute Abend bin ich einfach zu aufgewühlt wegen Brea und habe die Patente immer und immer wieder gelesen, aber sie waren einfach unverständliches Kauderwelsch. Ich würde gerne zu ihr gehen und sie aufmuntern, aber das ist jetzt Johns Aufgabe, und so fühle ich mich vollkommen überflüssig. Also werde ich einfach nur nach Hause gehen und schmollen. Außerdem läuft heute meine Lieblings-Datingshow, und wie könnte ich mein eigenes Leben besser vergessen als ein paar aufgeblasenen Weibern zuzuschauen, wie sie um eine vermeintliche Prinzessinnenkrone wetteifern.

Als ich heimkomme ist es dunkel in meiner Wohnung, bis auf jenen roten Hoffnungsschimmer: das Blinken des Anrufbeantworters. Die Versuchung des roten Blinklichtes – es spricht zu mir, lockt mich zu sich, fragt mich: HAST DU AM SAMSTAG ABEND ZEIT? Mit seinem primitiven Morsecode hypnotisiert es mich, so dass ich wie ein Schlafwandler mit ausgestreckten Armen darauf zu gehe.

Ich atme tief durch. Schon seit drei Jahren nehme ich mir jedes Silvester wieder von Neuem vor, mein Selbstwertgefühl nicht von dieser grausamen Einrichtung abhängig zu machen, aber es ist mir noch nie gelungen, mein gieriges Verlangen danach zu zügeln. Jedes Mal steigen meine Hoffnungen höher und höher, bis ich überzeugt bin, dass Colin Firth seine wunderhübsche, italienische Frau meinetwegen verlassen hat oder Rupert Everett plötzlich hetero geworden ist und nur noch eine Frau im Kopf hat:

Ashley Wilkes Stockingdale. Ja, ich weiß, dass das nicht gerade christliche Fantasien sind, aber sie existieren trotzdem.

Normalerweise drücke ich auf den Knopf, um mir dann das neueste Angebot eines Telefontarifs anzuhören oder zu erfahren, dass ich gerade eine all-inclusive Traumreise nach Las Vegas gewonnen habe. Daraus sollte ich eigentlich lernen. Schließlich bin ich ja ein kluges Köpfchen. Dennoch träume ich weiter, und sogar jetzt klopft mein Herz wie wild bei dem Gedanken daran, was sein könnte. Ich versuche, meine Hoffnungen ein wenig herunterzukurbeln. Es wird keine Verabredung sein. Wahrscheinlich ist es noch nicht einmal jemand, den ich kenne, sondern stattdessen eine dieser freundlichen Männerstimmen vom Band, die einem dichte Fenster verkaufen wollen.

Ich lasse meine Handtasche fallen, drücke auf den Knopf und wappne mich für das Schlimmste.

»Hallo Ashley. Hier ist Seth. Hör mal, hast du diese Woche irgendwann Zeit, ins Kino oder Essen zu gehen? Ich muss mit dir über etwas reden.«

Ich lasse das Band noch drei Mal ablaufen, um ganz sicher zu sein, dass ich richtig gehört habe. Ins Kino gehen. Heißt das, dass er mich zu diesem Filmabend mit unserem Trupp einlädt? Ja, aber er hat auch etwas von Essen gehen gesagt. Vielleicht will er, dass ich zum Film etwas zu Essen mitbringe?

»Im Zweifelsfall für den Angeklagten. Vielleicht will er tatsächlich mit mir ausgehen.« Ich ziehe die Schultern hoch und wähle seine Nummer. Seth arbeitet zu den unmöglichsten Nachtstunden, genau wie ich, und so habe ich jetzt wahrscheinlich die besten Chancen, ihn zu erwischen.

»Seth Greenwood.«

»Hallo Seth, hier ist Ashley.«

Er zögert einen Moment, und in diesem Bruchteil einer Sekunde frage ich mich, ob ich seine Nachricht doch falsch verstanden habe und ich die Allerletzte bin, von der er etwas hören möchte …

»Ashley, schön, dass du anrufst. Du hast meine Nachricht also gehört? Können wir vielleicht diese Woche etwas zusammen unternehmen? Ich muss dich etwas fragen.«

Er wollte tatsächlich, dass ich ihn anrufe! »Du kannst mich alles fragen«, antworte ich wie eine dumme Highschool-Göre. *Merke: Versuche niemals cool zu sein.*

»Wie wäre es mit Mittwochabend? Vielleicht können wir uns bei Fresh Choice treffen?«

»Bestens«, erwidere ich wenig begeistert. Fresh Choice ist ein Schnellrestaurant mit Salattheke. Keine Bedienung, keine Trinkgelder und ganz sicher keine Tischreservierungen. Ich frage mich, ob ich es nicht wert bin, in ein richtiges Restaurant zu gehen. Erwartet er etwa auch, dass wir getrennte Rechnung machen? Und von Kino ist gar keine Rede mehr. *Zwei ganze Tage lang werden mich diese Fragen jetzt quälen. Wie soll ich das nur aushalten?*

»Treffen wir uns um sieben. Ist dir das recht?«, fragt Seth.

Wir treffen uns dort. Kann er mich nicht abholen?

»Passt. Also bis dann.« Jetzt kann ich es natürlich kaum erwarten, Brea anzurufen. Aber ob sie wohl in der richtigen Verfassung ist, um sich das Neueste aus meinem armseligen Liebesleben anzuhören? Ich komme zu dem Schluss, dass ihr etwas zu Lachen gut tun wird, und rufe sie zu Hause an, in der Hoffnung, dass sie noch nicht schläft.

Da ich mit John rechne, bin ich erstaunt, Breas müde Stimme zu hören. »Hallo?«

»Hallo Brea, ich bin's.«

»Oh, Ashley. Endlisch jemand, der Englisch spricht! Erzähl mir irgendetwas, das ich verstehe. Bitte. In diesem Krankenhauszimmer bin ich fast durchgedreht. Ich musste mir den ganzen Tag ununterbrochen dieses ausländische Gequassel anhören. Hast du schon gewusst, dass die sich genauso streiten wie Italiener?«

»Toll. Dann hast du dich ja wie zu Hause gefühlt.«

»Sehr witzig.«

»Also ich weiß nicht, ob du das, was ich dir sagen will, verstehst, aber Seth hat mich angerufen und will am Mittwochabend mit mir ausgehen.«

»Wohin?«

»Zum Abendessen bei Fresh Choice.«

»Oh.«

»Na ja, besser als gar nichts«, entgegne ich fröhlich.

»Schon, aber nicht viel.« Wir müssen beide lachen. »Was wirst du anziehen? Ich wünschte, ich könnte mit dir einkaufen gehen, aber ich glaube, wenn ich das morgen hinter mir habe, wird mir nicht nach Einkaufen zumute sein. Zeigst du mir die Klamotten vorher?«

Ausgehen ist vor allem ein Grund, einkaufen zu gehen. Ich höre schon, wie Ann Taylor nach mir ruft und weiß, dass ich unbedingt die perfekte Kombination zwischen ›Ich sehe super aus‹ und ›Nein, ich versuche nicht, super auszusehen‹ finden muss.

»Bei Ann Taylor habe ich letzte Woche einen entzückenden Hosenanzug im Schaufenster gesehen. Er war kastanienbraun mit Perlen.«

»Kastanienbraun steht dir nicht, Ash. Du brauchst eine leuchtende Farbe, wie Rot oder Weiß im Oberteil. Und außerdem, mit Perlenstickerei zu Fresh Choice gehen? Ich glaube, es wird dir peinlich sein, wenn irgendein kleines Kind seinen Vitaminsaft über dich leert.«

Natürlich hat sie recht. Das hasse ich. »Na gut, bei Talbot gibt es noch ein hübsches Matrosen-Outfit. Ich habe es im Katalog gesehen. Es ist rot.« Und so gehen die Diskussionen um die perfekte Aufmachung weiter. Da Brea beim Einkaufen nicht körperlich anwesend sein kann, muss sie wenigstens im Geist dabei sein, und so sprechen wir alles genauestens durch, bis zu den Ohrringen und der Farbe des Lippenstifts. Das muntert uns beide auf.

Als ich aufgelegt habe, zaubere ich mir ein Feinschmeckermenü aus Instant-Nudelsuppe und Cola Light und mache mir einen gemütlichen Abend mit dem falschen Traumprinzen aus der Datingshow. Doch diese erbärmliche Ansammlung zappeliger Frauen halte ich nur fünf Minuten aus, weil es noch der Anfang der Saison ist.

Kein Wunder, dass uns die Männer für jämmerlich halten. Ich kann es kaum glauben, dass ich zur gleichen Spezies gehöre wie diese Frauen, geschweige denn zum gleichen Geschlecht. Kein Wunder, dass meine Mutter glaubt, ich sei zu intelligent für die breite Masse der Männer. Wenn man sich diese Sendung ansieht, ist sogar Playboy-Star Anna Nicole Smith zu klug für die meisten Männer.

Ich schalte den Fernseher aus und greife nach einer Frauenzeitschrift, um dann festzustellen, dass der Rest der Welt voll und ganz in seinem Sexualleben aufgeht. Irgendwann im Verlauf eines Jahres spulen die Frauenzeitschriften nur noch die alte Leier über Geschlechtskrankheiten und wie man trotzdem noch guten Sex haben kann ab. Nichts mehr von Mode – es sei denn, man rechnet Unterwäsche zu Mode. Wenn die Frauen von der Venus sind, dann lebe ich auf dem Pluto.

In unserer »modernen« Gesellschaft noch Jungfrau zu sein gibt mir das Gefühl, die totale Außenseiterin zu sein. Und doch bin ich Gott jedes Mal, wenn ich diese Zeitschriften lese, dankbar, dass er mich so bewahrt hat. Ich will darauf vertrauen, dass eines Tages irgendwo irgendein Mann die Tatsache, dass ich noch Jungfrau bin, als Geschenk ansieht und mich nicht nur fragt, ob mit mir etwas nicht stimmt. Brea hat ihren Mann gefunden, und irgendwo da draußen sucht meiner nach mir. Vielleicht ist es Seth. Wenigstens habe ich es nicht vollkommen aufgegeben. Ich habe immer noch einen Hoffnungsschimmer in mir.

Ich mache es mir in meinem Sessel bequem und verdränge den Gedanken, dass Seth am Telefon ziemlich sachlich klang. *Aha, sind wir jetzt bei der Telefonanrufanalyse angekommen? Was er gesagt hat, was er wohl gemeint hat. Was ich gesagt habe, was ich gemeint habe, was ich anders hätte sagen sollen …*

Am Schluss bleibt nur, dass er sachlich klang. Er wirkte nicht besonders überschwänglich, aber er war auch im Büro. Er kann mich ja schlecht umschwärmen, wenn er im Großraumbüro sitzt. Und außerdem ist er Seth. Er ist also emotional sowieso nicht in der Lage zu flirten. Schließlich beschließe ich, dass es nichts gibt, worüber ich mir Sorgen machen müsste. Seth will mit mir ausgehen.

Ich schaue auf die Uhr, und es ist schon halb neun. Zu spät, um noch ins Einkaufszentrum zu gehen. Also schnappe ich mir ein paar Kataloge, um Ideen zu sammeln, und plane meinen großen Auftritt bei Fresh Choice. Ich werde vor Schönheit erstrahlen. Wie heißt das noch mal in diesen Liebesromanen? Ach ja, betörend. Ich werde betörend sein. Oder bezaubernd. Klingt beides gut. Ich werde dafür sorgen, dass Seth bei meinem bloßen Anblick sprachlos ist. Er wird die schreienden Kinder und die Schnellrestaurant-Atmosphäre gar nicht mehr bemerken. Nein, er wird nur noch mich sehen.

Es ist Mittwoch, und ich habe immer noch nichts zum Anziehen gefunden. Man findet nie etwas, wenn man danach sucht. Wann werde ich das endlich kapieren? Ich habe in der Mittagspause zwei Stunden vollkommen umsonst im Einkaufszentrum verbracht. Meine Verabredung ist in vier Stunden, und was ich jetzt anhabe - einen weißen Strickpulli und einen roten Rock von Ann Taylor -, erscheint mir inzwischen sehr hübsch. Leider sehe ich nicht betörend aus, sondern wohl eher das, was man als annehmbar bezeichnen würde. Aber Jane Austens Elizabeth Bennet sah auch nur annehmbar aus, und sie hat sich Mr. Darcy geschnappt. Vielleicht ist es besser, wenn ich Seth mit meinem Aussehen nicht überwältige. Vielleicht ist es besser, ganz normal auszusehen, damit er meine innere Schönheit entdecken kann - die wie ein grandioses Feuerwerk erstrahlen wird.

Ich habe einige Hosen anprobiert, aber diese Hüfthosen sind für - ich weiß auch nicht, für wen - gemacht. Jedenfalls nicht für Frauen mit Hüften. Ich habe ein Bild von Jennifer Lopez in weißen Hüfthosen gesehen, und sie sah schrecklich aus. Und wenn ein Modestil an Jennifer Lopez schon nicht gut aussieht, dann ist die Wahrscheinlichkeit, dass er an irgendjemand anders gut aussieht, ziemlich gering. Warum gibt es also überall nur noch diese Hosen zu kaufen? Wenn die Durchschnittsfrau sagen wir mal

Größe vierzig trägt und Jennifer Lopez vielleicht Größe sechsunddreißig, warum gibt es diese bauchnabelfreien Hosen dann bis Größe sechsundvierzig? Das ist seelische Grausamkeit an den Frauen Amerikas. Und wir folgen dem Trend wie die Lemminge.

Statt nach Hause zu gehen und mich für meine Verabredung fertig zu machen, mache ich noch ein paar Sachen im Büro fertig. Wenn ich heute Abend früher gehe, wird mich das bitter zu stehen kommen. Aber bevor ich es merke, ist es schon Zeit für Fresh Choice, und ich stürme zur Tür hinaus. Ich pudere mein Gesicht noch ein bisschen und trage einen knallroten Lippenstift auf. Mein Gesicht sagt, dass ich mir Mühe gegeben habe, gut auszusehen, aber nur ein wenig. Es sagt, ich bin deine gute Freundin, aber auch offen für mehr. Lass uns reden.

Als ich am Restaurant ankomme, wartet Seth im Foyer auf mich. Bei diesen kristallblauen Augen bleibt mir jedes Mal das Herz stehen. Sein Lächeln reicht bis zu seinen Augen hinauf. Seth und ich kennen uns schon seit Jahren. Wir haben uns gemeinsam durch alle Single-Gruppen gearbeitet, und obwohl da immer so ein gewisses Etwas zwischen uns war, hat keiner von uns beiden je darauf reagiert. Aber das wird sich ja jetzt wohl ändern. Noch nie hat er mich so angesehen. Da bin ich mir ganz sicher. Ziemlich sicher. Fast sicher.

»Ha-hallo«, stottere ich. Wie elegant! Ich nehme das Kinn hoch und versuche meine Fassung wiederzufinden.

»Hallo. Schön, dass du kommen konntest.« Er holt mir ein Tablett und lässt mich zuerst an die Salattheke gehen. Na schön, das hat etwas von Kavalier sein.

Wir gehen schweigend die ganze Theke entlang, und als wir an die Kasse kommen, packt mich die Panik. Soll ich meinen Geldbeutel herausnehmen? Nicht dass die neun Dollar ihn umbringen werden, aber ist es geschmacklos, das zu erwarten? Einen Augenblick lang kaue ich auf meiner Lippe und beschließe dann, dass er mich schließlich eingeladen hat; dann kann er auch zahlen. Ich lächle ihn an, als er den Geldbeutel zückt - und mit Rabattmarken bezahlt.

»Danke für die Einladung.«

»Gern geschehen.« Wir setzen uns an einen Tisch, und er beachtet sein Tablett gar nicht, sondern konzentriert sich ganz auf meine Nase. Noch nie hat er mich so gespannt angesehen! Und diese Augen! Ich sehe ihn schon im Smoking bei unserer Hochzeit oder die gleichen Augen im Gesicht unseres Sohnes, der die gleiche Haarfarbe hat wie ich und definitiv mehr Haare als auf Seths Kopf...

»Du fragst dich sicher, worüber ich mit dir sprechen wollte.«

Gleich fange ich an zu hyperventilieren. Ich wusste nicht, dass es hier eine Tagesordnung gibt. Hätte ich merken müssen, dass es eine Tagesordnung gibt? Brea hätte es gemerkt, wenn es ihr besser ginge. Ich hätte unser Telefongespräch besser analysieren sollen. *Merke: Hör den Anrufbeantworter mindestens sechs Mal ab.*

»Nein, nicht wirklich. Ich habe einfach gedacht, dass du mich zum Essen einlädst. Wir sind schon sehr lange befreundet, nicht wahr?« Ich hoffe, dass ihn das davon abbringt, mir etwas zu erzählen, das ich nicht hören will.

Er verschüttet seine Cola - manchmal ist er so hinreißend ungeschickt - und steht auf, um ein paar Servietten zu holen. Ich schiebe mir eine Olive in den Mund und stelle mir vor, wie unsere Unterhaltung weitergehen könnte.

»Ich brauche deine Hilfe in einer Patentsache bei einem Projekt, an dem ich arbeite. Ich konnte niemand anders fragen. Ich konnte niemand anders damit vertrauen.« Von seinen Gefühlen überwältigt, sieht Seth einen Augenblick zur Seite.

»Du weißt, dass ich immer für dich da bin, Seth.« Ich lege meine Hand sanft auf seine. »Hast du die Zeichnungen schon?«

»Ja, hier.« Seth zieht einige schematische Zeichnungen hervor, und unsere Blicke treffen sich, als sei es das erste Mal. Er schiebt die Blaupausen beiseite und küsst mich begierig über den Tisch hinweg.

Ich erwidere seinen Kuss feurig.

Mein Blick fällt auf die Papiere, die auf dem Boden liegen.

»Dein Projekt ist erstaunlich. Da tut sich ein ganz neuer Markt auf. Du wirst reicher werden, als du dir in deinen kühnsten Träumen je vorgestellt hast«, sage ich außer Atem vom Küssen.

»Wir werden reich sein, Ashley. Und deshalb habe ich das für dich gekauft, um mich bei dir zu bedanken.« Er hält mir einen Ring mit einem zwei Karat Brillant hin - aus Platin natürlich. »Willst du mich heiraten?«

»Oh, ja Seth, das will ich.«

»Ashley, ist alles in Ordnung?« Er setzt sich wieder mir gegenüber hin und wischt die Sauerei auf. »Ich dachte, es wäre gut, wenn wir uns beim Essen unterhalten«, sagt er, und sein Gesichtsausdruck ist wieder ganz sachlich.

Mein Herz klopft wild, und ich versuche, ruhig zu atmen. Es wäre nicht gut, jetzt an einem Herzinfarkt zu sterben. Nicht ausgerechnet jetzt. »Nur zu, Seth.«

»Du hast doch schon manchmal im Gottesdienst in der Band mitgesungen.«

»Ja«, sage ich langsam und erröte ein kleines bisschen vor Stolz. »Ich bin zwar nicht Jaci Valasquez oder so, und wegen meiner Arbeitszeiten konnte ich in letzter Zeit nicht mehr zu den Proben kommen, aber ...«

Er unterbricht mich. »Das andere Mädchen, das mit dir zusammen singt, Arin?«

Mir vergeht das Lächeln. »Ja?«

»Meinst du«, er hält inne. »Nun ja, meinst du, sie würde mit mir ausgehen?«

Atme. Atme. Zeig nur ja keine Enttäuschung. Aber ich bringe kein Wort heraus. Ich kann nicht aussprechen, was ich nicht empfinde, und mir wird klar, warum ich niemals Strafverteidigerin oder Pokerspielerin werden könnte. Ich antworte gleichgültig, aber innerlich zerbricht mir das Herz. Erst in diesem Moment wird mir klar, wie viel mir Seth bedeutet. Seine stille, kluge Art ... und seine leuchtend blauen Augen ... und sein sanftes Lächeln haben einen Teil von mir gefesselt. Es ist langsam und unauffällig über die Jahre geschehen, ohne dass ich es merkte. Wir haben so viel gemeinsam erlebt, dass ich es für selbstverständlich hielt.

»Hat Arin je von mir gesprochen?«, bohrt Seth nach, immer tiefer in mein Herz.

»Sie ist doch erst vierundzwanzig«, entgegne ich und spüre das Verlangen, ihn auf seine werdende Glatze und sein Alter hinzuweisen. Aber ich halte den Mund und hoffe, dass ihr Alter reicht, um seine aufgeblasene, egoistische, unsensible Einbildung zum Platzen zu bringen.

Er nickt eifrig und blind. »Sie ist wunderhübsch, meinst du nicht auch?«

Am liebsten würde ich ihm den Hals umdrehen. Ich möchte meine Hände um seinen dürren, kleinen Hals legen und schreien: DU BIST ZU RECHT SINGLE. ICH DACHTE, DU BIST EIN SINGLE AUF ZEIT, ABER DU BIST EIN SINGLE AUF EWIGKEIT VON DER SCHLIMMSTEN SORTE! Mein Salat sieht plötzlich welk aus, und ich überlege, wie ich die nächste halbe Stunde überleben soll, aber ich fange langsam an zu kochen.

Und plötzlich überkommt mich eine unnatürliche Ruhe. Ich habe alles unter Kontrolle. Vollkommen gefasst mache ich weiter, wie die preisgekrönte Schauspielerin Glenn Close, vielleicht mit ein bisschen *verhängnisvoller Affäre*. Aber ohne Playboy-Flair. »Arin ist sehr hübsch«, antworte ich ruhig. Vielleicht ein bisschen beängstigend ruhig. »Arin hat auch einen Freund an der Stanford Uni. Er studiert Medizin«, füge ich hinzu. Aber es bringt nichts. Wenn Seth noch einen Hauch von Single auf Zeit in sich hatte, so ist der längst in der Ewigkeit begraben. Er könnte einen Grundkurs in Ahnungslosigkeit unterrichten.

»Ist es etwas Festes?«, fragt Seth. »Zwischen Arin und ihrem Freund?«

»Ist das dein Ernst?« Ich will nicht böse klingen, aber wie kann dieser Mann nur so beschränkt sein? Meint er wirklich, eine blendend aussehende Vierundzwanzigjährige mit einem Freund, der aussieht wie Hugh Jackman im Arztkittel, hätte Interesse an seiner kahlköpfigen Science-Fiction-Gestalt? Alles in mir ist versucht, alle Gründe für sein Singlesein laut hinauszuschreien, damit es das ganze Restaurant hört.

»Du meinst also, sie würde nicht mit mir ausgehen?« Seth sticht vehement in eine Cherry-Tomate. Trotz meiner ausweichenden Antwort glimmt offensichtlich immer noch Hoffnung in ihm, und die würde ich am liebsten austreten.

»Ich weiß nicht, was sie tun würde. Warum fragst du sie nicht selbst?«

»Ich will mich nicht lächerlich machen.«

Schon passiert. Die schreienden Kinder im Restaurant werden lauter. Unerträglich laut. Und ich halte es keinen Bissen länger aus, Seth gegenüberzusitzen. »Weißt du, mir ist nicht gut, und ich habe jede Menge Arbeit aus dem Büro mitgenommen. Viel Glück mit Arin. Tut mir leid, dass ich dir nicht mehr helfen kann, aber so gut kenne ich sie nicht. Sie ist zu jung, als dass ich eng mit ihr befreundet wäre. Und vielleicht auch für dich.«

Er merkt nicht, dass ich meine Sachen zusammensuche und mich bereit mache zur Flucht. »Ich dachte, weil sie Allegorien und Science-Fiction mag, wären wir vielleicht ein gutes Paar. Ich habe auch gehört, dass sie gern Ski fährt.«

Ich lese gerne Liebesromane, aber deshalb rufe ich auch nicht gleich Fabio Lanzoni an, nur weil er auf der Titelseite ist.

Ich stehe auf und will gerade noch einen passenden Kommentar abgeben, aber beim Anblick seiner gerunzelten Stirn wird mein Herz weich, und ich streiche mit den Fingern über den Riemen meiner Handtasche. *Oh Gott, hab Gnade mit mir, wenn ich ihn am liebsten in Stücke reißen würde!* »Seth, äh, du bist … ein toller Kerl. Wer weiß, was Arin tun würde. Aber du scheinst einfach nicht die Art von Mann zu sein, der sich an die Freundin eines anderen ranmacht.«

»Danke Ashley. Ich weiß deine Offenheit zu schätzen.« *Er glaubt mir kein Wort, aber er schätzt meine Offenheit trotzdem.*

»Keine Ursache«, seufze ich und singe innerlich »Chain of Fools«. »Sehen wir uns am Sonntag?«

»Ja, Sonntag«, nickt er.

Ich hätte nichts dagegen, nie wieder einen Ewigkeitssingle zu sehen. Als ich aus dem Restaurant gehe, bin ich dankbar, dass ich für diese »Verabredung« keinen Cent ausgegeben habe. Sie war nicht einmal einen neuen Lippenstift wert. Es ist mir peinlich, Brea anzurufen und ihr zu erzählen, was für eine blöde Kuh ich bin, aber ohne ihre moralische Unterstützung schaffe ich es heute Abend nicht. Außerdem kennt sie bestimmt ein paar gute Glatzen-Witze, und heute Abend werde ich mich über jeden einzelnen davon schieflachen. Ein zwei Karat Brillant - Seth würde mir einen viereckigen Kunstdiamant schenken und mir dabei erzählen, wie billig er ihn im Teleshop gekauft hat, nur um mich noch mehr zu beleidigen.

Merke: In einer Rübe fließt kein Blut.

6

Der Samstagabend ist da - wenn ich eine Verabredung hätte, würde es ewig dauern, bis er käme, aber ich habe keine, und so hat er sich angeschlichen und steht nun vor mir wie ein Abgabetermin. Es ist Talentshow im Starbucks Café, und ich überlege mir tausend Mal, ob ich hingehen soll. Seth wird auch da sein, was mich eher davon abhält, aber schließlich kann ich nicht ewig vor ihm davonlaufen. Er weiß nicht, was ich für ihn empfinde, genauso wenig wie Arin weiß, dass er in sie verknallt ist.

Zuerst schaue ich ins Fernsehprogramm, aber es gibt nichts, für das es sich lohnen würde, zu Hause zu bleiben. Das sollte mir etwas sagen. Es hätte nicht viel gebraucht; schon eine einfache Familien-Serie hätte gereicht. Kirk Cameron als pubertierender Teen in Growing Pains hätte mir vollkommen genügt. Aber es kommt nichts.

Ich gehe zum Café und bin fest entschlossen, unter keinen Umständen irgendetwas vorzuführen. Ich bin dankbar, dass ich mich niemals unter Zwang auf Kay Hardings berüchtigter Liste eingetragen habe. Die leere Spalte auf der Liste ist meine Fahrkarte in die Freiheit.

Die Nacht des offenen Mikros der First Community Kirche im Starbucks Café ist unser Versuch, der Welt da draußen zu zeigen, dass wir Christen auch ohne Alkohol und ohne Drogen und ohne Sex Spaß haben können. Allerdings sind wir im Silicon Valley, und so ist Spaß haben sowieso eine relativ gemäßigte Sache. Wenn es die Marketing-Leute nicht gäbe, würden die Christen gar nicht auffallen. Es ist vollkommen normal, sich das Wochenende mit Videospielen und Risiko zu vertreiben. Dazu muss man nicht einmal Christ sein. Es reicht schon, wenn man Ingenieur ist.

Ich selbst bin Trivial-Pursuit-Fanatikerin, aber die Ingenieure sprechen zwar die Weltsprache der Mathematik, kennen sich aber mit nutzlosen Tatsachen nicht aus. In der Single-Gruppe haben wir es ein paar Mal gespielt, und ich musste dann immer feststellen, dass ich gerade noch weiß, dass der Zweite Weltkrieg vorbei ist, dafür aber eine Titelgeschichte aus dem People Magazin von 1988 Wort für Wort wiedergeben kann. Irgendetwas muss man mit dieser Art von Begabung doch anfangen können, oder? Vielleicht gibt es irgendwo in Washington so eine Art Lasst-uns-diesen-modischen-Missgriff-nicht-noch-mal-machen-Expertenkommission.

Als ich ins Café komme, bestelle ich eine doppelte Latte macchiato und setze mich an einen der Tische, an denen die anderen Singles sitzen, die nichts Besseres vorhaben. Wir lächeln uns zu, sind etwas peinlich berührt, hier zu sein, aber dann eröffnet Kay die Show, und alles wird ein bisschen lockerer. Kay ist eine großartige Moderatorin, weil sie es so gerne macht und sich nicht darum schert, was andere denken. Diese Gabe muss ungeheuer befreiend sein. Ich beneide sie darum. Vor dieser Gruppe einen Bauchtanz aufführen zu können wäre sehr aufbauend.

»Willkommen zu unserer zweiten halbjährlichen Nacht des offenen Mikros der Single-Gruppe der First Community Kirche!«

Rufe und Jubel. Es klingt wie bei der Trigonometrie-Olympiade in der Highschool. Ich bin unter lauter Mathe-Athleten! Die Mitarbeiter an der Theke rollen die Augen, und ich wünschte, ich könnte so etwas einfach ignorieren oder würde es gar nicht bemerken. Unsere Gruppe merkt nicht, dass sie lächerlich wirkt. Warum muss *mir* das auffallen? Offensichtlich bin ich die Einzige, die es merkt. *Oh Gott, kannst du mich nicht blind machen für so etwas? Kannst du mich nicht auch gesellschaftsunfähig machen, damit ich mich hier amüsieren kann?*

Ich möchte durchs Leben gehen und denken, dass der christliche Colin Firth jeden Moment um die Ecke kommt, wenn ich dazu bereit bin, dass er sich bereitwillig mit meinem übergroßen Jennifer-Lopez-Hintern und meinem ärmlichen gesellschaftlichen Leben abfinden und mich in ein idyllisches Leben auf irgendeiner Tropeninsel entführen würde, wo er ehrfürchtig erstarren würde vor meiner ungemeinen Kenntnis aller Belanglosigkeiten über Johnny Depp.

Seufz.

»Als Erster wird uns heute Abend Seth Greenwood etwas vorführen.«

Ich klatsche höflich und frage mich, ob Seth überhaupt ahnt, dass er mich gekränkt hat. Seth hat zwei Becher in den Händen und zeigt uns, dass man ein Ei zum Schwimmen bringen kann, indem man Salz ins Wasser rührt. Ich ziehe die Augenbrauen hoch. Davon wäre Arin ganz bestimmt zutiefst beeindruckt. Schade, dass sie nicht hier ist. In mir kommt wieder Glenn Close hoch. Übergehen wir das einfach.

»Als Nächstes«, Kay wendet sich an ihre zuverlässige Stütze, das Klemmbrett mit der Liste, »einen Applaus für Sam Wong, der uns die Sterbeszene von Spock aus Star Trek vorführen wird.«

Sam hat seinen beleibten Körper in ein Star-Trek-Kostüm gezwängt und sieht ehrlich gesagt eher wie ein Teletubbie-Matrose aus als wie ein Vulkanier, aber ich blende die Realität aus, um die Szene genießen zu können.

Sam stottert und zieht seine aufgemalten Vulkanier-Augenbrauen zusammen, während er mit einem unsichtbaren Captain Kirk spricht. »Trauert nicht. Mein Opfer ist ganz logisch. Die Not der Vielen wiegt schwerer als die Not Weniger oder eines Einzelnen.« Das Drama spitzt sich zu, als Sam vorgibt, im Sterben zu liegen, den Vulkanier-Gruß zeigt und Captain Kirk aufträgt, ein gutes und langes Leben zu leben. Dann drückt er auf den Knopf des Kassettenrecorders, aus dem eine mitreißende Version von Amazing Grace mit Dudelsäcken erschallt.

Die Zuschauer drehen durch, und ich frage mich, wie irgendjemand dem hier etwas abgewinnen kann – dieser großartigen Vorführung theatralischer Ingenieurskunst.

»Jake, du bist dran, Kumpel«, sagt Kay.

Jake steht auf und verbeugt sich erst einmal. Ich schwöre mir selbst, dass ich mich diesmal nicht zu der Bedienung hinter der Theke umdrehen werde. Ich mache Fortschritte.

»Ich brauche eine hübsche Assistentin.« Jake schaut geradewegs zu mir herüber, und ich fange sofort an, in meiner Handtasche nach etwas zu suchen, das ich wohl zu Hause vergessen habe. Aber es ist zwecklos; Jake kommt schon auf mich zu. »Ashley, würdest du mir die Ehre erweisen?«

Er nimmt meine Hand und zieht mich hoch. Unglücklicherweise hat sich der Riemen meiner Handtasche um meine Fußgelenke gewickelt, als ich darin herumgesucht habe, und ich spüre, wie meine obere Hälfte sich vorwärtsbewegt, aber meine untere Hälfte fest an den Stuhl gefesselt ist, weil ich meine Füße nicht schnell genug befreien kann. Ich packe Jakes Hand und versuche verzweifelt, mich von dem harten Fliesenboden fernzuhalten, aber vergeblich. Ich taumle, werde zu einem sehr ungeistlichen Knoten und reiße Jake auch noch auf mich drauf, gefolgt von meiner doppelten, glücklicherweise inzwischen kalten Latte macchiato. Der ganze Raum bricht in schallendes Gelächter aus, und ausnahmsweise sind die Bedienungen einer Meinung mit uns und applaudieren wild.

Ich warte ab, bis Jake sich von mir erhoben hat, um dann so elegant wie möglich meine Beine zu entwirren und vorsichtig aufzustehen. Ich lächle, als hätte mir das Ganze Spaß gemacht, aber ich bin gedemütigt und wage es nicht, aufzusehen. Als echter Silicon-Valley-Mann macht Jake das Ganze nur noch schlimmer.

»Ich muss mich korrigieren. Ich brauche eine hübsche Assistentin, die auf zwei Beinen stehen kann.« Er lacht, holt sich eine andere Frau aus der kichernden Zuschauermenge und wischt sich den Kaffee von der Jeans. Verlegen krabble ich zurück auf meinen Stuhl und wehre mich nicht gegen seine Neckerei. Ich habe es verdient. Ich tupfe den Kaffee von meiner Kargohose und weiß doch, dass das zwecklos ist. Bleichmittel für Buntwäsche ist meine einzige Rettung.

Das Schlimmste daran ist, dass ich jetzt den ganzen Abend dableiben muss. Wenn ich früher gehe, riskiere ich nur noch mehr Gelächter.

Jake trägt seiner neuen, besser koordinierten Assistentin ein Gedicht von Keats vor. Sie wird rot, und ich frage mich, ob es nicht besser war, sich ungeschickt zu verabschieden, als Jakes Romantik über sich ergehen zu lassen. Als Romeo taugt er einfach nicht, nachdem er so viele Bedienungen um ihr Trinkgeld gebracht hat und wir so oft seinetwegen noch ein paar Dollar drauflegen mussten. Es sei denn, es gibt eine Frau, für die Hühner-Burritos aus der Mikrowelle eine verführerische Alternative zu einem eleganten Abendessen sind.

Als ich gerade denke, dass es eigentlich nicht mehr schlimmer kommen kann, kommt Arin freundlos herein. Sie trägt wunderschöne, bunte Dreiviertelhosen mit einem dazu passenden T-Shirt – alles in Größe sechsunddreißig – und Flipflops – im Januar! Und an ihr sieht es gut aus. Sie setzt sich neben mich und spielt mit ihren wunderbaren, langen, blonden Haaren. Alle werden aufmerksam, und Seth bekommt fast keine Luft mehr.

Sie lächelt fröhlich. »Habe ich was verpasst?«

»Seth Greenwood hat ein wissenschaftliches Experiment vorgeführt, Sam Wong ist als Spock gestorben, und jetzt trägt Jake ein Gedicht vor«, antworte ich mit monotoner Stimme.

»Wer ist noch mal Seth?«

Ah, welche Genugtuung! »Der da drüben mit der Glatze.«

»Oh.« Sie schaut hinüber und wendet sich dann desinteressiert ab. »Noch nichts Aufregendes passiert, was?«

Kay Harding hat unsere Unterhaltung mitgehört und lacht. »Na ja, Ashley hat ein paar gymnastische Übungen vorgeführt. Sei nicht so bescheiden, Ashley. Es war das Beste am ganzen Abend. Sie ist über ihre eigenen Füße gestolpert.«

Ich grinse und lache halbherzig. Arin versteht die Botschaft und weiß, dass es nicht lustig war. Obwohl sie ein süßes, vierundzwanzigjähriges Ding ist und sich die Männer vor ihr verneigen wie vor einer Prinzessin, mag ich sie trotzdem. Auch wenn Sie mir das jetzt vorhalten.

»Ashley ist hingefallen und hat Kaffee verschüttet, und ihr habt das lustig gefunden?«, fragt Arin gedehnt.

»Natürlich war das lustig«, entgegnet Kay, als erkläre sie eine mathematische Gleichung. »Du bist zu jung, um dich daran zu erinnern, aber Nancy Reagan hat das seinerzeit auch immer getan.

Es kam dann in den Abendnachrichten und wir haben uns kaputtgelacht.«

»Ich finde das schrecklich. Ashley hätte sich auch wehtun oder sogar verbrennen können. Ganz zu schweigen davon, dass ihr sie ausgelacht und damit verletzt habt. Ist das hier nicht eine christliche Gruppe?« Das liebliche Lächeln in Arins Gesicht ist einem verärgerten Stirnrunzeln gewichen. Sie hat etwas von Rene Zellweger. Sowohl die Frauen als auch die Männer mögen sie, und trotz der Sache mit Seth mag ich sie auch.

Kay schnalzt mit der Zunge und macht mit der Moderation weiter.

»Ashley«, sagt Arin laut, »komm, wir singen etwas.«

Ich schüttle heftig den Kopf. »Ich kann nicht. Dazu bin ich nicht begabt. Wo ist dein Freund?«, frage ich und hoffe, damit von dem Gedanken abzulenken, dass ich irgendetwas anderes vortragen könnte, als ein Patent zu erklären.

Arin zieht eine Schnute. »Mein Freund muss lernen. Samstags abends. Gibt es etwas Schlimmeres? Nur gut, dass er so gut aussieht, habe ich ihm gesagt.« Sie stemmt ihre winzigen Fäuste in ihre nicht vorhandenen Hüften. Als meine Hüften das letzte Mal so schmal waren wie ihre, war ich in der sechsten Klasse. Ich schaue genauer hin. Vielleicht noch nicht einmal.

»Komm schon, Ashley. Das macht Spaß. Wir haben doch nichts zu verlieren. Wir singen jeden Sonntagmorgen.«

»Das ist was anderes.«

»Da vorne ist eine Karaoke-Maschine. Komm schon.« Arin steht auf und zieht mich hoch. Vergessen Sie nicht, dass ich immer noch voller Kaffee bin und jetzt neben einer entzückenden Blonden mit Größe sechsunddreißig stehe. Von Seths Anwesenheit ganz zu schweigen. *Merke: Sei niemals zu wählerisch, was das Samstagabend-Fernsehprogramm angeht.*

Kays Liste ist plötzlich uninteressant, und alle staunen bei dem Anblick dieser jungen, geheimnisvollen Arin, die zu uns gestoßen ist und jetzt nach vorn geht. Wir sind die ewigen Singles. Sie wird nicht lange Single bleiben.

Sie schlägt das Karaoke-Buch auf und sucht ein Lied aus. Die Musik fängt an, und bevor ich es merke, singen wir mit schmachtender Stimme ein Liebeslied von Cher.

»Uuuh-uuuh-uuuh«, singe ich, während Arin den lebhaften Teil übernimmt. Am Schluss kichern wir nur noch, und ich stelle erschreckt fest, dass es mir tatsächlich Spaß gemacht hat. »Komm, noch mal!«

»Diesmal suchst du was aus.« Arin und ich kichern immer noch, und unsere gute Laune steckt die anderen an, so dass dieser steife Haufen von Ingenieuren tatsächlich verrückt spielt. Jedenfalls mehr als bei Spocks Sterbeszene. Unter diesen Umständen könnten wir sogar Matrix schlagen. Mein Selbstbewusstsein wächst von Minute zu Minute.

»Die Macarena!«, rufe ich.

Die Musik fängt an, und wir fangen sofort mit den Handbewegungen an. Wer hätte gedacht, dass dieser Trupp den Macarena-Tanz kennt? Wir schwingen mit den Hüften und wackeln mit dem Hintern, bis die Musik zu Ende ist, und wieder kriege ich vor Lachen fast keine Luft mehr.

»Ashley, ich wusste gar nicht, dass du tanzen kannst.« Seth steht neben mir.

»Für die Macarena muss man nicht wirklich tanzen können«, erkläre ich. »Das kann sogar eine Patentanwältin.«

»Hallo«, begrüßt Seth Arin. »Ich bin Seth Greenwood.«

Arin nickt. Selbst die Art, wie sie nickt, ist süß. »Nett, dich kennen zu lernen. War Ashley nicht großartig? Ich wusste doch, dass hinter dieser Anwaltsfassade eine Rockerin verborgen ist. Eine wilde Frau, die nur darauf wartet, freigelassen zu werden.«

Ich muss einen riesigen Kloß in meinem Hals hinunterschlucken, als ich auf seine Antwort warte. Er schaut nicht Arin, sondern mich an, und ich kann plötzlich gar nicht mehr glauben, dass ich bei Starbucks getanzt und gesungen habe. Habe ich denn gar kein Schamgefühl mehr? Bei dem Gedanken muss ich wieder anfangen zu lachen.

»Ich habe hin und wieder schon mal was von ihrer wilden Seite gesehen«, erwidert Seth zwinkernd. »Du hättest sie letzten Sommer auf der Wasserrutsche sehen sollen.«

Ich spüre, wie mein Kopf heiß wird. »Ich brauche einen Eistee.« Ich flüchte mich an die Theke.

Als ich mich umdrehe, sehe ich, dass Seth und Arin in der Tat ein nettes Paar wären. Sie hört ihm zu, als seien seine Worte Perlen, und ich spüre, wie mein Herz heftig anfängt zu klopfen bei dem Anblick. *Gott, wenn jetzt der Teil kommt, an dem ich meinen Traum loslasse, damit jemand anderes glücklich werden kann, äh, könnten wir das Skript dann noch mal überarbeiten?*

Arin kommt ohne Seth zu mir an die Theke. »Scheint ein netter Kerl zu sein, Ashley. Bist du schon mal mit ihm ausgegangen?«

»Mit Seth? Nein, noch nicht. Ich gehe nicht viel mit Männern aus.«

Arin macht eine abwertende Handbewegung. »Ich auch nicht. Wozu auch?«

Ich zucke mit den Achseln. »Willst du denn gar nicht heiraten?«

»Ha!« Damit wirft Arin ihre langen, schönen, blonden Haare zurück. »Nicht in diesem Leben. Jedenfalls nicht bevor ich fünfunddreißig bin. Nur wenn ich jemanden finde, der mit mir durch die Welt reist. Jemand, der das Leben liebt und nicht nur mit dem Berufsalltag hier zufrieden ist, wie all diese Roboter.«

»Warte ab, ob du das mit dreißig immer noch sagst. Diese Gedanken ändern sich mit der Zeit.« Jetzt klinge ich so spießig, wie ich geworden bin.

»Nein, ernsthaft. Ich gehe nächsten Monat nach Costa Rica auf einen Kurzeinsatz mit einem Missionswerk. Und danach will ich nach Afrika und auf Safari gehen. Kevin ist für meinen Geschmack zu sehr in seine Arbeit vertieft. Ich war gern mit ihm zusammen, aber wenn wir beide ganz ehrlich zueinander sind, dann müssen wir zugeben, dass wir einander nur Gesellschaft geleistet haben.« In der zwielichtigen Beleuchtung des Starbucks Cafés wirkt Arin geknickt. »Außerdem ist er viel zu ernst, als dass ich ihn ernst nehmen könnte.« Sie lacht ein unbeschwertes, leichtes Lachen.

»Du bist hier im Silicon Valley, Arin. Hier sind alle ernst.« Ein ernster, gut aussehender Arzt. Vielleicht überlässt sie ihn ja mir?

»Ich weiß. Ist das nicht gerade das Problem? Als ich letzten Sommer in Italien war, da haben die Leute sogar mal einen Nachmittag frei gemacht und ein Glas Wein getrunken und eine Kleinigkeit gegessen. Hier vergessen sie ja schon beinahe überhaupt zu essen. Ich glaube nicht, dass ich für das Leben hier geschaffen bin.«

»Ich schon, glaube ich. Aber in letzter Zeit habe ich auch so meine Zweifel«, gebe ich zu. »Ich habe kein Problem damit, rund um die Uhr sieben Tage in der Woche zu arbeiten. Zumindest hat es mir bisher nichts ausgemacht.« Ich sehe zu Seth hinüber, der sich gerade mit Sam über dessen Star-Trek-Darbietung amüsiert. In mir ist eine Sehnsucht, die ich nicht will, und Arins Gleichgültigkeit ihm gegenüber - ihre Ausrichtung auf die Zukunft und was sein wird - erinnert mich nur daran, dass ich mich in meiner eigenen Haut im Moment auch nicht wohlfühle. Es ist noch gar nicht lange her, da habe ich genau das Gleiche übers Heiraten gesagt. Und jetzt bin ich Bus-Braut, wenn man meinem Bruder und den Männern der First Community Kirche glauben darf. Dass Arin immer noch Möglichkeiten hat zu heiraten, macht mich wahnsinnig.

»Eines Tages wird auch mein Prinz kommen ...«, singt sie.

Oh, wenn ich doch noch einmal so naiv sein könnte. Ich muss das Thema wechseln, bevor ich noch verletzend werde. »Nach Costa Rica? Was wirst du dort machen?«

»Ich wollte schon immer mal den Urwald sehen, und dieses Missionswerk ist die Möglichkeit dazu. Bei der derzeitigen Wirtschaftslage gibt es keine Jobs - mit einem Abschluss in englischer Literatur ist man hier nicht gerade heiß begehrt - also verpasse ich nicht wirklich etwas.« Sie bläst sich ein paar Strähnen aus dem Gesicht. »Wenn ich schon arbeitslos sein werde, kann ich wenigstens noch etwas Gutes tun.«

Oh, wenn mein Bruder Dave doch nur ihren Schneid hätte ...

»Und was machst du in Costa Rica?«, frage ich.

»Ich habe ein Zahnarztteam kennen gelernt, die noch Helfer suchen. Ich werde ihnen bei der Arbeit unter den Einheimischen, die an der Küste leben, helfen. Ich werde in den Urwald gehen und die Affen und Vögel sehen … Wir werden ein recht großes Gebiet bereisen.«

»Wow«, sage ich ehrlich erstaunt. Und ich dachte immer, ich sei abenteuerlustig, wenn ich ins Kino gehe, ohne die Karten vorher übers Internet zu reservieren.

»Du kannst froh sein, dass dich das Leben hier glücklich macht, Ashley.«

Ich schaue zu Seth hinüber, der sich immer noch mit Sam amüsiert. »Wirklich?«

7

Ich habe den Sonntagmorgen im Gebet verbracht. Mit Fasten und allem Drum und Dran. Ich habe Gottes Willen für diesen Tag erkannt und bin nun für alles gewappnet – wenn Friede mit Gott meine Seele durchdringt und so weiter. Ich bin so verdammt friedvoll, dass ich schon apathisch bin.

Meine traurige Vergangenheit schwimmt wie Treibholz auf den Wellen langsam davon. Vielleicht werde ich jetzt der Mittelpunkt jeder Party sein, so wie Arin. Ich habe alle negativen Erinnerungen in mir in den Abgrund meines Meeres versenkt. Ich lege sie vor dem Thron Gottes auf den Altar und gehe weiter auf meinem Lebensweg. Heute fängt mein neu gefundener Glaube an. Ich werde mich nie wieder aufregen. Ich werde mich um nichts mehr sorgen, sondern in allen Dingen meine Bitten in Gebet und Flehen vor Gott kundwerden lassen. Und der Friede Gottes, der höher ist als alle Vernunft, wird mein Herz und meine Sinne bewahren, in Jesus Christus. Das Leben ist gut, und ich fühle mich lebendig.

Das Telefon klingelt.

»Hallo«, hauche ich in den Hörer, um meine neu gefundene, friedfertige Haltung zu demonstrieren. Was nützt sie mir, wenn ich sie nicht auch anderen gegenüber zeigen kann?

»Ashley, hier ist deine Mutter.«

Durchatmen! Das ist die erste Prüfung. »Hallo Mama!«, antworte ich kraftvoll. Kommt schon! Sagt mir alle, dass ich alt bin, dass ich eine Bus-Braut bin, dass ich zu schlau bin. Ich kann damit umgehen. Ich bin durch das Gebet gewappnet, Mann!

»Ashley, tut mir leid, dass ich dich aufhalte, wo du doch in die Kirche willst, aber ich wollte dich unbedingt noch erwischen. Du scheinst in letzter Zeit ständig in der Kirche zu sein.«

»Schon in Ordnung, Mama.« Ich sollte Werbung für Fernsehsessel machen. Mir wird schon fast schwindelig vor lauter Friede in mir.

»Ich rufe dich wegen deinem Bruder an.«

»Haben sie ihn gefeuert?« Ich atme langsam aus.

»Nein, es ist nichts dergleichen. Warum sagst du so etwas, Ashley? Dein Bruder ist ein guter Busfahrer.« Sie schnalzt mit der Zunge. »Manchmal weiß ich einfach nicht, was ich von dir halten soll. Du hattest alle erdenklichen Möglichkeiten. Dein Bruder war nie so begabt wie du, Ashley Wilkes Stockingdale.«

Autsch! Wieder die Anrede mit dem vollen Namen. »Entschuldigung, Mama. Ich habe es nicht böse gemeint. Dave ist ein prima Busfahrer«, sage ich mit zusammengebissenen Zähnen. Mein friedvolles Äußeres bröckelt. *Nein! Reset - noch mal von vorn!*

»Ich rufe dich an, um dir zu sagen, dass Dave heiraten wird, Schatz.«

Meine Knie werden weich, und mein Magen verkrampft sich. Habe ich da gerade richtig gehört? Mein Marihuana rauchender, obdachloser, ehrgeizloser Bruder heiratet noch vor mir? Mein jüngerer Bruder. *Na schön, Gott, ich weiß, ich habe gerade den ganzen Morgen mit dir im Gebet verbracht, aber jetzt will ich so dermaßen nicht mit dir sprechen!*

»Auf einmal? Hat er jemanden geschwängert?« Wo ist der Friede hin, für den ich gebetet habe? Meine gelassene, christusähnliche Reaktion? Ich höre mich an, als wäre ich in Ricki Lakes billiger Talkshow und nicht bei Billy Graham.

»Ashley! Sag nicht so etwas Schreckliches! Niemand ist schwanger. Wir mögen sie sehr. Sie ist ein nettes Mädchen.«

»Spricht sie Englisch?« *Und schon wieder dieses unkontrollierbare Mundwerk!*

»Ein wenig. Warum fragst du?«

»Gib mir Dave, Mama. Ich will ihm gratulieren.«

Ich warte kurz, während am anderen Ende schlurfende Schritte zu hören sind. Dave ist offensichtlich noch im Bett. Warum sollte er das auch nicht sein? Es ist schließlich erst neun Uhr morgens.

Mein Bruder und ich führen seit unserer Kindheit einen heimlichen, aber allgegenwärtigen Wettstreit. Es wird Zeit, dass wir das hinter uns lassen. Ich werde ihm gratulieren und mich für ihn freuen. Und wenn es mich umbringt.

»Hallo, du ewige Brautjungfer.« Er prustet vor Lachen. »Was hältst du von meinen Neuigkeiten?«

Ich weiß, dass er nur neidisch ist. Ich weiß, dass er nur neidisch ist. Steh drüber; nur so kommst du aus diesem blöden Verhaltensmuster raus. Mein Gott, hilf mir jetzt!

»Dave, das sind wunderbare Neuigkeiten. Wo hast du sie kennen gelernt?«, antworte ich mit ruhiger Stimme. Aber dann bewegt sich mein Mund wieder von alleine: »Bei der Einwanderungsbehörde?« *Autsch, das wollte ich gar nicht laut sagen.*

Dave bleibt ganz cool bei meiner Attacke. »Nur weil ich heirate und du nicht einmal eine Verabredung mit einem Mann zustande kriegst, musst du nicht wütend auf mich sein, Schwesterherz«, sagt er mit der Sanftheit eines Psychologen. »Eines Tages wird auch für dich der Richtige kommen. Ich habe gehört, dass man in Florida viele reiche Witwer findet. Vielleicht solltest du dich versetzen lassen. Allerdings habe ich auch gehört, dass sie ziemlich schnell weg sind - entweder weil sie heiraten oder weil sie sterben. Du solltest dich also beeilen.« Er lacht wieder.

Ich ignoriere ihn. »Wie heißt deine Verlobte?«

Sein Tonfall ändert sich. »Mei Ling. Sie kommt aus Hongkong. Ihr Vater ist gestorben, als sie nach Amerika gekommen sind, und sie hat die letzten zehn Jahre in Michigan gelebt.«

Ich bekomme Mitleid mit dieser Frau. Ich kenne sie zwar nicht, aber sie wird meinen Bruder heiraten. Wenn das nicht genug Grund ist, Mitgefühl mit jemandem zu haben. Wenn Mei Ling Amerikanerin wäre, hätte ich gedacht, dass sie weiß, worauf sie sich da einlässt. Aber da sie nur Immigrantin ist, mache ich mir ernsthaft Sorgen um ihr zukünftiges Glück. Und um das meines Bruders. Trotzdem sehe ich mich schon bei ihrer Goldenen Hochzeit in einem Alte-Jungfern-Kleid tanzen, verbittert, weil meine Gelegenheit nie gekommen ist.

»Mei Ling ist ein hübscher Name.«

Jetzt spricht er in einem Tonfall, den ich noch nie von ihm

gehört habe. Er klingt sanft und fürsorglich, und es macht mir offen gestanden etwas Angst. »Sie kennt niemanden aus unserer Familie, Ash. Sie braucht eine Brautjungfer, eine Brautparty und was sonst noch so alles dazugehört. Das ganze Programm. Es ist eine lange Geschichte, aber sie ist jetzt hier, und ihre Angehörigen können natürlich nicht kommen. Sie dürfen nicht aus China ausreisen. Die Kommunisten denken wohl, sie kommen nicht mehr zurück.«

»Hast du gesagt, sie ist aus Michigan?«, frage ich, aber egoistisch, wie ich bin, stelle ich mir schon das Brautjungfernkleid vor und bekomme eine Panikattacke. Im Grunde geht es darum, nicht die Kontrolle zu haben. Keine Brautjungfer hat die Kontrolle, und welche Silicon-Valley-Bewohnerin kann so etwas schon ertragen? »Weiß sie, dass die Brautjungfern ihre Kleider selbst aussuchen? Ich kann mit ihr einkaufen gehen.«

»Nein, sie kennt diese ganzen Traditionen nicht«, antwortet er, ohne nachzudenken, und mein Herz fängt wieder an zu schlagen. Wenn ich schon die Brautjungfer für eine Schwägerin sein soll, die ich nicht kenne, dann will ich wenigstens umwerfend aussehen dabei. »Du musst sie noch über all das aufklären. Sie ist in eher bescheidenen Verhältnissen aufgewachsen.«

Schuldgefühle überkommen mich. »Dave, das stimmt eigentlich gar nicht. Die Braut sucht alles aus.«

»Egal, wie auch immer. Mei Ling möchte nur, dass unsere Familie glücklich ist damit. Ihre Familie kann natürlich nicht dabei sein, und deshalb ist sie traurig. Du wirst doch für sie tun, was du kannst, oder?«

Die Zärtlichkeit in der Stimme meines Bruders zeigt mir, dass Mei Ling nicht nur irgendein Naivchen ist, das zur falschen Zeit am falschen Ort war. Sie bedeutet ihm wirklich etwas, und zum ersten Mal kommt mir der Gedanke, dass mein Bruder vielleicht doch nicht so verkorkst ist. In seiner breiten Brust scheint tatsächlich ein Herz zu schlagen. Will ich das wirklich erleben? Es ist so viel einfacher, Dave als Versager abzuschreiben und es Gott zu überlassen, etwas aus ihm zu machen.

»Ich freue mich wirklich für dich Dave, ehrlich.« Jetzt kommen mir die Tränen, und das macht mich wahnsinnig, zum Teil, weil ich mir mein Make-up nicht ruinieren will, und zum Teil, weil ich merke, dass ich meinen Bruder tatsächlich liebe. Ich will einfach nur, dass er erwachsen wird, und vielleicht ist das Gottes Weg, dass ich es zulasse, dass er das zuerst tut, was ich mir so sehr wünsche. *Oh, welche Demütigung!*

»Weißt du, ich denke gar nicht wirklich, dass du eine Bus-Braut bist«, sagt Dave.

So, jetzt flippe ich vollkommen aus. Dave kommt auf mich zu? Nachdem er sich letzte Woche bei Mama schon minutenlang anständig benommen hat? »Wir wollen es mal nicht übertreiben«, erwidere ich schnell. Dave sieht für eine Frau über dreißig keine Existenzberechtigung auf diesem Planeten, es sei denn, sie macht seine Wäsche. »Gib mir Mama noch mal, bitte.«

Wieder Schlurfen im Hintergrund, und dann ist meine Mutter wieder am Telefon. »Es ist so schön, dir und deinem Bruder zuzuhören. Bist du nicht begeistert, dass du die Brautjungfer sein darfst?«

»Natürlich bin ich das.« Was soll man dazu sagen, dass man für jemanden, den man noch nie gesehen hat, eine so ehrenwerte Aufgabe übernehmen darf? Es ist seltsam. Aber mein Bruder heiratet. Natürlich kann ich mit den ganzen Bräuchen nicht viel anfangen.

»Sie ist so eine Liebe. Ich glaube, du wirst dich wunderbar mit ihr verstehen. Sie erinnert mich an das Mädchen, für das du arbeitest - nur ein wenig.«

»Purvi?«

»Purvi, genau. Natürlich ist sie Inderin, und Mei Ling ist Chinesin, aber sie sind beide klein und ... wie sagt man?«

»Asiatinnen?«

Meine Mutter lacht. »Nein, meine Liebe, nicht Asiatinnen. Sie sind beide ... Orientalinnen.«

Ich schlage mit der Stirn auf den Tisch. Indien mag zwar geografisch zu Asien gehören, aber die überqualifizierte, unabhängige

Purvi Sharma hat mit Mei Ling wahrscheinlich genauso viel gemeinsam wie Pamela Anderson mit mir.

»Mama, Orientalin ist heutzutage eher ein unhöfliches Wort«, entgegne ich. Als wüsste sie das nicht, wo sie doch im asiatischen Teil Kaliforniens lebt, mit seinen unzähligen Spezialitätengeschäften.

»Mei Ling stört das nicht. Du bist schon viel zu lange in dieser politisch korrekten Geschäftswelt. Das färbt schon auf deine Ausdrucksweise ab. Ehrlich gesagt ist es manchmal kaum zu glauben, dass du in diesem Haus hier aufgewachsen bist, Ashley.«

»Mama, ich komme noch zu spät zum Gottesdienst. Wann ist die Hochzeit, damit ich weiß, für wann ich die Brautparty planen soll?«

»Sie werden nächsten Monat eine ganz kleine Hochzeit in der chinesischen Gemeinde feiern. Am Valentinstag.«

Eine kirchliche Trauung? Und am Valentinstag? Das ist deprimierend. Ich werde am weltweiten Tag der Liebe ein Brautjungfernkleid tragen. Wenn das dem Fass nicht den Boden ausschlägt.

»Verstanden, Mama. Wir sprechen uns später noch wegen der Planung. Ich muss los.« Ich lege auf und sehne mich danach, in den Gottesdienst zu kommen und wieder zu beten, denn ich gehe auf dem Zahnfleisch. Ich möchte mich für meinen Bruder freuen, aber in mir ist dieses eifersüchtige Mädchen, das sich lauthals über die Ungerechtigkeit des Lebens beklagt. Ich bin die Ältere; ich sollte zuerst heiraten!

Als ich im Gottesdienst bin, versuche ich, mich auf den Kern der Predigt zu konzentrieren und zu hören, was Gott mir heute sagen will, aber meine Gedanken sind zu sehr mit anderem beschäftigt.

Ich muss heute nicht singen, und das ist gut, aber Seth sitzt neben mir, und das ist ganz schlecht. Er lehnt sich ständig zu mir herüber und flüstert mir irgendetwas von Arin ins Ohr und ihrer möglicherweise im Entstehen begriffenen Beziehung. In mir kommt immer wieder dieser seltsame Gedanke hoch: Wenn ich jetzt eine Wäscheklammer in meiner Handtasche finden würde, wie die Kandidatinnen in dieser alten Spieleshow, die am Schluss entweder Preise oder seltsame Dinge in ihren Handtaschen hatten, dann könnte ich ihm den Mund zuklemmen.

»Hast du mit Arin über mich gesprochen?«, flüstert er.

»Ein bisschen«, flüstere ich zurück. *Ja, ich habe ihr gesagt, dass du der Typ mit der Glatze bist.* Ich schüttle nur den Kopf. Genug gesagt jetzt, oder? Falsch. Wir sprechen hier von Seth. Und eines kann man ganz bestimmt von Ingenieuren behaupten: Sie haben zwar von Romantik nicht die leiseste Ahnung, aber sie sind auch extrem wettbewerbsorientiert. Arin ist plötzlich sein Ziel, und Seth wird mit ganzer Kraft darauf zusteuern, und wenn es ihn seine letzte Haarzelle kosten sollte.

»Hat sie irgendetwas über mich gesagt?«

Ich sehe ihn schon fast schwanzwedelnd vor mir. »Seth, sie hat einen Freund.« Ich flüstere ein bisschen zu laut, und mein Nebensitzer wirft mir einen verärgerten Blick zu. »Macht es dir denn gar nichts aus, dass du hinter der Freundin eines anderen her bist?«

Er bekommt große Augen. Oh, diese wunderschönen, leuchtenden, edelsteinfarbenen Augen. Wie schade, dass sie nur Seths unglaubliche Blindheit verbergen. Das Leben ist definitiv unfair.

»Sie ist erst vierundzwanzig, Ash. Wie ernst kann eine Beziehung da schon sein?«

Jetzt hat er mich. »Nicht ernst genug, um sie hier zu halten. Sie geht bald zu einem Missionseinsatz nach Costa Rica, um Zahnärzten zu helfen.« Ich frage mich, ob Missionseinsätze im Ausland zugenommen haben, seit es diese Survival-Sendungen gibt. Das klingt alles so entsetzlich romantisch.

Arins A-cappella-Solo unterbricht unsere Unterhaltung, und Seth ist sofort still. Er schaut verträumt zum Altar, und ich spüre, wie sich mir der Magen umdreht. Er lauscht mit gefalteten Händen, als höre er Engel singen. Ich sehe, wie sich sein Brustkorb heftig hebt und senkt, während er sie beobachtet. Ich habe Mitleid mit diesem Kerl, aber ein bisschen koche ich auch innerlich, wenn ich an meine Träume von einem Brillantring neulich denke.

Die Bibel sagt den Männern ganz deutlich, dass Schönheit vergänglich ist, aber sie scheinen ihr hinterherzujagen wie einem Blatt im Wind, taumeln und schnappen danach, während ein anderes, viel feineres und farbenfroheres Blatt am Baum hängt.

Arins Solo ist vorbei, und er greift unsere Unterhaltung sofort wieder auf. »Wo geht sie hin?«

»Nach Costa Rica. Auf einen Missionseinsatz«, wiederhole ich. Ich folge Seths Blick zu Arin und muss zugeben, dass sie faszinierend schön ist. Es ist nicht ihr Aussehen. Sie hat so etwas an sich, dass man sie unmöglich übersehen kann. Ich wünschte, ich hätte nur einen Tag lang diese Ausstrahlung. Wenn ich Seth so ansehe, weiß ich, dass das seine Vorteile hat. Zum Beispiel Seths Aufmerksamkeit zu bekommen.

Mein Satz hat Seth frontal getroffen. Sein Kopf fährt herum wie eine Peitschenspitze. »Sie geht aus Silicon Valley weg?«

Ich habe das deutliche Verlangen, die Sache etwas abzumildern. »Seth, du kennst sie doch kaum. Was ist, wenn du ihren Charakter gar nicht magst? Ich weiß, dass sie hübsch ist, aber ...«

Seth schaut mich wehmütig an. »Weißt du, Ashley, ich habe mich mein ganzes Leben immer nur auf der sicheren Seite bewegt. Was ist, wenn irgendwo dort draußen eine großartige Gelegenheit wartet, und ich verpasse sie? Als du neulich bei Starbucks gesungen hast, habe ich wieder deine ganz andere Seite gesehen. Und ich habe mich gefragt, was wohl passieren würde, wenn ich mich auf so etwas einlassen würde.«

Klasse. Jetzt bin ich schuld, dass er hinter Arin her ist.

Unsere Blicke treffen sich, und ich fühle mich, als sähe er geradewegs durch mich hindurch. Zu Arin. »Ich möchte Gottes Plan für mein Leben nicht verpassen, nur weil ich zu feige bin zu handeln, Ash.«

Sollte Arin Gottes Plan für Seth sein? Es gab schon seltsamere Dinge, schätze ich. Die Vorstellung ist nur so unglaublich. Während Arin sich im mittelamerikanischen Regenwald tummelt und Seth sehnsüchtig auf ihre Rückkehr wartet, laufe ich für eine mir unbekannte asiatische Braut, die kaum Englisch spricht, in einem

Brautjungfernkleid von der Stange herum. Und Seth wird mich wahrscheinlich anrufen oder mir Mails schicken und mich um Rat fragen zu Verabredungen, für die er dann auch noch Geld ausgibt, wenn Arin zurück ist.

Mein Leben kotzt mich an.

8

Nach dem Gottesdienst trifft sich die Single-Gruppe bei Chevys, einem mexikanischen Restaurant. *Vive Mexico!* Ich sitze in der Mitte des langen Tisches und beobachte, wie Seth versucht, einen Platz neben Arin zu ergattern. Natürlich unterhalte ich mich mit der Frau neben mir, und sie hat keine Ahnung, dass meine Aufmerksamkeit eigentlich auf etwas ganz anderes gerichtet ist. Ob es wohl einen Namen gibt für diesen Gemütszustand, in dem ich mich offensichtlich befinde?

Arin sieht mich und winkt mir in ihrer Prinzessinnenart zu. »Ashley!« Sie dreht sich schnell um und läuft direkt Seth in die Arme, der ihr wie ein Schatten folgt. »Entschuldige«, sagt sie kichernd.

Seth verzieht das Gesicht, als Arin wie eine Libelle um den Tisch schwirrt und sich elegant durch die Menschen schlängelt. Er hat jetzt ein ernsthaftes Problem. Soll er ihr folgen und riskieren, dass es auffällt, oder soll er bleiben, wo er ist, und hoffen, dass ich die beiden nach dem Essen noch einmal einander vorstelle?

Der glückliche Gewinner für heute ist … die Verzweiflung. Er kommt um den Tisch und setzt sich auf die andere Seite von Arin, nachdem sie sich neben mich gesetzt hat. Sie bemerkt sein übermäßig bemühtes Grinsen und lächelt verlegen.

»Hallo«, sagt sie und streckt ihm ihre schlanke Hand hin. Und wieder zieht es mir das Herz zusammen bei dieser Geste, die Seth vollkommen verzaubert. Es ist eine Sache, von einem Mann fallen gelassen zu werden. Das passiert selbst den Besten unter uns. Aber dann zusehen zu müssen, wie genau dieser Kerl um eine andere herumscharwenzelt, sollte nicht sein.

»Hallo.« Seth will nach Arins Hand greifen, stößt dabei ein Glas Wasser um und kippt ihr die eisgekühlte Flüssigkeit in den Schoß.

Arin schießt hoch wie ein Seelöwe aus dem Wasser. »Iiiih, kalt!« Ihre Hände zittern, sie schaut auf ihre Jeans und schaut dann zu mir. »Ashley, würdest du mit mir auf die Toilette kommen?«

»Wir sind gleich wieder da«, sage ich und hoffe, dass man uns nicht anmerkt, dass wir auf die Toilette gehen, um über Seth und seine ungeschickten großen Hände zu sprechen. Ich wünschte, ich könnte ihm diese Demütigung ersparen. Vielleicht hätte ich an jenem Abend, als er mich zum Essen eingeladen hatte, mehr sagen sollen. Vielleicht hätte ich noch direkter sein sollen - und ihm eins mit dem Vorschlaghammer verpassen sollen.

Wir ziehen Richtung Damentoilette davon, und vor dem Spiegel bricht Arin in kindliches Gekicher aus. »Ashley, wie heißt der arme Kerl noch mal?«

Sie macht sich nicht über ihn lustig, sondern will es tatsächlich wissen. Ich denke nicht mehr länger an meinen knurrenden Magen. Arin hat sich bei diesem Fiasko köstlich amüsiert, und meine innere Stimme sagt mir laut und deutlich, dass sie fasziniert ist. Diese wunderschönen Saphiraugen haben seine Glatze und seine dumme Ungeschicklichkeit überwogen. Der Schmerz steigt mir in den Hals und nimmt mir die Stimme.

»Das ist Seth Greenwood«, bekomme ich schließlich raus.

»Warum läuft er mir nach?«

»Wahrscheinlich findet er dich hübsch, Arin«, erwidere ich. Oh, wenn ich doch noch einmal vierundzwanzig sein könnte und jemand anders das zu mir sagen müsste. Seufz. Und noch mal seufz.

Arin tupft sich die Jeans mit einem Papierhandtuch ab, und mir fällt im Spiegel auf, wie unterschiedlich wir gebaut sind. Ich könnte schwören, dass Arin zweimal in meine Jeans passen würde, und meine Wertschätzung von Arins natürlicher Lebensfreude ist ernsthaft gefährdet. Ich fühle mich plötzlich überdimensional. Unsichtbar und übergroß zugleich.

»Ashley, warum kommst du nicht einfach mit mir nach Costa Rica?«, fragt sie, während sie den Kopf immer noch gesenkt hält und mit ihrer Hose zugange ist.

Mein Gelächter hallt in dem in kräftigen Farben gefliesten

Raum wider. Ich lasse mich gegen die mit Kreisen gemusterte Wand fallen. »Zum Einen habe ich hier einen Job.«

»Na und? Der ist auch noch da, wenn du wiederkommst. Es gibt auch noch so etwas wie Urlaub, oder? Sag jetzt nicht, dass du so bist wie die anderen Spinner und auch nie Urlaub nimmst.«

Ich bin so wie die anderen Spinner. Aber es gibt gute Gründe dafür. Wir hätten gerne was zu essen auf dem Teller und müssen unsere überzogenen Mieten in Palo Alto bezahlen, in der Hoffnung, dass wir all dem eines Tages entfliehen und vorzeitig in Rente gehen können. Also horten wir unser Geld wie Eichhörnchen die Nüsse und wollen nicht einen Cent davon verschwenden, damit wir nicht doch arbeiten müssen, bis wir fünfundsechzig sind.

»Ich bin wie die anderen«, gebe ich zu. Dabei denke ich an den Stapel möglicher Patente, die daheim auf mich warten. *Vielleicht bin ich sogar schlimmer.*

»Komm schon, Ashley. Komm mit. Es ist doch nur ein Monat. Du hättest so viel Spaß dabei. Schau doch nur, wie blass du bist. Kommst du jemals aus deinem Büro raus?«

»Es ist Januar.«

»Und wir haben heute zwanzig Grad, und die Sonne scheint. Das perfekte Wetter für eine Fahrt mit offenem Verdeck. Wann hast du bei deinem TT das letzte Mal das Dach aufgemacht?«

»Es dauert so lange, bis es offen und verstaut ist.«

»Wann fängst du endlich an, dein Leben zu leben, meine Liebe?« Sie hat den Wasserfleck aufgegeben. Eigentlich sieht er auf ihrem Bein sogar ganz elegant aus. Sie ist ein Glückskind.

»Ich lebe mein Leben. Ich bin nur etwas älter als du und habe meine Verpflichtungen.« *Wie zum Beispiel nach Belieben Fleckenmittel für Buntwäsche zu benutzen. Du weißt wahrscheinlich nicht mal, dass es so etwas gibt.* »Ich bin nicht gerade mit dem College fertig und auch nicht zwischen zwei Arbeitsstellen. Ich stehe mitten im Berufsleben. Außerdem klingt Costa Rica nicht im Entferntesten interessant für mich. Ich bin kein Affe oder Urwaldmensch. Meine Vorstellung von Urlaub ist eher ein Wochenende in einem Wellnesshotel. Hast du nicht eine Mitbewohnerin oder irgendjemand, der *gerne* mitkommen würde?«

»Nein, die gehen alle woanders hin. Was hast du nach dem College gemacht?«, fragt Arin hartnäckig. Na gut, ihre Lebhaftigkeit geht mir langsam auf die Nerven. Sie ist so süß und voller Energie, wie ein kleines Kätzchen. Aber wenn es zum zehnten Mal deine Schnürsenkel aufgemacht hat, ist es nicht mehr niedlich.

»Nach dem College habe ich Jura studiert«, antworte ich achselzuckend und bin mir nicht sicher, wo diese Unterhaltung hinführen soll. Aber immer noch um Welten besser, als über Seth zu sprechen.

»Und was hast du gemacht, *bevor* du Jura studiert hast?« Arins blaugraue Augen schauen mich erwartungsvoll an.

»Da habe ich im Sommersemester ein paar Kurse belegt, um sie schon mal erledigt zu haben.«

Sie stöhnt. »Wusstest du nicht, dass du dir wenigstens den Sommer hättest freinehmen müssen, um irgendwas Ausgefallenes und Verrücktes zu machen? Bevor Verpflichtungen nachzukommen dein Hauptziel im Leben war. Versprich mir, dass du etwas Schönes unternimmst, während ich weg bin. Auch wenn du nur an einem Samstagnachmittag mit deinem TT offen an den Strand fährst. Versprich es. Ich mache mir Sorgen um dich, Ashley. Du bist nicht wie die anderen, aber du verhältst dich wie sie.«

Komisch, dass etwas so Banales wie an den Strand zu fahren für mich schon vollkommen indiskutabel klingt. Seit wann bin ich so durchgeplant? Habe ich eine Zwangsneurose? Nein eine Zwangsneurose wäre, wenn ich übermäßig ordentlich wäre. Ich bin einfach nur langweilig und ein bisschen krankhaft ordnungsbedürftig. »Du kennst mich doch gar nicht richtig«, mache ich noch einen zaghaften Versuch. Doch, das tut sie. Irgendwie hat die Kleine mich festgenagelt.

Sie beachtet meinen Einwand gar nicht. »Ich will, dass du mir versprichst, irgendwas Verrücktes zu machen. Etwas, das dein Leben infrage stellt und dich aus deiner Routine reißt, so wie gestern Abend bei Starbucks.«

Ich hole tief Luft und antworte: »Ich verspreche es.« Den Weichspüler zu wechseln ist doch verrückt. Oder meine Lieblings-Realityshow nicht aufzunehmen oder die Werbung dazwischen anzuschauen – das wäre doch wirklich exzentrisch.

»Jetzt komm, stell mich Seth vor. Er ist irgendwie süß. Hast du seine Augen gesehen?«

»Ich habe seine Augen gesehen.«

Arin will die Tür aufmachen, und ich halte sie zurück.

»Seth ist ziemlich empfindlich. Ich will nicht, dass er sich falsche Hoffnungen macht, wenn aus euch beiden nichts wird.«

»Hör mal, ich habe einen Freund!«, ruft Arin empört.

»Einen Freund, mit dem du gerne Schluss machen würdest. Außerdem macht dich das nur interessanter. Es ist eine Herausforderung, und Männer mögen Herausforderungen. Sogar Ingenieure. Besonders Ingenieure.«

Sie schluckt und nickt. »Okay, ich habe verstanden.« Sie geht hinaus und wirft ihre blonden Haare hin und her, bis sie auf ihrem Platz sitzt.

Wie erklärt man jemandem, für den Flirten so eine Art Muttersprache ist, dass sie mit dem Feuer spielt? Sie hat keine Ahnung, welche Kraft von ihren zierlichen, schwingenden Hüften ausgeht. Mir fällt ein wunderbares Zitat ein, das ich einmal gehört habe: »Die Männer täuschen Liebe vor, weil sie Sex wollen, und die Frauen täuschen Sex vor, weil sie Liebe wollen.« Und ich täusche gar nichts vor. Ich arbeite nur wie eine Drohne. Aber das wird sich bald ändern. Es muss sich etwas ändern, oder ich werde sterben vor Langeweile. Arin mag jung und naiv sein, aber was mich angeht, hat sie recht. Ich muss aus dieser Routine ausbrechen, sonst bleibe ich für immer darin stecken.

Als wir zum Tisch zurückkommen, stehen alle Männer auf. Ich kann es nicht fassen. Die Kerle haben doch noch etwas von einem Kavalier in sich stecken! Sie denken nur, dass ich es nicht wert bin. Als die Männer stehen, sehe ich, dass Tim Hansons Haarbüschel etwas fülliger werden, und das ist ein Hoffnungsschimmer. Tim hat auf seinem Kopf Haare wachsen lassen, während ich

– ja, was habe ich eigentlich getan? Ich habe nur über mein bedauernswertes Leben gejammert. *Das war's.*

Ich bin Ashley Wilkes Stockingdale! Man überlebt die Schule nicht mit so einem Namen, wenn man nicht zu Höherem berufen ist. Es wird Zeit, dass ich herausfinde, was das ist. Ich mache mir gar nicht erst die Mühe, mich wieder zu setzen. Mit diesem Leben ist es jetzt aus. Ein Leben, das zu nichts führt, mit einer Gruppe von Menschen, die zu lethargisch sind, um auf den Knopf zu drücken und aus dem Bus zu steigen. Aber ich habe eine Bestimmung! Zugegeben, ich weiß zwar noch nicht, welche, aber ich werde sie erfüllen.

Ich nehme die Schultern zurück. *Ich habe einen Busen,* denke ich. Das kann man mit Größe sechsunddreißig, wie Arin, nicht haben – zumindest nicht, ohne dafür viel Geld zu bezahlen. Ich bin eine Frau, hört mich nur! Vielleicht werde ich mir heute einen sexy BH kaufen.

»Entschuldigt, aber ich muss noch etwas erledigen. Ich verabschiede mich besser für heute.« Ich lächle, als hätte ich ein großes Geheimnis. Heute werde ich etwas Ausgefallenes tun.

Seths Gesicht verzieht sich wie ein weicher Donut. »Du gehst?« Seine Stimme bricht. Er, der Inbegriff von Gelassenheit. Jetzt nicht mehr.

Seltsamerweise verzieht auch Arin das Gesicht. Ihr wird soeben klar, dass sie jetzt diese ganze Meute von Ingenieuren im mittleren Alter allein abwimmeln darf, ohne sich dabei auf meine jahrelange Erfahrung oder natürliche Begabung stützen zu können. Ich habe meinen Auftritt gehabt, und meine immer für selbstverständlich genommene Gegenwart wird vermisst werden. Welch ein Gefühl!

»Bis nächste Woche dann«, sage ich ganz im Stil der Glücksradfee Vanna White und gehe Richtung Tür. Hinter mir höre ich das Gemurmel und die Spekulationen darüber, was wohl aufregender sein könnte, als mit diesem Fiesta-Trupp zusammen beim Mexikaner essen zu gehen. Ich kann ihre Blicke auf mir spüren. Für diesen einen kurzen Moment bin ich die süße Ashley.

Ich habe die Aufmerksamkeit jedes Einzelnen. Und diesmal stolpere ich nicht.

Als ich bei meinem Auto bin, kurble ich erst einmal alle Fenster runter. Es ist ein wunderbarer Tag. Zwanzig Grad im Januar, und mir wird gerade klar, dass die hohen Steuern in Kalifornien wahrscheinlich Wettersteuern auf den Sonnenschein sind. Ich werde an den Strand fahren. Alleine. Nachdem ich einen BH gekauft habe.

Seth steht plötzlich neben der Beifahrertür. »Ash, ist alles in Ordnung?«

»Alles ist bestens«, sage ich ausdruckslos. »Ich hatte nur plötzlich dieses Verlangen, an den Strand zu gehen. Ich lebe in Kalifornien. Es wird Zeit, dass ich das nutze. Ich will heute Touristin sein und entdecken, was außerhalb meiner Bürowände los ist.«

Seth schaut mich an, mit einem Gesicht, das immer noch in Falten gelegt ist wie das Ende eines Burritos. »Möchtest du, dass ich mitkomme?«

Ich schaue in seine kristallklaren Augen, und da fängt meine Entschlossenheit an zu schmelzen. Lange Zeit schaue ich ihm in die Augen und frage mich, ob er wirklich mitkommen möchte oder ob er sich nur Sorgen macht um mich. Dann spricht er.

»Willst du, dass ich Arin auch einlade?«, fragt er. Ingenieure sind einfach die Besten, wenn es darum geht, die unpassendsten Worte zu finden.

»Weißt du, ich glaube, ich möchte am liebsten allein gehen.« *Da ist die Gesellschaft besser.* »Außerdem muss ich mir noch einen neuen roten BH kaufen.«

Seths Gesicht wird so rot, wie ich mir den BH vorstelle. »Dann bis bald mal«, sage ich.

»Bist du sauer auf mich, Ashley?«

»Weißt du, Seth, das herauszufinden überlasse ich dir.« Jetzt verzieht sich sein Gesicht noch mehr.

»Warum kannst du es mir nicht einfach sagen, Ashley? Wir sind schon so lange befreundet, aber in letzter Zeit verstehe ich dich überhaupt nicht mehr.«

»Amüsier dich mit Arin.« Das sage ich nicht in einem bösen Ton, aber eigentlich sage ich damit, *Amüsier dich mit der Freundin eines anderen*. Kapiert er das nicht?

Ich habe ihn nur noch mehr verwirrt. Ich fahre schnell vom Parkplatz und lasse ihn mit seinen Gedanken allein. Aber ich fühle mich dabei nicht wie eine Siegerin. Eher wie eine Verliererin.

Jetzt weiß ich, warum ich so viel arbeite. Arbeiten ist so viel einfacher als dieser ganze Beziehungskram. Vielleicht sollte ich mir eine Playstation II kaufen, damit ich nicht über Gefühle sprechen muss, sondern mich stattdessen über Codes und Schlüssel zu geheimen Kammern unterhalten kann. Vielleicht würde ich die Männer dann verstehen.

9

Mit dem Wind in den Haaren und Seth im Rückspiegel fahre ich El Camino entlang. Im Augenblick fühle ich mich immer noch wie Arin, die außergewöhnliche Prinzessin. In der vagen Hoffnung, dass ihr Mann John vielleicht gerade beschäftigt ist, rufe ich Brea von meinem Handy aus an. Sie hat jetzt genug Zeit gehabt, um sich körperlich wieder zu erholen, und ich hoffe, dass es ihr auch seelisch besser geht. Ich quieke beinahe vor Vergnügen, als sie mir erklärt, dass sie frei ist wie ein Vogel.

Gott sei Dank, ich bin bei meinem Unterwäsche-Feldzug nicht allein. Brea freut sich schon darauf, mit mir Wäsche kaufen zu gehen, denn ihr Arzt hat gesagt, in zwei Monaten könnten sie es wieder versuchen. Ich bin zwar nicht scharf drauf, über das Intimleben ihrer Ehe zu sprechen, aber ich bin froh, dass Brea auch einkaufen gehen möchte. Dagegen verblasst der Ruf des Strandes.

Als ich sie abhole und zuhöre, wie Brea von den Gerichten erzählt, die sie in letzter Zeit versucht hat zu kochen, wird mir klar, dass man unbedingt eine Freundin braucht, die nicht hinterfragt, wozu man gerade einen roten BH braucht. Wenn man ledig ist, Jungfrau und Patentanwältin, ist ein roter BH niemals wichtig. Brea weiß das, aber sie hinterfragt mich nicht. Sie versteht einfach instinktiv, dass ich diesen neuen roten BH jetzt für meine Seele brauche. Und so gehen wir einkaufen.

Das Stanford Einkaufszentrum ist die Krönung des Überflusses hier an der Küste. Hier gibt es Designerläden, von denen der größte Teil Amerikas noch nie etwas gehört hat, und ein Slip kann ein Viertel eines Monatsgehalts kosten. In diesen Läden kaufe ich nicht ein, aber Bloomingdale kann ich mir schon leisten, und genau darauf steuern wir jetzt unter einem sonnigen Januarhimmel zu.

Der Nachteil bei Bloomingdale ist, dass man zuerst an all diesen wunderbaren Cocktail- und Abendkleidern vorbeimuss und einem ständig der Gedanke kommt, dass man nicht nur zu keinem Anlass geht, wo man so ein herrliches Kleid tragen kann, sondern so etwas wahrscheinlich auch niemals tragen wird. Ich atme tief durch, verdränge die negativen Gedanken und gehe die Rolltreppe hinauf. Den roten BH kann ich tragen, wann ich will!

»Was treibt der Trupp heute?«, fragt Brea.

»Sie sind zu Chevys gegangen«, antworte ich. »Immer das Gleiche. Mexikanisches Essen. *Arriba*!«

»Bist du mitgegangen?«

»Ich bin nicht geblieben«, antworte ich achselzuckend. »Diese Gruppe bewegt sich nirgends hin, und ich bin schon dort. Ich werde meinen Mitgliedsausweis abgeben. Ich muss meine Zeit besser nutzen.«

»Du bist nur sauer wegen Seth. Da kommst du drüber weg. Und was willst du dann machen? Noch mehr arbeiten?«

»Über ihn bin ich weg.« Ich erzähle Brea von Seths jämmerlichen Versuchen, sich vor meinen Augen an Arin ranzumachen. Aber wenn ich die Geschichte erzähle, habe ich immer noch einen dicken Kloß im Hals. Also bin ich doch nicht so drüber weg, wie ich es gerne hätte. Die Neuigkeiten von der Hochzeit meines Bruders hebe ich mir für später auf. Mein Leben kann man nur in einzelnen Häppchen verdauen.

Brea atmet tief durch. »Es tut mir leid, Ash, aber du hattest deine Chance bei Seth schon vor Jahren, und du hast sie nie genutzt.«

»Was?« Ich lache. »Wann hatte ich meine Chance bei Seth?«

»Er ist dir nachgelaufen, wie er es jetzt mit Arin macht, aber du hast es nie bemerkt. Du warst so mit Patenten und Reisen nach Taiwan beschäftigt, dass du ihn nicht bemerkt hast. Erst als er Arin bemerkt hat.«

»Deine Hochzeit hat deine Erinnerung getrübt. Zwischen Seth und mir war nie etwas.«

»Seth war dein Partner bei der Kanutour, ihr habt das Sackhüpfen zusammen gewonnen, habt euch aneinandergekuschelt, um euch bei der Fahrt auf dem Heuwagen warm zu halten ... und so weiter. Erzähl mir nicht, dass zwischen euch beiden nichts lief. Du behauptest immer, dass er es nicht rafft ... ich bitte dich!«

»Wir waren gute Freunde«, erwidere ich mit erhobenen Händen. »Außerdem hat es nichts mit Seth zu tun, dass ich aus der Single-Gruppe gehe. Er war nur der letzte Anstoß dazu. Ich trete schon seit drei Jahren auf der Stelle. Nichts verändert sich. Nichts tut sich. Wie soll ich denn in dieser Welt etwas bewegen, wenn ich mich nicht bewege? Ich will meinen Horizont erweitern, und der erste Schritt dazu ist dieser rote BH.« Ich nehme einen sinnlich roten Büstenhalter in die Hand. Er hat ein tiefes Dekolleté mit Spitzen an den Rändern. »Den probiere ich jetzt an.«

Brea zieht die Augenbrauen hoch, sagt aber nichts.

In der Umkleidekabine ziehe ich mich aus und probiere, ob der Designer-BH passt. Das Problem ist: Der Spiegel zeigt mich ganz. Wenn es nur ein halber Spiegel wäre, in dem ich nur meinen Busen und das Dekolleté sehen könnte, wäre alles in Ordnung. Aber ich sehe etwas anderes. Diese Umkleidekabine hat an drei Seiten Spiegel. Ich sehe also nicht nur meinen vollbusigen Oberkörper, sondern auch meinen kleinen Rettungsring, der über meine Großmutter-Unterhosen hängt, und die extra Pölsterchen an der Seite, unter dem BH. Unter all diesen zierlichen Asiatinnen wirkt meine Figur wie ein Ungeheuer aus dem Amazonas-Dschungel, und dieser Spiegel sieht das auch so.

Vielleicht bin ich ja voreingenommen, aber ich hatte etwas mehr Model-Figur erwartet. Aber mein wahrer Frauenkörper sieht aus wie das Männchen aus der Michelin-Werbung, nicht wie aus der Unterwäsche-Werbung. Ich fange an zu hyperventilieren. Wenn ich hier fertig bin, werde ich ganz sicher zum Strand fahren und ein langes Gespräch mit Gott führen.

Ich ziehe mich wieder an und knalle die Tür der Umkleide hinter mir zu. »Das ist einfach deprimierend«, sage ich zu Brea, aber die hat ein Grinsen im Gesicht wie der Gran Canyon.

Sie steht schon an der Kasse und kauft ein schwarzes, durchsichtiges Mieder zum Schnüren. Ups. Ich drehe mich um und werde so rot wie der BH gerade. Sich seine beste Freundin in Unterwäsche vorzustellen ist genauso, wie sich seine Mutter in Unterwäsche vorzustellen. Das tut man einfach nicht.

Ich greife nach einem anderen Teil, um die Demonstration, die ich gerade erlebt habe, zu vergessen. Dieser hier ist violett und hat kleine Push-up-Polster. *Vielleicht hilft das gegen die Speckfalten …*

Deshalb gehen Frauen einkaufen. Wir hoffen immer, dass wir in die Umkleidekabine gehen und etwas gefunden haben, mit dem wir im Spiegel so aussehen, wie wir es uns erträumt haben. In diesem teuflischen dreiseitigen Spiegel.

Als ich den lilafarbenen BH anprobiere, konzentriere ich mich nur auf den oberen Teil meines Körpers, und der sieht nicht schlecht darin aus. Den muss ich haben. Und wenn er in meiner Kommode verschimmelt. Wenigstens kann ich Arin erzählen, dass ich etwas Verrücktes getan habe.

Als ich wieder aus der Umkleidekabine komme, sehe ich Nancy Hollings, die sich mit Brea unterhält. Nancy war mit uns in der Teen-Gruppe unserer Gemeinde. Als begeisterte Cheerleaderin hatte sie ständig ein aufgesetztes Lächeln im Gesicht. Sie gehört zu der Sorte Christen, bei denen man sich fragt, ob sie wirklich in dieser Welt leben. Die Sorte, die, wenn sie hören, dass jemand gestorben ist, fröhlich antworten: »Er ist heimgegangen zum Herrn. Welch ein Segen!«

Ich versuche, wieder in der Umkleidekabine zu verschwinden, aber es ist schon zu spät, sie hat mich entdeckt. »Ashley!« Nancy hat ein Baby dabei, und ich sehe, wie es Brea zu schaffen macht. Und so ist mir klar, dass ich mich entweder Nancy stellen muss, oder zusehen kann, wie Brea hier in aller Öffentlichkeit in Tränen ausbrechen wird. So gehe ich entschlossen auf die beiden zu.

»Nancy, wie schön, dich zu sehen. Ist das dein Baby?«, frage ich.

»Das ist Fitzsimon William Hollings Core.« Sie hält den Kleinen hoch wie Mufasa in König der Löwen den kleinen Simba. Und ich muss zugeben, dass der kleine Fitz ein hübsches Baby ist. Er hat kräftige Bäckchen und ein zahnloses Lächeln, das einen dahinschmelzen lässt. »Er ist vier Monate alt«, fügt Nancy hinzu.

Vier Monate! Nancys Bauch ist flacher als meiner, und schon alleine deshalb bin ich versucht, sie zu verletzen. Aber Breas leidender Ausdruck ist noch weit mehr Anlass.

»Er ist goldig. Gratuliere«, sage ich ausdruckslos und versuche Brea zuliebe so wenig Aufhebens wie möglich um das Baby zu machen.

»Er ist mein drittes Kind. Die anderen beiden sind heute mit ihrem Papa unterwegs. Er hat sie mit in den Zoo genommen, damit ich meine Ruhe habe.« Sie stößt einen halbherzigen Seufzer aus. »Das ist aber schön, dass ich euch beide treffe. Was habt ihr denn so getrieben?« Dann hält sie den kleinen Fitz seitlich auf ihrer Hüfte und nimmt meine linke Hand. »Ashley, bist du noch nicht verheiratet?«

»Ich arbeite an meiner Karriere. Ich bin Patentanwältin.«

»Du warst schon immer die Schlaue. Aber ich bin so froh, dass du noch ledig bist! Mein Bruder auch. Ich sage ihm, dass er dich anrufen soll. Gib mir doch deine Visitenkarte.« Sie setzt das Kind wieder in den Wagen. Es lächelt immer noch. Er ist seiner Mama offensichtlich sehr ähnlich – übertrieben fröhlich.

»Ach, Nancy, ich glaube nicht …« Aber dann sehe ich Breas bleiches Gesicht, das immer noch auf das Baby gerichtet ist. »Das ist eine gute Idee. Ja, sag Dan, dass er mich anrufen soll. Brea und ich sind zum Mittagessen verabredet. Wir müssen gehen. Aber es war schön, dich wiederzusehen. Ich freue mich.« Ich hole eine Visitenkarte heraus und gebe sie Nancy. »Einen schönen Tag noch«, sage ich als Wink mit dem Zaunpfahl.

Ich lege den violetten BH zu Breas anstößigem Teil, und sie bezahlt beides.

Brea kämpft mit den Tränen. Die Erinnerung an ihre Fehlgeburt ist noch zu frisch. Normalerweise kann Brea ihre Finger von keinem Säugling lassen, aber sie hat sich dem kleinen Fitzsimon nicht genähert. Diese Krise kann man nur durch etwas zu Essen lösen. Wir gehen zum nächsten Schnellimbiss und holen uns Burger und Milchshakes. Das ist das einzig bekannte Abwehrmittel gegen ehemalige Cheerleader.

Ich sage nichts zu Brea. Ich bestelle nur jede Menge Fett und Kalorien für uns beide. Als wir auf unser Essen warten, fängt Brea plötzlich an zu lachen. »Du hast ihr deine Telefonnummer gegeben! Du Wahnsinnige! Ich kann nicht fassen, dass du das getan hast. Erinnerst du dich noch an ihren Bruder?«

Ich verziehe mürrisch das Gesicht. »Ja, er war mit mir im Gesangsverein.«

»Das sagt alles, oder?«

»Ich möchte lieber nicht darüber sprechen. Es haben mich schon andere Männer sitzen lassen. Das ist im Moment nicht mein größtes Problem. Ich musste meine Einkaufstour wegen Nancy Hollings abbrechen - das ist das eigentliche Problem.« Ich klopfe mit dem Zeigefinger auf den Tisch. »Ich wollte Unterwäsche kaufen und bin unterbrochen worden. Ich konnte nicht einmal mehr einen passenden Schlüpfer finden.«

»Du kannst ihn ja zurückgeben. Er ist nicht besonders schön«, meint Brea.

Ich habe schon den Mund auf, um etwas über ihr geschnürtes Mieder zu sagen, beschließe dann aber, es zu lassen. »Es ist mir egal, ob er hässlich ist. Ich habe ihn gekauft und vielleicht habe ich eine andere Ausstrahlung, wenn ich ihn trage.« Es ist jetzt zwei Uhr nachmittags, und ich merke, dass meine Strandpläne ins Wanken kommen. »Wartet John auf dich?«

Brea ist wieder den Tränen nahe. »Ich glaube, ich kann heute nicht länger von ihm wegbleiben. Ich bin fix und fertig.«

»Ich fahre heute an den Strand. Ich werde dich daheim absetzen, sobald wir fertig gegessen haben. Du musst etwas essen.«

»Du gehst ganz allein an den Strand?«, fragt Brea. »Das ist irgendwie traurig.«

»Heute fange ich ein neues Leben an«, erkläre ich. »Ich werde meine Arbeitszeit auf fünfzig Stunden pro Woche reduzieren.« Plötzlich fesselt etwas meine Aufmerksamkeit. »Schau mal, da drüben. Siehst du den Typ?«

»Der, der aussieht wie Hugh Jackman?«, fragt Brea.

»Ja, der. Ich glaube, das ist Arins Freund. Ich habe ihn ein oder zwei Mal im Gottesdienst gesehen.« Ich starre ihn an. Wenn Arin so ein Ass im Ärmel hat, warum sollte sie Seth dann nicht mir überlassen?

»Ob er wohl weiß, was seine Freundin heute macht?«, meint Brea grinsend.

»Er trifft sich ja selbst mit einem hübschen Mädchen zum Mittagessen. Ich frage ihn.« Da ich ab jetzt ja eine tatkräftige, dynamische Frau bin, stehe ich auf und gehe hinüber zum Tisch dieses Fremden. *Er ist ein ganz heißer Typ.* Ich versuche krampfhaft, nicht daran zu denken, denn ich will nicht anfangen herumzustottern, wenn ich vor ihm stehe. Aber es schmerzt, daran zu denken, dass er intelligent ist, denn er sieht verboten gut aus. Wer so aussieht, sollte ein gewöhnlicher Bauarbeiter sein, so wie in der Reality Show Joe Millionär mit dem vorgetäuschten, heiratswilligen Millionär, der in Wirklichkeit auf dem Bau arbeitet.

Sein Tisch scheint meilenweit entfernt, und ich muss unendlich lange laufen, weil sein Lächeln, bei dem ich dahinschmelzen könnte, auf mich gerichtet ist. Schließlich erreiche ich seinen Tisch und stehe da wie ein Idiot. Ich weiß, dass ich etwas sagen wollte. *Oh Gott, was war das noch mal?*

»Hallo«, sagt Hugh zuerst.

»Hallo, ich bin Arins Freundin.« *Nein, total falsch. Ich wollte doch fragen, »Bist du Arins Freund?«*

»Ja, natürlich. Ich habe dich schon ein paar Mal im Gottesdienst gesehen. Ich bin Kevin Novak.« Er steht auf und gibt mir die Hand. Ich bekomme kaum noch einen Ton raus. Seine grünen Augen schweben jetzt mindestens fünfzehn Zentimeter über mir, und seine Hand fühlt sich angenehm warm an. *Ich muss endlich anfangen zu leben.* Er entzieht seine Hand wieder meinem starren Griff. »Und das ist meine Studienpartnerin, Joanie Bradley.«

Joanie nickt mir zu. Sie ist ein bisschen übergewichtig und offensichtlich schüchtern. Ich strecke ihr die Hand hin und signalisiere mit meinem Blick Verständnis. Mädchen wie wir mischen uns normalerweise nicht unter gut aussehende Ärzte, aber in diesem Fall ist es in Ordnung, weil er schon vergeben ist. Sie lächelt und schüttelt mir die Hand.

»Nett, dich kennen zu lernen«, sage ich.

»Arin hat gesagt, sie geht heute mit dir und der Single-Gruppe zum Mittagessen«, meint Hugh/Kevin.

Genau gesagt flirtet sie gerade mit einem glatzköpfigen Ingenieur mittleren Alters, in den ich einmal verknallt war, aber davon reden wir jetzt nicht. Anderes Thema. »Ich hatte keine Lust, mit dem Trupp essen zu gehen, und habe mich verdrückt. Ich bin mit meiner besten Freundin hier.« Dabei zeige ich zu Brea hinüber, die gerade ihren Milchshake genießt und dem Verlauf der Ereignisse zusieht, als spielten sie sich nur zu ihrer ganz persönlichen Unterhaltung ab. »Aber sie muss wieder nach Hause.«

»Ich auch.« Joanie steht auf. »Danke für deine Hilfe bei der Sache mit dem Stammhirn. Ich wusste einfach nicht weiter.« Sie wirft ihre Serviette auf den Tisch, verabschiedet sich und geht.

Ich stehe da mit der christlichen Version von Hugh Jackman. Ich. Ashley. Auch wenn es nur für einen Moment ist, will ich es doch in vollen Zügen genießen, so dass ich meinen Nichten und Neffen eines Tages erzählen kann, dass ich einmal mit einer wahren Größe zusammen war.

»Wir haben bald eine wichtige Prüfung«, erklärt er. »Ich habe die ganze Zeit gelernt.«

»Das habe ich gehört. Welches Fachgebiet studierst du?«

»Kinderheilkunde. Deshalb bin ich an der Stanford Uni. Ich will am Lucille Salter Kinderkrankenhaus arbeiten.«

Seufz. Das ist nicht fair. Männer, die so aussehen, haben kein Recht darauf, auch noch anständige Menschen zu sein. Er sollte ein Schwein sein, so wie alle es von ihm erwarten würden.

Und warum um alles in der Welt flirtet seine Freundin gerade mit Seth Greenwood? Ist sie denn blind? Oder taub? Oder dumm? Oder alles zusammen? Ich möchte mit Gott schimpfen, weil er der Kleinen so wenig Verstand gegeben hat. Ich mag Arin, aber sie geht mir zunehmend auf die Nerven.

»Das klingt nach einer großen Herausforderung, Kevin. Gratuliere. Es gibt nicht mehr viele Männer, die Kinderarzt werden wollen.«

»Woher weißt du das?«

Auwei, wie erkläre ich ihm, dass ich das im People Magazin oder ähnlichen Klatschblättern lese? Ich übergehe die Frage einfach mit einem Achselzucken. »Ich muss zu Brea zurück. Ich muss sie noch nach Hause bringen, bevor ich zum Strand fahre.«

»Du fährst zum Strand? Ich bin schon ein Jahr an der Stanford Uni und war noch kein einziges Mal am Strand.«

»Du warst noch nie am Strand?« Na gut, das ist ein bisschen seltsam. »Ich musste deiner Freundin versprechen, dass ich etwas Verrücktes tue. Ich fürchte, das ist das Ausgefallenste, was mir einfällt: allein mit offenem Verdeck an den Strand zu fahren. Ich muss erst nach Hause, wenn ich oben ohne fahren will. Offen meine ich. Mit offenem Verdeck.« Ich lache etwas zu laut. *Ich bin eine komische Nummer, muss ich das auch noch so deutlich zeigen?*

»Darf ich dir Gesellschaft leisten?«

Okay, atme. Hol tief Luft. Habe ich nicht gerade noch Arin kritisiert, weil sie mit Seth flirtet? Sollte ich es etwa wagen, mit ihrem Freund an den Strand zu fahren? Nein, die neue Ashley Wilkes Stockingdale lebt ein Leben des Glaubens und nicht der selbstsüchtigen Wünsche.

»Ich weiß nicht, was Arin davon halten würde.«

»Wir können sie ja anrufen und fragen.« Kevin holt sein Handy heraus und wählt die Nummer seiner Freundin. Ich schlucke und versuche, ruhig zu bleiben, aber mein unruhig tappender Fuß verrät mich.

Ich mache mich gerade lächerlich. Und Brea beobachtet das ganze Drama und nuckelt dabei an ihrem Milchshake. Das ist genauso gut, als hätte sie es auf Video, denn sie wird es sich immer und immer und immer wieder vorstellen. Brea braucht keinen DVD-Recorder.

10

Muss ich mich wirklich selbst daran erinnern, dass das hier *mein* Leben ist und nicht das einer Hauptdarstellerin in einem Liebesfilm? Ich bin nicht Julia Roberts, und auch nicht Meg Ryan. Mein Augenblick mit dieser wahren Größe war kürzer, als ich gehofft hatte. Als Kevin Arin anrief, brauchte sie ganz plötzlich seine Hilfe, um Möbel umzuräumen. Er eilte zu ihr wie ein Ingenieur zu seinem morgendlichen Espresso.

Ich hatte ohnehin nicht wirklich die Absicht, mit Kevin irgendwo hinzugehen. Das ist die neue Ashley, die aufrechte, nicht arbeitssüchtige Ashley. Trotzdem versuchte Brea, die Scherben meines Traumes vom Boden der Imbissstube aufzusammeln. An einem Tag von zwei Männern wegen der gleichen Frau stehen gelassen zu werden ist ein bisschen viel. Das ist eine neue Stufe der Jämmerlichkeit.

Meine Motive für seine Gesellschaft waren vielleicht nicht besonders fromm, aber trotzdem würde ich am liebsten wie ein trotziges Kind mit den Füßen stampfen. Wenn es hier im Silicon Valley ohnehin mehr Männer als Frauen gibt, warum sind dann auch noch alle hinter einer her? Könnten sie die Frauen nicht besser unter sich aufteilen?

Während Kevin Arins Möbel schleppt, plant Seth zu Hause wahrscheinlich den nächsten Vorstoß in Arins Herz. Es ist eine Art romantisches Schachspiel, und ich bin der Bauer dabei.

Da ich mich nicht verpflichtet fühle, einer lebhaften Blondine gegenüber, die alle männlichen Wesen in ihren Bau lockt, mein Versprechen zu halten, ist die Idee, allein an den Strand zu fahren, gestrichen. Ich gebe Arin nicht die Schuld. Sie kann nichts dafür, dass die Männer ihr zu Füßen liegen. Aber ich muss mir auch nicht einreden, dass ein Ausflug zum Strand mich plötzlich zu einer begehrten Schönheit macht.

Ich schaue mir eine Folge der Forsyte Saga auf Video an und gebe mich ganz meinem Elend hin. Ich sehne mich nach dem sexy aussehenden Soames Forsyte mit seinem wunderbaren roten Haar, der sich nach der dummen Irene verzehrt, die nichts von ihm wissen will. Kapiert sie es denn nicht? Soames ist der ewig treue Mann - er hat nur das Problem, dass er alles unter Kontrolle haben muss. Manche Frauen würden einen guten Mann nicht einmal bemerken, wenn er sie beißen würde.

Endlich Montag Morgen! Ich komme ins Büro, bin außer mir vor Freude, wieder hier zu sein, und stürze mich in etwas, das ich kann - denn die Liebe ist viel zu kompliziert für mein einfaches Gehirn. Purvi sitzt schon hinter ihrem Schreibtisch. Das heißt, dass mein Schreibtisch inzwischen mit dem vollgestapelt ist, was sie den ganzen Morgen gemacht hat, und ich vor sechs Uhr abends nichts von dem fertig bekommen werde, was ich mir für heute vorgenommen hatte. Das wird wieder ein langer Abend. Aber ich bin hier und muss fünf Tage lang nicht über mein nicht existentes Liebesleben nachdenken.

Purvi sieht mich und stellt deutlich hörbar ihre Kaffeetasse ab. »Ashley, ich bin froh, dass du endlich da bist.« *Endlich? Es ist acht Uhr morgens!* »Du musst nächste Woche nach Taiwan fliegen.«

Als sei mein Leben hier im Silicon Valley noch nicht schlimm genug … Um mein jämmerliches Dasein noch abzurunden, werde ich auch noch in ein erdbebengefährdetes Drittweltland mit schlechtem Essen geschickt, in dem ich fünfzehn Zentimeter größer bin als alle Männer.

»Guten Morgen, Purvi«, sage ich und hoffe, das Thema Taiwan zu verschieben, bis ich meine erste Tasse Kaffee hatte. »Wie war dein Wochenende?«

Plan fehlgeschlagen. »Wir klagen auf Patentverletzung«, erklärt Purvi.

»Patentverletzung?« Ich reibe meine Hände. »Ich soll ein Patent verteidigen?« Es ist der Traum jedes Patentanwaltes, ein Patent zu verteidigen, zumindest wenn es solide geschrieben ist. Ein Patent gehört einem erst richtig, wenn man es einmal vor Gericht verteidigt hat, und das ist meine Chance, Geschichte zu schreiben. Damit kann ich sicherstellen, dass mein Name für immer in den Akten steht und für ein weiteres Jahr auf der Gehaltsrechnung unserer Firma.

Ich weiß, dass das die Gelegenheit ist zu glänzen, aber der Gedanke an das schlechte Essen gewinnt schließlich doch die Oberhand. Hier in Kalifornien haben wir biologische, freilaufende Hühner statt braun glasierte Enten, die mit dem Kopf nach unten in den Schaufenstern baumeln und mit Kopf und Klauen auf den Teller kommen. Ich werde nie verstehen, warum die Asiaten ihrem Mittagessen ins Auge schauen wollen. Während meiner Geschäftsreisen kommt mir immer wieder flüchtig der Gedanke, Vegetarierin zu werden.

Ganz zu schweigen von den Erdbeben. Im Pazifikgürtel unterwegs zu sein ist wie ein Albtraum. Zugegeben, ich lebe auch in einem Erdbebenland, aber wir haben immerhin etwas wie Gebäuderichtlinien. Unsere Hotels fallen nicht zusammen wie Kartenhäuser, wenn Mutter Erde hustet. All diese Bilder von den Erdbeben der vergangenen Jahre werden wie eine Diashow in meinem Gehirn ablaufen, während ich versuche, in einem stinkigen taiwanesischen Hotel zu schlafen. Dann bin ich dankbar, dass ich ewiges Leben habe – für den Fall, dass ich dieses hier vermassle und auf einer Geschäftsreise ende …

»Purvi, meinst du, das Patent ist wichtig genug, um es in die Zeitung zu bringen?« *Heißt im Klartext: Werde ich in der Lage sein, auf dieser Reise im Alleingang unsere gesamte freie Wirtschaft zu retten? Wird Seth in der Zeitung von meinen großen Heldentaten lesen und alles bereuen? Wird Hugh/Kevin Arin verlassen, weil er nur noch Augen für mich hat?*

Purvis normalerweise wunderschöner indischer Akzent macht mich wahnsinnig, wenn sie mir damit einen Vortrag hält. »Das Wichtigste ist, dass wir unsere Patentrechte in diesen Ländern aufrechterhalten.« Dabei legt sie die Hände auf dem Schreibtisch übereinander. »Ohne solche Maßnahmen werden amerikanische und taiwanesische Firmen den Markt mit diesem … diesem minderwertigen Müll überschwemmen. Sie werden uns unseren

Marktanteil stehlen. Ganz zu schweigen davon, dass sie unsere Produkte für ein Zehntel vom regulären Marktpreis verkaufen werden. Es ist eine Machtdemonstration, die wir durchziehen müssen.« Das sagt sie wie General Patton. »Bist du bereit dazu?«

»Jawohl!«, antworte ich salutierend. Ich verstehe natürlich, was sie da sagt, aber ich will wissen, was dabei für mich herausspringt. Aber das hat sie noch nie interessiert. Also muss ich mich im Moment einfach ganz darauf konzentrieren, dass ich dabei abnehmen werde. »Wann werde ich fliegen, Purvi?«

»Du bist für den Sonntagsflug gebucht. EVA Air, nicht United. Diesmal servieren wir auch dem Reich des Bösen eine Anklageschrift. Ich werde nächste Woche nach Seattle fliegen.«

Meine Schultern hängen plötzlich. *Sie darf nach Seattle? Dort fangen alle großen Karrieren an! Und ich werde derweil in ein Drittweltland geschickt, um den Clown zu machen.* In Taiwan ein Patent zu verteidigen ist relativ witzlos, da dort Zugeständnisse, die in Verhandlungen gemacht werden, selten eingehalten werden. Während Purvi zur Vizepräsidentin aufsteigt, verschmachte ich im Straßengraben. Purvi bekommt nicht nur den besseren Fall, sondern auch noch den besten Kaffee!

Als ich zu meinem Schreibtisch komme, sehe ich, dass er mit dem übersät ist, was Purvi den ganzen Morgen getan hat. Ich zahle den Preis dafür, dass ihre Nachbarin für sie ihren Sohn zur Schule bringt. Ein ungutes Gefühl steigt in mir auf, als ich einen Umschlag sehe, den mein Vermieter letzte Woche für mich abgegeben hat. Ich bin mir sicher, dass es nur eine Mitteilung ist, wann sie Ameisengift sprühen werden, aber ich habe ihn nicht geöffnet und frage mich jetzt, ob ich womöglich schon eingenebelt wurde und das der Grund für meine jüngsten Fehlschläge bei Verabredungen ist. *Ameisengift.*

Ich reiße den Umschlag auf und überfliege alles. Meine Augen bleiben auf dem Satz »einen Monat Zeit zur Räumung der Wohnung« hängen. Bei genauerem Hinsehen stelle ich fest, dass mein Vermieter aufgrund der schlechten Wirtschaftslage aus dem Mietgeschäft aussteigen will. Er will die Mietwohnungen in Eigentumswohnungen umwandeln und sie einzeln günstig verkaufen. Die gute Nachricht ist, dass ich das Vorkaufsrecht auf meine Wohnung habe, nachdem sie renoviert ist, für schlappe 40.000 Dollar Anzahlung. *Schluck. Hust. Spuck.*

Noch mehr Panik erfasst mich, als ich feststelle, dass die Mitteilung schon eine Woche alt ist. Das heißt, mir bleiben nur noch drei Wochen, um eine neue Wohnung zu finden. Zwei Wochen, wenn man noch die Zwangsarbeit in Taipeh abzieht. Ich schnappe den Umschlag und stürme zurück in Purvis Büro.

»Purvi, meine Wohnung wird verkauft. Ich habe noch drei Wochen Zeit, etwas Neues zu finden.«

Sie schaut an mir vorbei in mein Büro zu dem Stapel Aktenmappen, die dort auf mich warten. »Das wird schwer, vor allem mit deiner Geschäftsreise.«

»Ich hatte vor, im Mai etwas zu kaufen, aber nicht diese Wohnung.« Weiß Gott, warum ich ihr diese Einzelheit erzähle. Purvi interessiert meine Lage offensichtlich nicht, und meine Absichten, unter die Immobilienbesitzer zu gehen, sind nicht ihre Angelegenheit. Sie verklagt das böse Reich der Russen. Und ich habe ein Wohnungsproblem im Großraum San Francisco. Welche Neuigkeit!

Zur Betonung knallt Purvi einen Stift auf den Schreibtisch. »Ashley, du hast dir schon letzten Montag freigenommen wegen dieses Babyproblems von deiner Freundin. Du hast die Stunden noch nicht annähernd aufgeholt. Dieses Wochenende habe ich dich noch überhaupt nicht hier gesehen. Du hast einen ganzen Berg voll Arbeit auf deinem Tisch.« Ihre Stimme wird sanfter. »Vielleicht solltest du einfach bei deinen Eltern einziehen, bis dieses Verfahren vorbei ist. Das wäre das Einfachste.«

Das war ein Stich ins Herz. Ungläubig lege ich die Hand auf die Brust. Hat sie gerade gesagt, ich soll bei meinen Eltern einziehen? Sie weiß offensichtlich nicht, dass mein Versagerbruder dort wohnt und wahrscheinlich seine ausländische Braut auch noch anschleppen wird. Ich schlage mir an die Stirn. »Die Hochzeit!«

»Was ist jetzt schon wieder?« Purvi ist offensichtlich verärgert über mich. Sie hat die erstaunliche Fähigkeit, bei der Arbeit alle Gefühle auszuschalten. Ich dagegen bin ein einziges Nervenknäuel, und im Moment liegen sie leider ziemlich bloß. Ich bin wie ein Jo-Jo, das sich abwickelt und nicht mehr aufwickeln wird.

»Mein Bruder heiratet nächsten Monat. Das habe ich ganz vergessen. Ich muss meiner Mutter helfen, die Brautparty vorzubereiten.«

Purvi zuckt mit den Schultern. »Wie ich schon sagte, zieh für eine Weile zu deinen Eltern. Klingt, als seist du ziemlich eingedeckt mit Arbeit.« Sie wendet sich wieder ihren Besprechungsprotokollen zu. »Du solltest dich freuen, dass du deine Eltern überhaupt noch siehst. Ich habe meine nicht mehr gesehen, seit ich in die Familie meines Mannes eingeheiratet habe. Das ist jetzt meine Familie. Nutze es, solange du kannst.«

Oh, wie ich mir wünschte, dass eine Hochzeit und ein Umzug meine Familienprobleme so einfach lösen könnten. In meinem Büro klingelt das Telefon, und ich ergreife die Gelegenheit, aus Purvis Büro zu flüchten. Überaus professionell nehme ich den Anruf entgegen, um Purvi zu zeigen, dass ich alles unter Kontrolle habe.

»Ashley Stockingdale.«

»Ashley, hier ist Seth.«

Ich atme langsam aus und stoße meine Bürotür mit dem Fuß zu. »Seth, das ist jetzt wirklich nicht der passende Moment. Ich stecke im Moment bis über beide Ohren in Arbeit und Projekten.« *Ich bin viel zu beschäftigt, um über dein grauenvolles Liebesleben zu sprechen. Willkommen in der Welt der ewigen Singles. Fühlt sich nicht besonders gut an, wenn man vom Single auf Zeit zum Single auf Ewigkeit wird, was?*

Er spricht trotzdem weiter. »Ich habe über das nachgedacht, was du gestern auf dem Parkplatz gesagt hast. Ich möchte mich noch mal mit dir darüber unterhalten. Ruf mich einfach an, wenn du etwas Zeit hast. Uns verbindet zu viel, um einfach so darüber hinwegzugehen.«

»Worüber hinweggehen?«

Für einen Augenblick ist er still, und ich kneife die Augen zu. Wie kommt es, dass er mit einer anderen geht und ich das Gefühl habe, ihn zu verletzen? Wieso fühle ich mich schuldig?

»Ruf mich einfach an, wenn du Zeit hast, Ashley. Wir müssen miteinander reden.« Er legt auf, und ich stehe da und umklammere den Hörer. *Hat er es kapiert?* Oder bekomme ich jetzt noch eine Ladung Ahnungslosigkeit nach Ingenieursart ab?

Allmählich verliere ich die Beherrschung. In meinem Leben ist nichts mehr sicher, und die Fragen, die sich mir stellen, sind einfach zu viele. Es ist, als kämen zwei meiner Lieblingssendungen gleichzeitig - welche schaue ich mir an, und welche nehme ich auf? Ich muss Prioritäten setzen. Ich muss die Dinge im richtigen Verhältnis sehen. Kay Harding scheint alles im Griff zu haben. Vielleicht sollte ich einfach ihrem Beispiel folgen ... Das ist das Geheimnis: Organisation. Ich nehme meinen PDA heraus und tippe eine To-Do-Liste hinein:

1. neue Wohnung suchen.
2. Brautparty für die Katalogbraut meines Bruders organisieren.
3. Fressen wie ein Eichhörnchen vor dem Winter, um Taipeh zu überleben.
4. Patentanleitungen und Rechtsfälle für Vertragsanwälte vorbereiten.
5. Seth anrufen.
6. Mein jämmerliches Leben in etwas Aufregendes und Glanzvolles verwandeln.
7. Nie wieder lila BH tragen, weil er mir die Luft abschnürt.
8. Bei Internet-Partnersuche registrieren.
9. Fantastisch aussehenden Mann finden, den ich bei der Hochzeit meines Bruders als Freund ausgeben kann.
10. Fantastisch aussehenden Mann finden.

Ich beginne damit, all die Anleitungen durchzulesen, die Purvi mir auf den Tisch gelegt hat. Ich fange gerade an, mich zu konzentrieren, als das Telefon wieder läutet.

»Ashley Stockingdale.«

»Hallo Ash, hier ist Arin.« Wenn die beiden mich anrufen, um mir ihre bevorstehende Verlobung mitzuteilen, dann fliege ich nach Taiwan und komme nie mehr zurück.

»Was kann ich für dich tun? Ich habe ziemlich viel zu tun.« Ich bin eine einflussreiche Anwältin. Ich lasse mich nicht von einer kleinen, arbeitslosen Literaturstudentin untergraben.

Arin spricht in diesem kindlichen Tonfall, dass ich sie am liebsten fragen würde, ob ihre Mama auch zu Hause ist. »Ich gehe schon früher als geplant zu dem Missionseinsatz mit den Zahnärzten, und ich hatte gehofft, dass du dich vielleicht am Sonntag ein bisschen um Kevin kümmern könntest. Er will zum Gottesdienst kommen, und das tut er nicht oft. Er ist sehr schüchtern und fühlt sich ein bisschen unwohl in der Gemeinde.«

»Mich um Kevin kümmern oder ihn von Seth fernhalten?« *Schäm dich, Ashley.*

Sie kichert, als sei das lustig. »Ashley, du weißt doch, dass ich das nicht so meine. Kevin kann tun und lassen, was er will. Er fliegt sowieso zu irgendeinem Medizintechnik-Kongress nach Taiwan. Aber er wird am Sonntag noch in den Gottesdienst kommen, bevor er fliegt.«

»Kevin fliegt nach Taiwan?« Meine Hände zittern, aber ich sage nichts von meiner Reise. Es gibt sonntags nur einen Flug nach Taiwan, was bedeutet, dass wir beide in der gleichen Maschine sitzen. Gönnen Sie mir nur diese Woche noch meine sehnsüchtigen Träume. Ich lasse mich hinreißen von einem schelmischen, gut aussehenden jungen Arzt, der Arin hat sitzen lassen, weil sie nur eine nutzlose, schöne Hülle ist.

Arin plappert immer noch weiter. »Sie wollen den jungen Ärzten eine neue Maschine zum Einsatz bei Operationen zeigen. Er fliegt hin, um sich die Produktion anzusehen und einen Bericht zu schreiben. Um zu sehen, ob Stanford sich überlegen sollte, so etwas künftig anzuschaffen, weißt du.« Arin klingt ziemlich verärgert, als sei die Rettung von Kindern vor dem sicheren Tod ihr bei ihren eigenen Plänen im Weg. Trotzdem kann man vieles an ihrem selbstsüchtigen Verhalten nur bewundern, zum Beispiel die Tatsache, dass sie damit immer wieder durchkommt.

»Nimm's mir nicht übel, Arin, aber Kevin wird prima ohne mich zurechtkommen. Ich muss selbst auf eine Geschäftsreise gehen und weiß noch nicht, ob ich es Sonntag noch zum Gottesdienst schaffe.« Das Letzte, was ich brauche, ist, um einen Mann herumzuscharwenzeln, der vergisst, wie ich heiße, sobald Arin wieder aus dem Flugzeug steigt und noch dünner ist als vorher, weil sie die ganze Zeit costaricanischen Fraß gegessen hat.

»Ich verstehe«, sagt Arin. »Ashley, tut mir leid, wenn ich dich irgendwie verärgert habe. Lass uns Freunde sein, ja?«

Ich muss mir das Lachen verkneifen bei dieser kindlichen Ausdrucksweise. »Okay.«

Dann höre ich es in der Leitung klicken.

Ich weiß, warum sie gerade mich bittet, mich um Kevin zu kümmern. Ich bin einunddreißig. Für sie bin ich uralt, fast schon wie ihre Mutter. Ich bin nicht mehr in dem Alter, in dem Arin mich als Bedrohung empfinden würde. Ich höre schon fast, wie sie mich mit Ma'am anredet.

Komisch, aber ich nehme es Arin nicht übel. Sie hat die Situation durchdacht und sich genau überlegt, wie sie ihre Ressourcen einsetzen will. Aber ich wünschte, sie würde nicht noch herumspielen. Wenn sie Seth will, soll sie ihn nehmen. Er wäre ein grundsolider, wenn nicht sogar langweiliger Ehemann. Aber seine kristallblauen Augen an einem Baby zu sehen wäre das Opfer wert. Vielleicht.

Wenn sie Kevin will, sollte sie ihn heiraten. Zum Kuckuck, er sieht blendend aus und ist Arzt an der Stanford Uni. Aber beide Männer wegen einer Reise in den Urwald in der Luft hängen zu lassen ist einfach unverantwortlich. Ach wäre ich doch auch noch mal vierundzwanzig. Weiß Arin denn nicht, dass eine andere Schlange mit Größe sechsunddreißig sich ganz schnell um ihre Beziehungen wickeln und alle beide erwürgen kann? Ehe sie es merkt, ist sie einunddreißig und sitzt bei den ewigen Singles, weil ihre Zeit schon lange vorbei ist.

Der Hausbote kommt, nach ihm kann man die Uhr stellen. Nein, ich habe Es nicht getan, dieses Wochenende. Aber er lernt dazu - er fragt nicht. Seth und Kevin kommen doch auch mal allein klar, oder? Bei all den Schul- und Uniabschlüssen.

»Ashley, hast du was für die Post?«, fragt Jim wie ein Roboter.

»Nein, Jim. Ich habe nichts. Wie war dein Wochenende?«

Er nickt. »Schön. Ich war ein bisschen Angeln und habe mit meinen Kumpels was getrunken.« Er nickt noch mal. »Ja, es war schön. Und bei dir?«

»Darüber muss ich noch mal mit dir reden. Ich suche nach dem Sinn meines Lebens.«

Er schüttelt den Kopf. »Ihr Juristen denkt zu viel nach. Mein Sinn ist ganz einfach: angeln und Bier trinken. Was soll sonst noch sein? Man bekommt seinen Lohn und kauft Bier. Wenn man eine Zuzahlung bekommt, kauft man auch noch für seine Freunde Bier.«

Ja, was soll sonst noch sein? Vielleicht ist das der Sinn meines Lebens, dass ich keinen Sinn habe. Wenn ich mir den Stapel von Patenten vor mir anschaue, scheint mein Sinn in diesem Leben eher praktischer Natur zu sein.

11

Während die meisten Menschen im Verkehrschaos von Silicon Valley festsitzen, reise ich um die Welt. Ich schaue zum grauen Himmel auf und atme tief durch. Ich habe einen Beruf, von dem die meisten Menschen nur träumen können. Während mein Bruder tagaus tagein dieselbe Bustour fährt, fliege ich in exotische Länder.

Das sage ich mir immer wieder vor, während ich ins Flugzeug steige, um sechzehn Stunden nonstop Vergnügen der Spitzenklasse zu genießen: keine frische Luft, keine Blondinen und keine Zeitung ohne ausländische Hieroglyphen. Es ist, als sei ich von Außerirdischen entführt worden, die testen wollen, wie sich ihre Nahrung auf mich auswirkt, und mich hinterher mit heftigstem Jetlag wieder in meinem langweiligen Leben in Palo Alto absetzen. Das ist alles andere als normal.

Der Höhepunkt meiner Reise? Ich habe die Wahl zwischen einer amerikanischen und einer chinesischen Mahlzeit. Aber beides ist Flugzeugessen: entweder Frühstücksfleisch auf ein hartes Brötchen geklatscht oder ein typisches Nudelfertiggericht. Ich beklage mich ja nicht, denn das ist das beste Trainingslager für die kommende Woche. Es ist sozusagen die Grundausbildung für die Delikatessen, von denen meine taiwanesischen Geschäftspartner überzeugt sind, dass sie mir schmecken werden. Das ist sozusagen meine eigene Version von »Fear Factor«, und alles nur für die Zukunft der Technik.

»Ashley, du hier?« Kevins tiefe Stimme durchbricht meine Gedanken.

»Kevin?«

»Das wird ein langer Flug. Ich habe gehört, dass du vielleicht auch hier bist und habe den Sitz neben dir gebucht.«

»Was wird Arin davon halten?«, frage ich unschuldig. Ich blinzle, als hätte ich keine Kontrolle über mein Schicksal. Das muss das Schicksal sein.

»Lass sie doch denken, was sie will«, antwortet er mürrisch.

Der Strom der Passagiere stockt, als wir mittendrin stehen bleiben und uns leidenschaftlich küssen.

Sofort überkommen mich Schuldgefühle. Frauen wie ich sind nicht der Typ, der anderen den Freund ausspannt. Und das aus verschiedenen Gründen: allgemeiner Anstand und die fehlende Ausstrahlung, die Leute wie Arin haben. Ich lasse mich in meinen Flugzeugsitz fallen und bin bereit, der Wirklichkeit ins Auge zu schauen.

Meine Träume zerplatzen, als der Platz neben mir besetzt wird. Alle Hoffnungen sind zerschmettert. Ich sitze neben einem taiwanesischen Geschäftsmann, der ein angenehmes Lächeln auf dem Gesicht, eine freundliche Art und einen Ehering am Finger hat. Eines muss man von den taiwanesischen Ingenieuren sagen: Sie haben Charakter. Was machen die Amerikaner nur falsch? Und warum muss ich mit ihrem Fehlverhalten leben?

Während ich warte, bis die übrigen Passagiere eingestiegen sind, entspannen sich meine Gedanken. Ich erinnere mich an alles, was ich diese Woche nicht erledigt habe. Zum einen habe ich vergessen, Seth zurückzurufen. Ich schreibe es dem Schicksal zu. Aber was ist, wenn er angerufen hat, um mir zu sagen, dass alles ein schlimmer Fehler gewesen war? Dass er verstanden hat, was ich ihm an jenem Tag auf dem Parkplatz sagen wollte? Es hätte nichts geändert, aber es wäre einfach ein gutes Gefühl gewesen. *Das ist gelogen. Es hätte alles verändert.*

Die vergangene Woche war ein totales Durcheinander ohne den leisesten Erfolg: ergebnislose Wohnungssuche, nicht enden wollende Patententwürfe, alle in Arbeit, nichts Rundes, Abgeschlossenes. Aber ich hatte kein einziges Mal daran gedacht, Seth anzurufen – das ist ein Fortschritt. Ich habe nicht ständig an ihn gedacht!

Ich hatte mehr Zeit zum Beten und weniger Zeit, mir Sorgen zu machen. Die Tage sind eindeutig wieder freundlicher. Außer natürlich was Seth angeht und die Tatsache, dass ich jetzt doppelt an ihn denke, weil ich zunächst nicht an ihn gedacht habe. Ich wünschte mir, ich könnte ihn einfach abhaken, aber ich mag den Kerl einfach. Er hat null Durchblick, aber er ist trotzdem charmant. Aus Protest bin ich heute nicht zum Gottesdienst gegangen, damit ich Arins extrem gutaussehenden Freund nicht vor der Konkurrenz beschützen musste. Außerdem musste ich dann auch nicht Seths Fragen über Arin abblocken. Vielleicht ist Ausweichen ja die Lösung.

Der Pilot meldet sich über Lautsprecher. *Hoffentlich labert er nicht die ganze Zeit.* »Guten Tag, meine Damen und Herren. Ich muss Ihnen leider mitteilen, dass wir ein Sicherheitsproblem haben. Wir müssen Sie bitten, noch einmal auszusteigen und sich erneut kontrollieren zu lassen. Bitte nehmen Sie Ihr Handgepäck mit.« Dann wird die Ansage in einer anderen Sprache wiederholt.

Alle sitzen reglos da und können nicht fassen, dass zwei Stunden Warten und Kontrollen noch nicht sicher genug sein sollen. Schließlich steht einer der Passagiere auf und geht hinaus, und die anderen folgen daraufhin. In der Wartehalle haben sie extra mobile Radargeräte aufgestellt, und wir werden alle gebeten, unser Handgepäck flach auf einen Tisch zu legen, damit sie es willkürlich durchwühlen können. Als wir erneut alle kontrolliert sind, bringen sie uns in einen gesonderten, abgeschlossenen Bereich, wo wir warten müssen, bis das Flugzeug ebenfalls noch einmal gründlich kontrolliert wurde.

Jetzt bete ich wirklich und bereue es, dass ich nicht im Gottesdienst war. Ich fliege nicht besonders gern, und der Gedanke, dass mein Flugzeug von Polizeihunden nach möglichen terroristischen Aktivitäten durchsucht wird, macht mich etwas nervös.

Mein Gesicht spannt sich an, und ich spüre, wie sich die Falten tief in meine Haut graben. Die Furche zwischen meinen Augenbrauen wird eindeutig tiefer. In Gedanken muss ich sofort an Botox denken. Bin ich noch zu jung dafür? Als ich so dastehe und meine Falten fühle, sehe ich, wie Kevin Novak gerade mit der Kontrolle fertig ist. Mein Herz macht einen kleinen Salto, und jede Angst vor Terroristen ist verschwunden, weil ich weiß, dass

Gott es niemals zulassen würde, das Dr. Novak etwas zustößt. Er hat ganz offensichtlich noch große Aufgaben vor sich. Ich hasse es, mich zu ihm hingezogen zu fühlen. Es ist so, als fühle man sich zu Matthew McConaughey hingezogen. *Viel Glück.* Willst du wirklich einen Mann, der besser aussieht als du? Und abgesehen von alledem gäbe es da auch noch eine Freundin. *Wie schäbig.*

Kevin kommt auf mich zu, und wenn ich es nicht besser wüsste, könnte ich schwören, dass sich alles in Zeitlupe abspielt. Höre ich Musik? Sein kantiges Gesicht verwandelt sich in ein breites Grinsen, und er spielt definitiv gerade die Hauptrolle in dem Musikfilm in meinem Kopf. Es ist eine Power-Ballade von der Rockband matchbox twenty.

Kevin strahlt eine Haltung aus, die Aufmerksamkeit fordert, und im Augenwinkel sehe ich, dass alle Blicke auf ihn gerichtet sind. Mein eigener Blick ist an ihn gefesselt. Er hat dunkelgrüne Augen wie ein dunkler Wald. Sie wirken mysteriös und dramatisch zugleich. Ich sehe weg, als ich merke, dass er mich entdeckt hat, und dann starre ich ihn an, als sei ich unsichtbar, aber es ist schon mehr als auffällig. Ich muss meine Zunge ganz bewusst im Zaum halten, damit sie mir nicht aus dem Mund fällt und sabbert wie bei einer Dogge.

Ich ziehe den Bauch ein und winke ihm kokett zu. Ich bin eine Weltreisende. Bin eine selbstbewusste, zugelassene, kalifornische Anwältin. Wenn Sie mir nicht glauben, dann schauen Sie doch auf meine teure Kenneth Cole Aktentasche. Ihr weiches, geschmeidiges Leder buchstabiert das Wort »Erfolg« doch förmlich. Wenn ich mich selbst aus der Entfernung sehen würde, käme ich nicht einmal auf den Gedanken, dass man mich wegen meiner eigenen Freundin wie alten Müll hat liegen lassen.

»Ashley!« Er weiß meinen Namen noch. *Bleib ruhig, hüpf jetzt nicht rum.* Aber es ist, als ob Hugh Jackman selbst meinen Namen wüsste.

»Kevin, hallo. Ich habe gehört, dass du vielleicht auch in dieser Maschine bist.« Ich versuche, die kindischen Gedanken zu verdrängen, dass es vielleicht Schicksal ist, dass er auch in diesem

Flugzeug ist und dass wir noch einmal aussteigen mussten und uns so getroffen haben und so weiter. Du hast zu viele Schnulzen gesehen, sage ich mir selbst. Es gibt jede Menge Geschäftsverbindungen zwischen Taiwan und dem Silicon Valley, und heute fliegt nur eine Maschine von San Francisco nach Taiwan. *Purer Zufall, sonst gar nichts.*

»Hoffen wir mal, dass wir alle in diese Maschine kommen.« Er schüttelt den Kopf, und da sind die sexy Lachfalten um seine Augen. Vielleicht ist er doch nicht mehr so jung, wie ich dachte. So aus der Nähe sieht er noch besser aus, wie eine römische Skulptur oder ein anderes unbezahlbares Kunstwerk. Bei Kevin hat Gott sich selbst übertroffen. Im Moment bin ich mir sicher, dass er das nur getan hat, um mich zu quälen.

Ich lache über seinen kleinen Witz, und es klingt noch nicht einmal gekünstelt. Der Himmel muss mir wohl heute gnädig sein. Ich bin nicht mehr eine aus der Marschband, sondern die Anführerin der Cheerleader.

»Konntest du dich noch von Arin verabschieden? Ich vermute mal, sie ist jetzt Richtung Urwald unterwegs.« *Ups, seine Freundin ins Gespräch zu bringen war nicht besonders schlau.* Damit lenke ich seine Gedanken auf ihre süßen, nicht vorhandenen Hüften. Und ich bin mal wieder die Amazone. Aber wenigstens bin ich eine ehrliche, fromme Amazone.

Kevins Miene verdüstert sich, und in mir steigt Hoffnung auf wie ein Geysir. »Ich fürchte, Arin und ich haben uns vor ihrer Reise für immer Lebewohl gesagt. Eigentlich schon an dem Tag, als ich dich im Imbiss getroffen habe.« Kevin schaut sich nach den anderen Leuten im Wartebereich um. Das gibt mir die Gelegenheit, sein Gesicht zu beobachten, das kantig und doch sanft ist. Ich frage mich, ob er nicht zu vertrauensselig ist, zu lieb, um es mit einer Frau wie Arin auszuhalten. Gemeinsam strahlen sie viel zu viel Charme aus. Es ist besser, diese Energie aufzuteilen. Ich glaube, Einstein hat kurz vor seinem Tod an dieser Theorie gearbeitet.

»Das mit Arin und dir tut mir leid«, sage ich und muss an

meine Schulmädchenträume von ihrer Trennung denken. Haben meine düsteren Gedanken das verursacht? Jetzt kommt die Szene in der er mir erklärt, dass er genug hat von jungen Dummköpfen, und dass unser gemeinsamer Flug nach Taiwan ein Zeichen des Himmels ist, aber ich komme schnell wieder zurück in die Wirklichkeit. »Arin ist sehr freiheitsliebend«, erkläre ich, in der Hoffnung, damit seine Stimmung aufzuhellen.

»Freiheitsliebend? Das ist ein schönes Wort, um zu sagen, dass Verantwortungsbewusstsein nicht gerade ihre Stärke ist.« Kevin verschränkt die Arme. Sie sind wirklich nicht muskulös, aber sie sind auch nicht dünn und schlaksig. Er ist sehr gut gebaut, aber seine ausgeprägten Kieferknochen lassen ihn kräftig und athletisch erscheinen. Er ist definitiv nicht meine Klasse. Das hasse ich. Ich hasse es auch, dass Seth, dieser Ingenieur mit den weniger werdenden Haaren, nicht meine Klasse ist. Vielleicht sollte ich mich wirklich in Florida umschauen, wie mein Bruder vorgeschlagen hat. Vielleicht ist die Sun-City-Rentner-Baseballmannschaft meine Klasse.

»Irgendwie hat Arin es gut. Ich wünschte mir, Verantwortungsbewusstsein wäre nicht meine einzige Stärke.« Meine Stimme klingt sehnsüchtig. »Ich bewundere Arin dafür, dass sie sich einfach über das, was andere denken, was man tun sollte, hinwegsetzen kann und ihrem Herzen folgt. Ich wünschte, ich würde das nur ein Mal fertigbringen.« Ich schaue zum Flugzeug vor dem Fenster. »Ich wünschte, ich könnte es jetzt sofort.«

Und dann wird es mir plötzlich klar. Ich könnte es jetzt tun. Ich könnte nicht ins Flugzeug steigen, die Woche am Strand verbringen und mir eine neue Wohnung suchen. Ich fange an, mich selbst aufzuputschen, mein Herz klopft wild. Ich bekomme einen Schweißausbruch bei dem Gedanken, alle Regeln zu brechen. Kevin macht sich offenbar Sorgen über meine stillen, aufgewühlten Gedanken und hebt mein in Falten gelegtes Gesicht mit dem Finger an. In meinem Magen explodiert ein Feuerwerk, und ich kann es nicht ertragen, meinen Blick von diesen tiefgrünen Augen abzuwenden, die mich anziehen wie ein warmer Morgen mit Tau im

Wald. Sein ganzer Ausdruck sagt mir, dass er mich gleich küssen wird. Das ist unheimlich. Mein Herz schlägt bis in den Hals. Ich spüre, wie er mir immer näher kommt, und fühle ein wunderbares Kribbeln, wie im schönsten Whirlpool der Welt. Aber wenige Zentimeter vor meinem Gesicht hält Kevin inne und flüstert:

»Jetzt aus dem Flughafen zu verschwinden, das passt nicht zu dir, Ashley, das passt zu Arin.«

Ich muss schwer schlucken. *Autsch!* »Und das wäre nicht gut?«

»Doch, wenn du dabei von mehr als nur deiner augenblicklichen Befriedigung getrieben wirst. Du scheinst ein höheres Ziel zu verfolgen als nur die Befriedigung deiner unmittelbaren Wünsche.«

Aber im Moment denke ich nur an meine unmittelbaren Wünsche und daran, wie sehr ich mir wünsche, dass dieser Mann mich küsst und alles in mir zum Kribbeln bringt. Es ist ein Gefühl wie das köstlichste Tiramisu und der beste Schokoladenkuchen in einem. Kevin räuspert sich und weicht fast unmerklich zurück, aber genug, dass ich spüre, wie meine Hoffnungen auf eine romantische Szene in aller Öffentlichkeit sich in Nichts auflösen, wie Wolken an einem heißen Sommertag.

»Was machst du in Taiwan?«, fragt er.

Ich richte mich auf und frage mich, ob ich die letzten paar Minuten nur geträumt habe. Ich hätte mein Leben darauf wetten können, dass Dr. Kevin Novak eine Gefühlsregung verspürt hat, dass wir uns einen Augenblick lang verbunden fühlten. Aber andererseits bin ich jetzt seit zehn Jahren mit Ingenieuren zusammen. Kevin hatte wahrscheinlich nur eine leichte Verdauungsstörung.

Ich räuspere mich. »Ich reiche eine Klage ein gegen eine Firma, die unser Patent gestohlen hat. Aber eigentlich geht es darum, zu verhandeln und Geld für unser Patent zu kassieren.« Mitten in meiner sehr sachlich klingenden Erklärung halte ich inne und starre wieder zum Fenster hinaus auf das Flugzeug. »Kevin, wäre es nicht großartig, einfach abzuhauen und nicht nach Taiwan zu fliegen?«

Kevin zieht die Augenbrauen hoch. »Und was würdest du dann tun?«

»Ich weiß nicht«, antworte ich achselzuckend. »In einer knallbunten Blumenbluse durch San Francisco ziehen, auf die Fähre gehen und nach Sausalito fahren, im Marin County, der Geburtsstätte des Mountainbikes, Mountainbike fahren, mit Walkman und Kopfhörern durch die alte Straßenbahn in San Francisco tanzen oder in der Top of the Mark Bar des vornehmen Mark Hopkins Hotels ein Cola Light bestellen.«

»Warum tust du das nicht, wenn du es gerne machen möchtest?«, fragt Kevin.

Ich seufze laut und sorgenvoll. »Weil ich der verantwortungsbewusste Typ bin. Wenn ich mich plötzlich wie mein Bruder oder wie Arin verhalten würde, würde die Welt, wie wir sie kennen, untergehen.«

»Ich weiß, was du meinst«, sagt Kevin, und seine grünen Augen leuchten nicht mehr. »Lass es uns trotzdem tun. Lass uns unserer Verantwortung nachgehen und hinterher Spaß haben. Am Mittwoch komme ich aus Taiwan zurück. Und du?« Seine Stimme wird lauter vor Aufregung, und plötzlich verliere ich mich ganz im Augenblick und vergesse, dass ein schrecklicher Langstreckenflug mit Sicherheitsproblemen vor mir liegt.

»Am Donnerstagmorgen um halb neun«, erkläre ich.

»Donnerstag. Treffen wir uns um zwölf in der Top of the Mark Bar auf einen Drink und essen dort zu Mittag. Das wird dir helfen, den Jetlag besser zu überwinden. Dann fahren wir mit der Straßenbahn zum Kai, steigen auf die Fähre, gehen in Sausalito bummeln, und das Mountainbikefahren heben wir uns für ein anderes Mal auf.«

Ich muss an meine Wohnung denken, beziehungsweise an deren nicht mehr Vorhandensein, und an die Brautparty und all die Punkte auf meiner To-Do-Liste. Aber ich werfe alle Vorsicht über Bord. Mist, ich habe den lila BH weggeschmissen. Das war eine meiner Errungenschaften. Und jetzt lädt mich ein blendend aussehender junger Arzt ein, aus meinem Gefängnis auszubrechen.

Deutlicher kann man es nicht mehr gezeigt kriegen. Wenn ich jemals eine Gelegenheit haben werde, dann jetzt.

Bitte lass mich einfach diesen Augenblick genießen, Gott. Es muss ja nichts bedeuten. Ich will mich nur selbst aus diesem Sumpf befreien. Ich kneife die Augen fest zu, wohl wissend, dass ich gerade mit meinen eigenen Gefühlen spiele. Kevin gehört nicht zu der Sorte Mann, die man ganz ungezwungen kennen lernen kann. Er ist wie Colin Firth, Hugh Jackman und Vin Diesel zusammen mit einem Dr. med. davor.

»Okay, tun wir's«, antworte ich.

Gerade wurde angekündigt, dass wir wieder an Bord gehen können. Kevin geht neben mir und trägt meine Tasche. Als er mich anlächelt, spüre ich wieder Energie in mir. Sechzehn Stunden Flug erscheinen mir plötzlich nur noch wie ein Augenblick in der Geschichte. Endlich geht es mit meinem Leben bergauf.

12

Als ich mich im Sitz anschnalle, ohne dabei auf die monotone Anleitung des Flugbegleiters zu achten, klopft mein Herz immer noch wie wild. Gibt es wirklich jemanden, der nicht weiß, wie ein Sicherheitsgurt funktioniert? Diejenigen können sich bestimmt das Flugticket gar nicht erst leisten.

Kevin sitzt jetzt neben mir. Mein Nebensitzer von vorhin hat mit ihm den Platz getauscht. Na bitte, die Taiwanesen begreifen das. Ein amerikanischer Ingenieur hätte gar nicht bemerkt, dass ich einen Freund habe. Meine Sorge um den Start hat deutlich nachgelassen, weil ich jetzt weiß, wenn ich sterbe, werde ich wenigstens stilvoll neben einem blendend aussehenden Arzt sterben, der sich vielleicht für einen Augenblick mit mir verbunden gefühlt hat. Das ist doch keine schlechte Art zu sterben, oder? Außerdem ist er Christ. Wir könnten gemeinsam entschweben. Das ist doch mal romantisch, wie die christliche Version von Christopher Reeve und Jane Seymour in »Somewhere in Time«. Ich lächle Kevin an und frage mich, ob er wohl meine Gedanken lesen kann. Ich bin nicht gerade ein geheimnisvoller Typ. Ich bin so leicht zu durchschauen wie Klarsichtfolie.

Als das Flugzeug abhebt, greife ich nach Kevins Hand. Diesen Teil des Fluges habe ich noch nie gemocht. Kevins Hand ist glatt und maskulin, mit langen Fingern. Es sind die Hände eines Chirurgen, schön und gleichzeitig unglaublich geschickt. Während ich auf seine Hände schaue, verpasse ich den letzten Ausblick auf San Francisco und die Golden Gate Bridge.

»Du warst heute nicht im Gottsdienst«, meint Kevin, als wir unsere Flughöhe erreicht haben.

Hey, wir sind noch nicht tot, stelle ich plötzlich fest. *Das Flugzeug ist nicht beim Start explodiert. Das ist gut. Das ist sehr gut.* »Nein, ich wollte den Flug nicht verpassen. Wenn ich gewusst hätte, dass wir verspätet starten, hätte ich in beide Gottesdienste gehen können«, antworte ich lachend, aber er lächelt nicht.

Kevin ist ein wenig nüchtern, stelle ich fest. Wenn ich noch in der Highschool wäre, hätte ich vielleicht sogar gesagt, er ... ach egal. Jetzt würde ich das nicht mehr sagen. Ich hätte vielleicht zugegeben, dass er Kohlitis hat - nicht die Darmentzündung Kolitis, sondern Kohlitis wie in Kohli Cahners, dem beliebtesten Mädchen an unserer Schule.

Brea und ich haben damals die bahnbrechende Theorie aufgestellt, dass Menschen, die ihr ganzes Leben lang blendend aussehen, wie Kohli, es nie nötig hatten, Charakter zu entwickeln. Deshalb müssen so viele Hollywoodstars zur Schönheitschirurgie greifen und beschummeln, um nicht zu altern - denn wenn sie hässlich wären, würden die Leute merken, dass sie keinen Charakter haben, und ihre Karriere wäre vorbei. Eine schlaksige Phase durchzumachen, wie Brea früher und ich scheinbar immer noch, bewirkt eine positive Charakterentwicklung - und einen Sinn für Humor. Mann, eigentlich müsste ich inzwischen Adam Sandler sein.

»Arin hat gesagt, du würdest zum Gottesdienst kommen«, sagt Kevin.

»Sie hat mich gebeten, nach dir zu schauen«, gebe ich zu und bin sogar noch mutiger. »Weißt du, warum Arin mich darum gebeten hat? Du kannst doch allein am Gottesdienst teilnehmen.« *Auwei. Das war vielleicht ein bisschen unhöflich, aber ich will, dass er mir erzählt, dass Arin denkt, ich sei eine der Gemeindeleiter. Ich will wissen, was sie von mir erzählt.*

Seine Lippen verziehen sich zu einem Lächeln, und ich habe noch nie etwas so Schönes gesehen. Vielleicht hat er doch Charakter. Mein Herz steht kurz vor der Explosion. Was mache ich falsch, dass sich die Sache bei mir nie richtig entwickelt?

Hier ein paar Fallbeispiele aus den letzten drei Liebesgeschichten:

Freund auf dem College wollte nur das Eine - und hat es überall anders scheinbar auch bekommen.

Glatzköpfiger Ingenieur mit einer Neigung zu feurigen, langhaarigen Blondinen, und jetzt ...

Umwerfender Arzt, der eigentlich bei General Hospital mitspielen sollte und:

1. mit meiner Freundin befreundet war,
2. unter einer gescheiterten Beziehung leidet
3. möglicherweise keinen Charakter hat.

Momentan bin ich keine Bedrohung. Kevin erholt sich gerade von einer gescheiterten Beziehung, und dabei tendiert man immer zum genauen Gegenteil der Exfreundin. Arin ist flatterhaft und kokett; ich bin bodenständig und direkt. Aber das alles wird sich schlagartig ändern, wenn Kevin mich am Donnerstag sieht. Dann sieht er die neue Ashley, die eine verblüffende Ähnlichkeit mit Scarlett haben wird (nur ohne die eleganten Haare natürlich).

Kevin sieht mich immer noch prüfend an, mit seinem Hugh-Jackman-Kinn auf seine künstlerisch anmutende Faust gestützt. Er wartet darauf, dass ich etwas Tiefsinniges sage. Die Spannung ist unerträglich, und ich fühle mich wie eine Artischocke im Dampfkochtopf. *Erst am Donnerstag!* Möchte ich hinausschreien. *Vor Donnerstag kann ich unmöglich fabelhaft aussehen!*

»Tut mir leid, dass ich heute morgen im Gottesdienst nicht da war. War alles in Ordnung?«, frage ich wie eine besorgte Mutter.

Er zuckt nur mit den Achseln. »Bestens.«

Sollte ich ihn jetzt fragen, wie er Christ geworden ist? Unser Zusammensein wird allmählich wirklich ungemütlich. Ich will nicht über seine Ex sprechen. Ich will auch nicht über meinen Fall sprechen, weil ich Angst habe, dass jemand im Flugzeug sitzt, der uns belauschen könnte, und ich bezweifle, dass Kevin hören möchte, was Jennifer Lopez diese Woche getrieben hat, also fällt das People Magazin als Gesprächsstoff auch flach.

»Habe ich etwas Falsches gesagt?«, fragt er.

Ich schüttle den Kopf.

»Hätte ich etwas Bestimmtes sagen sollen?«

Als die Leuchte, die ich bin, schüttle ich wieder nur den Kopf.

Besser gar nichts sagen, als den schlimmsten Augenblick meiner Schulzeit noch einmal zu durchleben. Als Klassensprecherin hatte man mich gebeten, bei der Abschlussfeier eine Rede zu halten, aber als ich gerade den Mund aufmachte, um etwas zu sagen, rutschte ich mit dem Fuß von der Bühne ab. Ich schlug mit dem Kinn auf das Rednerpult, verstummte vor meinen Schulkameraden und hinterließ beim Jahrgang 1990 einen bleibenden Eindruck.

»Hat Arin dir irgendetwas von mir erzählt?«, fragt Kevin mich mit leicht zusammengekniffenen Augen.

Jetzt frage ich mich wirklich, *was hätte sie mir zu sagen gehabt? Ist er Fetischist und verehrt Männerfüße oder trägt Damenunterhosen?*

»Arin hat gesagt, du lernst zu viel«, entgegne ich achselzuckend. »Das ist alles, was sie über dich gesagt hat. Gibt es noch etwas, das ich wissen sollte?«

»Ich konzentriere mich ganz auf eine Sache«, sagt Kevin. »Arin mag das nicht. Ich habe mich nicht genug auf sie konzentriert, aber ich will nicht, dass du denkst ...« Er hält mitten im Satz inne.

»Ich denke gar nichts, und ich werde mir jedes Urteil bis nach unserem Tag in San Francisco aufheben. Bist du mit diesen Bedingungen einverstanden?«

Oh, da ist wieder dieses Lächeln. Du kannst mir auch gleich ein Messer ins Herz rammen.

»Einverstanden.« Er beugt sich zu mir herüber, schaut auf den Stapel von Akten, die ich auf die armselige, wackelige Ablage vor mir lege. »Woran arbeitest du da?«

Einverstanden. Er hat es gesagt, und plötzlich sehe ich ihn im Smoking und mich in cremefarbenen Hochzeitsschuhen den Mittelgang entlang auf ihn zugehen. Die Menschen bewundern mein Hochzeitskleid, das hinter mir in einer Schleppe dahinwallt ...

»Ashley?«

»Äh, ja?«

»Ich habe dich gefragt, woran du da arbeitest.«

»Ach ja. Ich muss mich auf meinen Fall vorbereiten. Ich gehe die Zahlen durch und überlege mir, was ich in Taiwan alles erledigen muss. Am Donnerstag werde ich an unsere Verabredung denken und an nichts anderes.« Ich bin eine schreckliche Rechtsanwältin. Ich verrate alles.

»In Ordnung. Ich sehe schon, ich lenke dich von deiner Arbeit ab. Ich werde dich in Ruhe lassen, damit du richtig arbeiten kannst. Aber am Donnerstag gehörst du ganz mir.« Kevin zwinkert mir zu, steht auf und geht nach vorne, bevor ich noch ein Wort sagen kann. Einen Moment später mache ich mir bewusst, dass ich meinen Mund schließen sollte. Das ist das letzte Mal, dass ich ihn auf diesem Flug sehe. Irgendeine süße Stewardess hat ihm wahrscheinlich einen Platz in der ersten Klasse gegeben, nur damit sie ihn immer sehen kann. Ich zwinge mich dazu, in meine Unterlagen zu starren und mich auf meine unmittelbar bevorstehende Aufgabe zu konzentrieren statt auf meine fantastische Verabredung am Donnerstag. Ganz zu schweigen von dem, wozu sie führen könnte. Er war derjenige, der angedeutet hat, dass es mehr geben könnte, bummeln in Sausalito und so. Die Unterlagen. *Konzentrier dich, Ashley, konzentrier dich.*

In Taiwan angekommen, werde ich sofort vom Dieselgestank und der grauen, feuchten Hitze der Subtropen erschlagen. Diese Luft raubt mir einfach jeden Lebensgeist, und ich frage mich, wie hoch wohl die durchschnittliche Lebenserwartung hier ist. Die Sonne geht unter, und mein Magen knurrt, aber bei der Auswahl der Speisen hier bin ich ängstlich. Irgendwie habe ich Kevin nicht wiedergesehen. Hat er kein Gepäck eingecheckt? War alles nur Einbildung gewesen? In einer Boeing 747 sind eine Menge Passagiere, aber ich dachte, dass ich ihm zumindest noch einmal zuwinken kann, um einen bleibenden Eindruck zu hinterlassen. Ich habe eine halbe Stunde auf einer Sardinenbüchse von Toilette verbracht, um mich dafür vorzubereiten, aber ich habe kein Glück.

Ein Auto kommt und bringt mich in mein Hotel. Wir fahren an einem wunderschönen Hyatt Hotel vorbei, das ein bisschen aussieht wie aus Las Vegas, aber wir fahren weiter. Ich bin in einem amerikanischen Hotel, aber es ist ein Betongebäude in einem leuchtenden Pfirsichgelb gestrichen. Der Fahrer hilft mir, mein Gepäck ins Hotel zu tragen, und verbeugt sich leicht, als er fertig ist. Ich erwidere die Verbeugung und gehe zur Rezeption.

»Guten Abend. Ashley Stockingdale. Ich habe ein Zimmer reserviert.« Hinter dem Tresen steht ein junger Mann. Er trägt einen dunklen Anzug des Hotels und ist perfekt gekleidet. Bei seinen Manieren wünschte ich mir, ich könnte ihn mitnehmen nach Palo Alto. »Miss Stockingdale, schön, dass Sie hier bei uns sind. Ich lasse Ihr Gepäck aufs Zimmer bringen, und wenn es Ihnen beliebt, können Sie in unser hauseigenes Restaurant gehen.«

Es beliebt mir. Es ist fünf Uhr nachmittags, und obgleich der Gedanke an das Essen hier Angstzustände in mir auslöst, muss ich jetzt stark sein. Das ist meine Gelegenheit. Purvi vertraut mir, dass ich das alleine kann, und ich will sie stolz machen. Ich werde nicht Hungers sterben, bevor ich meine Sache vorgebracht habe.

Apropos Sache vorbringen. Ich hatte noch gar keine Zeit, Angst davor zu bekommen, es diesmal alleine tun zu müssen. Normalerweise bin ich nur zur Dekoration dabei. Ich weiß, dass ich einen Blazer mit Rock tragen muss. Ich weiß, dass ich meine Visitenkarte mit beiden Händen überreichen und die meines Gegenübers genau ansehen muss, wenn sie sie mir geben, aber ich habe panische Angst, weil niemand da ist, der mir wieder auf die Sprünge hilft, wenn ich in der Verhandlung stecken bleibe. Purvi spricht genug Chinesisch, um bei den Menschen hier geachtet zu werden, aber bei mir ist sogar die Begrüßung schon etwas rostig geworden. Meine Gedanken drehen sich immer noch im Kreis, als der Ober mich begrüßt und mir die ledergebundene Speisekarte reicht.

»Guten Abend, Miss Stockingdale. Möchten Sie vielleicht mit einem Cocktail beginnen?« Jeder hier spricht perfekt Englisch, ganz im Gegensatz zu meinem Chinesisch.

»Nein. Nein danke. Ich hätte gerne eine Cola Light.«

Der Ober, ganz typisch in schwarz-weiß gekleidet, eilt davon, um mir mein Getränk und ein bisschen amerikanisches Flair zu bringen. Ich sehe mich im Restaurant um, in dem alle Gäste allein an den Tischen sitzen. Eine Fensterfront bildet einen Halbkreis, und von der hohen Decke hängen schwere Vorhänge. Nichts hier erinnert einen daran, dass man in Taipeh ist - außer die Dim-Sum-Knödel und die gebratene Ente auf der Speisekarte - und selbst das könnte genauso gut im Silicon Valley sein. Ein Marmorspringbrunnen sorgt für eine gleichmäßige Geräuschkulisse, so dass wir Geschäftsreisenden nicht merken, dass wir uns mit niemandem unterhalten.

Der Ober kommt mit meinem Getränk zurück. »Haben Sie schon gewählt? Haben Sie schon unsere Auswahl an frischen Meeresfrüchten und Fischen gesehen?« Er deutet auf ein großes Wasserbecken.

Ich gebe ihm schnell die Speisekarte zurück. »Ich nehme einen Hamburger.«

Falls er meine Wahl verachtet, zeigt er es nicht. »Natürlich, sofort, Miss Stockingdale.«

»Sie sollten den Fisch versuchen.« Ein amerikanischer Geschäftsmann im Anzug, dessen Jackett über dem zweiten leeren Stuhl an seinem Tisch hängt, spricht mich an. Er isst einen Hamburger.

»Das sollten Sie auch tun. Fisch ist gesund, wissen Sie.«

»Woher kommen Sie?«

»Palo Alto«, antworte ich. Jeder, der geschäftlich in Taipeh ist, kennt Palo Alto, die Wiege von Hewlett-Packard. »Und Sie?«

»San Mateo«, sagt er, eine nahegelegene Stadt auf der Halbinsel von San Francisco.

»Sie klingen müde. Müssen Sie oft hierherkommen?«

Er nickt. »Ein Mal im Monat.« Er kommt zu mir an den Tisch und öffnet seine Brieftasche. »Das hier sind meine Frau und die Kinder.«

»Sie haben Kinder und müssen trotzdem ins Ausland? Ich dachte immer, sie schicken nur uns Singles ans Ende der Welt.«

Er fasst sich ins Haar.«Sehen Sie, wie grau die sind? Das kommt davon, weil ich schon mein ganzes Leben lang unterwegs bin. Ich gehöre ihnen, und jetzt, wo ich ein Haus abzubezahlen habe, kann ich nichts mehr daran ändern. Ich erzähle Ihnen das alles, weil Sie aussehen, als seien Sie noch neu im Geschäft. Habe ich recht?«

Ich nicke. »Das ist das erste Mal, dass sie mich allein weggeschickt haben.«

»Lassen Sie das nicht mit sich machen, Miss. Die kaufen Sie mit Leib und Seele, wenn Sie es zulassen.« Seine Worte jagen mir einen Schauer über den Rücken, und plötzlich macht mir seine Gegenwart Angst. »Genießen Sie Ihren Hamburger.« Er wirft ein paar Geldscheine auf seinen Tisch und marschiert zum Aufzug. Ich habe das Gefühl, als sei ich gerade ausspioniert worden.

»Ober!« Dabei hebe ich den Finger. Ich glaube, das ist hier unhöflich, aber ich habe keine Zeit, darüber nachzudenken. »Würden Sie mir den Burger einpacken? Ich muss heute früh ins Bett.«

Als ich mit dem Fahrstuhl oben angekommen bin, ist der Hamburger kalt und weich. Er schmeckt zwar nicht wie bei In-N-Out, aber er ist ganz anständig. Mein Zimmer ist typisch, klein, viele Telefonleitungen, aber mit einem Blick auf mein Notebook beschließe ich, dass mich Purvis Last-Minute-Anweisungen nicht interessieren. Die E-Mails können noch warten.

Ich starre aus dem Fenster, hinunter auf das geschäftige Treiben auf den Straßen Taipehs, und frage mich, ob ich das in zehn Jahren auch noch tun will. Oder auch nur in fünf.

Ich will gerade Seths Nummer wählen. Aber zu Hause ist es jetzt drei Uhr morgens. Ich weiß zwar, dass ihn das nicht stören würde, aber ich habe zu viel Angst und tue es nicht. Ein Anruf mitten in der Nacht ist etwas so Vertrautes, und so weit ist unsere Beziehung einfach nicht.

Irgendwann schlafe ich ein und wache um halb sechs morgens wieder auf. Bei meiner morgendlichen Gebetszeit stelle ich meine Karriere infrage – für die ich immerhin um die halbe Welt gereist bin. Wozu soll ich ein Patent schreiben, wenn ich es nicht selbst verteidigen kann? Wahrscheinlich ist alles nur Heimweh. *Das ist vollkommen normal*, rede ich mir selbst ein.

Nächsten Sonntag bin ich wieder in meiner Gemeinde, bin wieder bei den ewigen Singles und weiß, dass ich eine von ihnen bin und nicht über ihnen stehe. Bei mir gibt es keine bestimmte Schwäche, weshalb ich Single bin, wie bei den anderen. Ich bin eher eine Ansammlung von Schwächen. Ich arbeite sechzig Stunden pro Woche und habe keinerlei gesellschaftliches Leben mehr. Aber das scheint niemandem aufzufallen.

Um sieben Uhr verlasse ich das Hotel, um zu meinem Treffen um halb neun zu gehen. Bei dem Verkehr hier in Taipeh sollte man lieber nicht zu spät losgehen. Die Motorroller stapeln sich schon auf der Straße, und obwohl die Stadt noch gar nicht zu vollem Leben erwacht ist, bleibt mein Fahrer stecken und muss warten, bis die Fußgänger und Fahrradfahrer über die Straße sind.

Erleichtert erreichen wir meinen Bestimmungsort, und zu meinem Erstaunen bin ich noch heil. Ich verneige mich zum Fahrer und schnappe meine Aktentasche mit dem schnulzigen Roman. Wenigstens weiß ich, wie ich mir die dreiviertel Stunde bis zur Besprechung vertreiben kann. Die Eingangshalle ist noch verschlossen, und so setze ich mich in ein kleines Teehaus und bestelle einen Perlentee. Im Silicon Valley ist das eine bekannte Spezialität aus süßem schwarzem Tee mit Milch und großen Stärke-Perlen aus Tapioka. Die Inhaber freuen sich sehr, eine Amerikanerin zu Gast zu haben, und ich fühle mich wie Elaine in ihrem Nagelstudio in der Seinfeld-Sitcom, während sie über meine Anwesenheit kichern und tuscheln.

Ich gehe durch meine Unterlagen, die einen beängstigenden Rechtsfall enthalten, in dem einem Hersteller vorgeworfen wird, er habe zur Herstellung seines Billigproduktes das geistige Eigentum meiner Firma kopiert, veruntreut und verletzt.

Ich übe einige Male, diesen Satz in einem drohenden Tonfall zu sagen, bevor ich zurück zum Bürogebäude gehe. Ich soll jemand von unserem Selectech Büro vor Ort zu der Besprechung treffen, und ich merke, wie ich inständig dafür bete, dass der- oder diejenige erscheint.

Die Dame am Empfang, die wie eine amerikanische Managerin

gekleidet ist, notiert meinen Namen und drückt einige Tasten auf ihrem Telefon. Inzwischen kommt jemand in die Eingangshalle. Er ist groß und sieht aus, als wüsste er genau, was er will. *Oh bitte, bitte, sei von Selectech.*

»Patentanwältin Ashley Stockingdale?« Er verneigt sich.

Für die Chinesen sind Titel sehr wichtig. Wenn man einen hat, gebrauchen sie ihn auch. Vielleicht ist es das, was mir in Palo Alto fehlt. Vielleicht etwas mit meiner erstklassigen Adresse: Ashley Stockingdale, Channing Street. Oder vielleicht etwas mit meinem Auto: Ashley Stockingdale, Audi TT Cabrio. »Ja, ich bin Anwältin Stockingdale.« Ich verneige mich und strecke ihm die Hand hin.

»Beiratsvorsitzender, Chen Shing-Sen.« Er nimmt meine Hand.

»Sehr erfreut, Herr Vorsitzender.«

Wir werden sofort in einen dunklen, hoch technologisierten Raum geführt, durch dessen Fenster man nicht hinaussehen kann, und dort reihum einander vorgestellt. Das Visitenkarten-Durcheinander dauert zwanzig Minuten. Nach einigen Einführungen sitzen alle nur stumm da und starren vor sich hin. Wer macht den Anfang?

»Nun ja, …«, stottere ich. »Ihr Unternehmen hat mit seiner gegenwärtigen Speicherkarte gegen das U.S. Patent Nr. 66543217 verstoßen, und wir bitten Sie eindringlich, die Produktion umgehend einzustellen, da sonst unsererseits weitere Maßnahmen ergriffen werden.« Uuuuh, das macht sogar mir selbst Angst.

Sie schauen sich alle gegenseitig an und unterhalten sich auf Chinesisch, bis ein Sprecher ablehnt.

»Nun, dann werden alle Ihre Lieferungen im Einklang mit dem U.S. Patentrecht von den amerikanischen Zollbehörden gestoppt. Vielen Dank für Ihre Zeit.« Ich stehe auf, um zu gehen. Ich bin wie einer der Anwälte aus der Gerichtsserie »The Practice«. Ich bin echt gut drauf.

»Einen Moment«, sagt der Sprecher. »Vielleicht können wir uns einigen. Gibt es einen Preis, um dieses Patent benutzen zu dürfen?«

»350.000 Dollar für die Nutzung des Patents sowie eine Nutzungsgebühr von zehn Prozent des Gewinns.«

Sie fangen an zu murren. Ich weiß, dass Produkte im Wert von Millionen in amerikanischen Häfen liegen, und ohne mein Einverständnis werden sie dort verrotten. *Ist das nicht zum Brüllen? Ich, die ich nicht einmal eine Verabredung mit einem Mann zustande bekomme! Und jetzt liegt das Schicksal dieses Unternehmens in meinen Händen.*

»Haben Sie die Verträge dabei?«

»Ja.« Ich reiche ihnen die Übereinkünfte.

»Wir werden Sie in Ihrem Hotel benachrichtigen. Wo sind Sie untergebracht?«

»Steht alles da drin«, sage ich und stehe auf. »Meine Herren, es war mir eine Ehre, mit Ihnen Geschäfte zu machen.«

Kein Gelächter, und sie verabschieden mich tatsächlich. Ich bin eine Staranwältin!

Drei Tage lang besichtige ich die Fabriken unseres Unternehmens und schüttle allen Selectech-Managern die Hände. Obwohl ich absolut nichts mit der Herstellung unseres Produkts zu tun habe, sind alle Manager bestrebt, mich kennen zu lernen und mich zum Essen einzuladen. Lecker, es gibt alle möglichen nationalen Delikatessen.

Die Taiwanesen sind wunderbare Gastgeber. Sie bewirten einen wie die Hausfrauen-Ikone Martha Stewart – unter einem bestimmten Motto. Dieses Motto lautet immer: taiwanesisch. Und genau da liegt das Problem. Asiatisches Essen ist mir oft zu frisch; es ist für meinen Geschmack noch nicht lange genug tot. Einmal wurden die Schrimps sogar vor meinen Augen getötet. Ich bin der Ansicht, sie sollten schon eine Weile tot sein. Sozusagen abgehangen.

In diesen drei Tagen habe ich ununterbrochen volles Programm, bis man mich am Flughafen absetzt und ich heimwärts fliege. *Nach Hause, nach Hause, nach Hause*. Dann kommt mir der schreckliche Gedanke, dass es in zwei Wochen kein Zuhause mehr geben wird. Es sei denn, man zählt das Haus meiner Eltern als Zuhause, aber das kommt so *dermaßen* nicht infrage. Schließlich bin ich eine internationale Staranwältin. Die Verträge wurden unterschrieben und mit Siegel abgegeben. In den Nachrichten brachten sie, dass die Aktien meiner Firma um vier Punkte gestiegen sind. Mein Ego wird immer größer. Jetzt ist nicht die Zeit, um wieder zu Hause bei Mama einzuziehen.

Ich komme an den Flughafen zu meinem Flug nach San Francisco und meinem neuen Leben als Rechtsexpertin. Als ich die englische Tafel mit den angekündigten Flügen anstarre, rutscht mir beim Anblick der Kennzeichnung hinter meinem Flug das Herz in die Hose: ANNULLIERT. Aber ich bleibe gelassen. Das ist wahrscheinlich nur ein Versehen, sage ich mir.

Kein Versehen. Er ist annulliert. Ich stecke in Taiwan fest, und mein schicksalhaftes Treffen mit Dr. Kevin Novak ist vereitelt. Ich eile zur Theke der Fluglinie.

»Wann geht der nächste Flug? Ich muss bis morgen Mittag in San Francisco sein.«

Die Dame sieht im Computer nach. Mann! Dieser Computer! Es wäre wahrscheinlich schneller, wenn diese Frau einfach aufs Rollfeld laufen und den Piloten selbst fragen würde, wann das Flugzeug startet. Aber sie tippt fleißig auf ihrem Computer, und ich warte. Ich bete still um Gelassenheit.

»Der Flug ist gestrichen.« Meine Gelassenheit auch.

»Ja, ich weiß, dass der Flug gestrichen ist. Ich brauche einen anderen Flug. Schnell.«

Sie hackt weiter auf ihrer Tastatur herum, und optimistisch, wie ich bin, glaube ich, dass gleich auf wunderbare Art ein anderer Flug auftauchen wird. Schließlich zuckt sie die Achseln und lächelt entschuldigend. »Morgen.«

»Nein, ich muss heute dort hin.« Ich meine natürlich morgen, aber morgen ist hier heute. »Ach, wo ist der Schalter von United?«

Sie zeigt die Richtung, und ich renne los, aber der United-Flug ist heute schon weg. »Was ist mit Los Angeles? Können Sie mich nach Los Angeles bringen?«, frage ich den Mann bei United.

Schon wieder der Computer!

»Die frühestmögliche Zeit, zu der ich Sie dort hinbringen kann, ist Freitag sechs Uhr abends. Nach Los Angeles.«

Ich schlage den Kopf auf die Theke.

»Ma'am?«

»Dann warte ich auf den Flug nach San Francisco. Danke.« Ich gehe zurück zum EVA-Schalter. Ich habe keine Möglichkeit, Kevin zu erreichen. Ich Superhirn habe vergessen, mir seine Karte geben zu lassen - was habe ich da in Taiwan über die Wichtigkeit von Visitenkarten gelernt? *In Amerika sind sie irgendwie auch wichtig, du Schwachkopf!*

Arin ist jetzt im Dschungel, ich kann sie also nicht anrufen. Nicht dass das irgendwie angemessen wäre, die Exfreundin nach der Nummer zu fragen. Kevin wird in vierundzwanzig Stunden in der Top of the Mark Bar sitzen. Das ist der frühestmögliche Zeitpunkt, zu dem ich ihm alles erklären kann. Ich gehe alle Möglichkeiten durch, wie ich ihn vielleicht vorher erreichen könnte, aber mir fällt nichts ein. Ja, du Staranwältin - und du super Strohhirn.

Meine Träume von Scarlett verflüchtigen sich. Nicht umsonst heiße ich Ashley Wilkes. Es ist mir nicht bestimmt, mein Leben mit jemandem zu verbringen, der mein Herz höher schlagen lässt. Ich bin für jemanden bestimmt, der praktisch ist, der neben mir auf dem Sofa sitzt, während ich stricke, bis wir alt werden.

Kevin wird zweifellos irgendein umwerfendes Model kennen lernen, das gerade im Top of the Mark zu Modeaufnahmen ist. In der Zwischenzeit werden Seth und ich einen Familienrabatt für Zahnersatz und Langzeitpflege aushandeln und gemeinsam die Rentner-Single-Gruppe leiten. Ich bin absolut ein Ewigkeitssingle.

13

Ich habe im Flughafen übernachtet und fühle mich wie meine zerknitterte Bluse, an der ein Knopf fehlt und die daheim auf meinem verlassenen Hometrainer hängt. Was haben Sportgeräte an sich, dass sie letztlich doch nur zu teuren Kleiderständern werden? Genau wie dieser Korb voll Bügelwäsche, mit lauter Sachen, die ich niemals wieder anziehen werde, weil ich sie niemals bügeln werde. Statt »bei niedriger Temperatur bügeln« sollte es heißen, »nur einmal tragen«. Lauter gute Vorsätze, die unter meinen langen Arbeitszeiten, Fernsehshows und Abenden mit den Singles begraben liegen.

Ich habe mich zum Schlafen auf meinen Pass gesetzt, weil ich dachte, wenn ihn mir da jemand klauen will, merke ich es. Jetzt fühlt es sich an, als sei er in meinen Po geprägt, und ich werde die Falte wohl nicht mehr herausreiben können. Ich erinnere mich an die Nächte auf dem College, als ich bis drei Uhr morgens gelernt habe und dann tatsächlich mit einem Adrenalinrausch aufgewacht bin. Jetzt rebelliert mein Ü-30-Körper, und statt mit Adrenalin würde ich mich auch mit einer kräftigen Dosis Voltaren zufriedengeben. Ich hole eine Puderdose heraus und versuche, meinen Verstand wachzutupfen. Es ist beinahe Zeit, an Bord zu gehen, und ich warte schon ungeduldig auf die lange Reise zurück in eine seltsame Kultur, die ich aber zumindest begreife.

Der gestrige Flug war wegen technischer Probleme am Flugzeug gestrichen worden. Das ist offensichtlich der einzige Grund, damit eine Fluglinie einen Flug rechtmäßig annullieren kann. Ich habe es überprüft. Das Flugzeug war die ganze Nacht auf einer Landebahn in Japan festgesessen, ist aber heute morgen auf wundersame Weise hier aufgetaucht und war plötzlich für einen Transatlantik-Flug bereit. Ich bin hin und her gerissen, weil ich auf der einen Seite so sehr nach Hause möchte, dass ich das Flugzeug stürmen könnte, mich auf der anderen Seite aber frage, ob die »technischen Probleme« wirklich behoben sind. Aber die Sehnsucht nach amerikanischem Essen behält die Oberhand über meiner Angst, die Schwimmwesten tatsächlich benutzen zu müssen, und voller Leidenschaft strecke ich der Stewardess mein Flugticket hin.

Als ich auf die Uhr sehe, stelle ich fest, dass es im Silicon Valley schon fast zwölf Uhr Mittag ist. Ich werde im Hotel anrufen und sie bitten, Kevin auszurichten, dass ich nicht kommen kann. Der Gedanke, dass er sich ganz umsonst durch den Verkehr in der Stadt quält, macht mich nervös, aber ich kann nichts tun. Es ist ja nicht so, als liefe im Fernsehen plötzlich eine Sondersendung von »The Bachelor«. Nein, ich habe einen triftigen Grund.

Die Passagiere steigen schnell ein, und nach dem Start ziehe ich meine Kreditkarte durch das Bordtelefon und warte die Ansage ab. »Hallo, ich brauche die Top of the Mark Bar im Mark Hopkins Hotel in San Francisco, Kalifornien.«

Das Flugzeug ist fast ausgebucht, und mein Nachbar, ein amerikanischer Geschäftsmann, lauscht fasziniert meiner Erniedrigung. Ich wünschte mir so, ich könnte ihm etwas Interessanteres bieten. Bei all den Reality Shows in meinem Kopf sollte man meinen, ich müsste mir selbst ein besseres Drehbuch schreiben können.

Sie haben mich mit der Rezeption am Mark Hopkins Hotel verbunden, aber das macht nichts. Die können mich weiterverbinden. Und das tun sie auch.

»Top of the Mark«, antwortet eine freundliche Männerstimme.

Ich wende mich ganz leicht ab, damit der Geschäftsmann sich meine traurige Geschichte nicht in voller Lautstärke anhören muss. »Ja, ich bin bei Ihnen mit jemandem verabredet. Dr. Kevin Novak. Er ist etwa einen Meter neunzig groß, und wir wollten uns um zwölf Uhr treffen. Er sieht sehr gut aus.« *Atemberaubend gut*, füge ich im Stillen hinzu.

»Einen Moment bitte.«

Zu meinem großen Entsetzen höre ich, wie er Kevins Namen ruft. Diese Bar ist unglaublich nobel, und bei dem Gedanken daran, dass der Mann, mit dem ich verabredet bin, ausgerufen wird, zucke ich zusammen. Alle Frauen müssen denken, *Wer um alles in der Welt ist so blöd, Superman zu versetzen? Ich glaube, ich werde ihn ein wenig trösten.* Zum Glück kann Mister Geschäftsmann den anderen Teil meines Telefongespräches nicht hören. Für ihn bin ich nur zur Hälfte dumm. Ich schaue zu meinem Sitznachbarn, und er lächelt mich herablassend an. *Ja, ich bin ein Loser, und wenn schon.*

»Auf den Namen reagiert niemand, Miss. Es tut mir leid.«

»Falls er noch kommt und nach Ashley Stockingdale fragt, wären Sie so freundlich und würden ihm ausrichten, dass mein Flug aus Taiwan sich verspätet hat?« Das klingt jetzt wichtig. *Ich habe gerade meinen Fall gegen eine große Telekommunikationsfirma in Asien vorgebracht. Die Aktien meines Unternehmens sind gestiegen, nachdem ich die Sache so unglaublich gut vertreten habe. Sagen Sie ihm das auch!*

Ich höre, wie sich der Mann meine Nachricht notiert, und er versucht, meinen Schmerz ein wenig zu mildern. »Im Moment ist hier nicht so viel los. Ich denke, ich werde ihn erkennen, wenn er kommt.« *Hat mich gerade jemand auf der anderen Seite der Erde versetzt?*

Ich bedanke mich und lege auf, weil mir plötzlich klar wird, dass dieses Gespräch wahrscheinlich alle zehn Sekunden einen Dollar kostet. »Sie waren wohl auch für den Flug gestern gebucht, was?«, fragt mein Sitznachbar.

Mister Geschäftsmann trägt keinen Ehering. Ich könnte schwören, dass er vor fünf Minuten noch einen getragen hat. »Ja. Ich habe die Nacht auf dem Flughafen verbracht.« Ich hoffe, dass das meine nachlässige Erscheinung erklärt. Wenigstens sind meine Haare in Ordnung. Heute Morgen ähnelt meine Frisur irgendwie dem Wuschelkopf von Moderator Ryan Seacrest, nur in rotbraun natürlich und ohne die teuren Highlights.

»Ich saß in Japan im Flugzeug, als sie beschlossen, es aus dem Verkehr zu ziehen.« Er streckt mir seine Hand hin. »Rob Nasser.«

»Freut mich. Ashley Stockingdale.« Wir schütteln uns die Hände. Sehr ungewöhnlich für ein Flugzeug, wo sich mein Kontakt zu meinen Nachbarn gewöhnlich darauf beschränkt, Getränke weiterzureichen. Rob sieht nett aus, aber ein bisschen nach Vertreter, was mir nicht sehr zusagt. Zu glatt für meinen Geschmack. Sein Haar ist über den Ohren mit Gel modelliert, so dass es aussieht wie eine Stockcar Rennbahn. Ich bin außerdem auch nicht angetan von Männern, deren Fingernägel besser aussehen als meine oder die mehr Schmuck tragen als ich, was Rob tut.

Auf einmal erkenne ich kristallklar: Ich mag Ingenieure. Das macht mir Angst, zum einen, weil sie mich nicht zu mögen scheinen, und zum anderen, weil ich damit auf ewig dazu verdammt bin, um die Aufmerksamkeit von Männern zu buhlen, die lieber Matrix sehen als mich nackt.

Deshalb bin ich Single. Das muss der Grund sein. Wenn ich woanders als im Silicon Valley leben würde, würden mir die Männer wahrscheinlich die Bude einrennen. Ich bin ein Opfer meiner geografischen Lage.

»Sie verpassen Ihre Verabredung. Das ist sehr schade.« Rob ist zu besorgt. Ich vermute mal, dass er mir gleich anbieten wird, meine Stimmung auf der Toilette etwas zu heben.

Und schon kommt sie, die erste Schwindelei auf diesem Flug. »Es ist nur mein Verlobter. Er wird verstehen, dass ich nicht kommen kann.«

»Hat er denn kein Handy?« *Panik*. Ich bin die schlechteste Lügnerin der Welt.

»Er ist Chirurg«, füge ich hastig hinzu. »Ich rufe ihn nicht gerne auf dem Handy an, weil er dann immer denkt, es sei ein Notruf vom Krankenhaus oder so etwas. Wenn er dann gerade im Auto sitzt, fährt er sofort rechts ran und so.«

»Oh, sehr rücksichtsvoll von Ihnen, *Ashley*. Sehr rücksichtsvoll.«

Die Art, wie er meinen Namen so betont ausspricht ist, unangenehm. Sein Blick geht unruhig hin und her, wie bei einer Eidechse, und ich warte fast schon darauf, dass jeden Augenblick seine Zunge hervorschnellt.

»Ja, ich versuche rücksichtsvoll zu sein. Kevin ist so beschäftigt.« Ich suche in meiner Tasche nach dem People Magazin. Ich will ihm zeigen, wie oberflächlich ich bin, und ihm hoffentlich auch signalisieren, dass ich an einer Unterhaltung nicht interessiert bin. Und auch an nichts anderem. Als ich die Zeitschrift heraushole, schaut er auf das Titelblatt.

»Sie lesen People?«

»Ja.« *Das ist so eine Art Ausflucht für mich*, aber das sage ich nicht laut. Im Moment möchte ich so wenig begehrenswert erscheinen wie nur möglich. Vielleicht lässt er mich in Ruhe, wenn ich einen auf affektierte Gans mache. »Ich liebe es, zu wissen, was all die Stars so treiben und was sie zu wichtigen Ereignissen tragen. Außerdem steht alles drin über meine liebsten Fernsehsendungen.« Ich kann es kaum erwarten, Brea die Geschichte zu erzählen.

Allmählich muss es mir doch schon auf der Stirn geschrieben stehen. *Aber da dämmert es mir - das ist die falsche Methode für jemanden, der keinen intellektuellen Anspruch an eine Frau hat. Ich sollte besser meinen echten Gesprächstöter und mein wahres Kennzeichen auspacken.* Ich hole meine Bibel heraus. Sie ist abgenutzt, und die Eselsohren zeigen, dass sie nicht nur ein Glücksbringer für den Flug ist. Ich lese tatsächlich in diesem Buch, und zwar oft.

Der Typ schluckt und rutscht hin und her. Er überschlägt die Beine und schaut zum Fenster hinaus. Ich schlage den Epheserbrief auf, die Stelle über Ehemänner und -frauen, die ganz bunt angestrichen ist. *Auwei, heute bin ich wirklich böse*. Aber ich hoffe, der Schleimer geht nach Hause und nimmt dankbar jede Frau, die langsam genug ist, um ihn zu heiraten.

Und so ist unser Gespräch beendet. Meine Bibel hat ihm alles über mich verraten, was er wissen muss. Man könnte jetzt dagegenhalten, dass das kein besonders angebrachter Gebrauch einer Bibel ist, aber ich habe schon genug Geschäftsreisen gemacht, um diese Typen, die schnell ihren Ehering abziehen, zu kennen, und die haben nur eines im Sinn.

Außerdem muss ich über den Grund meines Singleseins nachdenken, statt den ganzen Flug damit zu verbringen, höflich einem Mann aus dem Weg zu gehen, der nur fünfzehn Zentimeter von mir entfernt sitzt.

Ich hole mein Gebetstagebuch heraus und schreibe mir meinen Plan auf. Ingenieure finden mich nicht attraktiv, also muss ich mir eine Alternative einfallen lassen, wenn ich noch einmal eine Chance haben will. Entweder muss ich lernen, etwas anderes attraktiv zu finden, oder mich mit einem Leben als allein stehende Anwältin abfinden.

Ich kritzle beherzt in mein Notizbuch. Schließlich ist heute mein erster Tag, an dem ich eine fantastische Frau sein werde. Habe ich das Dr. Kevin Novak nicht versprochen? Nun ja, ich brauche ihn nicht, um das zu beweisen. Ich muss es nur mir selbst beweisen. Ich werde mich nicht mehr zu Männern hingezogen fühlen, die

1. Videospiele spielen.
2. sich Science-Fiction-Filme öfter als ein Mal anschauen.
3. Jesus und Frodo verwechseln.
4. bei der ersten Verabredung im Restaurant geteilte Rechnung machen.
5. mich mit einem Rabatt-Gutschein in der Hand zum Essen einladen. (Ich sollte ihnen etwas mehr wert sein!)

Stattdessen werde ich

1. abends mehr mit meinen Freundinnen unternehmen.
2. darüber hinweg sein, der einzige Single bei Einladungen von Brea zu sein, und es genießen, dabei zu sein.
3. aus freiem Willen heraus im Top of the Mark etwas Fantastisches machen.
4. mein Singledasein genießen!
5. Öfter mal ein Gespräch mit einem wildfremden Mann anfangen! (Nicht mit schleimigen verheirateten Männern.)

Die Liste sieht gut aus. Heute ist Freitag, der Tag, ab dem ich eine umwerfende Frau sein werde. Es ist ein guter Tag dafür, denn es war auch schon Freitag als ich abgeflogen bin, so habe ich meinen ersten umwerfenden Tag zweimal erlebt. Eine Stunde ist vergangen, und ich beschließe, die Bar in San Francisco noch einmal anzurufen, damit der Eigentümer mir erzählen kann, wie enttäuscht Kevin war, und ich meinen umwerfenden Freitag noch einmal von vorne anfangen und mich mutig fühlen kann.

Dieselbe Stimme antwortet. »Top of the Mark.«

»Hallo, hier ist noch einmal Ashley Stockingdale. Ist Dr. Novak inzwischen gekommen?«

Pause. *Nicht gut.*

»Ich habe niemanden gesehen, der auf Ihre Beschreibung passt, Ashley.« *Autsch.* Er spricht mich mit Vornamen an. Der Besitzer weiß jetzt, dass man mich sitzen gelassen hat. Nicht wünschenswert oder beabsichtigt. Nicht mutig. Aus der Ferne verschmäht, und meine erbärmlichen Anrufe zeigen nur, wie verzweifelt ich bin. Ich bin definitiv die Verschmähte.

»Wunderbar!«, antworte ich viel zu erfreut. »Dann hat er meine Nachricht erhalten.« Vorgetäuschten Seufzer der Erleichterung einfügen. Mister Geschäftsmann neben mir grinst. Ich unterdrücke meinen Zorn über seine Schadenfreude. Rob, mein verheirateter Kumpel hier, weiß, dass ich ihn gar nicht erreichen konnte. Ich hatte nicht einmal eine Handynummer von meinem angeblichen Verlobten.

Ich bin eine Lügnerin, eine Loserin und eine Heuchlerin. Das ist doch eine tolle Botschaft, die ich da als Christ verbreite. Mein geschniegelter Nachbar scheint recht erfreut zu sein über mein Versagen, und ich bete im Stillen ein kurzes Sündenbekenntnis. Das geschieht mir Recht für meine Lügen. Christen können Gottes gutem Werk manchmal den Todesstoß geben.

Ich lege den klobigen Telefonhörer auf und mache es mir für einen Film bequem, den ich nicht verstehen werde, weil man mit diesen Billigkopfhörern, die sie für fünf Dollar pro Stück verteilen, nichts hört, aber ich bin dankbar für die Ablenkung. Aber nachdem der Film angefangen hat und meine Beschämung allmählich nachlässt, wird mir plötzlich in aller Klarheit bewusst, was hier eigentlich läuft: Dr. Kevin Novak ist nicht gekommen! Glaubt der denn, man könne die umwerfende Ashley Wilkes Stockingdale einfach in einem teuren Restaurant sitzen lassen? Weiß er nicht, was mit verachteten Frauen geschieht? Denn »die Hölle kennt keine Wut wie die einer verschmähten Frau« ist für Frauen über dreißig noch stark untertrieben.

Kevin Novak hat mich in einem berühmten Lokal in San Francisco versetzt. Er hat nicht im Restaurant angerufen. Er hat mir keine Nachricht hinterlassen. Er hat meine umwerfende Wenigkeit einfach abserviert! Was hat er sich eigentlich dabei gedacht? Mir kommen Gedanken an die zierliche Arin mit ihrer kecken und begeisterten Art, und am liebsten würde ich meinem Pastor den Hals umdrehen, weil er mir eingeredet hat, dass Schönheit einzig und alleine eine Sache innerer Werte sei. Eine Sache des Herzens. Dabei geht es nicht im Geringsten um die inneren Werte. Es geht darum, eine perfekte Christin zu sein mit der Figur eines Unterwäschemodels.

Ich höre meinen eigenen Atem. Ich koche. Hier geht es nicht mehr nur um diesen Tag und den Anfang meines neuen Lebens. Es geht darum, dass ich niemanden habe, mit dem ich zur Hochzeit meines Bruders gehen kann. Ich habe niemanden, den ich so vorstellen könnte, wie ich Dr. Kevin Novak vorgestellt hätte, und er ist noch nicht einmal ein Ingenieur mit Doktortitel, sondern ein echter Doktor. Aber heute ist etwas anders. Ich bin entschlossen. Ich werde nicht nach Hause kommen und mich wieder zu den ewigen Singles setzen. Meine Zeit ist gekommen, und das werde ich mit jeder Faser meines Seins beweisen. Jedenfalls sobald ich diesen aufkommenden Zorn darüber, dass Kevin mich versetzt hat, überwunden habe.

Nach einem unruhigen Flug komme ich in San Francisco an und bin wütender, als ich je für möglich gehalten hätte. Ich wiederhole mein neues Männermantra: *Überlass die Rache Gott. Überlass die Rache Gott.*

Als ich durch den Zoll bin, hantiere ich in der Eile mit meinem Koffer und meiner Aktentasche und lasse beides auf äußerst spektakuläre und ungeschickte Weise fallen, wie in einer Samsonite-Werbeszene. Anstatt mir zu helfen, meinen Koffer wieder hinzustellen und die Dokumente, die aus meiner Aktentasche fallen, wieder einzusammeln, steigen die Geschäftsmänner natürlich über mich drüber. Ich *hasse* Silicon Valley.

Ich schaue auf und muss mehrere Male blinzeln, weil ich einen Mann sehe, der noch schärfer aussieht als Dr. Kevin Novak. Er steht da in einem dunkelblauen Anzug, mit einem Strauß champagnerfarbener Rosen und schaut mich an. Unbewusst streiche ich mir durch die Haare und halte das Kinn etwas höher. Schließlich ist heute mein umwerfender Freitag; da ist alles möglich.

Ich sammle meine Sachen auf und gehe entschlossen an diesem vollkommenen Mann vorbei. Ich lächle ihn herausfordernd an und falle fast in Ohnmacht, als er *mir* den Blumenstrauß überreicht.

»Ashley, äh, ich bin's, Kevin.«

Ich blinzle, als hätte ich ein Zucken im Auge. Es ist tatsächlich Kevin. Er sieht unglaublich gut aus. Ich hatte vergessen, wie gut aussehend er ist, weil ich ihn innerlich auf eine Stufe heruntergefahren hatte, die ich verkraften konnte. Und er steht mit einem Blumenstrauß vor mir. Habe ich irgendwas verpasst? »Aber du warst heute nicht im Top of the Mark - ich meine gestern«, stammle ich.

»Ich weiß. Ich habe im Internet nachgesehen, und dein Flug war annulliert.« Er zuckt mit den Schultern. Seine Schultern sind breiter, als ich sie in Erinnerung hatte. Ob er wohl Schulterpolster im Jackett hat? Tragen Männer so etwas? Oder wäre das so wie ein Mann mit Kajal? Ich umarme ihn leicht und klopfe ihm dabei auf die Schulter. Nein. Hart wie Granit. Alles echt.

»Du hast nach meinem Flug geschaut?« *Ganz ruhig bleiben, kleines Herz. Er ist einfach vollkommen.*

»Mein Rückflug war auch zu spät, und da wollte ich sichergehen, dass du pünktlich kommst. Ich wollte nicht ohne Gesellschaft in diesem noblen Lokal sitzen und die schöne Aussicht betrachten. Ich käme mir vor wie Cary Grant, der auf dem Empire State Turm wartet.«

Ach du meine Güte. Er hat Cary Grant gesagt. Nicht Tom Hanks, nicht Warren Beatty - keiner aus diesen armseligen Neuverfilmungen. Das ist Bestimmung!

»Ich kann kaum fassen, dass du da bist«, sage ich.

Er lächelt ein bisschen schief, wie George Clooney, und ich kann mich gerade noch beherrschen, um nicht zu einer kleinen Pfütze unter seinen Füßen zusammenzuschmelzen.

»Wir waren verabredet«, meint er. »Bist du bereit?«

Wir waren in der Tat verabredet. *Mr. DeMille, jetzt ist meine Zeit gekommen.*

14

Während Dr. Kevin Novak aussieht, als spiele er die Hauptrolle in Emergency Room, sehe ich wie Casanovas ungemachtes Bett aus. Das wird noch problematisch - mit einem Mann zusammen zu sein, der so gut aussieht wie Kevin. Ich habe mich selbst immer für gut gekleidet und auf mein Äußeres bedacht gehalten, aber das bin ich nicht von Natur aus. Wenn ich morgens aufwache, sehe ich nicht so aus. Es ist ein Prozess, ein sehr langwieriger Prozess - selbst ohne wallende Lockenmähne. Herr Doktor sieht bestimmt auch in Lumpen bombastisch aus, und ich frage mich gerade, ob ich mich dieser Art von Druck tatsächlich aussetzen will. Wer auch immer diesen Kerl heiratet, muss sich darauf gefasst machen, ihm jeden Morgen so über den Weg zu laufen. Daran wage ich nicht einmal zu denken.

In der Flughafentoilette durchwühle ich meinen Koffer wie eine Obdachlose, auf der Suche nach etwas zum Anziehen, das für das Top of the Mark angemessen ist. Hätte Kevin mir doch nur gesagt, dass er mich abholt, dann wäre ich fertig gestylt aus dem Flugzeug gestiegen. Und offen gestanden auch vorsichtiger mit meinen Taschen und dem Koffer umgegangen, damit ich beim Verlassen des Zolls nicht darüberstolpere. Was auch immer.

Meine Haut sieht trocken aus, wie die Wüste in Arizona. Ich habe im Flugzeug viel Wasser getrunken, aber offensichtlich hat das nur dazu geführt, dass ich diese Nasszelle von Toilette viermal aufsuchen musste, denn meine Haut braucht dringend Feuchtigkeit. Nachdem ich mir das Gesicht gewaschen habe und versucht habe, es mit einem dieser billigen, nicht saugfähigen Papierhandtücher abzutrocknen, habe ich lediglich erreicht, dass ich mir meinen Mascara wie Kriegsbemalung auf die Backen geschmiert habe.

»Oh Gott, hilf mir«, sage ich zum Spiegel, aber ich bleibe ruhig. Ich wasche mir das Gesicht noch einmal. Ich kann meine vierzig Dollar Reinigungsmilch nicht finden, also muss ich mich mit der eklig süßlich riechenden Flüssigseife öffentlicher Toiletten zufriedengeben und hoffe, dass mein Geruch Kevin nicht veranlasst, wie ein pawlowscher Hund zu sabbern.

Zum Glück ist meine Feuchtigkeitscreme noch da, wo ich sie hingetan habe, und ich klatsche sie mir etwas zu eifrig ins Gesicht. Jetzt sehe ich fettig aus, wie eine Pizza mit Schmelzkäse. Noch ein Versuch mit der Seife. Jetzt sind schon zehn Minuten rum, und ich habe noch nicht einmal mit dem Make-up angefangen, ganz zu schweigen von den Kleidern. Die Angst, dass mein Begleiter mich im Flughafen stehen lässt, weil ich zu lange brauche, spornt mich an.

Beim dritten Mal ist es perfekt. Mein Gesicht ist gewaschen und mit Feuchtigkeitscreme betupft. Jetzt das Make-up. Ich suche mir etwas zum Anziehen aus, das ich in Taiwan nicht tragen konnte, weil es dort so verdammt heiß war. Es ist ein schwarzes Teil mit langen Ärmeln, aus einem leichten Wollkrepp. Es ist figurumspielend und macht schlank. Ich drehe mich vor dem Spiegel. *Siehst gut aus.*

Ich streiche ein wenig Gel in die Haare, trage ein wenig Rouge auf und trage einen leuchtend rosa Lipgloss auf. Meine Haare liegen heute tatsächlich gut. Wie stehen meine Chancen? Ich hole tief Luft und trete aus der Toilette.

Kevin fällt der Unterkiefer hinunter. Schön, das macht Spaß. Ich lächle ihn kokett an und fühle mich wie höchstens vierundzwanzig, bis auf meine Pobacke, die ganz bestimmt noch den Abdruck von meinem Pass zeigt.

»Da hat sich das Warten aber mal gelohnt.« Kevin verschränkt lächelnd die Arme.

Er muss schwul sein oder so was. Er ist einfach zu großartig, um wahr zu sein, und das macht mir Angst. »Danke«, bringe ich gerade noch heraus.

»Mein Auto steht auf dem Kurzparker-Parkplatz.« Er nimmt meine Taschen und legt mir seine freie Hand in die Taille. Er ist ein Kavalier! Er muss aus Savannah kommen. Dort lebt noch der alte Charme. Oder wie ich schon sagte, er ist schwul.

Das Wetter ist genau richtig. Es ist frisch und sonnig, das sind die besten Tage für San Francisco, wenn ein leichter Wind weht, der den Nebel wegweht, und man hinter der Golden Gate Bridge meilenweit aufs Meer schauen kann. Diesen Ausblick vom obersten Stockwerk des Mark Hopkins Hotels zu genießen wird atemberaubend sein, und dazu noch Kevin vor meinen Augen. Meine Zeit ist gekommen! Es ist wie Frühling und Sommer auf einmal. Herbst und Winter sind endgültig vorbei!

Kevin lächelt mich an wie ein echter Sunnyboy. Muss ich ein schlechtes Gewissen haben, weil er bis vor einer Woche noch mit meiner Freundin befreundet war? Das ist so teeniemäßig, sich den Exfreund einer anderen zu angeln. Wegen dieses nagenden Schamgefühls frage ich mich, ob ich in Zukunft im Fernsehen als gehässige Bachelorette auftreten werde. So eine, die versucht mit einem Mann ins Bett zu gehen, damit ihr Ansehen steigt. Als ob das helfen würde. Mal ehrlich, ist es das Wert, wenn nachher die ganze Welt weiß, dass man ein billiges Flittchen ist?

Nach einem schrecklichen Gang und dem Aufzug stehen wir schließlich im Parkhaus des Flughafens. Ich weiß, dass das oberflächlich ist, aber ich bin ganz atemlos vor gespannter Erwartung. Ob er wohl ein cooles Auto hat, wie meinen TT? Oder ist er ein eher traditioneller Typ und fährt einen Toyota Camry oder so? Ich würde auf traditionellen Amerikaner tippen. Ich glaube, es ist ein Buick.

Aber als wir zu seinem Auto kommen und er sagt: »So, da wären wir«, muss ich lachen.

Großer Fehler. Es ist kein Witz. Er schließt den Kofferraum auf – oder sollte ich sagen, er schnürt den Kofferraum auf, denn der Deckel ist mit einem Strick festgebunden. Vollkommen daneben getippt. »Das ist dein Auto?« Ich versuche keine Regung zu zeigen.

Aber mein Stanford-Arzt fährt einen Datsun B210, keine Ahnung, welches Baujahr. Ich bin in solchen Sachen nicht oberflächlich, nur neugierig. Was für einen Grund hat er dafür? Ist er ein bettelarmer Student? Oder sind Autos ihm total egal?

»Entschuldige bitte das Auto.« Er lächelt, hat aber keine weitere Erklärung. Es tut ihm nur leid. Wie einem das Auto leidtun kann.

»Nicht doch, du brauchst dich nicht entschuldigen. Ich bin froh, dass du mich abholst und mir Gesellschaft leistest.« Und das bin ich wirklich, aber ich gebe zu, dass in mir irgendwo die verwöhnte Prinzessin schlummert.

»Arin hat mir erzählt, dass du ein schickes Cabrio fährst«, sagt er ruhig. Jetzt wird es peinlich. Er weiß, dass ich oberflächlich und unzufrieden bin. *Tausend Dank, Arin*. Das war wohl ihr Abschiedsgeschenk.

»In der Not kann man nicht wählerisch sein.« Es sollte unbeschwert klingen, klingt aber verurteilend. Ich schlage mir auf die Stirn. Wie kann man nur so etwas Dummes sagen. Ich hatte eigentlich mich gemeint, weil ich ihn bitte, mich nach Hause zu bringen, aber es klingt, als sei er der Notleidende. Ist er das? Was ist mit seinen Studiengebühren? Muss ich mich dieser Belastung aussetzen? Ich habe die berechtigte Befürchtung, dass wir ohne zwei regelmäßige Gehälter eines Tages alle bei meinen Eltern wohnen werden, als eine große kaputte Familie.

Kevin schließt, oder besser gesagt knotet meinen Koffer in den Kofferraum und öffnet mir die Beifahrertür. *Nicht über Autos sprechen, nicht über Autos sprechen.*

»Na«, sage ich, »wie war deine Taiwan-Reise?«

Er zuckt mit den Schultern und dreht den Zündschlüssel rum. Drei Mal bis das Auto tut, was er will. »Ereignislos. Ich glaube nicht, dass das die richtige Technologie für uns ist. Es steckt was drin, aber noch ist sie lange nicht so weit entwickelt, dass Stanford sie in Erwägung ziehen würde.«

Kevin ist zwar sehr galant, aber mir fällt auf, dass er in seinem Verhalten beinahe schüchtern ist. Ich bin die Ingenieure gewöhnt mit ihrem ungerechtfertigt prahlerischen Verhalten. Kevin ist wie der Klassenkamerad, von dem man erst beim Ehemaligentreffen merkt, dass er in der gleichen Klasse war - und sich dann fragt, wer der heiße Typ ist und wieso er meinen ausgestreckten Fühlern in der Schulzeit entgangen war.

»Hmmm. Gut, dass sie dich hingeschickt haben. Jetzt weißt du, wann es so weit ist.« Ich halte einen Moment inne, während er den Parkhauswächter bezahlt und mich dabei nicht einmal fragt, ob ich einen Dollar habe. Was für ein Held! »Was machst du eigentlich in deiner Freizeit?«, frage ich.

»Davon gibt es bei mir nicht viel. Früher habe ich gern große Schiffe gebaut. Modellschiffe. Das ist eine gute Übung für die Fingerfertigkeit eines Chirurgen, aber bei meinem Gehalt kann ich sie in meiner kleinen Wohnung nicht mehr unterbringen. Entweder die Schiffe oder ich.«

Gut. Modellschiffe. Nicht der Typ, der dir an die Wäsche geht. Er hat häusliche Hobbys. Absolut bewundernswert. Viel gesünder als ein fanatisches Interesse an Science-Fiction.

»Das Letzte, was ich gebaut habe, war das Raumschiff Enterprise.«

Erster Eindruck gestrichen – viel zu optimistisch. Mit Modellen von *Star-Trek-Raumschiffen* bewegen wir uns auf dünnem Eis. Nach meiner Liste, die ich im Flugzeug verfasst habe, ist das definitiv nicht akzeptabel.

»Hast du irgendwelche Tribbles an Bord?«, frage ich, und bete, dass er meinen Witz nicht versteht. Aber er lacht herzhaft.

»Nein, keine Tribbles. Ich habe allerdings Spock und Käpten Kirk in Miniatur. Ich habe sie selbst gemalt.«

Ich nicke und schaue aus dem Fenster. »Was für ein wunderschöner Tag«, bringe ich gerade noch rechtzeitig heraus, bevor mein eigentlicher Kommentar entschlüpfen kann. Warum sind alle Männer getarnte zwölfjährige Jungs?

»Arin hat mir erzählt, dass du Frauenfilme magst und gern einkaufen gehst.« Er lächelt. Es ist ein nervöses Lächeln, als ob er genauso aufgeregt ist wie ich. Arin hätte mich wohl kaum noch oberflächlicher darstellen können. Frauenfilme und Einkaufen! Mann! Warum hat sie nicht noch Monster-Truck-Rennen und Jerry Springers Talkshow sehen auf die Liste gesetzt, um mich noch begehrenswerter zu machen?

»Ja, das stimmt«, antworte ich lachend. »Aber ich sammle auch

Teekannen. Und ich habe ein fanatisches Interesse an Politik. Mein Traum wäre es, die Präsidentenreden zu schreiben. Ach, und ich singe alle zwei Monate in unserer Band im Gottesdienst. Manchmal auch mit Arin zusammen. So haben wir uns kennen gelernt.« *Ich liebe es, beim Singen neben ihrer Größe sechsunddreißig zu stehen, damit ich aussehe wie eine große Opernsängerin. Alle zwei Monate dürfte die Frage beantworten, warum du mich noch nicht gehört hast. Oder brauchst du noch mehr Hinweise?*

»Das hat Arin mir erzählt, aber ich muss gestehen, dass ich dich schon im Gottesdienst singen gehört habe.«

Und? ... Nichts. Er sagt nichts dazu! An dieser Stelle müsste eigentlich ein Kompliment kommen. Wenn es nicht kommt, ist das wie eine Beleidigung. Ich höre schon fast, wie er sagt, er habe die Hunde draußen heulen gehört.

»Arin hat gesagt, dass deine Stimme viel besser ist als ihre.« Er dreht sich zu mir. (Wir stehen an einer Ampel.) »Sie hatte recht.«

Das war's. Ich werde die Mutter seiner Kinder.

»Nein, Arin hat eine wunderschöne Stimme.«

Er sieht mich so durchdringend an wie ein Laserstrahl. »Ich sage nichts, was ich nicht meine.«

Gut. Ich sage fast nie, was ich meine. Könnte das langfristig zu einem Problem werden? »Ich schon manchmal. Das gehört zum Beruf als Rechtsanwältin, dass man die Karten verdeckt hält und blufft.«

»So könnte ich nicht leben. Ich bin ein WYSIWYG-Typ, was du siehst, ist, wer ich bin. Beim Lesen zwischen den Zeilen bin ich Analphabet. Das war auch zum Teil mein Problem mit Arin.«

Ich glaube nicht, dass die Kommunikation langfristig zwischen uns zum Problem wird, nicht ernsthaft. Ich mache mir eher darüber Sorgen, dass wir über seine Exfreundin reden. Er ist wohl noch nicht über sie hinweg. Ich bin die Übergangslösung. An meinen Schultern wird er sich ausheulen, bis er so weit ist, sich auf neue Abenteuer einzulassen.

»Wie habt ihr beiden euch kennen gelernt?« Meine Stimme

klingt aufgekratzt. Ganz schlecht, Ashley. Nicht mit Kate Moss weitermachen. Das ist beziehungstötend.

»Wir haben auf dem Campus im selben Wohnblock gewohnt, und sie hatte sich einmal ausgeschlossen.« Er schüttelt den Kopf. »Ich fand das damals reizend.«

»Das ist es«, sage ich. *Wenn er es nicht süß findet, dass ich zerstreut bin, haben wir ein Problem.*

»Ich möchte nicht über Arin sprechen. Weißt du, als wir frisch befreundet waren und ich dich zum ersten Mal im Gottesdienst singen hörte, habe ich sie nach deinem Namen gefragt.«

Die Schmetterlinge in meinem Bauch werden so groß wie Fledermäuse. Wenn Männer so etwas sagen, dann fängt ein Frauenherz vor Hoffnung so wild an zu schlagen, als habe sie gerade eine halbe Stunde auf dem Hometrainer gesessen. Wenn wir so etwas sagen, treten wir ihnen zu nahe, und sie fühlen sich bedroht und ziehen sich schneller zurück als eine Moräne in ihre Höhle - auch als Höhle der Bindungsangst bekannt.

»Tatsächlich? Du hast nach meinem Namen gefragt?«, frage ich.

»Ich fand einfach, du sahst aus wie jemand, den ich gerne kennen lernen wollte. Ich finde, die kurzen Haare stehen dir viel besser. Man sieht dein hübsches Gesicht besser.«

Diese Verabredung ist eine überflüssige Formalität. Lass uns einfach direkt nach Las Vegas gehen.

»Danke. Am Anfang war ich mir mit der Frisur nicht so sicher.« Ich fahre mir mit der Hand durch die Haare.

Wir sind jetzt in der Stadt, und der Verkehr ist grauenvoll, aber alle gehen uns aus dem Weg, denn Kevin hat bei der Versicherungslotterie ganz offensichtlich nichts zu verlieren.

So sehr es mir auch egal ist, was Kevin für ein Auto fährt - solange er so gut aussieht und charmant ist, bin ich auf der Stelle bereit, die Mutter seiner Kinder zu werden -, so muss ich doch zugeben, dass es mir peinlich ist, in diesem Auto vor dem Mark Hopkins Hotel vorzufahren und den Parkservice zu bemühen. Ich bete sogar deswegen, aber Kevin ist auf alles vorbereitet.

»Ich werde auf dem Parkplatz gegenüber vom Union Square parken. Wir können mit dem Cable Car zum Hotel hochfahren und auf dem Rückweg vielleicht einen kleinen Einkaufsbummel machen.«

»Das klingt wunderbar. Ich bin das letzte Mal mit zehn mit einem Cable Car gefahren.«

»Ich noch gar nie«, gesteht er.

»Wo bist du aufgewachsen?«

»In Atlanta.«

»Georgia?« Aha, Südstaatler, daher das galante Benehmen. Kein Wunder.

Er nickt, und ich bin absolut sprachlos ob dieses rätselhaften Mannes neben mir in diesem zerbeulten Auto. Er ist angezogen wie ein Armani-Model, riecht nach einem maskulinen, waldigen Duft, der eindeutig nicht aus dem Supermarkt ist, und fährt gleichzeitig mit einem absoluten Schrotthaufen durch die Stadt.

»Meine Eltern sind übrigens gerade in der Stadt zu einer Chirurgenfortbildung. Sie sind im Fairmont.«

»Wollen sie uns treffen?« Ich bin absolut noch nicht so weit, seine Eltern kennen zu lernen.

»Wenn es dir nichts ausmacht. Ich weiß, dass das schlechter Stil ist, aber sie haben auf dem Kongress zu viel zu tun, um bis nach Stanford zu kommen.«

»Nein, natürlich nicht. Ich freue mich, deine Eltern kennen zu lernen.«

»Sie brennen schon darauf, dich kennen zu lernen.«

Bei seiner Berührung flattert es in meinem Magen. Ich gebe zu, dass ich misstrauisch bin. Trotz der Schrottkarre ist dieser Mann einfach zu gut, zu erfolgreich, zu alles, um wahr zu sein. Aber er hält mir die Hand hin, um mir aus dem Auto zu helfen, und in meinem Magen flattert schon wieder alles. Ich kann die Elektrizität zwischen uns knistern hören. Wie Speck, der in der Pfanne brutzelt. Ich muss kräftig schlucken. Wir stehen da und schauen uns gegenseitig sehnsüchtig an, und ich weiß, dass ich mich auf gefährlichem Terrain bewege.

»Wir sollten zum Restaurant gehen«, sage ich, um aus diesem leidenschaftlichen Strom zu entkommen, dem ich mich nicht hingeben will, es aber doch muss.

Er räuspert sich. »Du hast recht.« Als ich mich umdrehe, zieht er mich sanft in seine Arme. Und er küsst mich zuerst auf die Wange und dann auf den Mund. Ich spüre, wie mein Puls rast, und bin froh, dass kein Monitor angeschlossen ist, auf dem Doktor Kevin es sehen kann. Das sieht mir gar nicht ähnlich, sich bei der ersten Verabredung gleich zu küssen, aber in seinen Armen fühle ich mich absolut sicher und gleichzeitig auch wieder in größten Schwierigkeiten. Ich bin hilflos, atemlos und kann mich kaum von ihm lösen ... Er hört schließlich auf zu küssen und weicht zurück, um mir in die Augen zu schauen und meine Wange zu streicheln. Er schaut schließlich weg und lässt seine Arme von meinen Hüften sinken. »Entschuldige«, sagt er. »Ich weiß nicht, was über mich gekommen ist.«

Oh Herr, ich befinde mich hier in einer gefährlichen Strömung. Rette mich. Unsere Verabredung hat kaum angefangen, und schon bin ich total verliebt. Habe ich solche Sehnsucht? Oder er?

15

Ich stehe im Aufzug des weltbekannten Mark Hopkins Hotels und streiche beiläufig über meinen Rock, so als sei ich noch völlig normal im Kopf. Ich werfe meine Haare mit einer Kopfbewegung nach hinten und erinnere mich dann daran, dass sie nur noch etwa zehn Zentimeter lang sind - was der Sache irgendwie den Effekt nimmt. Als sich die Aufzugtüren schließen, bin ich augenblicklich zutiefst beschämt. Mich überkommt der ekelhaft süßliche Geruch der billigen Seife aus der Flughafentoilette. Mein teures Parfüm verliert jämmerlich im Wettstreit mit diesem entfernt vertrauten Geruch. Ich stehe Höllenqualen aus. Soll ich etwas sagen? Hey, ich weiß, dass ich nach billiger Seife rieche. Das ist eine komische Geschichte, aber ... oder soll ich einfach darüber hinweggehen?

Falls Kevin mein kräftiges Aroma bemerkt hat, schweigt er dazu. Meine Hoffnung ist, dass er diese typische Kaugummi-Erdbeer-Reinigungsmittel Duftmischung nicht bemerkt, weil Krankenhausseife noch viel strenger nach Desinfektionsmittel riecht. Darum bete ich.

Mein Schweigen ist zu auffällig, und Kevin sieht mich erwartungsvoll an. Also lächle ich und lege den Kopf schräg, als sei ich wer weiß wie hübsch. »Ich bin wirklich froh, dass du mich am Flughafen aufgegabelt hast.« *Ups. Ich hoffe, er weiß, dass ich »aufgegabelt« im Sinne von »abgeholt« meine.*

»Ich auch«, sagt er und übersieht meinen roten Kopf. »Es ist schön, wieder im Land zu sein. Meine ersten zwei Jahre hier sind offiziell vorüber. Das verlangt nach einer Feier. Und was könnte besser sein, als dass mein Vater die Rechnung dafür begleicht?«

»Schön, dass sich deine Eltern hier mit dir treffen. Sie wissen doch, dass ich komme, oder?«

»Natürlich wissen sie, dass du kommst. Sie sind schon ganz begierig darauf, dich kennen zu lernen. Weißt du nicht mehr?«

Meine Augen werden schmaler. »Was meinst du mit ›sie sind

ganz begierig‹? Was haben deine Eltern von Arin gehalten?« *Wo kommt denn dieser Satz auf einmal her?*

Er reibt sich das Kinn. »Unsere Beziehung war nie so ernsthaft, dass sie sich darüber Gedanken gemacht hätten, aber sie meinten, sie sei nicht intelligent genug für mich.«

Ich muss lachen. »Meine Mutter meint, niemand sei intelligent genug für mich. Was haben Eltern nur, dass sie immer meinen, ihre Kinder seien Genies?«

»Ich *bin* Mitglied im Hochbegabtenverein Mensa.«

Gut. Ein bisschen unheimlich. Ich glaube, die meisten Menschen hier in der Gegend sind intelligent genug, um Mensa-Mitglied zu sein. Dass sich jemand überhaupt die Mühe macht, den IQ-Test zu machen. Seltsam.

Er zuckt mit den Achseln und tut mein Schweigen mit einem Lachen ab. »Bist du nicht Mitglied?«

»Äh, nein.«

»Hast du es schon einmal versucht?«, fragt er, als sei es das Natürlichste der Welt, Mensa-Mitglied zu sein.

»Ist nichts für mich.«

»Meinst du, du würdest bestehen? Hast du schon einmal einen IQ-Test gemacht?«

»Ist der IQ-Test Voraussetzung, um mit dir befreundet zu sein?«

»Ich bin ein überzeugter Verfechter der Genpooltheorie. Meine Eltern übrigens auch.« Kein Anzeichen eines Lächelns als Hinweis, dass das ein Scherz ist.

»Hast du dich deshalb für Kinderheilkunde entschieden? Genmedizin?«

»Was auch immer ich tun kann, um genetische Fehler zu korrigieren, hilft unserer Gesellschaft, meinst du nicht?« Die Aufzugtür öffnet sich. »Wir sind da.«

Einen Augenblick lang bin ich überwältigt von der Aussicht. Das weltberühmte Transamerika-Gebäude, das sich in den kristallklaren, blaue Himmel reckt, und das alles vor dem Hintergrund der Bucht von San Francisco. »Das ist grandios. Ich kann mich an dieser Stadt niemals sattsehen.«

»Dort sind meine Eltern.« Kevin legt mir die Hand auf den Rücken und dirigiert mich zu einem Ehepaar. Ich hätte gesagt, ein älteres Ehepaar, aber das sind sie nicht. Kevins Vater sieht aus, als hätte er gerade für einen Triathlon trainiert, und seine Mutter sieht aus, als kenne sie einen sehr guten Schönheitschirurgen. Ihre perfekt geschwungenen Augenbrauen zeigen keinerlei Anzeichen von Überraschung, und in ihrem Gesicht sind keine Falten, obwohl sie es schon ihr ganzes Leben lang trägt. *Saubere Arbeit.* Ich studiere ihr Gesicht und versuche, meinen Blick davon zu lösen, als Kevin uns einander vorstellt.

»Mutter, Vater, das ist Ashley Stockingdale.« Er schiebt mich ein bisschen vor.

»Guten Tag«, sage ich und strecke meine Hand aus. »Ich freue mich, Sie kennen zu lernen.« *Obwohl es auch Zeit gehabt hätte bis nach unserer ersten Verabredung.*

Seine Mutter studiert mich genau, und ihr Blick wandert an meinem schwarzen Kostüm auf und ab. Wahrscheinlich sucht sie nach irgendwelchen genetischen Defekten.

»Miss Stockingdale«, erwidert seine Mutter mit einem kurzen Nicken.

»Ashley, wir haben schon einiges über Sie gehört«, sagt Dr. Novak Senior. »Aber mein Sohn hat uns verschwiegen, wie hübsch Sie in Wirklichkeit sind.«

Wenn das nicht die abgedroschenste Phrase ist, die ich je gehört habe. »Danke.«

»Nehmen Sie Platz, bitte.« Kevins Vater ruft mit erhobenem Zeigefinger den Ober, und ich ertappe mich dabei, nach dem Typ Ausschau zu halten, der gestern am Telefon war. Ich würde ihm am liebsten zurufen, dass man mich gar nicht sitzen hat lassen.

»Ashley arbeitet als Patentanwältin bei Selectech«, sagt Kevin. Schon wieder der Lebenslauf. »Sie kommt gerade aus Taiwan, wo sie eines ihrer Patente verteidigt hat.«

Doktor Novak schüttelt den Kopf. »Sehr schön, Miss Stockingdale.«

»Nennen Sie mich doch Ashley.«

»Ashley? Dieser Name kam doch erst nach Ihrer Zeit auf, oder, meine Liebe?«, fragt Madam. »Ich meine, Ashleys sind für gewöhnlich jetzt neun oder zehn Jahre alt.«

»Meine Mutter hat mich nach Ashley Wilkes benannt, aus *Vom Winde verweht*.«

»Warum um alles in der Welt hat sie das getan?«

Ich zucke mit den Schultern. »Ich nehme an, die Rolle hat ihr gefallen.«

»Aber das war doch ein Mann«, stellt Mrs. Novak die offensichtliche Tatsache fest. *Und wo bleibt hier die Intelligenz eines Mensa-Mitglieds?*

»Was führt Sie beide denn hierher?«, frage ich.

»Eine Chirurgen-Konferenz. Die neuesten Entwicklungen in lasergesteuerten Robotern. Wissen Sie, Ashley, ich habe eine Idee für ein neues Operationsinstrument, und da könnte ich Ihre Hilfe brauchen, um es patentieren zu lassen«, meint Dr. Novak. »Dann könnte ich wahrscheinlich ganz aufhören zu arbeiten.«

»Das ist auch mein Ziel. Als ich in Taiwan war, habe ich mich nach dieser Maschine umgesehen, Dad. Ich weiß, wie es geht«, sagt Kevin. »Ein gutes Produkt, und man hat mit den Nutzungsrechten sein Leben lang ausgesorgt.«

»Dazu bist du eigentlich noch zu jung, Kevin, denn ein Patent läuft nur zwanzig Jahre. Bei medizinischen Spezialgeräten kann es sehr lange dauern, bis Geld fließt. Das Geheimnis für ein gutes Patent sind hohe Verkaufszahlen oder eine große Nachfrage. Wenn du zum Beispiel eine Maschine erfindest, mit der man Krebs heilen kann.«

Wenn ich mich nicht täusche, knirscht Kevin mit den Zähnen. »Wer sagt, dass ich das nicht kann?«

»Niemand. Ich ganz bestimmt nicht.«

»Miss Stockingdale, wo haben Sie studiert?«

»An der Santa Clara Universität. Sie ist für ihren Jurazweig bekannt, und der Campus hat mir schon als Kind gefallen.«

»Ja, hat nicht jemand in O. J. Simpsons Fall dort gearbeitet?«, fragt Madam.

»Gerald Uelman ist dort Professor, aber werfen Sie uns das nicht vor; es ist eine sehr gute Universität.«

»Ich höre heute zum ersten Mal von ihr«, meint Madam naserümpfend.

Ach, und woher wussten Sie von Gerald Uelman?, würde ich sie zu gerne fragen. Aber ich halte den Mund.

Der Ober kommt, und ich würde ihm am liebsten um den Hals fallen, einfach nur, weil er ein normaler Mensch ist und wahrscheinlich den gleichen IQ hat wie ich. »Was darf ich Ihnen bringen?«, fragt er mich.

Jemand, mit dem ich über die neueste Ausgabe vom People Magazin reden kann. »Ich nehme eine Cola Light mit etwas Zitrone.« *Heute bin ich nobel.*

Kevin bestellt sich den Hauswein und schwenkt ihn dann extra wegen mir auffällig in seinem Glas. *Ja, ja, kannst du auch eine frisch geröstete Kaffeebohne von einer alten unterscheiden? Ich kann das.*

»Ich habe unheimlich Lust auf einen Espresso«, sage ich plötzlich. »Können Sie mir einen bringen?«, frage ich den Ober, der sich vor unserem Tisch aufgebaut hat und auf Kevins Okay zu dem Wein wartet.

»Selbstverständlich, Miss.« Und dann zwinkert mir der süße Ober zu. *I want to go to Riu.*

Plötzlich wird mir bewusst, dass Kevins Haare akkurater geschnitten sind als alles, was ich je gesehen habe. Als sei sein Haar geschaffen, um kerzengerade zu liegen. Ob er sich mit einem chirurgischen Instrument frisiert? Oder ob seine Mutter immer aus Atlanta kommt, um dafür zu sorgen, dass jedes Haar sitzt? Ich frage mich, ob Gott uns unseren Beruf nach unseren Haaren gibt. Menschen mit sehr vielen Haaren tendieren zu Marketing-Berufen.

Aber andererseits kann ich die Anziehungskraft zwischen uns nicht leugnen. Das muss doch auch zählen. Wenn ich Seth angeschaut habe, hatte ich dieses momentane Hochgefühl. Das Gleiche empfinde ich bei Kevin, nur noch viel stärker, wie wenn ein

Flugzeug ganz steil startet, um den Lärmpegel zu verringern. Mein Magen macht andauernd Turnübungen, wenn er mich ansieht. Aber dann beobachte ich ihn mit diesem lächerlichen Glas Wein in der Hand und würde am liebsten etwas Verletzendes sagen. Er steckt seine Nase beinahe ins Glas und inhaliert wie ein Schwein, das nach Trüffeln schnüffelt. Was soll das?

Kevin hat ganz eindeutige Vorzüge, rufe ich mir ins Gedächtnis, während er den Wein im Mund hin und her spült wie Mundwasser. Natürlich sieht er umwerfend aus. Er ist Arzt. Ein Arzt, der Kinder liebt. Bei der Wahl seines Autos könnte er natürlich etwas Hilfe gebrauchen, aber ich überlege mir ständig, was es mit diesem Vorstellungsgespräch bei seinen Eltern auf sich hat. Ob Arin hier bestanden hat? Ich mag Arin sehr, aber sie ist keine Gehirnchirurgin. Und Männer haben es an sich, schöne Frauen zu dem zu machen, was sie wollen. Hat Kevin das mit Arin versucht und ist gescheitert?

Irgendwie sind die Männer selber schuld. Für sie sind schöne Frauen automatisch auch die besten und nicht diejenigen, die die meiste Pflege brauchen. Ich? Bei mir ist der Pflegeaufwand durchschnittlich. Langfristig muss das doch ein Vorteil sein.

Aber mich beschleicht das Gefühl, dass Kevin an diesem Punkt nicht selbst die Entscheidung trifft. »Wie habt ihr beide euch kennen gelernt?«, fragt Mrs. Novak.

»Ich bin eine Freundin von Arin«, antworte ich und warte auf die Reaktion.

»Arin?«, sagt seine Mutter, als hätte ich gerade erzählt, ich hätte Madonna vor laufenden Kameras einen Zungenkuss gegeben.

»Sie kennen sich aus der Gemeinde. Arin und Ashley singen zusammen in der Band«, wirft Kevin ein.

»Sind Sie sehr musikalisch, Ashley? Musiker sind auch gut in Mathematik«, stellt Dr. Novak fest.

Ich höre im Auto Lobpreislieder von David Crowder. »Nein, nicht besonders.«

Jetzt schauen sich seine Eltern an. Ich habe nicht bestanden, und darüber bin ich so froh. Nicht, dass ich Kevin nicht möchte.

Er ist noch nicht abgeschrieben. Nur für solche Schwiegereltern wie die beiden bin ich noch nicht bereit. Meine eigenen Eltern sind schon schlimm genug ...

»Sie kann nach Noten singen«, meint Kevin.

Und dann klingelt mein Handy. Es ist meine Mutter, und plötzlich könnte ich sie knutschen für ihre wunderbaren, nervigen Anrufe. »Entschuldigen Sie bitte«, sage ich, als sei ich wer weiß wie wichtig. »Es dauert nur einen Augenblick. Hallo. Ashley Stockingdale.«

»Ashley, bist du schon aus diesem schrecklichen Land zurück?«

»Ich bin zurück. Ich bin in San Francisco. Bin gerade vor einer Stunde angekommen.« Ich bin eine Staranwältin, da sollte mich der nagende Tonfall meiner Mutter nicht aus der Fassung bringen. Aber ich bin auch nur ein Mensch – und genau wie Hunde bei gewissen Tönen anfangen zu heulen, reagiere ich manchmal auf den Tonfall meiner Mutter. Kevins Eltern erscheinen mir von Sekunde zu Sekunde angenehmer.

»Die Gemeinde hat an Daves Hochzeitstag schon eine Veranstaltung, deshalb verlegen wir die Hochzeit nach Las Vegas. Ich habe die Brautparty jetzt für Sonntag geplant. Und ich habe Einladungen verschickt und alle angerufen, die sich nicht sofort gemeldet haben. Es kommen vierundzwanzig Gäste. Du musst dich also an die Arbeit machen.«

Diese Frau kann mich mehr stressen als jeder technische Leiter, der je gelebt hat. Ich soll eine Brautparty planen, die wann stattfindet? In zwei Tagen? Ich gehe hinaus in die Eingangshalle, wo ich in heiserem Flüsterton mit ihr sprechen kann. »Mama, ich bin die Brautjungfer. Ich muss eigentlich die Party planen.«

»Du hast die Party ja auch geplant – bis du in dieses Dritt-Welt-Land entschwunden bist, ohne uns einen Ton zu sagen. Ich musste deine Sekretärin anrufen, um zu erfahren, dass meine Tochter in Taiwan ist. Ashley, du wirst niemals einen Mann finden, wenn du so einfach verschwindest.«

»Mama, es ist gerade sehr ungünstig. Ich bin hier mit den

Eltern eines Freundes. Ich habe sie gerade erst kennen gelernt.« *Komm schon, erinnerst du dich an all den Blödsinn, von wegen der erste Eindruck ist entscheidend, den du mir beigebracht hast?*

»Nun, da du in der Stadt bist, kauf noch ein paar schöne Preise für die Spiele ein. Ich denke, wir werden etwa sechs Sachen brauchen. Jedes etwa fünfzehn Dollar. Was hast du zum Essen geplant?«

Ich versuche meine zusammengebissenen Zähne wieder auseinanderzubekommen, aber die Worte rutschen mir dazwischen durch. »Ich hatte vor, das Ganze in einem Restaurant zu veranstalten.«

»Ashley, ich habe dir doch gerade gesagt, dass es am Sonntag bei mir stattfindet. Dein Bruder heiratet in drei Wochen. Wir müssen für Mei Ling eine Brautparty geben. Sie können nichts dafür, dass die Gemeinderäume schon belegt sind.« Kevin und seine Eltern schauen schon nach mir, und ich komme langsam wieder näher und lächle dabei, als sei das Telefonat gleich beendet. Aber meine Mutter zeigt keinerlei Anzeichen, dass sie gleich fertig ist.

»Mama, es ist geschmacklos, die Brautparty deiner zukünftigen Schwiegertochter bei dir zu feiern.«

»Ich habe jetzt keine Zeit, mir um so etwas Gedanken zu machen. Die Einladungen sind schon verschickt, und ich habe schon alle angerufen. Hör zu, komm zu mir, wenn du bei deinem Freund fertig bist. Dann können wir das Menü planen. Vielleicht können wir heute Abend einkaufen gehen.«

»Mama, ich habe Jetlag; ich werde heute Abend nicht einkaufen gehen. Ich bin froh, wenn ich endlich in mein Bett fallen kann.«

»Wir können nicht warten, bis du dich endlich zu Tode gearbeitet hast. Dein Bruder heiratet schließlich nur einmal.«

Das glaube ich erst, wenn ich es sehe. »Ich muss los, Mama.« Ich schalte das Handy aus, und Kevins Eltern sehen mich an, als hätte ich mit der Raumstation telefoniert.

»War das Ihre Mutter, mit der Sie so gesprochen haben?« Mrs. Novak hebt missbilligend ihre Augenbrauen und sieht zu Kevin.

Ich komme mir vor wie im Käfig im Zoo. Werft mir eine Erdnuss zu.

»Mein Bruder heiratet bald. Meine Mutter ist etwas im Stress, weil alles so schnell geht.«

»Das kann ich nur zu gut verstehen. Gibt es einen Grund, weshalb die Hochzeit so bald sein muss? Wir sind der Überzeugung, dass zwischen Verlobung und Hochzeit wenigstens fünfzehn Monate liegen sollten«, meint Mrs. Novak.

»Ich denke, die beiden haben es einfach eilig. Die wahre Liebe und so.«

Kevins Eltern lächeln nicht. »Auf welches College ist Ihr Bruder denn gegangen?«

Das war's, mir reicht's jetzt. »Er ist Busfahrer«, sage ich voller Überzeugung. »Ein sehr guter Busfahrer.« Mein Espresso kommt, und ich kippe ihn hinunter wie einen Tequila. »Ich bin ehrlich gesagt ziemlich müde; das ist die Anstrengung von der Reise. Kevin, würde es dir etwas ausmachen?«

Kevin steht sofort auf, wie der brave Sohn, zu dem seine Eltern ihn erzogen haben. Er schüttelt seinem Vater förmlich die Hand und küsst seine Mutter auf die Wange. »Dann sehen wir uns, wenn ihr das nächste Mal hier auf der Durchreise seid. Grüßt Emily von mir.« Kevin schaut mich an. »Fertig?«

»Freut mich, Sie kennen gelernt zu haben, Dr. und Mrs. Novak. Ich wünsche Ihnen noch einen schönen Kongress und eine gute Heimreise.«

Und besorgen Sie mir die Visitenkarte von Ihrem Schönheitschirurgen. Wirklich erstklassige Arbeit.

Wir schlängeln uns in den Aufzug, als stiege ich in das Flugzeug nach Amerika. Ich sehe auf, und Kevins steinernes Gesicht ist vollkommen verschwunden. Er starrt mich mit seinen tiefgrünen Augen an, und darin liegt ein Verlangen, das ich schon seit gut einer Stunde nicht mehr gesehen habe. Das ist der Kevin, den ich kenne. Er muss seine Eltern wohl genauso verachten wie ich. Wir können durchbrennen und ihnen jahrelang aus dem Weg gehen.

Ich muss schlucken, als er näher kommt, um mich zu küssen. *Herr Jesus, mach, dass mein Herz standhält.*

16

»Du hast ihn beim ersten Treffen gleich geküsst?« Brea bleibt der Mund offen stehen, und da wir vor der Kirche stehen, kann ich es mir nicht verkneifen, mich umzusehen, wer sie wohl gehört haben könnte.

»Pssst. Geh doch gleich ans Mikrofon«, sage ich. »Kündige an, dass Ashley Stockingdale so leicht zu haben ist.«

Brea hält sich in ihrer eleganten Art die Hand vor den Mund. »Tut mir leid, Ashley, ich war nur so schockiert. Du bist irgendwie nicht die Sorte Frau, die beim ersten Mal gleich küsst. Ganz besonders nicht, wo er unmittelbar davor erst mit deiner Freundin zusammen war. Wie heißt sie noch mal, das Mädchen, das mit dir in der Band singt? Die Dürre.« Brea beugt sich zu mir, und jegliche Sorge um Arin ist verflogen. »Hat er gut geküsst?«

Ich spiele mit den Augenbrauen. »Es war ein Kuss, dass sich die Zehennägel kringeln, dein Herz Saltos schlägt und dein Magen vor Ameisen kribbelt.«

Brea stößt einen Schrei aus, fasst mich an den Händen, und wir hüpfen wie Gummibälle, bis uns wieder einfällt, dass wir ja kultivierte Christen sind, die so etwas niemals tun würden.

»Wo?«

»Zuerst auf einem Parkplatz in San Francisco neben seiner Klapperkiste und dann im Aufzug des Mark Hopkins Hotels.« Sie starrt mich immer noch an. »Was ist?«, frage ich. »Ehrlich, es war der romantischste Kuss, den ich je bekommen habe. So wie er sich angefühlt hat, hätte es auch in einer Gondel in Venedig sein können.« Von der Elternproblematik habe ich ihr noch nichts erzählt.

»Wann wirst du ihn wiedersehen?«

»Er hat erst nächsten Donnerstag wieder frei.«

»Wird er dich anrufen?«

In letzter Zeit nimmt mir Brea mit ihrer Art die ganze Freude. Woher soll ich wissen, ob er mich anrufen wird? Ist das nicht eine der ganz großen Fragen im Leben? Kommt gleich nach der Frage, wozu ich hier auf der Erde bin. Wer weiß schon, was einem Mann in Bezug auf Telefonanrufe durch den Kopf geht. In ihren Köpfen spielen sich ganze Debatten ab. Sonst würde es ja nicht bis Mittwoch nach der Verabredung dauern, um anzurufen.

»Ich weiß nicht, ob er mich anrufen wird«, sage ich mit schriller Stimme.

»John hat mich gleich am Tag nachdem ich ihn geküsst habe angerufen.«

»John ist auch etwas Außergewöhnliches, klar?« Breas Mann steht gerade auf den Stufen und schaut mal wieder liebevoll zu seiner Frau herüber. Das allein reicht schon, dass einem schlecht wird. Er stellt ihr nicht nach oder so. Er ist nur einfach absolut fasziniert von ihr, so wie normale Männer vom Fußball.

Sie dreht sich zu ihm und fährt sich mit der Zunge über die Zähne. »Ist er nicht zum Anbeißen?«

Ich verdrehe angewidert die Augen. Was soll man darauf antworten?

»Ashley?« Gott sei Dank dringt Seth in unsere Träumereien ein. Er kommt mit den Händen in den Hosentaschen an, lächelt, und ich bin schockiert, dass mein Magen sich immer noch überschlägt und seine Augen mich immer noch verführen. Mir wurde gerade der Hof gemacht von einem Mann mit Chirurgenhänden, und trotzdem schafft dieser Ingenieur mit den Händen in den Hosentaschen es, dass ich einen dicken Knoten im Hals habe. Das ist gar nicht lustig. »Kann ich dich einen Augenblick sprechen, Ashley?«

»Klar«, antworte ich, als bedeute er mir nichts. Aber mein Herz schlägt wie wild, und mein Magen macht Saltos. Ich kann ihn kaum noch im Zaum halten. »Brea, wir sehen uns heute Nachmittag bei meinen Eltern. Du bist tot, wenn du nicht kommst.«

»Ich komme. Meinst du, ich will es mir entgehen lassen zu sehen, wer um alles in der Welt Dave heiratet? Ich bitte dich. Das ist wie eine Einladung zu einer Vorführung mit Außerirdischen. Bis dann, Seth.« Brea drückt mir einen Kuss auf die Backe und verschwindet, um mit der nächsten Person, die sie auf der Treppe sieht, zu quasseln.

Seth schaut auf seine Schuhe, und ich würde ihn am liebsten packen und schütteln und anschreien, damit er mir verrät, was er jetzt denkt. Ich kann es kaum erwarten, bis er mit der Sprache herausrückt.

»Was gibt's?«, frage ich schließlich.

Er sieht mich wieder mit diesem umwerfenden Blick an. »Du hast mich nicht angerufen, bevor du nach Taiwan geflogen bist.« Er sieht verletzt aus, und ich muss ehrlich sagen, dass ich nicht wusste, dass er dazu in der Lage ist. Nur dieses winzige bisschen an Gefühlen gibt mir den Rest. Mich überkommt der Wunsch, ihn zu küssen - gleich hier auf der Treppe vor der Kirche! An wievielter Stelle steht das auf der Liste lüsterner Sünden? Habe ich vorgestern nicht erst jemand anderes geküsst? Habe ich nicht Brea gerade erzählt, dass es mir dabei die Zehennägel gekräuselt hat?

»Tut mir leid«, sage ich lächelnd. »Ich hatte so viel zu tun mit Patententwürfen, dann bin ich nach Taiwan geflogen, und gestern bin ich wieder arbeiten gegangen, und ich muss meiner Mutter helfen, die Brautparty für die Verlobte meines Bruders vorzubereiten. Ich bin einfach nicht dazu gekommen.«

Aber Seth scheint meinen Entschuldigungen gar nicht zuzuhören.

»Ich habe über das nachgedacht, was du mir an dem Tag bei Chevys gesagt hast.« Er hält inne und schaut sich um. »Weißt du noch, auf dem Parkplatz?«

»Ja, ich erinnere mich.« Das war unmittelbar bevor ich diesen tödlichen lila BH gekauft habe. Diesen Tag sollte man lieber aus dem Kalender streichen. Ausgenommen die Dr.-Kevin-Szene natürlich.

»Wir sind schon so lange befreundet, Ashley. Es würde mir niemals einfallen, dir wehzutun.«

Ich nicke. Was soll ich sagen? Er hat mich verletzt. Und er hat mich lächerlich gemacht. Und das macht mich am meisten wütend. Eigentlich müsste ich jetzt vor Freude hüpfen und ihm von Dr. Kevin erzählen, aber Seths Blick macht mich immer noch schwach. Er kann mich immer noch mit jedem seiner durchdringenden Ingenieursblicke durcheinanderbringen.

»Darf ich es wiedergutmachen?«, fragt er. »Ich glaube, ich bin dir eine richtige Verabredung schuldig.«

Eine Einladung als Entschuldigung? Ich denke nicht. »Du musst es nicht wiedergutmachen. Ich möchte nur, dass du das nie wieder machst. Weder mit mir noch mit irgendjemand anders, Seth. Du musst ein bisschen besser aufpassen, wie du mit deinen … Freunden umgehst. Vielleicht war ich naiv, aber ich dachte wirklich, du wolltest mit mir ausgehen.« Schnell halte ich mir die Hand vor den Mund. Habe ich es tatsächlich zugegeben?

Er nickt und räuspert sich. »Als du in Taiwan warst, habe ich dich ehrlich vermisst, Ash.« Beim nächsten Satz schaut er mich nicht an. »Arin vermisse ich nicht, und ich denke auch nicht an sie.«

Gott, darf ich dich einmal ganz kurz anschreien? Ein halbes Jahr lang wollte keiner mit mir ausgehen! Ein ganzes halbes Jahr, Gott! Und jetzt musst du mir an einem Wochenende zwei Männer vorsetzen? Das ist grausam. Ich bin schließlich nicht aus purer Ironie da!

»Ich weiß wirklich nicht, was ich sagen soll, Seth. Du hast Arin doch gar nicht wirklich gekannt. Aber wir waren Freunde. Zumindest dachte ich das.«

»Können wir heute zusammen mittagessen? Nur du und ich. Ohne die anderen.«

Ach ja, die Singles. Die hatte ich total vergessen. Schon traurig, dass meine ganze Identität so eng mit einer Gruppe von Menschen zusammenhing, die mir nach einer Woche Abwesenheit nichts mehr bedeutet.

»Heute geht es nicht, Seth. Ich gebe eine Brautparty für die Verlobte meines Bruders.«

Er sieht niedergeschlagen aus. So wie ein Bräutigam, der für die Rosenzeremonie bei seiner Hochzeit keine Rose hat. Ich sollte ihm jetzt eigentlich auf der Stelle sagen, dass ich mit Dr. Kevin Novak befreundet bin, dass ich ihn geküsst habe und in mir dabei ein Feuerwerk hochging. Aber bei dem Gedanken daran, wie sehr ich Seth damit verletzen würde, halte ich den Mund. Ich bin ein Trottel. Vielleicht ist es auch, weil es noch nicht Mittwoch ist und ich noch nicht sicher weiß, ob ich mit einem Arzt befreundet bin oder ob ich nur einen momentanen Schwachpunkt erwischt habe, weil es mein erster Tag als fantastische Frau war.

»Vielleicht ein andermal?« Seth geht die Treppe hinauf. Inzwischen strömen die Menschen förmlich in den Gottesdienst, und wir sollten uns ihnen anschließen.

»Seth«, sage ich mit einem Hauch von Verzweiflung in meiner Stimme.

Er nimmt meine Hand und drückt sie. »Ich rufe dich an«, sagt er lächelnd.

Großartig. Jetzt warte ich auf zwei Anrufe. Habe ich ein Schild auf dem Rücken, auf dem NAIVLING steht, oder was?

Nach einer einstündigen Predigt darüber, wie wichtig es ist, als Christ ehrlich und aufrichtig zu sein, schleiche ich mich verwirrter denn je in meine Wohnung zurück. In einer Stunde werde ich dieses künstliche Lächeln aufsetzen, und meine Verwandten werden mich fragen, wann ich eigentlich heiraten werde. (Deshalb auch der Gottesdienstbesuch an so einem schweren Tag. Ich brauche die Gewissheit, dass Gott bei alldem bei mir ist.) Eigentlich bin ich als Single ganz glücklich, wenn ich nicht gerade von wohlmeinenden Freunden und Verwandten daran erinnert werde, wie schrecklich es ist.

Ich kann sie schon hören mit ihrem Scarlett-Südstaatenakzent: »Oh Ashley … wie schaffst du das nur so ganz allein? Mit niemandem, den es interessiert, wann du kommst oder gehst. Das muss doch schrecklich für dich sein, meine Liebe.«

Mein Telefon klingelt. Ich weiß schon, dass es meine Mutter ist, die mir sagt, dass ich unterwegs noch ein bisschen Sülze oder sonst etwas mitbringen soll, aber die Nummer auf dem Display kenne ich nicht. »Hallo?«

»Ashley?«

Es ist ein Mann. Wunder gibt es immer wieder. »Ja?«, antworte ich gedehnt. Ich muss wirklich endlich anfangen zu leben.

»Ashley, hier ist Dan Hollings aus der Highschool. Nancys Bruder. Sie hat mir erzählt, dass sie dich bei Bloomingdales getroffen hat und dass du noch Single bist ... genau wie ich.«

Bong.

»Richtig, Dan Hollings. Sie ist wirklich reizend, deine Schwester Nancy.« *Finger im Hals.* Wie war das noch mal mit ehrlich und aufrichtig sein als Christ? Bestimmt trifft mich jetzt gleich der Blitz.

»Hast du vielleicht diese Woche irgendwann mal Zeit? Wir könnten zusammen mittagessen und erzählen, was inzwischen so passiert ist.«

Mittagessen ist gut. Mittagessen ist kurz. Mittagessen kann durch einen einfachen Telefonanruf unterbrochen werden. »Das wäre schön.« *Ich bringe dich um, Brea.*

Dan Hollings hat in der Highschool in der Marschband gespielt. Das alleine wäre noch kein Hinderungsgrund. Ich hatte schon immer einen Hang zu Außenseitern. Aber Dan Hollings hielt sich für beliebt. In seinem Größenwahn war er immer mit den Cheerleadern zusammen, während die ihn nur auslachten und ihn Getränke holen schickten. Im Jahrbuch ist ein Bild von ihm, auf dem sie ihn in eine Mülltonne gesteckt haben, und alle Footballfans stehen drum herum. Er hat immer behauptet, das hätten sie extra für den Fotokurs gemacht. *Ja, natürlich.*

Dan redet immer noch. »Passt es dir am Freitag? Ich habe gehört, dass du in Palo Alto arbeitest; ich auch. Vielleicht können wir uns bei Fresco's treffen.«

Fresco's. Na schön, eines haben ihm die Cheerleader beigebracht: Geizig sein ist kein attraktiver Charakterzug. »Klingt großartig. Das ist eines meiner Lieblingsrestaurants.« Ist das frech? Er könnte mich ja auch ins Top of the Mark einladen. Aber er ist immer noch Dan Hollings.

»Schön. Ich reserviere einen Tisch.« Seine Stimme klingt wie eine Bandansage. Ein künstlicher Bariton mit einem Schuss schmeichelndem Tonfall. »Dann bis Freitag, zwölf Uhr.« Schon die Art, wie er das sagt, klingt, als sei er extrem selbstbewusst oder als müssten meine Knie jetzt weich werden. *Iiiih. Iiiih. Iiiih. Ich bring dich um, Brea.*

Nach ein bisschen mehr leerem Gerede lege ich auf. Drei Verabredungen. Ich wurde in einer Woche drei Mal von Männern eingeladen. Ich weiß, dass ein grausames Schicksal meiner harrt und dass Gott mir eine ganz besondere Lektion erteilen will. Ich hoffe nur, dass es nicht diese Verabredung ist. Ich durchsuche meine Regale nach diesem Buch über persönliche Grenzen stecken.

Mir fehlen ganz eindeutig persönliche Grenzen, denn

1. ich veranstalte eine Brautparty für die Verlobte meines Bruders, obwohl ich erst vor zwei Tagen nach Hause gekommen bin. (Und sie findet bei niemand Geringerem statt als bei meiner Mutter zu Hause!)
2. ich habe mich mit einem Mann verabredet, den ich gar nicht sehen möchte, geschweige denn mit ihm ausgehen. (Ich würde doch nicht wirklich in eine Cheerleader-Familie einheiraten wollen!)
3. ich habe es nicht geschafft, Seth gegenüber hart zu bleiben oder ihm von Kevin zu erzählen, und am schlimmsten ist …,
4. dass ich diesen grauenhaften lila BH wieder anhabe! Ich dachte, ich hätte ihn weggeworfen.

Das Buch über persönliche Grenzen ist nirgends zu finden. Ich komme noch zu spät. Wahrscheinlich habe ich das Buch verliehen, weil ich es nicht fertiggebracht habe zu sagen, *nein, kauf dir dein eigenes Buch*. Sich ein Buch über persönliche Grenzen gleich zweimal zu kaufen ist ganz sicher ein Anzeichen für Geistesgestörtheit. Vielleicht sollte ich mir das Diagnostische und Statistische Handbuch Psychischer Störungen kaufen und mich selbst diagnostizieren. Ich bin mir sicher, dass, was auch immer ich habe, mit meinen Eltern zusammenhängt. Ich wäre wahrscheinlich ganz normal, wenn ich in einer anderen Familie aufgewachsen wäre.

Aber ich schweife ab. Ich bin ja seit Neuestem eine fantastische Frau, schon vergessen? Ich schaue in den Spiegel, fahre mir mit den Fingern durch die Haare und spreche mit meinem Spiegelbild.

»Du bist Ashley Wilkes Stockingdale. Du bist fantastisch. Du musst nicht erst heiraten, um eine fantastische Frau zu sein. Heiraten kann jeder, aber du wirst dich nicht mit irgendjemand zufriedengeben. Nein, du wartest auf deinen persönlichen Mr. Darcy, auf die christliche Ausgabe von Colin Firth.« Ich spitze die Lippen und werfe mir selbst eine Kusshand zu. Jetzt bin ich auf alles vorbereitet, sogar auf meine Verwandten und die Brautparty für die Verlobte meines Bruders. Kommt nur alle!

Noch mal das Telefon. Das Display sagt, es ist Mama. Hmmm. Ich überlege mir ernsthaft, ob ich drangehe, aber dann wird sie mich nur auf dem Handy nerven. »Hallo.«

»Ach, gut, dass ich dich erwische, Ashley. Hör zu, dein Bruder wollte Mei Ling etwas Nettes schenken und hatte keine Zeit, einkaufen zu gehen. Hast du irgendetwas zu Hause, was du für sie einpacken könntest?«

»Was zum Beispiel? Eine Schachtel Verhütungspillen?«

»Ashley! Dein Benehmen ist in letzter Zeit unerträglich. Ich habe dir nicht beigebracht, so freche Antworten zu geben. Ashley Wilkes würde niemals so etwas sagen.«

Ich unterdrücke ein Kichern. Ich bin in letzter Zeit wirklich etwas gemein. »War nur Spaß, Mama. Ich werde schon etwas finden.«

»Aber pass auf, dass es nichts ist, was deine Tante Trudy dir zu Weihnachten geschenkt hat. Sie kommt auch. Ich habe meinen Geschenkeschrank durchsucht, aber nichts Passendes gefunden.«

»Ich habe so viele Geschenke von Männern; das ist kein Problem, Mama.« Gut, ich bin wirklich geistesgestört.

»Ich weiß wirklich nicht mehr, wann du es ernst meinst und

wann nicht. Mit deinem Sarkasmus wirst du nie einen Mann finden.«

Sollte sie etwa recht haben?

Ich schalte Mama aus und meinen Computer an, um nachzusehen, ob irgendwelche ganz dringenden E-Mails aus Liberia gekommen sind von Leuten, die mein Geld haben wollen. Es sind nur ein paar To-Do-Listen von Purvi. Aber eine Mail von Seth.

An: AWStockingdale@NNN.net

Von: MatrixMan@NNN.net

Ash, ich weiß, du bist im Stress, aber ich muss unbedingt mit dir reden. Ruf mich bitte an, sobald du Zeit hast. Seth.

Ich muss unbedingt mit dir reden. Wahrscheinlich geht es um seine Entschuldigungseinladung und ob er sie wohl, äh, zurücknehmen könnte? Oder ob ich wohl die und die kenne? Wenn er die Telefonnummer von der Neuen braucht, kann er sie auch selbst herausfinden. Ich gehe lieber zur Brautparty meiner zukünftigen Schwägerin.

17

Oh nein, hoffentlich steht mein Name nicht auf der Einladung! Ich stehe sprachlos vor Staunen da und kann kaum glauben, dass das eine Brautparty sein soll, die ich gebe. Ich schaue die Leute und die Golddekoration an - und ich meine mit Gold glänzend, nicht klassisch matt. Richtig glitzernd, kitschig - wie Lametta, das man im ganzen Haus verteilt hat. Es erinnert an die 80er-Jahre, ganz zu schweigen von der Zeit, als mein Bruder in der Highschool ein Footballstar war. Aber das hier ist wie eine schlechte Szene aus Dance Fever, und wir warten alle auf den Ehrengast und natürlich könnte auch Dance-Fever-Gastgeber Deney Terrio jeden Moment erscheinen.

Meine Mutter ist ein nervliches Wrack und ist sich sicher, dass ihre Sülze zusammenfällt oder eines ihrer kleinen Sandwich-Snacks hart wird. Meine Vorstellungen von gegrillten Champignons und Honigmelone in Schinken sind passé. Stattdessen haben wir Snacks im Stil der 50er-Jahre und meine Mutter in ihrer Küchenschürze.

Ich muss wohl adoptiert worden sein.

»Ashley, zieh deinen Mantel aus und hilf mir, das Plastikbesteck in die Servietten zu wickeln.« Mama gibt mir einen Stapel dunkellila Servietten und goldenes Kringelband. *Ruhig*. Es ist Mei Lings Party, und wenn sie Dave mag, besteht die Möglichkeit, dass sie auf Gold steht.

»Ich habe das Geschenk für Mei Ling mitgebracht.« Ich strecke es meiner Mutter hin. »Von Dave«, sage ich sarkastisch, als sie es nimmt.

Mama legt es auf den Beistelltisch zu den anderen Geschenken. Ich lege mein eigenes Geschenk, das ich gekauft habe, dazu. *Von Dave* - ich habe ein Parfüm gefunden, das ich einmal von meiner Chefin zu Weihnachten bekommen habe. Das Zeug riecht nach einer Mischung aus Jasmin und Glasreiniger, und da dachte ich, Dave dürfte es wohl für einen himmlischen Duft halten. Meine

Chefin hat das Preisschild drangelassen, als ob ich den Gestank nur wegen des finanziellen Opfers für gut halten würde.

Egal, ich habe das Preisschild für Dave drangelassen. Mei Ling wird es wahrscheinlich gar nicht bemerken, aber mein Bruder weiß dann, was er mir schuldig ist. Ich habe im Union Square ein hübsches Geschenk für meine zukünftige Schwägerin gekauft. Eigentlich freue ich mich sehr darauf, eine Schwägerin zu bekommen - ja ich kann es kaum fassen. Ich hoffe nur, dass wir uns verständigen können. Da mein Bruder dazu neigt, sich durch einfaches Grunzen zu verständigen, weiß ich nicht, was ich von ihr erwarten kann, und bin ziemlich nervös vor meinem ersten Treffen mit dieser armen Frau.

Ich wickle das Plastikbesteck ein, stelle alle Snacks auf den Esstisch und fülle schließlich die übliche Brausepulver mit Farbstoff E5 Punsch-Spezialität des Hauses in die Schale. Die Torte habe ich im Naturkostladen abgeholt, und sie ist wirklich eine Sehenswürdigkeit. Köstliche Erdbeeren - außerhalb der Erdbeersaison - und dekorative Sahnestreifen formen das Bild eines kostbaren Hochzeitskleides, und »Willkommen Mei Ling« steht in sanft rosa Schreibschrift darauf.

Mir ging es gut bei dem Gedanken an das Ereignis - die Hochzeit -, bis ich die Torte sah. Die Torte steht da und verspottet mich beinahe mit ihrem jungfräulichen Weiß. Warum fühle ich mich dieses Jahr so allein stehend? Es ist, als ob es seit meinem einunddreißigsten Geburtstag plötzlich demütigend ist, Single zu sein. Und wo zum Kuckuck bleibt Brea? Sie sollte eigentlich bei mir sein und mir in meiner dunkelsten Stunde Beistand leisten.

Zu Honigmelone mit Schinken kam es nicht, weil ich nicht die Prinzessin des Tages bin. Ich bin nur die angeheuerte Gehilfin. Meine Unterlippe zittert beim Anblick meiner Mutter, die mit erhobenen Händen herumrennt. Ich glaube, sie ist froh, dass keine Brautmutter da ist, mit der sie wetteifern muss - weil sie vielleicht denkt, dass dies die einzige Hochzeit ist, die sie je ausrichten wird. Meine Mutter kommt auf mich zu, und ich mache einfach die Augen zu. Ich kann es nicht mehr ertragen. Wo ist Brea?

»Bitte sag nichts, Mama.« Ich hebe die Hand.

Sie legt ihren Arm um mich. »Dein Tag wird auch noch kommen, Ashley.« Sie tätschelt mir die Hand und macht sich dann wieder zu schaffen, während mir ein Knoten im Hals steckt, der sich wie eine Walnuss anfühlt. Sie versichert mir nicht, dass es in Ordnung ist, Single zu sein, sondern nur, dass mein Tag auch noch kommen wird. Das könnte man auch vom Jüngsten Gericht sagen, und ich rechne nicht morgen damit.

Es klingelt. Jetzt kommt der Ansturm. *Sei gewappnet.*

Meine Mutter öffnet die Tür, und da steht Dave und hat den Arm um ein bildhübsches asiatisches Mädchen gelegt. Sie ist zierlich, hat einen perfekten Teint und eine wunderschöne, schmale Nase, die aus einem »Nachher-Foto« für plastische Chirurgie sein könnte. Sie hat große, dunkelbraune Augen, und ihr dunkles Haar ist zu einem modernen asymmetrischen Pagenkopf geschnitten. Für die Freundin meines Bruders sieht Mei Ling erstaunlich amerikanisch aus. Sie lächelt mich an und umarmt mich vorsichtig.

»Du bist Ashley«, sagt sie mir akzentfrei ins Ohr.

Ich nicke. »Ich freue mich so, dich kennen zu lernen, Mei Ling.« Sie ist überhaupt nicht so, wie ich sie mir vorgestellt habe. Sie sieht aus, als könne sie jeden heiraten, den sie will, und ich bin restlos verwirrt. Ich hatte eine unterdrückte, schlecht gekleidete Ausländerin erwartet, die sich mit jemandem wie Dave zufriedengibt, weil sie eine Greencard braucht. Aber Mei Ling hat ein freundliches Lächeln, eine warmherzige Art *und* Designerklamotten. Sie hat sehr kleine, zierliche Hände. Ich will noch mehr sagen, aber ich bin von meinen eigenen falschen Vorstellungen so betroffen, dass mir nichts mehr einfällt. Oder sollte ich sagen, von meinen Vorurteilen?

Meine Mutter hat Mei Ling aus dem Mantel geholfen und erklärt ihr jetzt, wie alles laufen wird, als sei Mei Ling ein kleines Dummchen. Aber Mei Ling spricht perfekt Englisch. Ich gehe sofort zum Geschenktisch und nehme die jämmerliche Flasche Parfüm weg, die ich meinem Bruder niemals erlauben würde, seiner kleinen Braut zu schenken. Dave begleitet Mei Ling mit diesem tiefen Ausdruck von Fürsorge, ja er beschützt sie vor den Hausregeln meiner Mutter.

Die Chancen, dass mich jemals ein Mann so mit Samthandschuhen behandeln wird, stehen, äh, sagen wir mal bei Minus sechs oder so. Und so frage ich mich, ob ich einfach nur zu praktisch und nicht für echte Romantik geschaffen bin. Vielleicht bin ich der Typ von Frau, den ein Mann heiratet und dann sofort dazu degradiert, im Hausanzug herumzulaufen und sich um seine Wäsche zu kümmern. Vielleicht bin ich einfach nicht der Typ Frau, den Männer wertschätzen, sondern der praktische Typ, zu dem sich Männer hingezogen fühlen, wenn sie zu viele dreckige Unterhosen rumliegen haben.

Wo bleibt Brea? Sie ist immer noch nicht aufgetaucht und wird wahrscheinlich auch nicht mehr auftauchen - weil sie jetzt zu jemandem gehört, und wie eine einzelne Socke im Wäschetrockner nie wieder zu ihrer anderen Hälfte zurückfinden wird, wenn sie getrennt werden. Es ist nicht das erste Mal, dass sie nicht kommt, obwohl sie mir versprochen hat, irgendwo hinzukommen, seit John in unser gemeinsames Leben gekommen ist.

»Ash, ist alles in Ordnung?«, fragt Dave.

Ich nicke wieder. Ich betrachte sein Gesicht. Er ist nett zu mir. Mei Ling ist vielleicht das Heilmittel für seine Bruder-Krankheit.

»Magst du sie?«

»Oh ja, Dave. Sie ist hübsch, und sie scheint sehr nett zu sein.«

»Danke.« Er drückt mir einen Kuss auf die Backe. *Er hat mich auf die Backe geküsst!* »Ich wusste, dass du sie mögen würdest. Zumindest hatte ich das gehofft.«

Dass meine Meinung ihm tatsächlich wichtig ist?

»Was ich gesagt habe, tut mir leid.« Ich scharre unruhig mit dem Fuß. »Dass du sie bei der Einwanderungsbehörde kennen gelernt hast und so. Das war dumm von mir.«

Er zuckt nur mit den Schultern. »Ich wusste, dass du das nicht so meinst. Ich verschwinde jetzt, bevor all die Omis kommen.« Ich beobachte ihn, als er mit besorgtem Ausdruck zu Mei Ling geht. Er liebt sie wirklich aufrichtig, und ich bin sprachlos, dass in meinem Bruder überhaupt so viel Liebe steckt. Das bringt mein ganzes Weltbild durcheinander. Er spricht zärtlich mit ihr. »Mei Ling, wenn du irgendetwas brauchst, frag einfach Ashley, ja? Ich habe mein Handy dabei. Ruf an, wenn es dir zu viel wird. Dann bin ich in zehn Minuten da.«

Mei Ling nickt. »Mach dir keine Sorgen. Mir geht es gut. Es ist doch nur deine Familie.«

Dave zwinkert mir zu. »Sie sagt, es sei doch nur meine Familie. Bleib bei ihr, Ashley. Ich verlasse mich auf dich.«

Dave küsst Mei Ling und sie erwidert den Kuss mit einer Leidenschaft, die in diesem Haus nicht akzeptabel ist. Meine Mutter spitzt missbilligend die Lippen. Dave sieht Mamas Gesichtsausdruck nicht und ist schon zur Tür hinaus, bevor Mama ihren Unmut kundtun kann. Küssen gehört in meiner Familie ausschließlich ins Schlafzimmer. Zumindest habe ich immer angenommen, dass es dorthin gehört. Da ich meine Eltern nie beim Küssen gesehen habe und mein Bruder und ich existieren, gehe ich davon aus, dass es etwas Heimliches ist. Iiih, schlimme Vorstellung.

Es klingelt wieder. Die Verwandtschaft ist da. Ich öffne die Tür, und draußen stehen drei meiner Großtanten aneinandergeschmiegt zu einer übergewichtigen, funkelnden Rheinkieselansammlung. »Ashley!«, kommt es wie aus einem Mund.

»Tante Trudy, Tante Val, Tante Babe.« Ich umarme sie alle, und wir stehen noch auf der Veranda, als die erste Bombe platzt.

»Nun?«, sagt Tante Val, wie es nur eine lebenslange Raucherin kann. Sie hebt meine linke Hand hoch. »Seht nur dieses hübsche Mädchen an und immer noch nicht verheiratet. Was stimmt nur nicht mit ihr?«, sagt sie zu ihren Schwestern.

Tante Babe schüttelt den Kopf. »Das ist ein Verbrechen.«

»Wir leben nicht ewig, weißt du«, sagt Tante Trudy und klingt dabei sehr wie Marge Simpson. Ich habe da so meine Zweifel. Ich glaube, die drei sind in Oma-Parfüm getränkt, dass sie sich ewig halten. Sie sind besser konserviert als Tutenchamun selbst.

»Sie ist kein junges Ding mehr«, meint Tante Babe.

Sie schauen sich gegenseitig an, mit denselben synchron gespitzten Lippen wie bei meiner Mutter, und schütteln die Köpfe. Es sieht aus wie ein perfekt einstudiertes Ballettstück. Jetzt ist meine melancholische Stimmung weg. Stattdessen bin ich nur noch sauer.

Ich weiß, dass meine Großtanten älter sind und ich ihnen deshalb Respekt erweisen sollte, aber Gott sei mir gnädig, wenn diese drei damenbärtigen Mäuler als vereinte Schnute auftreten. Dann will ich mich gegen ihr Urteil verteidigen, wie eine Katze, bei der sich beim Anblick eines kläffenden Terriers alle Nackenhaare aufstellen. Aber ich weiß, dass ich damit nichts erreiche.

»Tantchen, ihr seid so witzig. Ich habe einfach noch nicht den Richtigen kennen gelernt. Aber ich bin mit einem Arzt von Stanford befreundet.«

Vereintes Begeisterungsquieken.

»Du bist *was?*« Meine Mutter taucht plötzlich aus dem Nichts auf.

»Es ist noch nichts Ernstes, Mama. Freu dich nicht zu früh.«

»Ich hätte nie gedacht, dass dein Bruder vor dir heiratet, Ashley. Du musst zu gut sein für die Männer hier in der Gegend«, meint Tante Babe.

»Sie ist nicht zu dick«, mutmaßt Tante Trudy. »Sie hat ein bisschen was auf den Rippen.«

Habt Mitleid mit mir.

»Sie ist eigentlich auch ganz hübsch. Trotz dieses schrecklichen Haarschnitts.«

»Apropos hübsch, kommt doch herein und lernt Mei Ling kennen.« Ich öffne die Tür ganz, und meine Tanten eilen zum Tisch wie Tiere zum Futtertrog. Wahrscheinlich kommt die Braut dran, wenn dieser wichtige Teil des Geschäfts erledigt ist.

Das klingt vielleicht komisch, aber ich bin froh, dass sie den eigentlichen Grund für mein Singledasein nicht erkennen. Sie haben tatsächlich darüber diskutiert, warum ich noch Single bin. Wenn sie das Problem erkannt hätten, wüsste ich es. Das beweist, dass meine Fehler gut versteckt sind. Vielleicht verwirre ich deshalb Amerikas Männerwelt. Aber sie lassen sich definitiv beheben. Ich muss sie nur ausgraben und richtig ordnen, wie ein guter Archäologe.

Die Freundinnen meiner Mutter kommen, und damit wären alle Anwesenden komplett. Mei Ling verneigt sich vor den Gästen, die ihre Gedanken laut flüsternd äußern. Obwohl Mei Ling perfekt Englisch spricht, scheint meinen Großtanten nicht aufzufallen, dass sie alles versteht.

»Ich bezweifle, dass er eine Amerikanerin bekommen hätte.«

»Er ist nicht gerade der heißeste Kandidat.«

»Lasst uns etwas spielen«, verkünde ich. Ich teile die Frauen in kleine Gruppen auf, und wir spielen das Klopapier-Hochzeitskleid-Spiel. Wie viel Kreativität kann man schon von mir erwarten, mit zwei Tagen Vorbereitungszeit? Meine Tanten, als eifrige Quilt-Näherinnen, verzieren ihr Kleid mit Klopapierrosetten und Schleifen, und obwohl es mir schwerfällt, gebe ich sie mit ihrem wallenden, bodenlangen Toilettenpapierschleier doch als Siegerinnen bekannt.

Großer Seufzer der Erleichterung. Ein Spiel ist rum. Eines kommt noch. Aber die Frauen unterhalten sich, und ich kann sie in ihrer Ausgelassenheit nicht unterbrechen. »Ich habe noch ein Spiel«, sage ich, aber niemand hört auf zu reden.

Mei Ling schüttelt den Kopf. »Ist schon in Ordnung, Ashley. Ich glaube, sie wollen gar nicht mehr spielen, und ich habe alle kennen gelernt. Das reicht.«

»Wir müssen noch die Geschenke auspacken.«

»Das werden wir. Du machst dir zu viele Gedanken. Dein Bruder hat gesagt, dass du dir immer so viele Gedanken machst.«

Ich kann kaum glauben, dass mein Bruder überhaupt von mir spricht. »Das hat er gesagt?«

»Dein Bruder hat gesagt, dass du die klügste Frau wärst, die er kennt, und dass ich dich mögen würde.«

»Mein *Bruder* hat das gesagt?«

Mei Ling lacht. »Warum nicht? Er ist dein treuster Unterstützer. Er hat erzählt, dass du oft nach Taiwan fliegst und dass wir dich vielleicht auf einer deiner Reisen begleiten könnten, um einige meiner Verwandten ausfindig zu machen.«

»Wo hast du meinen Bruder kennen gelernt?« Jetzt bin ich wirklich misstrauisch, ob das nicht irgendein ausgeklügelter Witz auf meine Kosten ist. Meine Mutter hat gesagt, dass sie in einer chinesischen Gemeinde heiraten wollten, aber ...

»Eine Freundin hat ihn vor etwa einem halben Jahr zu uns in die Gemeinde mitgebracht. Sie sind nicht zusammengeblieben, aber Dave ist trotzdem in der Gemeinde geblieben. Er ist seither immer gekommen und hat sogar ein bisschen Chinesisch gelernt.«

Dass Dave eine Reise nach Taiwan schnorrt, kann ich mir noch vorstellen, aber dass er in die Kirche geht? Dagegen ist jede Science-Fiction-Sendung glaubwürdiger. Dave ein Raelianer oder ein Zeuge Jehovas könnte ich mir noch vorstellen, aber ein bibeltreuer Christ in einer chinesischen Gemeinde? Niemals. Das ist einfach völlig ausgeschlossen.

»Dein Bruder ist ein ganz lieber Mann, Ashley. Ich weiß, dass ihr beide euch öfter mal gestritten habt, aber es wird Zeit, dass ihr euch vergebt.«

Hatte ich heute nicht schon eine Predigt? Und jetzt noch eine von der gläubigen Verlobten meines Bruders? Nichts ist so, wie ich dachte. Gott kann aus meinem faulen Bruder einen Christen machen, aber er schafft es nicht, dass Seth erkennt, dass ich die Richtige für ihn bin. Ich kneife die Augen zu. Seth. Ich meinte eigentlich Kevin, oder? Dr. Kevin.

18

Als ich heimkomme, sehe ich, dass mein Anrufbeantworter blinkt. Es ist schon peinlich, dass mich das in Hochstimmung versetzt. Aber es ist erst Sonntagabend. Nicht Mittwoch, noch nicht einmal ein jämmerlicher Ich-bin-noch-nicht-verabredet-Donnerstag. Es ist Sonntag, und ich habe eine Nachricht auf dem Anrufbeantworter; wie sollte ich da nicht begeistert sein?

Ich hüpfe zu meinem Telefon und drücke auf den roten Hoffnungsknopf.

»Hallo Ash, hier ist Brea. Ich weiß, dass du sauer bist. Aber hör mir zu. John war …«

Ich drücke noch einmal auf den Knopf. Muss ich mir die Entschuldigung wirklich anhören? John kommt eben zuerst. Was muss ich sonst noch wissen? Es gibt keine weiteren Nachrichten. In Augenblicken wie diesem brauche ich meine Bibel. Ich fange an, im Jakobusbrief zu lesen, als das Telefon klingelt.

»Du bist stinksauer auf mich«, sagt Brea.

»Äh, ja.«

»Hast du dir meine Entschuldigung angehört?«

Brea kennt mich einfach zu gut. *Wie ich das hasse.* »Nein, aber lass mich raten. John hat sich beim Kegeln schwer verletzt, und ihr wart den ganzen Nachmittag in der Notaufnahme.«

»Sehr witzig.«

Ich verschränke beleidigt die Arme. »Weißt du, ich freue mich ja wirklich, dass du geheiratet hast und so, aber du brauchst doch auch noch Freundinnen, oder? John kann doch nicht dein ganzes Leben ausmachen. Das wäre ja genauso armselig, wie nie mit einem Mann auszugehen. Ich hatte wirklich mit dir gerechnet heute, Brea. Es war extrem unangenehm mit meinen Großtanten. Ganz zu schweigen von meiner Mutter, die ganz außer sich ist vor lauter Hochzeitsvorbereitungen. Das bedeutet dir gar nichts, was?«, werfe ich ihr vor.

»Würdest du jetzt bitte aufhören rumzujammern?«

Ich jammere. Ich hasse es, wenn man mich dabei ertappt. Manchmal nervt sie mich.

»Ashley, Menschen heiraten eben, und deine Freundinnen bekommen Kinder. Es ist nicht meine Schuld, dass ich mich verliebt habe, aber wie lange willst du deswegen noch verbittert sein? Das Leben geht weiter, klar?«

»Ich? Gibst du jetzt mir die Schuld? Lasst euer Ja ein Ja und euer Nein ein Nein sein, Brea.« Jetzt habe ich sie mit der Bibel widerlegt. »Du hast gesagt, du kommst. Das hat nichts damit zu tun, dass ich eifersüchtig bin oder keine Freunde habe. Das hat nur mit dir etwas zu tun, meiner besten Freundin schon von Kindheit an, die mich auf schlimmere Art versetzt als Seth bei unserer Verabredung bei Fresh Choice.«

»Armer schwarzer Kater, Ash.«

»Ich habe ein bisschen Mitleid wirklich verdient. Lila und glitzer-goldene Dekoration – muss ich dazu noch etwas sagen?«

»Es tut mir leid, Ash. Wirklich. Aber das war heute Daves großer Tag, und du wusstest, dass es schlimm wird. Weißt du was? In der Gemeinde meiner Mutter ist ein junges Mädchen, und sie ist schwanger und will das Kind zur Adoption freigeben.«

Bei diesen Worten bin ich sprachlos vor Staunen.

»Meine Mutter hat ihr von uns erzählt, und sie wollte sich heute mit uns treffen. Sie hat in drei Monaten Termin, und man kann einfach zu einer unbeständigen, schwangeren Teenagerin nicht Nein sagen.«

Ich fühle mich restlos verlassen. Seit wann hat meine beste Freundin beschlossen, ein Kind zu adoptieren? Ihr Leben läuft im Schnelllauf ab, und meines steht komplett still.

»Brea, seit wann willst du denn ein Kind adoptieren?«

»Nachdem meine Mutter mich angerufen hatte. Ich hatte einfach das Gefühl, dass es richtig ist. Ich habe darüber gebetet und bin ganz aus dem Häuschen. Als wir Tracy kennen lernten, hat es sofort geklickt, und es ist, als ob sie mein Kind austrägt, Ash.«

»Und was ist mit eigenen Kindern?« *Sie war vor zwei Wochen noch schwanger, oder nicht?*

»Natürlich werden wir es trotzdem noch versuchen, aber ein Baby ist so ein kostbares Geschenk. Wen kümmert es, wo es herkommt? Alle Kinder sind von Gott, und dieses Kind braucht ein Zuhause mit zwei ausgeglichenen Eltern.«

»Und wer sollen bitte diese ausgeglichenen Eltern sein?« Ich weiß nicht, ob Brea mich überzeugen will oder sich selbst. Sie ist die Art von Mensch, der die Nöte anderer immer als ihren eigenen Auftrag sieht.

Brea wird einmal eine großartige Mutter sein, das lässt sich nicht leugnen. Aber ich mache mir Sorgen, dass sie immer noch um ihr Baby trauert. Ich habe Angst, dass sie einen Stall voller Adoptivkinder hat, bevor sie jemals dazu kommt, eigene Kinder zu bekommen. Ich wünsche Brea, dass sie diese Entscheidung trifft, weil es das Richtige für sie ist, und nicht, weil sie die Welt retten will. Aber mir ist klar, dass ich Brea nicht zwingen kann. Es ist ganz ihre und Johns Angelegenheit, nicht meine.

»Okay, ich hab's heute verpennt. Was gibt es sonst noch?«, fragt Brea. »Wann bin ich schon mal dort, wo ich versprochen habe zu sein? Das heißt aber noch lange nicht, dass ich unzuverlässig bin. Ich bin nur gedankenlos.«

»Aber das wird sehr wichtig sein, wenn du einmal Mutter bist, Brea. Dann musst du dort sein, wo du versprochen hast zu sein.«

Einen Moment ist sie still. »Du weißt, wie sehr ich mir ein Kind wünsche.«

»Ja, ich weiß, aber muss es jetzt sofort sein? Normalerweise dauert das neun Monate.«

»Du bist so was von egoistisch, Ashley. Deshalb bist du noch nicht verheiratet. Du denkst immer nur an dich selbst. Du kannst dich nur für dich selbst freuen. *Was heißt das für Ashley?* Deine Mutter hätte dich Scarlett taufen sollen!« Sie knallt den Hörer auf die Gabel, dass es in meinem Ohr kracht. So muss sich Treibsand anfühlen. Ich habe alles getan, was ich konnte, um oben zu bleiben, aber das Leben zieht mich immer runter.

»Gott, ich habe zwar gesagt, dass ich meine Fehler erkennen will, aber ich habe nicht gesagt, dass ich sie von allen Seiten um die Ohren gehauen haben will oder dass du vom höchsten Berg herunterschreien sollst, was für eine Versagerin ich bin.« Meine Zimmerdecke antwortet nicht, und jetzt habe ich ein schlechtes Gewissen wegen Brea. Wie konnte ich das nur zu ihr sagen? Eine bessere Art, die neue Woche anzufangen, gibt es ja wohl nicht. Das Telefon klingelt noch einmal.

»Brea, tut mir leid …«, antworte ich, ohne auf das Display zu schauen.

»Ashley?«, fragt eine Stimme mit vertrautem Akzent.

»Purvi?«, frage ich zurück, wohl wissend, dass es meine Chefin ist.

»Ja, ich hatte gerade eben ein Telefonat mit Taiwan«, sie ist ganz sachlich. Das kann nichts Gutes heißen.

»Es ist Sonntagabend, Purvi.« Das ist meine Art, ihr zu sagen, dass sie mal ein bisschen Privatleben braucht, aber ich habe da offensichtlich nichts zu sagen. Ich habe den Nachmittag auf einer weiteren Brautparty verbracht, die ich inzwischen schon professionell organisieren könnte. Und auf jeden Fall tausend Mal besser als meine Mutter.

»In Taiwan ist es Montagmorgen«, entgegnet Purvi bestimmt, als hätte ich nicht selbst noch eine andere Zeitzone im Kopf. Ich weiß, wie viel Uhr es in Taiwan ist. Purvi redet immer noch, aber ich bin abgeschweift. Ich konzentriere mich wieder auf ihre Worte. »Sie werden unser Patentprodukt nicht mehr herstellen.«

Ich schreie auf. Das habe ich gehört. Das ist ganz schlecht. »Keine Tantiemen?«

»Die Tantiemen haben unsere Aktien in die Höhe getrieben, Ashley. Du musst sie zurückgewinnen. Unser Vertrag ist vollkommen nutzlos, wenn sie die Produkte für den amerikanischen Markt aufgeben.«

Ich hasse dieses Gefühl in meinem Bauch. Es ist eine Mischung zwischen Sturzfahrt auf der Achterbahn und schlechtem chinesischem Essen, das in meinem Bauch rumort.

»Soll ich es wagen zu fragen?« Ich umklammere das Telefon, bis meine Knöchel weiß sind.

»Du musst so bald wie möglich noch einmal nach Taiwan.« Noch mal nach Taiwan. Hat je ein Mensch traurigere Worte gesprochen? Zurück zu Fischaugen, schwarzen Haaren und der exklusiven Aussicht auf das Betongebäude neben dem Betonhotel.

»Wie bald?«

»Kannst du morgen früh um sechs Uhr im Büro sein?« Purvi scheint verärgert zu sein, dass ich nicht jetzt sofort dort bin.

»Ich werde da sein.« Ich habe ja auch sonst nichts zu tun. Dann kommen mir Breas Worte über meinen Egoismus wieder in den Sinn. Jeder Mensch ist bis zu einem gewissen Grad egoistisch, oder nicht?

»Purvi, darf ich dich was Persönliches fragen?«, frage ich schnell, bevor sie auflegt. Sie seufzt. Das verletzt offensichtlich unsere roboterähnlichen Persönlichkeiten, aber ich fahre unbeirrt fort. »Glaubst du, dass ich egoistisch bin?«

Sie lacht. »Alle Singles sind egoistisch. Wenn du es nicht wärst, wärst du verheiratet.«

»Aha«, antworte ich schwach. Das war nicht die Antwort, die ich erhofft hatte. Ist es egoistisch, jegliche sozialen Kontakte aufzugeben, um bei jedem kleinsten Mucks nach Taiwan zu eilen? Ist es egoistisch, sechzehn Stunden am Tag zu arbeiten, obwohl ich weiß, dass ich in zwei Wochen keine Bleibe mehr haben werde? Wenn überhaupt, dann war ich extrem großzügig zu Purvi und Selectech. Sie besitzen mich. Ich lege auf. Egoistisch - so ein Quatsch!

Singles sind der letzte Überrest politischer Unkorrektheit. Es ist vollkommen in Ordnung, unsere Fehler hervorzuheben und freizügig darüber zu philosophieren, weshalb wir alleine sind, wie eine Schaufensterpuppe im Modegeschäft. Ich habe mir das Drehbuch für mein Leben nicht selbst ausgedacht. Das hat Gott getan. Und er hat noch nichts von einer Hochzeit geschrieben. Vielleicht wird er das auch nie tun. Aber soll ich glauben, dass nur irgendein Mann mich ergänzen kann? Gott ergänzt mich. Purvi führt eine schlechte Ehe. Ihr Mann lebt in einem anderen Land, sonst wäre sie noch schlechter, und trotzdem will man mich glauben machen, dass sie ein erfülltes Leben lebt, während ich in meinem Leben etwas Wichtiges schmerzlich misse. *Ja, natürlich*. Das Telefon klingelt noch einmal.

»Hallo!«, antworte ich scharf.

»Tut mir leid«, sagt Brea.

»Weißt du was, Brea? Hast du schon einmal daran gedacht, dass ich vielleicht nie heiraten werde? Vielleicht hat Gott noch etwas ganz Besonderes mit mir vor, und ich werde ein Patent für etwas so Unglaubliches schreiben, dass du es dir nicht einmal vorstellen kannst. Zum Beispiel für eine Maschine, die Krebs heilen kann«, sage ich und denke dabei an Dr. Kevin. »Vielleicht wird mein Leben die ganze Welt für immer verändern. Vielleicht ...«

»Ich wollte doch nur, dass du dich mit mir über das Baby freust, Ash. Das hat absolut nichts mit dir zu tun. Wenn ich wirklich der Meinung wäre, dass du so eine Versagerin wärst, meinst du, du wärst dann seit über zwanzig Jahren meine beste Freundin? Ich muss ja wenigstens einen Anschein von Würde bewahren.«

»Ich kann einfach immer noch nicht glauben, dass du nicht zur Brautparty meines Bruders gekommen bist.« *Oh Gott, ich versuche, ihr ein schlechtes Gewissen zu machen. Jetzt bin ich wie meine Mutter. Ich sollte mir eine Schürze umbinden.* Brea und ich schweigen beide einen Augenblick, und dann fangen wir an zu kichern.

»Vergibst du mir?«, fragt Brea schließlich lachend.

»Du weißt, dass ich dir vergebe. Purvi sagt übrigens auch, dass ich egoistisch bin. Dankeschön. Ich musste diese Arbeitsmaschine ja auch etwas Persönliches zu meinem Selbstwertgefühl fragen.«

»Ash, ich weiß gar nicht, wie man nicht egoistisch werden soll, wenn man die ganze Zeit in dieser Single-Gruppe ist. Vielleicht hattest du recht. Du musst da raus und vorwärtsgehen.«

Oh, welch tiefe Erkenntnis. Wie ich das hasse. Vielleicht bin ich nur deshalb ein ewiger Single, weil ich mit den ganzen anderen ewigen Singles zusammen bin. Ich werde nicht von meinem Traumprinzen entführt, weil ich ein vollwertiges Mitglied bei den Ewigkeitssingles bin. *Uuuuh, höchste Zeit, das Thema zu wechseln.*

»Ich muss schon wieder nach Taiwan. Der Aktienkurs unserer Firma hängt vom Ausgang dieser Sache ab.«

»Tatsächlich? Ash, das ist so cool.«

»Ja, klar.«

Ich höre ein Geräusch aus dem Schlafzimmer. Zunächst bringt es mich nicht aus der Fassung. Ich nehme an, dass ein Buch von dem Stapel, den ich lesen sollte, gefallen ist. All meine Romane stapeln sich, während ich meine Kenntnisse über Speichertechnologie auffrische und dieses umstrittene Patent unter die Lupe nehme.

Da, schon wieder. Es klingt wie ein Kind, das Cornflakes isst.

»Brea«, flüstere ich. »Ich glaube, hier ist jemand.«

»Was?«

»Ich glaube, es ist jemand in meiner Wohnung«, flüstere ich etwas lauter.

»Leg auf und ruf die Polizei.« Ich greife nach meinem Handy, bei dem natürlich der Akku leer ist, und renne barfuß zur Tür hinaus. Ich drücke die Taste auf meinem Handy und hoffe, dass es noch für einen Anruf reicht, aber es ist aus, und so renne ich hinunter zur Wohnung des Hausverwalters.

Mrs. Manger öffnet mir im Morgenmantel mit einem verführerischen Nachthemd darunter die Tür. Da sie etwa achtzig Jahre alt ist, ist es nicht der erbauliche Anblick, den ich jetzt brauche. Sie ist nicht gerade großmütterlich, aber ihre Haut ist aschfahl von einem Leben voller Zigaretten und Bier. *Oh Mann, ich bin viel zu eitel, um jemals zu rauchen.*

»Wollen Sie etwas, Ashley?«

»In meiner Wohnung ist jemand. Ich habe ein Geräusch aus meinem Schlafzimmer gehört.«

»Haben Sie die Polizei gerufen?«

»Nein, ich bin nur einfach rausgerannt. Kann ich von hier aus telefonieren?« Ich zittere am ganzen Körper. Das hier ist eines der besseren Wohnviertel in Palo Alto. Zugegeben, das Gebäude hier ist alt, aber das sind alle Wohnungen hier. Das ist der einzige Grund, weshalb man sich diese Wohnungen hier überhaupt leisten kann.

»Kommen Sie herein. Mr. Manger ist nicht da, sonst würde er mit nach oben gehen. Er muss heute Abend in einem anderen Mietshaus einen Wasserrohrbruch reparieren.«

Ich habe den Mann noch nie ohne Werkzeug in der Hand aus dem Haus gehen sehen. Er könnte sein Werkzeug wahrscheinlich auch als Waffe benutzen. Tolles Timing. Ich betrete die Wohnung, die schon seit Urzeiten von den Mangers bewohnt wird - oder zumindest scheint es so. Mrs. Manger verachtet mich, weil ich für alles stehe, was in dieser Gegend schiefläuft, und ich unterbreche ihren Fernsehabend. Mist, ich verpasse gerade selbst meine Lieblingssendung und muss morgen früh um sechs Uhr im Büro sein. Sie steht also ohnehin nicht gerade ganz oben auf meiner Liste von Freizeitaktivitäten.

Ich wähle die 911, die Notrufnummer. »911, Notrufzentrale. Was haben Sie zu melden?«

»Ich glaube, in meiner Wohnung ist jemand«, flüstere ich. Als wäre ich noch in meiner Wohnung.

»Sie rufen aus der Channing Street Nr. 1100 an, Apartment A?«

»Ja, aber ich wohne in Apartment D.«

»Die Polizei ist schon unterwegs. Sind Sie allein? Wollen Sie, dass ich dranbleibe, bis die Polizei kommt?«

»Nein, ich bin in Sicherheit. Danke.« Ich lege auf. »Sie schicken sofort jemanden her.«

Mrs. Manger scheint nicht im Geringsten nervös zu sein. Sie setzt sich wieder vor den Fernseher.

Eine Werbepause kommt. »Haben Sie schon eine neue Wohnung?«, fragt Mrs. Manger.

»Nein, ich war sehr beschäftigt - ich hatte noch keine Zeit zu suchen.« Ich zucke mit den Achseln und seufze erschöpft.

»Sie haben nur noch zwei Wochen, Fräulein.« Ihr Gesicht legt sich sorgenvoll in Falten, aber offensichtlich nicht wegen mir. Wie erkläre ich ihr, dass ich in Taiwan war? Und dass ich morgen wieder dorthin muss und dass ein Aufschub von einem Monat mir das Leben retten würde. Tiefer Seufzer. Interessiert sie nicht. Sie ist wahrscheinlich so reich wie Abraham, weil sie diese Blocks schon seit ewigen Zeiten besitzt.

Sie versuchen sich hinter irgendeinem Furcht einflößenden Hauswirt zu verstecken, aber ich habe es einmal überprüft, als ich wegen einer Patentsache hier in der Stadt war. Ihnen gehört dieser Block und noch vier andere. Beim Anblick des orangefarbenen Veloursteppichs oder der vor Rauch und Alter braunen Vorhänge käme man niemals darauf. Aber meine Wohnung ist nett. Es scheint sie tatsächlich zu interessieren, was ihren Mietern gefällt. Nur bei sich selbst haben sie sich darüber nie Gedanken gemacht.

Bevor ich den Mut aufbringen kann, um eine Woche Aufschub zu bitten, kommt ein Polizeiauto mit Blaulicht, aber ohne Martinshorn. Ich schaue vorsichtig durch Mrs. Mangers Vorhang und sehe, wie ein Polizist zu meiner Wohnung hinaufgeht. Ich bete, dass ihm nichts passiert. Ich könnte mich ohrfeigen, dass ich mein Notebook im Schlafzimmer habe liegen lassen, wo es doch meine einzige Verbindung zur Außenwelt ist.

Keine fünf Minuten später klopft der Polizist an die Tür. Ich mache auf, und er lacht. Er muss sogar um seine Fassung ringen, bevor er sprechen kann.

»Ist das Ihre Wohnung?« Seine breiten Schultern zucken noch, und er streicht sich mit Daumen und Zeigefinger über seinen schwarzen Schnauzbart.

Ich nicke. »Ja, es ist meine Wohnung.«

Er hält eine zerfranste Telefonleitung hoch.

»Sie haben Ratten, Ma'am.« *Okay, megapeinlich.* Kann man sich in so einer Situation irgendwie rechtfertigen?

»Ratten!«, sagt Mrs. Manger und schaut mich an, als gehöre ich in den Abfallcontainer hinterm Haus.

»Das Gebäude ist verseucht. Ich konnte sie in der Wand hinter Ihrem Bett hören«, meint der Polizist und schaut dabei mit einem Grinsen zu Mrs. Manger.

Ha, ätsch! Aber iiih. Für den Bruchteil einer Sekunde fühle ich mich gut, weil es nicht meine Schuld ist. Aber dann dämmert es mir, dass ich mit Ungeziefer geschlafen habe, und das gute Gefühl ist sofort wieder verschwunden.

Ich finde das so ekelhaft, dass es nicht mehr lustig ist. Ich fühle mich, als krabbelten mir Tausende von Ameisen den Rücken hinunter. Auf gar keinen Fall werde ich noch zwei Wochen hierbleiben. Ich mache mir Gedanken, wie ich heute Abend noch das Nötigste aus meiner Wohnung bekomme. Mrs. Manger geht aus dem Zimmer und macht die Schlafzimmertür hinter sich zu. Ich schätze mal, das erklärt ihre Ahnungslosigkeit.

»Haben Sie denn eine Ratte gesehen?«, frage ich den Polizisten.

»Nur den Schwanz.« Er verzieht sein männliches Gesicht. »Sie sind groß, Ma'am.«

Das muss ich mir nun wirklich nicht auch noch anhören. Ich werde heute Nacht keine Auge zumachen. Vielleicht auch niemals mehr. »Vielen Dank, Herr Wachtmeister. Es tut mir leid, dass ich Sie umsonst bemüht habe.«

Er schaut zu Mrs. Mangers Schlafzimmertür. »Es war nicht ganz umsonst. Sie haben es jetzt polizeilich bestätigt. Verlangen Sie die letzte Monatsmiete zurück, und verschwinden Sie von hier.« Er tippt sich an seinen Hut und geht vom Licht am Swimmingpool umleuchtet davon, wie ein Engel mit Heiligenschein.

Ich rufe den einzigen Mann an, von dem ich weiß, dass er mir um neun Uhr sonntagabends helfen wird. Der heldenhafte Ritter unserer Single-Gruppe: Seth. Zumindest weiß ich, dass er zu Hause sein wird. Es ist Videoabend.

Er geht beim zweiten Mal Klingeln dran. »Hallo?«

»Seth, hier ist Ashley. Ich brauche deine Hilfe.« Augenblicklich komme ich mir dumm dabei vor, einen Mann darum zu bitten, mir zur Hilfe zu kommen. So viel Bildung, so eine steile Karriere, und jetzt bringt mich ein einziges Vieh zu Fall. »Weißt du was? Ich sollte dich eigentlich gar nicht damit belästigen. Vergiss es.«

»Ashley, was ist los? Du musst es mir zumindest verraten, sonst mache ich mir die ganze Nacht Sorgen um dich.«

Ich hole tief Luft und versuche, allen Mut zusammenzunehmen, um es laut zu sagen. »In meiner Wohnung sind Ratten. Und es gruselt mich zu sehr, um dort zu schlafen, und ich traue mich erst bei Tageslicht hineinzugehen und meine Sachen zu holen. Aber ich brauche meinen Computer und was zum Anziehen für die Arbeit.«

Er lacht. Ich habe es nicht anders verdient, aber es macht mich wahnsinnig. *Heldenhafter Ritter. Pah!*

»Sam«, sagt Seth laut. »Ashley hat Ratten in ihrer Wohnung.« Jetzt lachen sie alle beide.

»Ich habe dir doch gesagt, es ist nichts Schlimmes.« Als ob ich es nötig hätte, mich auslachen zu lassen. Man hat mir heute Abend schon zweimal gesagt, ich sei absolut egoistisch, hat mich ohne Vorwarnung auf die Straße gesetzt und mir den wichtigsten Fall meiner Karriere für morgen früh sechs Uhr angekündigt. Ob der Typ, der Murphys Gesetze verfasst hat, wohl noch eine Frau sucht?

»Ashley, wir finden es nur so lustig, weil wir daran denken, wie wir hier hausen, und im Vergleich dazu lebst du dort drüben wie Monica aus Friends. Findest du es nicht komisch, dass ausgerechnet du Ratten hast?«

»Nein.« Mir steigt mal wieder ein Knoten in den Hals. Ich hasse es, ausgelacht zu werden. Lieber lasse ich mich zweimal als egoistisch beschimpfen, als einmal ausgelacht zu werden.

Seth hört beinahe augenblicklich auf zu lachen. »Ich bin in zehn Minuten bei dir.« Jetzt klingt seine Stimme beruhigend, aber ich kann Sam immer noch im Hintergrund lachen hören.

»Kommt Sam auch?«

»Nein, wenn ich schöne Frauen rette, lasse ich ihn zu Hause. Da bin ich wie Supermann. Ich arbeite immer alleine.« Ich kann an seiner Stimme hören, dass er lächelt.

Seth hat mich soeben als schön bezeichnet. Was hat das zu bedeuten?

19

Ich weiß, dass ich gesagt habe, ich hätte Angst, alleine in meine Wohnung zu gehen. Aber ich habe noch mehr Angst, dass mich einer von unseren Single-Männern mit altem Make-up sehen könnte. Also trotte ich als Sklavin meiner eigenen Eitelkeit nach oben. Ich mache jedes Licht und jede Lampe an, in der Hoffnung, dass ich die Nagetiere so in ihre Löcher vertreibe. Bei dem Gedanken daran schaudert es mich.

Nach einem frischen Make-up-Anstrich merke ich, dass überall Kleider auf dem Boden liegen – wie bei einer verliebten Teenagerin, die morgens sechs verschiedene Kombinationen anprobiert hat. Und die Hose mit den Kaffeeflecken hängt natürlich immer noch in der Dusche. Ich habe wirklich gute Absichten, aber Tatsache ist, dass ich jetzt schon weiß, dass ich diese Hose niemals waschen werde. Sie wird so lange als Zeugin meiner Nachlässigkeit hier herumhängen, bis ich sie schuldbewusst wegwerfen werde.

Das ist nur einer der Gründe, weshalb ich nach Silicon Valley gehöre. Die meisten Menschen würden diese Hose oder irgendetwas anderes, für das sie Geld ausgegeben haben, als wertvollen Bestand ansehen, weil es zum gesunden Finanzmanagement gehört, sparsam zu sein. Aber ich bin nicht so, genauso wenig wie der Rest der Bewohner von Silicon Valley. Zeit ist für uns viel zu kostbar, als dass wir irgendwelche Unannehmlichkeiten auf uns nehmen. Ich könnte mein Auto genauso gut verkaufen, wenn es einen Ölwechsel braucht.

Kurz darauf klopft es an der Tür, und ich wünschte mir, ich hätte in den paar Minuten besser aufgeräumt – um Seths Vorstellung von Monica in der Friends-Serie zu erfüllen. Aber wenigstens trage ich frisches Make-up und kann den Schein wahren, das Vorzeigemodell für ruhiges Verhalten in Krisensituationen zu sein.

Seth steht draußen auf dem Treppenabsatz, und ich schaue durchs Guckloch, um mich innerlich vorzubereiten. *Sag nichts Dummes*, ermahne ich mich. *Es ist nett, dass er dich noch einmal einladen will, aber das ist auch alles. Du bist Patentanwältin und bist mit einem Arzt von Stanford befreundet. Ein einzelner, glatzköpfiger Ingenieur wird dich nicht ins Wanken bringen.*

»Hallo«, sage ich, als ich die Tür öffne. »Danke, dass du gekommen bist.«

Als ich ihm in die Augen schaue, verschlägt es mir bei Seths tiefblauen Augen die Sprache, und ich versuche krampfhaft, mich an meine motivierenden Worte zu erinnern. Er zögert hereinzukommen, und ich finde seine anfängliche Schüchternheit bezaubernd. Sofort spüren wir, wie es zwischen uns funkt, wollen es uns aber beide nicht eingestehen. Zumindest spüre ich es, und deshalb wüsste ich nicht, weshalb er es nicht spüren sollte.

Aber selbst wenn Seth die Anziehungskraft zwischen uns fühlen würde, würde er es nicht zugeben, weil ich nicht der Typ Frau bin, den er sich in seiner Science-Fiction-Welt für sich selbst erträumt. *Hey, wenn der Typ bei Matrix so eine heiße Tussi kriegt, wieso ich nicht auch?*

Bei diesen Dating-Shows nehmen sie immer einen absolut anständigen Kerl, der seinen Lebensunterhalt selbst verdient und nicht bei seinen Eltern lebt ... und ruinieren ihn, indem sie ihm die Wahl lassen. Meine Theorie ist: Alle Männer denken, sie hätten ein Recht auf einen Harem. Es ist wie eine erbliche Fehlbildung in der männlichen Rasse, die sich von Generation zu Generation fortpflanzt und dabei immer stärker wird. Und so nimmt unsere Fernsehnation diesen ahnungslosen ledigen Mann, zerrt ihn vor die Kamera und umgibt ihn mit wunderschönen, durchgeknallten Tussis, die um seine Zuneigung buhlen. Ziemlich gehässig, könnte man sagen, aber ist das nicht gerade der Witz an der Sache?

Besagter Junggeselle sieht seine Träume verwirklicht, aber wir lustvollen Beobachter sagen ihm, er müsse sich für eine entscheiden. Hier kann ich Meister Yoda hören: »Nur eine du wählen musst.« Er wird natürlich eine wählen - das war ja der Sinn und Zweck, weshalb die Frauen sechs Wochen um ihn herumgetanzt sind - aber es ist zu spät. In seinem kleinen Eierkopf denkt er jetzt, dass er alle verdient hat, und wird nie wieder fähig sein, fest bei einer zu bleiben. Er will sie alle zurückhaben, weil er nicht begriffen hat, dass Harems in den USA ein für alle Mal verboten sind – außer in Reality Shows im Fernsehen. Und wieder ist ein anständiger Mann verdorben.

Aber ich schweife ab. Seth ist da, und wir haben uns nichts zu sagen. Irgendetwas in mir sagt mir, dass er meine Theorien über Fernseh-Partnerschaften nicht sehr schätzen würde.

Schließlich kommt Seth herein, hält aber einen Sicherheitsabstand aus Angst, ich könnte ihn überfallen. Und zu meiner Scham muss ich gestehen, dass mir der Gedanke tatsächlich kommt. Eine Sekunde lang wünsche ich mir, wir könnten Arin und die Verabredung bei Fresh Choice einfach ad acta legen und wieder zu unserer Freundschaft von früher zurückkehren. Damals haben wir die Spannung zwischen uns ignoriert, und alles war in bester Ordnung.

»Hast du schon alles?«, fragt Seth.

»Ich habe noch niemand angerufen, bei dem ich bleiben könnte. Ich glaube, ich gehe für heute einfach ins Hotel, weil ich morgen wahrscheinlich sowieso wieder nach Taiwan muss.«

Er schaut mich an. In einer normalen Unterhaltung müsste jetzt eine Antwort kommen. Sollte ich ihm das sagen?

»Du bist in meinem Bett herzlich willkommen«, sagt er schließlich.

Ich starre ihn nur mit weit offenem Mund an, als hätte ich gerade einen Heiratsantrag von einem Ingenieur bekommen. *Fühlt sich das so an?*

»Ich schlafe auf dem Sofa«, fügt er hinzu.

Ich fange an zu kichern. Ich halte mir den Mund zu, um das Lachen zu unterdrücken, aber es hört nicht auf, bis ich mir schließlich Luft in mein rotes Gesicht wedeln muss. »Entschuldige, entschuldige. Das ist wirklich lieb von dir.«

Seths Gesicht verfinstert sich. »Ist dir meine Wohnung so zuwider?«

Ich muss schlucken, und das ausgelassene Lachen verschwindet. Ich schaue geradewegs in diese kristallblauen Augen und bringe kaum noch ein Wort heraus. »Ganz im Gegenteil«, flüstere ich. Ich kann ihn nicht ansehen. Ich kann nicht sagen, was ich empfinde; dass ich mich nicht einmal mehr daran erinnern kann, wie Mr. Kevin Dingsbums aussieht; dass ich mich nur noch an unsere gemeinsame Zeit erinnern kann und daran, dass Seth immer für mich da gewesen ist. Diese Anziehungskraft lässt nicht nach.

»Im Gegenteil?« Er steht jetzt direkt vor mir, und ich überlege, dass es so einfach wäre, ihn zu küssen. Ich könnte seine Lippen einfach mit meinen berühren. Ich schließe die Augen und stelle es mir vor, aber ich bringe es nicht fertig.

Ich wende mich ab, damit er nicht wieder sieht, was in mir vorgeht. »Wie wär's mit dem Hyatt, ein Stück die Straße hinauf? Ich hole meine Sachen.«

Seth tritt zur Seite, legt die Hände auf den Rücken und entlässt mich aus seinem Bann. Er betrachtet meine Wohnung, ein bisschen wie Prinz Charles, wenn er einen Park einweiht. »Lass dir nur Zeit.«

Ich lasse die Schultern hängen. Seth ist einfach nicht normal. Er ist überdurchschnittlich intelligent und viel zu geduldig, aber was Beziehungen angeht, bewegt er sich etwas langsam. Irgendwie zurückgeblieben.

»Möchtest du etwas essen?«, frage ich ihn.

Er verzieht das Gesicht. »Nein danke. Die Rattengeschichte hat mich ein bisschen nervös gemacht.« Er schaudert ein wenig.

»Stimmt. Die Ratten. Ich selbst habe keine Ratten hier. Der Polizist meinte, das ganze Gebäude ist voll davon. Richtiggehend verseucht.«

»Ist er nebenberuflich Kammerjäger?«

»Nein, scheinbar nur ein Nagetierexperte.«

»Nun ja, nein danke, was das Essen angeht.« Er reibt sich den Bauch.

»Ich habe heute eine Brautparty für die Verlobte meines Bruders gegeben. Ich hatte also nicht wirklich Zeit, etwas zu essen.«

Das ist ein Wink mit dem Zaunpfahl. Ich wäre bereit, irgendwohin essen zu gehen, sogar mit Rabattmarke, aber es kommt keine Reaktion. »Hoffentlich gibt es im Hotel Zimmerservice.« *Noch mal Wink mit dem Zaunpfahl. Hallo?*

»Arin hat mich angerufen«, platzt er heraus.

»Aus dem Urwald?«

»Sie ist noch nicht dort. Sie ist noch im Hotel in Costa Rica. Darüber wollte ich mit dir reden. Du hast meine E-Mail nicht beantwortet.«

»Ich war mit der Brautparty beschäftigt. Was hat sie gesagt?«

»Sie hat ihren Onkel Doktor zuerst angerufen. Deshalb hat sie mich angerufen.«

Leichtes Herzklopfen meinerseits. Ich bin jetzt offiziell »die andere«. Schockierend und absolut unrealistisch. »Und?«

»Er hat Arin erzählt, dass er sich mit dir getroffen hat und dass ihr beide zusammen ausgegangen seid.«

Ich höre auf, meinen Koffer zu packen, und schaue ihn an. Keine Reaktion auf seinem Gesicht. Ist er darüber traurig? Ist er wütend? Darf ich es auch nur für einen Moment wagen anzunehmen, er sei eifersüchtig?

»Gehst du mit ihm?«, fragt er.

Schön, gehe ich mit dem Arzt? Ich habe ihn geküsst. Meinen Sie, das zählt? Ich bin mir nicht sicher, wie ich diese Frage verstehen soll. Will er es wegen Arin oder wegen mir wissen? Was ist, wenn er wegen ihr eifersüchtig ist, aber mich küssen möchte, weil ich seinen Konkurrenten ausgeschaltet habe?

»Wir sind am Freitag zusammen in die Stadt gegangen, als ich aus Taiwan gekommen bin. Zählt das als miteinander gehen?«

Er reibt sich die Stirn. »Ich weiß nicht. Was hat er danach gesagt?«

»Dass er mich anrufen würde.« Ich ziehe die Augenbrauen hoch. *Ist das nicht der normale Männer-Ausdruck für »Tschüss«?*

»Hat er dich angerufen?«

»Weißt du was, Seth? Wenn Arin ihren Arzt haben will, dann sollte sie ihn anrufen. Ich bin doch nicht mehr in der Schule, wo man Zettel weitergibt. Wenn du Nachrichten für sie weitergeben willst, schön, aber lass mich da raus.«

Er zuckt mit den Schultern. *Was für eine Antwort soll das sein?*

»Seth!« Ich winke mit der Hand vor seinen kristallblauen Augen. Sie sind starr und ausdruckslos. »Spielst du Poker?«

»Nein, warum?«

»Seth, was willst du eigentlich von mir wissen?«

Seine schmalen Lippen zeigen keine Regung. »Nichts. Wie gesagt, ich war nur neugierig.« Seth betrachtet den ganzen Krempel, den ich in meiner Wohnung habe. Zu viel für eine Person. »Weißt du was? Ich hatte mal einen Kollegen, der sich jetzt mit einer Internetumzugsfirma selbstständig gemacht hat. Er kann deine Sachen vorübergehend lagern. Sie packen sogar dein Geschirr.«

Meine Stimmung steigt wieder. »Ist das dein Ernst?«

»Ja. Er hatte die Idee dazu nach dem Internetbusiness Crash, als all die arbeitslos gewordenen Ingenieure nach Ohio und sonst wohin ziehen mussten. Soll ich ihn für dich anrufen? Dann müsstest du dich nicht darum kümmern auszuziehen.«

Seth ist doch Supermann! »Das wäre super, wenn du ihn anrufen könntest. Ich muss wahrscheinlich mit dem Flug morgen früh schon wieder nach Taiwan.«

»Kein Problem. Lass mir einfach deinen Schlüssel da. Ich gehe hinterher wieder zur Arbeit und werde mich darum kümmern.«

Ich stelle mir vor, wie Seth meine Sachen durchwühlt und signierte Bilder von meinem Musiker-Idol Adam Ant oder meine signierten Tiger-Beat-Jugendzeitschriften findet. Aber er ist Seth. Seth wird nicht auf den Gedanken kommen, durch meine Sachen zu wühlen, denn Seth ist nicht ich.

»Weißt du, wie viel es kosten wird?«

»Ich denke, er wird all das hier wahrscheinlich für einen Tausender umziehen. Ich habe ihm schon mal zugeschaut.«

»Verlangt er etwas fürs Lagern?«

»Ja, ich glaube einhundert Dollar pro Tag, aber er wird dir wahrscheinlich einen Sonderpreis machen, weil er mein Freund ist. Soll ich morgen dein Auto holen?«, meint Seth.

»Würdest du das tun? Ich möchte es nicht am Flughafen stehen lassen.«

»Kein Problem. Sam kann mich hinbringen.« Er schaut auf meinen gepackten Koffer. »Warum rufst du nicht einfach Kay an und fragst, ob du heute bei ihr bleiben kannst, bis du weißt, was du tun wirst?«

Kay Harding. Fest ansässiger, krankhaft ordnungsliebender Single mit ihrem ständigen Begleiter, dem Klemmbrett mit Liste. Aber sie hat drei Schlafzimmer, ist nicht mein gefährlicher Supermann und nicht meine Mutter. Also ist es eigentlich keine schlechte Idee. Ab morgen werde ich noch oft genug in Hotelzimmern schlafen.

»Meinst du, es würde ihr etwas ausmachen?«

»Warum sollte es? Es ist ja nur für eine Nacht.«

»Ich rufe sie an.« Ich wähle ihre Nummer, und sie antwortet, als sei sie im Büro. »Hallo Kay, hier ist Ashley. Hör mal, ich wollte dich fragen, ob ich heute nacht bei dir schlafen könnte. Es scheint, dass es in meiner Wohnung ein Problem mit Ungeziefer gibt, und ich werde morgen nach Taiwan fliegen.«

Sie stimmt zu, wenn auch nicht bereitwillig. Aber im Moment verlange ich keine begeisterte Zustimmung. Ich würde ja Brea anrufen, aber irgendwie befürchte ich, dass ich sie und John bei einem Intermezzo mit dem schwarzen Schnürteil erwischen und dann vor lauter Sorge kein Auge zumachen würde.

»Sie sagt, es geht in Ordnung«, flüstere ich Seth zu. »Danke, dass du daran gedacht hast.«

Seth steht immer noch, und ich weiß nicht, ob er sich wegen mir oder wegen den Ratten unwohlfühlt. Ich ertappe ihn dabei, wie er zu mir sieht, aber ich weiß nicht, woran er gerade denkt.

»Das spart dir das Geld fürs Hotel«, meint Seth.

»Ja, wie gut.«

Seth nimmt meinen Koffer. Schon wieder ein Kavaliersakt! Als er meinen Schlüssel nimmt, berührt er leicht meine Hand und schaut mich eindringlich an. Alles in mir möchte ihn küssen. Nicht weil er mich gerettet hat oder weil er sich um all diesen

Krempel kümmern wird, sondern weil ich mich vollkommen ausgefüllt fühle bei ihm. In ihm brennt ein kontrolliertes Feuer, wie ein Lagerfeuer, das schon lange brennt und eine heiße Glut hat, nicht wie das Feuerwerk, das ich sehe, wenn ich mit Kevin zusammen bin. Na gut, jetzt kommt meine pyromanische Veranlagung zum Vorschein. Sehen Sie es mir nach.

Seth nimmt meinen Koffer und entfernt sich von mir, aber ich sehe noch einmal in seine Augen. Er spürt die Glut genauso, auch wenn er nicht in die Kohlen bläst.

»Möchtest du nicht erst noch etwas essen?«, frage ich.

Er schaut mich an, und ich sehe, wie er schlucken muss. »Nein, ich sollte besser nach Hause gehen.« Ich weiß genau, dass er nicht nach Hause will. Ich erkenne es an seinem erzwungenen Gesichtsausdruck. Aber er wird nach Hause gehen. Wenn ich versuche, seine Entschlossenheit zu brechen, wird er sich nur noch mehr dagegen stemmen. Es ist vorbei. Was auch immer zwischen uns gewesen sein mag, er will sich nicht damit auseinandersetzen. Warum bekomme ich das nicht endlich in meinen Dickschädel hinein?

Seth gehört also endgültig der Vergangenheit an.

Ich seufze erleichtert in dem Wissen, dass ich nach Taiwan fliegen kann, ohne dass Mrs. Manger meine Sachen an den Meistbietenden verkaufen wird, während ich weg bin. Der Firmenwagen wird mich morgen früh abholen. Ich muss nur anrufen.

Als wir unten sind, sehe ich, wie Mrs. Manger hinter dem Vorhang hervorschaut, aber sie sagt nichts zu mir. Drei Jahre habe ich in diesem Haus gewohnt, und jetzt ist alles von einem Augenblick zum nächsten vorbei. Aber mir bleibt keine Zeit zu trauern. Nein, wirklich nicht, denn Seth ist mir etwa vier Stufen voraus und stürmt davon, nach Hause zu seinem Film, wie ein Pferd, das es in den heimatlichen Stall zieht. Ingenieure haben keine Zeit für Sentimentalität.

»Würde es dir etwas ausmachen, noch einen Augenblick zu warten?«

Er bleibt wie angewurzelt stehen. »Worauf?«

»Ich möchte mich von dem Haus verabschieden. Es war eine gute Zeit hier.«

Er zuckt mit den Schultern und geht mit meinem Gepäck voraus. Ich befürchte, dass ich nicht viel Zeit habe, und so winke ich Mrs. Manger zu, die wütend den Vorhang zuzieht.

Seth steht neben seinem zerbeulten BMW und hält die Tür auf. Die Beifahrertür!

»Es ist in Ordnung, wenn du mit dem Arzt befreundet bist. Arin will ihn nicht mehr.«

»Meinst du, das ist ein ausreichender Grund, mit ihm befreundet zu sein?«

»Ich weiß, dass du niemandem wehtun willst, Ashley. Ich wollte dir nur sagen, dass es Arin nichts ausmachen wird, wenn du dich mit ihrem Exfreund triffst.«

Oh mein Gott, am liebsten würde ich ihn fragen, ob es ihm etwas ausmacht, aber meine Zunge rührt sich nicht. Es hängt zu viel von seiner Antwort ab, und damit werde ich nicht fertig. Würdest du bitte machen, dass er den ersten Schritt tut, wenn hier etwas geschehen soll?

Er redet weiter. »Sie will mich übrigens auch nicht. Du hattest recht. Sie ist vierundzwanzig und will die Welt sehen, nicht mit einem altmodischen Ingenieur rumhängen.«

»Das habe ich nie gesagt.« Ich streiche ihm mit der Hand über die Wange. »So etwas würde ich niemals sagen.«

»Ich habe ja gesagt, du würdest keiner Fliege etwas zuleide tun, Ash. Du hast den Arzt verdient.« Er hilft mir ins Auto und macht die Tür zu.

Schweigend fahren wir zu Kay.

20

Seth sitzt direkt neben mir im Auto. Wir sind allein. Ich könnte ihm alles Mögliche sagen. Ich könnte ihm sagen, was ich empfinde. Ich könnte ihm erzählen, dass der Herr Doktor und ich uns von unseren Gefühlen haben hinreißen lassen, weil wir beide gerade von Menschen sitzen gelassen worden waren, die uns viel bedeuteten. Würde Seth das etwas bedeuten? Oder würde er mich mit seinen großen blauen Augen ahnungslos zwinkernd fragen, wer mich sitzen gelassen hat? Vor lauter Fragen bleibe ich stumm, und wir fahren langsam zu Kays Straße, wie zwei Fremde im Aufzug, die nicht wagen, sich anzusehen.

Kay wohnt in einem Vier-Zimmer-Bungalow, wie der, in dem ich aufgewachsen bin, nur in einer besseren Wohngegend. Er ist durch einen sauber gepflegten Rasen mit blühenden Blumenrabatten im Januar geschmückt. Seth hilft mir nicht aus dem Auto, und das ist in Ordnung, weil ich inzwischen nichts anderes erwartet habe, aber trotzdem ein wenig enttäuschend. Ich dachte, es hätte »gefunkt« zwischen uns. Andererseits bin ich einunddreißig und Single und habe keine Ahnung.

Kay erwartet mich ganz offensichtlich. Die Außenlampe auf der Veranda ist an und auch die Beleuchtung entlang dem Weg zur Tür. Ich komme mir ein bisschen vor wie ein Flugzeug, das die Landebahn entlanggeführt wird, und Seth ist das Bodenpersonal. Und etwas übertrieben ausgedrückt, auch wie die Verliererin bei Amerika sucht den Superstar, die allein dasteht, während meine Gegnerinnen glücklich auf ihre ausgewählten Plätze gehen.

Seth lebt sein Leben und gibt mir sogar noch seinen Segen zu dieser anderen Beziehung. Mit anderen Worten, er führt mich praktisch den Kirchengang entlang und übergibt mich Kevin. UUUH, PERFEKT!! Ich kann schon sehen, wie er meinen Schleier hochhebt und mich zurückhaltend auf die Wange küsst. Warum hängen wir Frauen immer so an Altvertrautem? Wir klammern uns an das, was wir kennen, selbst wenn es zum Himmel stinkt.

Kay öffnet schon die Tür, bevor ich bei der Veranda angekommen bin. Seth lässt meinen Koffer wie eine heiße Kartoffel auf die Veranda fallen und winkt mir zum Abschied zu wie einem davonfliegenden Flugzeug. »Bis dann, Ash. Ich kümmere mich um deine Sachen, mach dir keine Sorgen. Larry ist in Ordnung. Dein Autoschlüssel ist hier, oder?«

Einem Kerl namens Larry zu vertrauen macht mich ein bisschen nervös, aber hier geht es um Seth, und so schreibe ich meine Anspannung meiner eigenen Ängstlichkeit zu.

»Tschüss, Seth. Danke, dass du sie hergebracht hast«, sagt Kay.

Danke, dass du sie hergebracht hast? Bin ich ein Kind, das am Wochenende zu seinem geschiedenen Vater gebracht wird?

Mein innerer Zwiespalt geht drinnen weiter. Einerseits riecht es viel besser als bei meiner Mutter sonntagabends, und ich bin am verhungern. Andererseits wäre eine Kühlschrankrazzia wahrscheinlich nicht angebracht. Kays Haushalt ist perfekt. Nicht nur dem äußeren Anschein nach, sondern im ganz wörtlichen Sinn. Ohne nachzusehen weiß ich, dass in den Schränken alles fein säuberlich alphabetisch geordnet ist.

Ich bezweifle auch ernsthaft, dass Kay eine Kramschublade hat. Fragen Sie sich nicht auch, was wohl in einem Menschen vorgeht, der nicht wenigstens eine richtige Kramschublade hat? Es macht mir ein bisschen Angst, in ihrem Haus zu schlafen, als könnte sie ausgerechnet heute Nacht durchdrehen oder so.

»Ich habe noch Hackbraten und Kartoffelbrei übrig. Möchtest du etwas?«, fragt Kay.

»Wow, Hackbraten und Kartoffelbrei? Wen hast du denn zum Essen eingeladen?«

Sie zuckt mit den Schultern. »Niemand. Ich koche für mich, weil es mir Spaß macht und ich gute Hausmannskost mag.«

»Bist du vom gleichen Planeten wie ich?«, frage ich lachend.

Sie versteht den Witz nicht. »Ernsthaft, Ash. Frauen sollten mit dem Kochen nicht warten, bis sie verheiratet sind. Ich finde, das ist einfach jämmerlich – als ob das Leben erst mit einem Mann richtig anfängt. Es ist so friedlich, für mich selbst zu kochen, die

Zutaten dran zu tun und meine Hände schmutzig zu machen. Du solltest es mal versuchen.« Offensichtlich erkennt sie meinen zweifelnden Gesichtsausdruck. »Wirklich.«

»Oh, ich glaube dir, was das Kochen angeht. Ich bezweifle nur, dass ich mich plötzlich für die Küche interessieren werde, sobald ein Mann daherkommt.«

»Ich bin dreiundvierzig. Da kommt kein Mann mehr. Aber für mich ist das in Ordnung.«

»Wirklich?« *Für sie ist das vielleicht in Ordnung, aber für mich ist das meine schlimmste Befürchtung.* Was ist, wenn das alles ist? Was ist, wenn ich immer Single bleibe und mich daran ergötze, krümelige Hamburger mit Ketchup zusammenzudrücken? Erschießt mich doch gleich, dann hat das Elend ein Ende.

Aber Kay hat diesen Gandhi-artigen Frieden in sich. Ich schaue mich in ihrem Haus nach irgendwelchen Hinweisen um. Was um alles in der Welt treibt jemanden wie sie an? In einem offenen Schrank sind aufeinandergestapelte Plastikkörbe. Für jeden Monat einen. Die Sachen für Januar werden weggeräumt, die für Februar herausgeholt, und der Deckel liegt auf dem makellos sauberen Dielenboden.

»Entschuldige bitte die Unordnung. Ich war gerade dabei, im Haus neu zu dekorieren, als du angerufen hast.« Sie öffnet den Korb für Februar und holt winzige Amorfiguren und Herzen aus Ton und andere Valentinstag-Dekoration heraus.

»Hast du für jeden Feiertag eine andere Dekoration?«, frage ich ungläubig.

»Natürlich. Das sieht feierlich aus. Und jedes Jahr kommt zu jeder Sammlung etwas dazu.« Sie lächelt.

Meine schlimmste Befürchtung ist doch nicht, Single zu bleiben. Meine schlimmste Befürchtung ist, anzufangen, Flohmarktzeug zu sammeln. Oder absolut gar keine Verwendung mehr für Männer zu haben. Gleichzeitig bewundere ich Kay zutiefst. Sie ist vollkommen zufrieden mit sich selbst. Sie verbiegt sich nicht für Männer - das muss ich anerkennend zugeben, auch wenn ich es ihr nicht unbedingt nachmachen kann.

»Ich mag diesen kleinen Engel«, sage ich und halte ein Stück Trödelkram hoch. Kay greift schnell danach, als könnte ich es gleich fallen und in Millionen Stücke zerspringen lassen. Dem geringen Gewicht und den schlecht angemalten Lippen nach zu urteilen hat sie es wahrscheinlich im Supermarkt für 3,49 Dollar gekauft. Aber für sie ist es kostbar.

Ich habe mein Handy in Seths Auto aufgeladen, und es klingelt. Also hat das Laden wohl funktioniert. Allerdings kann ich wahrscheinlich nur kurz sprechen. Vorsichtig gebe ich Kay den Engel zurück, denn ich möchte auf meiner Reise nicht in ihrer Schuld stehen und unterwegs einen neuen Engel mit rotem Schnauzbart kaufen müssen.

»Entschuldige bitte. Das könnte meine Chefin sein.« Ich nehme ab, aber die Nummer auf dem Display kenne ich nicht. »Hallo, Ashley Stockingdale.«

»Ashley, hier ist Kevin Novak.«

Der Onkel Doktor. Mmmh. Genau das, was ich brauche, nach einer Ladung Seth. Instinktiv fange ich an, meine kurzen Haare um den Finger zu wickeln, und mein Magen fängt an zu kribbeln. Vielleicht ist es auch der Hunger auf den Hackbraten, aber mein Mund ist trocken, und ich kann mein Herz klopfen hören. Aber es ist ein billiges Vergnügen, so als ob man bei Damenwahl einen Mann zum Tanz bittet und er dann Ja sagt, als hätte er gefragt.

»Tut mir leid, dass ich nicht früher angerufen habe. Ich hatte eine Vierundzwanzig-Stunden-Schicht.« Seine Stimme klingt müde. »Ich breche gleich zusammen, aber ich wollte dir noch sagen, wie schön es mit dir in San Francisco war, und dich fragen, wann wir das noch mal machen können.«

Ich starre mein Handy an als sei es der größte Kürbis, den ich je gesehen habe. Vor zwei Tagen bin ich mit diesem Mann ausgegangen. Es ist noch nicht Mittwoch, noch nicht einmal Jetzt-oder-nie-Donnerstag. Es ist erst Sonntagabend. Weiß er denn nicht, dass Männer nie so schnell anrufen, um uns verrückt zu machen? Ich hatte noch nicht einmal genug Zeit, nervös zu werden.

»Ich muss morgen wieder nach Taiwan.« Das ist der Test. Ist es ihm wirklich wichtig? Oder wird er die Gelegenheit nutzen, um sich aus seinem Angebot wieder herauszuwinden? Wird ihm jetzt plötzlich klar werden, dass seine Eltern recht haben und dass ich entsetzlich arbeitssüchtig bin und das falsche Genmaterial in mir habe?

»Schon wieder?«

»Ja«, stöhne ich. »Das ist eine große Sache, und sie ist noch nicht vorbei. Das ist sozusagen Chefsache, also ist es die Mühe wert.« *Was für ein dummer Satz. Als ob man sich selbst ganz oben an den Tisch setzt und dann ans Ende gesetzt wird.*

»Wow!«, sagt er und klingt gebührend beeindruckt, was mich nur noch kleiner werden lässt.

»Ja, das ist ein ganz großer Fisch für mich.« Oh, wie sehr ich mich gerade selbst nicht mag.

»Rufst du mich an, wenn du wieder da bist?«, fragt er. *Er bleibt dabei. Er ist ein Masochist, das wird es wohl sein.*

»Ich weiß gar nicht, wo ich dich erreichen kann«, gestehe ich. Vielleicht ist das auch besser so. Man kommt gar nicht erst in Versuchung, den Mann anzurufen, wenn man seine Nummer nicht weiß, aber wenn er weiß, dass du seine Nummer hast, wird er sich hüten, mit zu vielen Frauen zu spielen. Stimmt's? Man sollte meinen, dass man sich in christlichen Kreisen darüber keine Gedanken machen muss, aber Männer sind Männer. *Brea hat recht, ich bin krank und verdorben.*

Brea. Es scheint schon eine Ewigkeit her zu sein, seit ich mit ihr gesprochen habe. Dieser Tag ist viel zu lang. Die Ewigkeit kommt einem in den Sinn. Aber jetzt telefoniere ich gerade mit einem Arzt, der zu schön ist, um wahr zu sein, wohne bei einer Frau, die sogar die Hausfrauenikone Martha Stewart in den Schatten stellt, und vertraue mein ganzes Hab und Gut Seth Greenwood an.

»Bist du wieder im selben Hotel?«, fragt Kevin.

»Ja, wahrscheinlich sogar im selben Zimmer. Die Aussicht auf diesen Betonklotz nebenan scheint mich magisch anzuziehen.«

Er lacht. Es ist ein klangvolles, tiefes Lachen. *Er trifft mich im tiefsten Inneren. Aber es ist zu schön, um wahr zu sein.* Das muss ich mir immer wieder vorsagen.

»Hier ist meine Telefonnummer. Ruf mich an, wenn du wieder da bist, ja? Ich werde dich richtig zum Essen einladen, ohne meine Eltern.«

»Richtig essen?« Ich könnte wetten, dass es da keine Rabattmarken gibt.

»Wo wir uns an einen gedeckten Tisch setzen und ich keine Rufbereitschaft habe und mich ganz darauf konzentrieren kann, dich kennen zu lernen. Ich weiß, dass es etwas unangenehm ist mit Arin im Hintergrund, aber du musst wissen, dass ich vor Arin mit einer langjährigen Freundin Schluss gemacht habe, die nach Minnesota gezogen ist. Ich bin also etwas außer Übung in der Partnersuche.«

ICH BIN NICHT DIE ÜBERGANGSLÖSUNG! Wie stehen meine Chancen? Dieses kleine Klappergestell von Literaturstudentin war die Übergangslösung. Ich bin eine echte Möglichkeit. Auch wenn seine Eltern mich verachten. Vielleicht gerade weil seine Eltern mich verachten. Es gibt immer noch Hoffnung auf Dr. Kevin.

»Ich bin auch aus der Übung«, gestehe ich, ohne hinzuzufügen, dass ich seit einem halben Jahr mit keinem Mann mehr verabredet war.

»Gut«, meint Kevin. »Dann üben wir zusammen. Ruf mich an, wenn du wieder da bist.«

Ich stelle mir gerade sein Hugh-Jackman-Kinn auf eine seiner eleganten Hände gestützt vor und frage mich gleichzeitig, ob er mich in seiner Rostbeule von Auto in ein elegantes Restaurant einladen wird. Ich bin wirklich oberflächlich. Das will ich nicht, aber es sitzt tief in mir drin, dieser Hauch von Scarlett O'Hara. Wenn ich nicht so viele Erwartungen hätte, wäre mein Leben in bester Ordnung.

»Tschüss«, sage ich leise. Mein Handy klingelt noch einmal, und ich werfe Kay einen entschuldigenden Blick zu, bevor ich drangehe. »Hallo, hier Ashley Stockingdale.«

»Ashley, ich bin's, Mama.«

»Mama, was gibt's? Meinst du, die Brautparty war in Ordnung?«

»Ja, natürlich, mein Schatz. Ich rufe nur an, weil du vergessen hast, dein Brautjungfernkleid mitzunehmen.«

Furcht und Zittern. »Mama, Mei Ling und ich haben doch noch gar keines gekauft.«

»Ashley Wilkes Stockingdale, irgendwer muss sich ja um alles kümmern, während du am anderen Ende der Welt bist. Die Hochzeit steht unmittelbar bevor, also habe ich dir ein passendes Kleid gekauft.«

»Mei Ling hat heute ein Designerkleid von DKNY getragen, Mama. Ist es vielleicht auch ein Kleid von DKNY?«, frage ich hoffnungsvoll.

»Was soll denn das sein? Um Himmels willen, nein, es ist kein modischer Firlefanz. Ich habe es bei Last Lots gefunden, und es wird dir perfekt stehen.«

Soll ich fragen? »Was ist Last Lots?«

»Das ist dieses Kaufhaus, das die Sachen aus den teuren Geschäften nimmt, die sie dort nicht verkauft haben, sie heruntersetzt und dann verkauft.«

»Oh, meinst du, Dave will etwas Heruntergesetztes zu seiner Hochzeit?«

»Dave ist ein sehr praktisch veranlagter Junge, Ashley. Er ist nicht so wie du, er denkt nicht, dass schicke Sachen immer teuer sein müssen. Manchmal frage ich mich, ob ich dich nicht besser hätte Scarlett nennen sollen. Dave weiß einen guten Kauf zu schätzen. Schau nur, was er alles am Ende des Jahres von der Fundsachenstelle bei seinem Busunternehmen mitbringt.«

»Vielleicht hättest du ihn Ashley nennen sollen, Mama.«

»Dieser Name hat mir an einem Mann noch nie gefallen.«

»Welche Farbe hat das Kleid, Mama?«

»Natürlich lila. Es ist Daves Lieblingsfarbe.«

Als ob ich das nicht wüsste. Ich schließe die Augen. Ich werde aussehen wie eine glitschige Aubergine aus Satin am Valentinstag.

Dass es aus Satin ist, steht völlig außer Frage. Ich habe mein eigenes Schicksal wirklich nicht in der Hand. Kay schaut mich an, während sie vorsichtig ihre Plastik- und Keramikherzen auspackt. Ich weiß, was sie jetzt denkt. Ich bin eine undankbare Tochter, die unverschämt ist zu ihrer Mutter und der Inbegriff von Egoismus ist.

Ich werde auflegen und den ganzen Hackbraten essen, weil dick und lila gut zueinanderpasst. Barney der lila Dinosaurier ist ja auch erfolgreich. Vielleicht werde ich das auch sein.

21

»Hat Ashley schon jemals so wunderschön ausgesehen?«

»Sie sieht umwerfend aus«, antwortet Tante Babe. »Wer hätte je gedacht, dass ihr Lila so gut steht?«

»Sie könnte alles tragen, so ein hübsches Mädchen, wie sie es ist.«

»Wie wahr, wie wahr.«

»Seht nur ihren Begleiter. Erkennt ihr ihn?«, fragt Tante Trudy. »Es ist Ryan Seacrest, der Moderator von Amerika sucht den Superstar.*«*

»Ich habe ihn letzte Woche im Fernsehen gesehen. Wie gut er aussieht. Ist es nicht nett, wie ähnlich ihre Frisuren sind?«

»Ein Glätteisen und Haarspray, sagt er immer in seiner Show.«

Die beiden älteren Damen kichern und sehen zu, wie Ashley elegant den Kopf zurückwirft und Ryan sie auf den Hals küsst.

»Oh!«, seufzen die beiden. »Wenn wir doch noch einmal so jung wären.«

»Wenn wir doch jemals so wie Ashley gewesen wären. Intelligent, hübsch, und selbst in diesem widerlichen Kleid, das ihre Mutter ihr gekauft hat, sieht sie noch gut aus. Sie muss bestimmt adelig sein.«

»In unserer Familie ist sie adelig. Sie ist ein genetisches Wunderwerk.«

»Es ist so jammerschade, dass es mit ihr und diesem netten Ingenieur nicht geklappt hat.«

»Sie hat ohnehin viel zu viel Charakter für ihn. Er würde neben ihr sehr dumm dastehen. Dieser Ryan Seacrest dagegen … was für ein Kerl. Er kann sich glücklich schätzen, sie zu bekommen.«

»Ganz bestimmt, Schwester, ganz bestimmt.«

»Ashley!«

Ich schüttle den Kopf, um aus meinen Träumen zu erwachen, und schaue in Kay Hardings finsteres Gesicht. Kays Herzchensammlung liegt komplett ausgebreitet in einer ordentlichen Reihe neben ihrem Fernseher. »Du kannst deine Sachen ins Gästezimmer bringen. Dein Abendessen steht aufgewärmt auf dem Tisch.«

Ich wage nicht, mich zu bewegen. Soll ich das Abendessen kalt werden lassen? Oder soll ich meinen Koffer, der bedenklich groß wirkt in diesem aufgeräumten Ikea-Wohnzimmer, stehen lassen? Ich warte einige Sekunden und hoffe, dass jemand mir sagt, was ich tun soll. Nichts.

»Ich werde zuerst essen und dann meinen Koffer wegräumen«, verkünde ich. »Dann kann ich alles in die Küche bringen und aufräumen.«

Es ist elf Uhr abends und das Ende eines fürchterlich langen Tages. Ich schaufle das Essen hinein wie ein Holzfäller nach einem harten Arbeitstag und lasse mich dann in Kays perfekt hergerichtetem Gästezimmer auf die Federmatratze fallen und decke mich zu. Die Kissen sind frisch und weich und die Tapete mädchenhaft mit Blumen. Es ist wie ein Bild aus einer Wohnzeitschrift, nur ohne das wohnliche Gefühl. Kay denkt, sie sei die perfekte Gastgeberin, aber in Wirklichkeit fühlt man sich hier genau wie beim Berühren dieses billigen Keramikengels: Alles ist übermäßig wichtig und ungemütlich. Dennoch bin ich dankbar, dass ich einen Platz zum Schlafen habe, und schlafe ohne lang nachzudenken ein. Ich denke nicht einmal mehr an einen Tanz oder einen Kuss von Ryan Seacrest.

Nachdem ich um drei Uhr morgens in Panik aufgewacht bin und per Handy den Firmenwagen bestellt habe, bin ich um sechs Uhr im Büro. Purvi ist schon da und sieht aus, als sei sie die ganze Nacht da gewesen. Ihr Schreibtisch verschwindet unter einem Stapel aus Akten und Mitternachts-Pizza-Kartons. Ihre tiefbraunen Augen sind eingesunken, und sie sieht auf zu mir wie ein Filmstar, der gleich die Klippen hinunterstürzt, aber zu erschöpft ist, um weiterzukämpfen.

»Was gibt's?« Ich versuche, nicht zu munter zu klingen. Ein fröhlicher Tonfall wäre absolut nervig, wenn ich die ganze Nacht gearbeitet hätte.

»Hast du deine Koffer gepackt?«

»Ja.«

»Pack sie wieder aus. Sie wollen, dass wir ihre Produkte aus dem Zoll freigeben. Dein erstes Angebot hat gegriffen.«

»Was?« Meine Fantasien von meiner glänzenden Verteidigungsrede zerplatzen. Ich bin nur eine Hilfskraft. Eine Hilfskraft, die 150.000 Dollar im Jahr verdient und Belegschaftsaktien hat, aber immer noch eine Hilfskraft. Klingt das nicht toll? 150.000 Dollar im Jahr. Aber eine durchschnittliche Stadtwohnung kostet hier in der Gegend 600.000 Dollar, und dieses riesige Gehalt deckt gerade mal so die Miete für meine Wohnung in Palo Alto, die Leasingraten für meinen Audi TT und eine kleine Rücklage, für den Fall, dass ich entlassen werde. Kein Wunder, dass ich mich in eine Traumwelt flüchte; sie ist viel schöner als die Wirklichkeit.

»Sie nehmen das ursprüngliche Angebot an, das du bei deiner ersten Reise ausgehandelt hast. Hast du übrigens gut gemacht. Ich schätze, sie wollten nur testen, ob wir mit den Tantiemen runtergehen würden. Ich hatte noch keinen Termin für dich ausgemacht, also mussten sie annehmen, dass wir nicht weiter verhandeln, und haben die Produkte übers Wochenende freigegeben.« Purvi ist richtig ausgelassen, trotz ihrer Müdigkeit.

In meinem Büro klingelt das Telefon. Wer ruft mich um sechs Uhr morgens an? Ich laufe hinüber, um es herauszufinden, und bete auf dem Weg, dass es kein Todesfall ist. »Hier Ashley Stockingdale.«

»Ash, ich bin's, Dave. Was hast du gemacht?«

»Wie meinst du das?«

»Mei Ling hat mich vor einer Stunde geweckt und war in Tränen aufgelöst. Du und Mama, ihr habt irgendein schreckliches lila Kleid für die Hochzeit ausgesucht.«

»Dave, ich habe gar nichts für die Hochzeit ausgesucht. Ich hatte mich mit Mei Ling für diese Woche verabredet, um einkaufen zu gehen, aber Mama hat mich gestern Abend angerufen und mir gesagt, dass schon alles erledigt sei.«

»Nein, es ist gar nichts erledigt.«

»Dave«, sage ich gedehnt, »hast du mich in deinem ganzen Leben schon jemals Lila tragen sehen? Warum sollte ich meiner Schwägerin so etwas antun?«

»Du hast diese schreckliche Party gestern geplant. Lila und Gold, Ash?«

»Da hat deine Mutter ihr Unwesen getrieben«, antworte ich. Ich kann nichts für meine Abstammung. Nicht einmal mein eigener Bruder kann mir das anhängen. »So etwas habe ich seit meinen Highschool-Tagen als Cheerleader nicht mehr getragen.«

»Es schmerzt Mei Ling sehr, dass ihre Eltern nicht hier sein können und dass es nichts traditionell Chinesisches bei der Hochzeit gibt. Sie halten ziemlich auf ihre Traditionen.«

»Mei Ling ist jetzt Christ«, entgegne ich.

»Sie ist trotzdem noch eine Frau mit Träumen und einer Geschichte. Ich nehme mal an, dass du dich bei deiner Hochzeit auch in Weiß siehst.«

»Dave, Mei Ling ist das süßeste Ding seit der Erfindung von Zuckerwatte. Mir würde es nicht im Traum einfallen, ihr oder deiner Hochzeit zu schaden. Also sag mir einfach, was du von mir willst.«

»Ich möchte, dass du herausfindest, was zu einer chinesischen Hochzeit gehört, und dich darum kümmerst. Ich weiß, dass ich nicht immer ein guter Bruder für dich war, aber ich möchte, dass Mei Ling sich hier willkommen fühlt und weiß, dass wir alles tun, damit es ihr schönster Tag wird.«

Eine traditionelle, chinesische Hochzeit in Las Vegas? Und wie genau soll das funktionieren? Ich bin Anwältin und keine Veranstaltungsmanagerin. Alles, was ich über Hochzeitsplanungen weiß, habe ich aus der Zeitschrift InStyle.

»Dave, ich werde tun, was ich kann.«

»Ashley!«, schreit Purvi. Das heißt nichts Gutes.

»Ich muss los. Mach dir keine Sorgen, wir sorgen dafür, dass es ein ganz besonderer Tag für Mei Ling wird. Versprochen.« Ich lege auf.

Purvi ruft lauter. »Ja?«

»Du musst meinen Sohn für mich bei meiner Schwiegermutter abholen. Sie kann nicht Auto fahren, und er muss bis um acht in der Schule sein. Du kannst ihn ab sieben in der Kernzeitbetreuung lassen.«

Und was geht mich das an? »Ich habe kein Auto, Purvi. Ich habe alles eingelagert, bis ich aus Taiwan wieder zurückkommen sollte. Meine Wohnung wird doch verkauft, weißt du noch?«

Sie sieht mich stirnrunzelnd an. Ich verwirre sie mit meinen Belanglosigkeiten. Ich sollte einfach ins Büro ziehen, und alles wäre erledigt – billige Miete und eine Chefin, der ich dann jederzeit zur Verfügung stehen könnte. Andererseits, nein.

»Wie bist du hergekommen?«, fragt sie.

»Der Chauffeur hat mich mit dem Firmenwagen abgeholt.«

Sie macht die Augen zu und schüttelt den Kopf. »Na gut, dann nimm mein Auto. Der Firmenwagen wird nicht rechtzeitig wieder hier sein.« Ängstlich gibt sie mir die Schlüssel. Sie fährt einen Honda Accord! Schließlich gibt sie mir nicht die Schlüssel eines Porsches! Man sollte meinen, dass sie mehr Bedenken haben sollte, mir ihren Sohn zu überlassen als ihr Auto. Mit Autos kann ich umgehen. Aber Kinder? Das ist eine andere Sache.

»Was ist mit all diesen Unterlagen?«, frage ich mit einem Seitenblick auf den Stapel, den sie mir auf den Tisch gelegt hat.

»Die sind nicht so wichtig. Dazu kommst du schon noch. Du hattest doch ohnehin damit gerechnet, die ganze Woche weg zu sein, oder?«

Was ist mit meiner gelassenen Chefin passiert? Hat sie sich das Silicon-Valley-Virus gefangen und muss jetzt sieben Tage die Woche rund um die Uhr arbeiten? Habe ich den Magister gemacht, um Kinderchauffeur zu werden? Kann mir das einer erklären? Ich richte mich auf.

»Purvi, ich glaube nicht, dass es zu meinen Aufgaben gehört …«

Sie starrt mich an, und ich halte den Mund. Ich fange an zu verstehen, warum ihr Mann am anderen Ende der Welt lebt. »Egal«, sage ich feige. »Wo muss ich hin?«

Sie gibt mir einen Stadtplan, und ich zerknülle das Blatt in meiner Hosentasche, als sei ich plötzlich aufsässig. *Ja, genau!* Ich gehe zu ihrem lumpigen kleinen Accord, der auf dem Parkplatz steht, und lasse ihn ohne Probleme an. *Warum musste ich ausgerechnet heute mein Auto stehen lassen?*

Das Haus ihrer Schwiegermutter ist im Villenviertel von Los Altos. Ich weiß, dass sich weder Purvi mit ihrem Gehalt noch ihre Familie so ein Haus leisten können, und frage mich, woher sie das Geld dazu haben. Ob sie es legal erworben haben?

Das Haus hat eine schöne Klinkerfassade. Ich sage Fassade, weil echte Backsteinhäuser hier, entlang des San Andreas Grabens, nicht erlaubt sind. Beim Anblick des Hauses wird mir bewusst, dass ich hier bin, um ein echtes, lebendes Kind abzuholen. Ich schaudere.

Ich klopfe vorsichtig an die Tür, und keine zehn Sekunden später steht der Junge vor mir mit den Händen seiner Großmutter auf der Schulter. Er hat dunkle Haare, dunkle Augen und schaut mich genauso finster an wie seine Mutter manchmal, als hätte ich sie ihm gestohlen.

»Bist du startklar?« Ich klatsche in die Hände, als sei er ein Dreijähriger, der sich mit dem Nikolaus fotografieren lassen soll.

»Wo ist meine Mama?«, fragt er ausdruckslos.

»Sie ist im Büro, und ich soll dir ausrichten, dass sie dich sehr vermisst.«

»Das hat meine Mama nicht gesagt.« Er verschränkt seine kleinen, dürren Ärmchen. »Sie arbeitet an neuen Patenten, die sehr bedeutend sind für den Erfolg von Selectech. Es ist unerlässlich, dass sie ihrer Arbeit nachgehen kann. Zu einer Zeit, in der ihre Anwesenheit in der Firma so dringend benötigt wird, muss die Familie natürlich zurückstecken.«

»Wie alt bist du?«, frage ich ihn.

»Neun«, antwortet er.

Aha, deshalb sind die Männer hier so abgedreht und ich bleibe ewig Single. Den Männern wird schon sehr früh beigebracht, dass es als positiver Charakterzug gilt, wie ein Wörterbuch zu reden und keinerlei Höflichkeit zu zeigen. Erinnern Sie mich daran, dass ich das in mein Männerbuch schreiben muss, gleich nach dem Kapitel über die Bierwerbung, die verboten gehört.

»Hast du deine Sachen?«, frage ich ohne jede Gefühlsregung.

»Ja.«

»Dann steig ins Auto.« Ich lächle die Schwiegermutter an, die, so schließe ich aus ihren Verbeugungen, kein Wort Englisch spricht.

Ich hole den Stadtplan heraus und fahre zur Schule, immer bemüht, dabei keine Unterhaltung mit dem Wunderknaben anzufangen. Ich möchte ihm von Jesus erzählen, aber wegen dem Ahnentempel, von dem ich weiß, dass Purvi ihn besitzt, und dem Vokabular dieses Jungen traue ich mich nicht. Er würde wahrscheinlich anfangen, über die Unterschiede zwischen den Religionen zu diskutieren, und dazu ist es im Moment noch zu früh. Außerdem würde Purvi mich wahrscheinlich einen Kopf kürzer machen, wenn sie es erfährt. Ihre stillschweigenden Anweisungen sind ziemlich eindeutig: Kind abholen, nicht sprechen, unverzüglich ins Büro zurückkommen.

Wir kommen zu einer Privatschule für Hochbegabte, und ohne ein Wort zu sagen, springt der Junge aus dem Auto und schlägt die Tür hinter sich zu. Ein Lehrer kommt heraus und winkt mir, ich solle wegfahren, aber ich sitze einfach nur im Auto auf dem Parkplatz.

»Ich muss weg aus Silicon Valley.« Es ist wie bei *Die Frauen von Stepford* – und eines Tages werde ich nicht einmal mehr merken, dass ich anders bin. Meine Arme bleiben einfach steif angelegt, und ich sehe mich vor solch qualvolle Entscheidungen gestellt, wie einen 3D-Film im Technikmuseum zu sehen oder mir meinen Weg durch den Laserdome zu schießen.

Ich schlage meinen Kopf gegen das Lenkrad. Und dann schaue ich zum Himmel auf. »Was willst du von mir, Gott? Was?«

22

Es ist 7.03 Uhr, und ich halte unterwegs an, um einen Kaffee zu trinken. Nicht den üblichen Milchkaffee mit fettarmer Milch, bei dem ich mir immer vorstelle, ich hätte Größe 36 und müsse deshalb fettarme Milch trinken. Nein, einen richtigen doppelten Eis-Mokka mit Schlagsahne, bei dem ich mich im Einklang mit meiner Figur und meinem Hiwi-Job fühle ... Bei dem ich mir eingestehen kann, dass der durchschnittliche Neunjährige im Silicon Valley einen höheren IQ hat als ich und dass ich wesentlich attraktiver wäre für Ingenieure, wenn ich einen Po wie einen Gamecontroller hätte. *So* einen Kaffee will ich.

Bei der Stanford Kaffeerösterei ist noch nichts los. Was wiederum beweist, dass ich absolut zu früh auf bin. Man könnte meinen, dass in dieser Stadt nur gefeiert wird, weil alle erst um halb zehn anfangen zu arbeiten. Tatsache ist aber, dass durch die engen Verbindungen mit Taiwan und China die meisten bis spät in die Nacht arbeiten müssen und die Büroviertel morgens wie eine Geisterstadt wirken.

»Einen großen, fettarmen Milchkaffee?«, fragt mich Nick, mein gewohnter Barkeeper, als ich auf die Theke zugeschlendert komme. »Nein.« Ich schlage mit der Hand auf die Theke. »Gib mir einen doppelten Eis-Mokka mit Sahne«, sage ich, als bestellte ich in einem Westernsaloon einen Whiskey.

Nick zieht die Augenbrauen hoch, füllt aber Eis in einen Becher und eilt dann zum nächsten Kunden. Er hat Angst, dass ich ihm jetzt mein Herz ausschütte und ihm erzähle, warum ich Zucker brauche - und zwar viel. Ich warte im Eck mit verschränkten Armen, bis meine Bestellung ausgerufen wird. Als ich mich umschaue, sehe ich Kevin über ein Buch gebeugt mit einer normalen Espressotasse vor sich. Die Tasse ist leer. Zumindest denke ich, es ist Kevin.

»Kevin?«

Er schaut mit geröteten Augen und zerzaustem Haar auf. Er

sieht trotzdem noch umwerfend aus. Das ist unfair. Natürlich muss ich sofort daran denken, dass mein Make-up noch frisch ist, und freue mich übermäßig darüber.

»Ashley, was machst du denn hier? Ich dachte, du bist auf dem Weg nach Taiwan.«

»Die Reise ist gestrichen. Ich habe Tausende von Entwürfen auf dem Schreibtisch, die ich durcharbeiten muss. Es ist wahrscheinlich besser so«, antworte ich achselzuckend.

»Entwürfe?«

»Ich muss überprüfen, ob unsere Patentideen nicht mit bestehenden Patenten kollidieren. Es gibt da eine bundesweite Datenbank, die ich durchforsten muss. Das dauert ewig. Ziemlich langweilige Arbeit.« Ich klinge von Minute zu Minute begeisterter.

Nick ruft meinen doppelten Eis-Mokka mit Schlagsahne aus, und ich stehe da und schaue nur auf den Becher. Soll ich danach greifen und Kevin gegenüber eingestehen, dass ich meine Hüften nicht umsonst habe? Oder soll ich ihn einfach stehen lassen? Schließlich ist er Arzt und nach seiner leeren Espressotasse zu urteilen eindeutig auch ein Purist. Ich frage mich, ob er in seiner Ausbildung auch Fettabsaugen lernt. Das könnte eine gute Eigenschaft für einen zukünftigen Ehemann sein.

»Ashley.« Nick starrt mich an. »Dein Mokka.«

»Ja.« Ich lächle und nicke, verdrehe aber die Augen, bevor ich ihn nehme. »Oh, du hast Schlagsahne drauf gemacht«, sage ich mit Unschuldsmiene. Nick schüttelt nur den Kopf.

Kevin starrt auf das schaumig-fetthaltige Gebräu, sagt aber nichts. Er muss Schwestern haben. »Ich bin froh, dass du hier bleibst. Morgen Abend habe ich frei. Bist du bereit, um richtig essen zu gehen, wie ich es dir versprochen habe?«

Ich spüre, wie ich rot werde. Das ist der Mann, den ich in San Francisco, der romantischsten Stadt der Welt, geküsst habe. Warum fühle ich mich dann, als wäre er mein Englischlehrer in der Highschool? Warum macht er das? Er gehört zu den Männern, die so absolut außer Reichweite sind, dass man für den Rest seines Lebens den Bauch einziehen möchte. Könnte ich mit diesem

Druck leben? Ganz zu schweigen von seiner Familie. Könnte ich mit ihnen leben?

»Ach ja, richtig essen gehen.« Ich setze mich an seinen Tisch, hinter meine Mokka-Bombe. »Was ist das eigentlich, richtig essen gehen?«

Er lacht und zwinkert mir zu. Es ist nur eine einzige Bewegung, die er eindeutig nicht eingeübt hat. Sie kommt ganz natürlich. Er hat viel zu viel Charme. »Richtig essen geht man in einem Restaurant mit Ober und ohne meine Eltern.«

»Gibt es hier im Silicon Valley solche Restaurants?« Ich zwinkere zurück, aber durch den Mascara verhaken sich meine Wimpern, und ich kann die Augen nicht sofort wieder öffnen. Klasse. Jetzt denkt er, ich hätte ein nervöses Zucken. So viel zum perfekten Make-up.

»Es gibt hier ausgezeichnete Restaurants, fast so gut wie in San Francisco. Es überrascht mich, dass du in deiner Position nicht öfter dort isst.«

In meiner Position. Genau. Ich bin Anwältin. Das klingt so lange beeindruckend, bis man dahinterkommt, dass ich heute den ganzen Tag am Computer über Dokumenten brüten werde und soeben den Sohn meiner Chefin in die Schule gebracht habe.

»Meine Chefin macht das mit der Kontaktpflege. Ihr liegt das.«

»Also, was meinst du zu einem Abendessen?«

Ich lächle. Er hat mich tatsächlich zweimal gefragt, und ich habe Seths Zustimmung. Und auch Arins, obwohl mir das keinen Frieden bringt. »Abendessen klingt wunderbar. Es ist schon ewig her, dass ich essen war, außer bei Chili's und ähnlichen Lokalen. Hoffentlich weiß ich noch, was man mit welcher Gabel isst.«

»Ich habe noch nie gewusst, was man mit welcher Gabel isst. Du bist mir also voraus.« Er grinst. Habe ich schon seine perfekt geformten Kieferknochen erwähnt? Sie sind filmreif, und jedes Mal, wenn ich ihn sehe, starre ich darauf.

»Ich muss wieder ins Büro zurück. Meine Chefin wartet sicher schon. Sie hat heute etwas schlechte Laune.« Ich stehe auf und sehe, wie sein Blick über meine Figur gleitet und sich ein verstohlenes Lächeln auf seinem Gesicht ausbreitet. Unerhört! Aber, äh, irgendwie auch heiß. Und ich bin gerade mindestens einen Meter gewachsen.

»Du siehst unglaublich gut aus in dem Hosenanzug. Es ist doch nicht sexistisch, so etwas zu sagen, oder?«, fragt er. »Heutzutage weiß man einfach nie, was man sagen darf.«

»Es ist niemals sexistisch, einer Frau zu sagen, dass sie gut aussieht. Glaub mir.«

»Also bis morgen Abend?« Er lehnt sich in seinem Stuhl zurück und verschränkt die Arme über der Brust, die viel zu muskulös ist für jemanden mit so viel Köpfchen.

»Ich habe das Gefühl, ich müsste jetzt etwas auf Französisch sagen.«

»Mit Chinesisch oder Spanisch hättest du bei mir wahrscheinlich noch mehr Glück. Ich kann absolut kein Französisch.«

Ich greife nach meiner Handtasche, die sich um den Stuhl gewickelt hat. Einmal kräftig daran gezogen, und der Stuhl fällt krachend um. Alle Köpfe drehen sich zu mir, als sei ich ein widerspenstiges Krabbelkind, das in ihre letzte Bastion des Friedens eingedrungen ist. *Ich habe das Gefühl, ich müsste jetzt etwas auf Französisch sagen? Oh Mann, und ich habe das Gefühl, ich sollte mir einen Sack über den Kopf ziehen, während jemand mich aus meinem Elend erlöst.*

Grinsend stellt Kevin meinen Stuhl wieder auf, und meine Augen kleben an seinen muskulösen Unterarmen.

»Tschüss«, sage ich leise und flitze davon, bevor er es sich noch einmal anders überlegt mit dem Abendessen.

Mein Kaffee ist stark. Dank des reichen Schokoaromas brauche ich beim Hinausgehen nur einmal kräftig einzuatmen: modernes Riechsalz.

Als ich zum Auto komme, sehe ich, dass eine Nachricht auf der Mailbox meines Handys ist, und als ich sie abhöre, ist es Purvi, die mich anschreit, dass sie jetzt endlich ins Bett will und *wo eigentlich ihr Auto bleibt?* Als würde ich freiwillig in dieser Büchse herumfahren und ihren Wunderknaben kutschieren.

Ich habe heute morgen nicht gebetet, und jetzt merke ich es. Es geht nicht ohne, warum probiere ich es dann immer wieder? Stau auf der 101, und ich habe nur Purvis armseliges Radio zur Unterhaltung. Ich wünsche mir so sehr meinen sechsfach CD-Wechsler.

Während ich im Verkehr feststecke, wähle ich Breas Nummer. Sie ist kein Morgenmensch, aber sie ist auch nie wirklich mürrisch. Also wage ich es. Sie geht nach dem ersten Klingeln dran.

»Hallo Ash. Seth hat mich angerufen und mir erzählt, dass gestern Abend alles gut gegangen ist. Schön, dass du anrufst.«

»Tut mir leid. Ich habe gestern Abend gar nicht mehr dran gedacht. Ich habe bei Kay übernachtet. Was läuft bei dir?«

»John ist gerade zur Arbeit gegangen. Wir haben letzte Nacht kein Auge zugetan, weil wir uns Sorgen gemacht haben wegen der Adoption.«

»Wann war noch mal der Geburtstermin?«

»Wir glauben in zwei Monaten. Ursprünglich dachten wir, es wären drei, aber sie hat noch keinen Ultraschall machen lassen. Jetzt versuchen wir, sie in unsere Krankenversicherung hineinzunehmen. John wird das heute erledigen. Hoffentlich geht das ohne Schwierigkeiten, aber du kennst ja die Versicherungen.«

»Brea, bist du dir deiner Sache ganz sicher?«

Sie schnalzt mit der Zunge. Ich weiß, dass sie jetzt sauer ist, aber sieht sie das Ganze realistisch? Zwei Monate sind nicht wirklich genug Zeit, um sich darauf einzustellen, ein Kind zu bekommen, oder? Ich weiß, dass sie jetzt denkt, ich sei wieder der egoistische Single. Aber ein Kind! Ein Kind ist eine große Aufgabe, und das achtzehn Jahre lang oder noch länger. Ich will nur nicht, dass sie sich wegen der Fehlgeburt unüberlegt in etwas hineinstürzt. Sie ist nicht in der richtigen Verfassung dafür.

»Du klingst genau wie John.«

Aha, also ist sich John auch nicht so sicher. »Brea, ich glaube, dass eine Adoption die großartigste Sache der Welt ist. Ich will nur, dass du dir sicher bist, dass es das Richtige für dich ist. Du fühlst dich immer angesprochen, wenn jemand in Schwierigkeiten ist. Denk daran, dass Gott groß genug ist, um das auch ohne dich hinzukriegen, wenn es sein Wille ist.«

»Ash, du könntest dich nicht mal an eine Seilfabrik langfristig binden, und du willst mir sagen, wie ich mein Leben zu leben habe?«

»Ich habe dich nicht angerufen, um mit dir zu streiten. Ich versuche nur, dir klarzumachen, dass du mit offenen Augen an die Sache gehen sollst.«

Brea fährt fort. »Ich habe das Gefühl, als hätte ich mich diesem Mädchen gegenüber verpflichtet. Und jetzt bin ich mir nicht mehr so sicher, weil John sich nicht sicher ist. Aber jetzt, wo diese junge Frau bereit ist, uns ihr Kind zu geben ...«

»Brea, es gibt Millionen von christlichen Ehepaaren, die dieses Kind liebend gern adoptieren würden. Brea, musst es wirklich du sein?« Es gefällt mir gar nicht, wie ich klinge, aber ist es nicht besser, ihr die Wahrheit zu sagen? Sie hatte bisher ein so glückliches Leben, und ich befürchte, dass sie daran zerbrechen könnte, weil sie nicht so darauf vorbereitet ist, wie sie denkt.

»Warum hat Gott sie dann zu uns geführt, wenn ich es nicht sein soll?«

»Ich weiß nicht. Lass uns einfach weiter darüber beten. Wenn das dein Kind sein soll, Brea, dann wird niemand und nichts das verhindern. Weder wir noch die Versicherung, niemand.«

Sie schnieft. »Ich möchte dieses Kind wirklich haben, Brea. Und ich will, dass John es auch will.«

Ich muss lächeln. »John würde alles tun, um dich glücklich zu machen, Brea. Er muss gewusst haben, worauf er sich einlässt, als er dich geheiratet hat. Er kann von Glück sagen, dass er nicht schon siebenundzwanzig Adoptivkinder hat.«

Sie lacht. »Das könnte er gesagt haben. Wirst du mich unterstützen?«

»Wenn es das ist, was du willst, werde ich dich unterstützen bis zum bitteren Ende.« Und das werde ich tatsächlich. Aber bis dahin werde ich viel beten.

»Und was läuft bei dir?«, fragt Brea.

»Ich habe mich für morgen mit Kevin Novak verabredet.«

»Wieder der Arzt?«

»Ja, wir werden nett essen gehen, und alle meine Kleider sind irgendwo gelagert. Aber ich würde ohnehin lieber etwas Neues kaufen.«

»Was soll das heißen, alle deine Kleider sind irgendwo gelagert?«

»Ach ja, ich habe dich gestern Abend ja nicht mehr angerufen. Es sind Ratten im Haus. Ich musste da raus.«

»Da hast du recht. Das habe ich total ausgeblendet, als wir aufgelegt haben. Ich wollte dich zurückrufen, aber wir waren gestern Abend so in ein Gespräch vertieft, und dann hat Seth angerufen und gesagt, dass bei dir alles in Ordnung ist.«

»Es ist eine schwerwiegende Entscheidung.«

»Hast du Lust, heute Abend einkaufen zu gehen?« Sie klingt nicht gerade begeistert, was mich noch weniger begeistert macht.

»Ach nein, ist schon in Ordnung. Es scheint, als bräuchten John und du noch ein bisschen Zeit zusammen.«

»Tut mir leid, Ashley. Ich weiß, dass ich in letzter Zeit keine sehr gute Freundin gewesen bin.«

»Wir sprechen uns ein anderes Mal.« Ich weine, als ich mein Handy zuklappe. Freunde sind im Silicon Valley wahrscheinlich am schwersten zu finden. Alle ziehen um, arbeiten, haben einen vollen Terminkalender, in dem kein Platz mehr für gute Freunde ist. Aber auf Brea konnte ich mich bisher immer verlassen. Bis sie geheiratet hat. Ab da war ich auch nur noch eine einsame Insel irgendwo in der Bucht von San Francisco.

23

Die drei Frauen sitzen an die Blumentapete gelehnt da und starren mit offenem Mund, als seien sie zum ersten Mal in einem Ballett. Ihre Gesichter verraten ihre Bewunderung und Ehrfurcht. Ashley Stockingdale wirbelt in den Armen von Dr. Kevin Novak in einem bodenlangen, rückenfreien Donna-Karan-Kleid, das sich elegant an ihren wohlgeformten Körper schmiegt, über die Tanzfläche. Ihr dunkelbraunes Haar, das wieder zu voller Länge gewachsen ist, umrahmt in einer perfekten Steckfrisur ihr Gesicht, und ihr leuchtend roter Lippenstift hebt sich gut von ihrem alabasterfarbenen Teint ab. Dem attraktiven Paar beim Tanzen zuzusehen ist wie das Lied »Kann es wirklich Liebe sein« in Der König der Löwen *zu hören.*

»Es scheint fast, als schwebe sie«, meint Kay seufzend.

»Man kann ihre Schuhe zwar unter diesem Kleid nicht sehen, aber ich wette, sie sind von Manolo Blahnik«, fügt Arin hinzu.

»Gibt es daran etwas zu zweifeln?«, fragt Brea verächtlich.

»Brea, du kennst Ashley nun schon seit zwanzig Jahren. Weshalb ist sie so anders?«, fragt Kay.

»Ashley hatte schon immer etwas Besonderes an sich, etwas, von dem man sich wünschte, dass man nur ein kleines Stück davon selbst hätte. Manche mögen es Charisma oder Charme nennen, aber ich glaube, es ist ihre Aura. Ashley hat eine ganz besondere Ausstrahlung.«

»So wie einen Heiligenschein?«, fragt Arin mit großen Augen.

»Ja, so ähnlich. Wie ein Heiligenschein«, meint Brea nickend.

»Ashley, das ist keine Brautkrone. Es ist ein traditionelles hinduistisches Amulett. Würde es dir etwas ausmachen, es von deinem Kopf zu nehmen?«

Ich fahre hoch, wie ein armer Soldat, der vom Alarm geweckt wird. »Tut mir leid, Purvi, ich hatte nur gerade …« Was hatte ich gerade? Vor mich hin geträumt mit einem Götzenanhänger auf meinem Kopf. Und wie erklärt man das? Manchmal mache ich mir wirklich Sorgen, was für ein Bild ich als Christ abgebe. Ich glaube, ich wirke eher wie eine Neurotikerin.

»Ashley«, Purvi hängt schon ganz schlapp an der Autotüre, »ich habe die ganze Nacht nicht geschlafen.« Sie wartet, bis ich ausgestiegen bin.

»Es tut mir so leid, Purvi. Ich weiß, dass du hart gearbeitet hast. Ich hoffe, du kannst dich heute richtig ausruhen. Dein Sohn hat es sich fröhlich in der Schule bequem gemacht. Ich kann ihn auch wieder abholen, wenn du willst.«

»Danke, aber ich hole ihn selbst ab. Es tut mir leid wegen heute morgen, aber meine Schwiegermutter hat einen Star und kann nicht Auto fahren. Und meine Nachbarn sind verreist.«

»Kein Problem, Purvi.« Jetzt habe ich ein schlechtes Gewissen, weil ich gejammert habe. Sie hat die ganze Nacht hindurch gearbeitet, statt mich zu holen. Normalerweise lässt der Chef seine Mitarbeiter die ganze Nacht arbeiten und geht nach Hause, um sich Fear Factor oder etwas Ähnliches anzuschauen. Aber nicht Purvi. Sie ist einzigartig. Ich hole meinen leeren Becher aus ihrem Auto und verabschiede mich.

Meine erste Aktion heute wird sein, mein Auto ausfindig zu machen. Irgendwie fühle ich mich nackt ohne Auto. *Möge ich in meinem ganzen Leben nie wieder eine Limousine fahren müssen.*

Ich wähle Seths Nummer und bin immer noch verstimmt darüber, wie schnell er mich dem »Onkel Doktor« überlassen hat. Offensichtlich habe ich ihm weniger als gar nichts bedeutet, und so haue ich auf die letzte Taste.

»Ashley, was treibst du? Das ist deine Büronummer auf meinem Display. Fliegst du später?«

»Ich fliege nicht nach Taiwan. Jedenfalls nicht diese Woche. Purvi kämpft mit dem Reich des Bösen, und das hat im Augenblick Vorrang.«

»Tut mir leid, das zu hören.« Und es tut ihm wirklich leid. Alle im Silicon Valley sind traurig, wenn sie erfahren, dass das Reich des Bösen stärker wird. Es tut allen weh, ganz besonders den Endverbrauchern, die dann ein schlechteres Produkt bekommen. Aber scheinbar habe ich an diesem Punkt meine eigene Ansicht.

»Steht mein Auto immer noch vor meiner Wohnung?«, frage ich zögernd. Aber es ist, als fragte man, *Wo ist mein Kind?* Ich vermisse meinen kleinen Cabrio, auch wenn ich nie offen fahre oder sportlich darin aussehe. Ich sehne mich nach seinen geschmeidigen Ledersitzen … und der Möglichkeit, damit unbekannte Orte zu entdecken, auch wenn ich es niemals tue.

Seth lacht. »Das ist lustig, dass du danach fragst. Ich habe in letzter Minute noch daran gedacht, dass du dein Auto wahrscheinlich gleich haben willst, sobald du aus dem Flugzeug steigst. Also bin ich hinübergelaufen und habe es zu mir geholt. Es steht in meiner Garage.«

Visionen. Ich sehe, wie mein Auto kuschelig in seiner Garage neben seinem eigenen Auto steht. Er hat sich um mich gekümmert, hat vorausgedacht, was ich brauchen könnte, und ich interpretiere so viel hinein in sein Verhalten. Was mich nur zu einer noch erbärmlicheren Figur macht. Seth denkt immer an andere. Er hätte es auch getan, wenn ich irgendjemand anders aus seinem Freundeskreis wäre.

»Seth, was würde ich nur ohne dich tun? Wenn ich mich von unserem Firmenwagen rüberbringen lasse, bist du dann da?«

»Mach dir keine Mühe. Ich bringe es dir, wenn ich zur Arbeit gehe – was in ein paar Minuten sein wird. Ich kann mit einem Kollegen nach Hause fahren. Oder mit dem Bus.«

»Tu das besser nicht. Es könnte passieren, dass mein Bruder genau diesen Bus fährt, und er ist heute nicht gut drauf. Er hat mich heute morgen um sechs Uhr angerufen, um mir das zu sagen.«

»Bis bald.«

»Ich könnte dich selbst heimfahren«, biete ich ihm an.

»Ashley.«

»Seth, wirklich. Du weißt gar nicht, wie viel mir das bedeutet, dass du dich um meine Wohnung und mein Auto gekümmert hast – und mich zu Kay gebracht hast. Mir war einfach alles zu viel.« Jetzt kommen mir die Tränen. Das Letzte, was ich will, ist, Seth noch mehr schuldig zu sein als ohnehin schon.

»Ist schon in Ordnung, Ashley. Wie auch immer du es machen willst. Ich freue mich, eine Runde in deinem Flitzer fahren zu können.«

»Seth.« Ich verschränke die Arme. »Wir sprechen hier von meinem Baby.«

»Ein Baby, das von Null auf Hundert nur schlappe fünf Sekunden braucht.« Ich kann hören, wie er ein Lachen unterdrückt. *Gauner.* »Dein Flitzer und ich werden so gegen zehn Uhr bei dir sein. Ach, und ich habe auch alle Unterlagen für deinen Umzug. Larry wird deine Wohnung heute Abend ausräumen. Brauchst du vorher noch irgendetwas?«

Natürlich brauche ich noch was. Ich brauche alle meine Klamotten, aber mein Koffer wird auch reichen, ich kaufe mir ja neue Sachen für meine Verabredung, also ... »Nein, ich brauche nichts mehr.«

»Wenn du eine neue Wohnung hast, rufst du ihn einfach an, und *voilà!,* er bringt dir alle deine Sachen.«

Ich versuche, meine Befürchtungen zu unterdrücken, die ich bei dem Gedanken daran habe, dass ein Typ mit Namen Larry meine Wohnung ausräumt. »Klasse«, entgegne ich halbherzig.

Bevor ich mich über meinen eigenen Schreibtisch hermache, schlendere ich in Purvis Büro, um zu sehen, wo ich ihr helfen kann. Überall liegen Entwürfe und Dokumente herum. Ich fange an, den ganzen Papierkram in die dazugehörigen Mappen zu sortieren und abzuheften. Ich könnte das auch Dianna, unsere Sekretärin, machen lassen, aber ich weiß, wo die Sachen hingehören, und so ist es leichter für Purvi, wenn sie wiederkommt. Ich weiß es zu schätzen, dass ich jetzt nicht in Taiwan bin und noch zappelnde Krustentiere essen muss. Das verdanke ich Purvi, und ich will ihr zeigen, wie dankbar ich ihr bin. Viel lieber trinke ich doppelte Eis-Mokkas zum Frühstück.

Die männergeile Dianna meidet mich wie die Pest. Wir sind das genaue Gegenteil voneinander. Nicht dass ich denke, ich stehe über ihr; ich kann nur mit Fug und Recht sagen, dass ich ihr nichts zu sagen habe. Jedes Mal, wenn ich versuche, ein Gespräch mit ihr anzufangen, finden wir keine gemeinsame Basis. Ja, wir sind beide Frauen, aber damit sind die Gemeinsamkeiten auch schon erschöpft. Dianna sieht, dass ich sie beobachte, und unterbricht ihre Unterhaltung mit dem Botenjungen, Jim Bailey.

»Brauchst du irgendetwas?«, fragt Dianna.

»Hat Purvi die Unterlagen von Taiwan? Ich will etwas nachsehen.«

»Ich glaube schon. Lass mich mal nachsehen.« Sie stolpert auf ihren hochhackigen Schuhen hinaus.

Ich trommle mit den Fingern auf den Schreibtisch, weil ich mich nicht auf all die Arbeit konzentrieren kann, die vor mir liegt. Ich habe eine Idee, und mein Gehirn lässt nicht locker, bis ich der Sache nachgegangen bin. Ich schnappe mir einen Stapel Akten und gehe in mein Büro hinüber.

Dianna kommt hinter mir mit den Unterlagen. »Brauchst du noch irgendetwas anderes? Du siehst ziemlich angespannt aus.«

»Kannst du meine Tür zumachen?« Ich schaue sie an. »Und kannst du mir die Unterlagen vom Reich des Bösen holen?«

Sie bekommt große Augen. »Klar.« Sie kommt zurück, lässt die Sachen auf meinen Tisch fallen und rennt hinaus, um zu Manny aus dem Verkauf zu gehen. Für die nächste Stunde schaue ich kein einziges Mal auf. Inzwischen unterhält sich Dianna mit Jeff aus der Marketingabteilung, aber ihr Gespräch wird abrupt unterbrochen, als Seth erscheint.

Dianna schiebt sich von ihrem Schreibtisch zurück und lässt den Notizblock, den sie im Arm hatte, fallen. Langsam steht sie auf und schaut ihn verstohlen an. Er schaut weg, und ich könnte jubeln. Als ich zum Fenster schaue, höre ich ihn sagen, er wolle zu Ashley.

Dianna verdreht die Augen. Sie hatte auf Seth gesetzt und dadurch Jeffs Aufmerksamkeit verloren. Schlechte Wette. Jetzt hat sie gar niemanden mehr zum flirten.

»Sie ist da drin.« Dianna macht eine Handbewegung in meine

Richtung, aber macht sich nicht die Mühe, Seth zu begleiten oder ihrer Aufgabe nachzukommen und ihn anzukündigen. Das Ganze macht mich wütend. Gibt es irgendwo ein Büro, das nicht dem ständigen Verlangen der Verwaltungsassistentin nach Aufmerksamkeit ausgeliefert ist? Wenn ja, würde ich gerne dort arbeiten.

»Hallo.« Seth lehnt am Türrahmen, und bei seinem Anblick zieht sich mein Magen zusammen. Dr. Kevin Novak sieht so unglaublich gut aus, und Seth hat eine Glatze und zieht sich wie ein Ingenieur an. Fehlt mir das Wettbewerbs-Gen oder so?

»Hallo.« Ich stehe nur da und glotze, als würde er jetzt gleich irgendetwas aufführen. Es hat etwas Vertrautes, wenn er in meinem Büro ist.

»Hier hast du dein Baby wieder.«

»Hmm, hmm.« Das habe ich.

»Ich habe ihn auf den Parkplatz unter deinem Fenster gestellt.«

»Gut.« Ich schüttle den Kopf, um wieder klar zu denken. »Entschuldige, das war zu viel Zucker heute Morgen.« Ich schaue aus dem Fenster. Dort steht mein graues Cabrio und glänzt und strahlt in der Morgensonne. »Er sieht sauberer aus, als ich ihn zurückgelassen habe.«

»Ich habe ihn heute Morgen gewaschen. Es war so ein wunderschöner Tag, und ich finde, Auto waschen entspannt.«

»Was kann ich tun, um all das wiedergutzumachen, was du für mich getan hast?«

»Warum kannst du es nicht einfach nur annehmen, Ash? Ich bin dein Freund. Mehr als das will ich nicht.«

Seine Worte treffen mich mitten ins Herz. Nein, mehr als das will er nicht, und genau das ist das Problem, nicht wahr? Diese quälenden Worte, die niemand je hören will. *Ich glaube, wir sind mehr als nur gute Freunde.* Aber ich sollte mich eigentlich über diesen wunderbaren Arzt freuen, mit dem ich mich treffen werde. Was stimmt nicht mit mir?

Seth sieht mich nicht *so*. Das wird er nie. Und es wird Zeit, dass mein Herz den nächsten Schritt geht. Aber wenn ich in diese kristallblauen Augen schaue, mit ihrem warmen, fürsorglichen Ausdruck, frage ich mich, ob ich jemals den nächsten Schritt gehen werde. Irgendwann habe ich Seth mein Herz geschenkt. Auch wenn er nie mehr getan hat, als es mir wieder zurückzugeben.

»Hast du meine Schlüssel?«, frage ich. Er gibt sie mir, und ich muss gestehen, dass ich einen Augenblick lang versucht bin, ihn zu küssen. Auf der Stelle, hier in meinem Büro. Sozusagen ein Abschiedskuss. Und bevor ich es merke, berühren meine Lippen seine Wange. »Danke, Seth«, flüstere ich ihm ins Ohr.

Er bekommt ganz große Augen und blinzelt übermäßig. Dianna starrt mich an, als sei ich das lockere Mädchen von uns zwei, und ich kann sehen, wie die Rädchen im Gehirn des Botenjungen rattern, als würde ich vielleicht endlich was Wildes tun. Es fühlt sich gut an, alle überrascht zu haben, und ich richte mich auf. Vielleicht werden sie mich jetzt beachten und sich fragen, was für ein Herz in dieser jungen, etepetete Anwältin wirklich schlägt. Vielleicht habe ich ja meine Geheimnisse.

Ich trete zurück und streiche mir über den Hosenanzug. »Also, an die Arbeit.«

»In Ordnung.« Seth hebt die Hand. »Ich bin nur ein paar Blocks weiter. Ich kann hinlaufen.«

Seltsamerweise macht es mir gar nichts aus, dass ich diesen Mann zu Tode erschreckt habe. Ich weiß, dass es jetzt offiziell vorbei ist, und vielleicht kann ich jetzt den nächsten Schritt gehen. Vielleicht ist der Grund dafür, weshalb ich so lange in dieser Tretmühle festhänge, dass ich geglaubt habe, dass sich zwischen mir und Seth etwas entwickeln würde. Tief im Innersten meines Herzens habe ich diesen Traum nie aufgegeben. Aber heute habe ich es getan. Fortschritt! Ihm nachzusehen, als er geht, ist ein bisschen, als schaute ich dem Schwanz einer der Ratten in meiner Wohnung hinterher. Er hat mehr Angst vor mir als ich vor ihm.

24

In der Mittagspause fand ich bei Ann Taylor ein wunderschönes Kleid. Es ist 50er-Jahre-Stil, ziemlich retro, in schwarz, auf Taille geschnitten, mit einem Wilma-Feuerstein-Rock. Wenn ich dazu meine Sonnenbrille aufsetzte, fühle ich mich wie Audrey Hepburn - nur ein bisschen breiter. Aber da meine Verabredung abends ist, brauche ich meine coole Sonnenbrille leider nicht, und da Kevin fährt, muss ich mir auch nicht überlegen, wie ich möglichst elegant aus meinem Auto aussteige. Aber an meinen Haltungsnoten muss ich noch arbeiten, wie man an dem Zwischenfall heute morgen im Café mal wieder sehen konnte.

Ich habe mir sogar einen neuen Lippenstift gekauft: ein Beweis dafür, dass ich Seth der Vergangenheit überlassen habe und Kevin somit eine neue Farbe wert ist. Ich lasse mich von Kevin von der Arbeit abholen, weil ich noch nicht weiß, wo ich heute schlafen werde, und das hört sich beängstigend merkwürdig an. Ich habe versucht, Kay zu erreichen, um meinen Aufenthalt in ihrem Musterhaus-Gästezimmer zu verlängern, aber sie ist weder zu Hause noch im Büro, also sehe ich das als ein Zeichen - so ähnlich wie wenn ein Totenkopfzeichen an der Tür hängt.

Brea meinte, ich sei herzlich willkommen bei ihr, und höchstwahrscheinlich werde ich auch zu ihr gehen, weil wir ohnehin noch über meine Verabredung tratschen wollen. John wird unser unaufhörliches Gekicher leider auf die Nerven gehen, so dass er früh ins Bett gehen wird. Morgen werde ich eine Wohnung finden, und wenn ich bis zum Umfallen suchen muss. Manche würden wahrscheinlich sagen, dass ich meine Prioritäten nicht richtig setze, weil das Kleid vor der Wohnungssuche kommt. Aber es heißt Essen, Kleidung, Obdach - in dieser Reihenfolge. Verbessern Sie mich, wenn ich falsch liege, aber Obdach kommt zuletzt. Ich glaube, meine Grundinstinkte sind noch in Ordnung.

Brea hat mich mit dem Einkaufengehen mal wieder im Stich gelassen, und so blieb mir nur der verfluchte dreiseitige Spiegel in der Umkleide, um die berühmte Frage zu beantworten: Sieht mein Hintern in diesem Kleid zu dick aus? Beim Einkaufen fiel mir ein, dass ich ja noch ein paar Sachen in der Reinigung habe, also habe ich außer dem einen Koffer für Taiwan noch drei weitere Kombinationen, bevor es zu einer echten Lebenskrise kommt.

Es ist sieben Uhr abends, und ich fange langsam an, unruhig in meinem Büro auf und ab zu gehen. Zu meinem Verdruss arbeitet Dianna heute länger. Da ich sie tagsüber nie wirklich habe arbeiten sehen, bin ich gespannt, was sie abends macht. Aber wahrscheinlich ist es nur ein Vorwand für sie, um morgens erst um zehn kommen zu müssen.

»Du musst nicht dableiben. Ich komme schon klar«, meint Dianna.

Wenn ich mich umschaue und all die müden Ehemänner sehe, die hier bis spät abends arbeiten, kann ich mir vorstellen, dass sie allein klarkommt. Aber wäre das nicht gerade ein Grund, sie nicht alleine zu lassen? »Warum gehst du nicht einfach heim, Dianna?«

»Weil ich ans Telefon gehen muss – falls Taiwan anruft.«

Aha, sie hat also einen Grund. »Ich warte auf meine Verabredung.« Dabei straffe ich meine Schultern und zeige mein grandioses neues schwarzes Kleid.

»Mit dem Typ, den du heute morgen im Büro so bedrängt hast? Er sah zu Tode erschreckt aus.« Sie kichert, und ich spüre, wie sich meine Hand instinktiv zur Faust ballt. Wir sind wie zwei kämpfende Katzen. Ich atme tief durch. Ich bin Christ. Ich halte die andere Wange hin. »Nein, ich treffe mich mit einem Chirurgen, den ich in Stanford kennen gelernt habe.« *Fauch!*

»Aber bedränge ihn nicht so.«

Alles in mir schreit danach, ihr zu sagen, dass sie die allerletzte Person ist, von der ich einen Rat über Männer annehmen würde, aber ich lächle nur. Es genügt, dass ich dreimal so viel verdiene wie sie und den passenden Wortschatz habe, um mit einem Arzt auszugehen. Wenn es doch nur leichter wäre, eine Sekretärin hinauszuwerfen, jammere ich innerlich. Leider könnte eher Dianna mich rauswerfen.

Plötzlich bekomme ich Gewissensbisse, und Gott spricht zu mir und zeigt mir, wie schwer Dianna es in ihrem Leben hat. Natürlich macht sie ihr Leben zu dem, was es ist. Aber tun wir das nicht alle? Er will, dass ich das Gute in ihr sehe und hinter ihre plumpe Aufmachung, das dicke Make-up und die verzweifelten Versuche schaue, sich selbst das Gefühl zu geben, begehrt zu sein.

»Vielleicht hast du recht, ich sollte ihn nicht drängen«, sage ich lächelnd. Diesmal ist es ein echtes Lächeln, kein aufgesetztes.

Der Sicherheitsbeamte ruft in meinem Büro an, um mir auszurichten, dass ein Herr Dr. Kevin Novak für mich da sei. Ich werde nervös, aber nicht so nervös, wie als Seth heute morgen unangekündigt hereingeschlendert kam. Ich muss mich selbst daran erinnern, dass mich mit Kevin nichts verbindet. Wenn uns etwas verbinden soll, dann muss es erst noch entstehen.

Ich schaue noch einmal in den Spiegel meiner Puderdose, lächle, um sicherzugehen, dass ich keinen Lippenstift auf den Zähnen habe, und gehe zur Tür. »Gute Nacht, Dianna. Hoffentlich musst du nicht zu lange bleiben.«

Sie zwinkert mir zu. »Tu nichts, was ich nicht auch tun würde.«

Das bezweifle ich. Aber mir gefällt dieser neue Friede, den ich zwischen uns spüre. Dianna gehört zu den Personen, mit denen man es sich nicht verscherzen sollte. Verwaltungsassistentinnen haben viel zu viel Macht. »Bis morgen früh, Dianna.«

Kevin wartet mit gefalteten Händen an der Tür. Er sieht aus wie jemand in einer Dating-Show, der auf eine Rose wartet. Mein Herz macht einen kleinen Sprung. Er sieht einfach unbeschreiblich gut aus. Aber er gehört zu der Sorte gut aussehender Männer, bei denen man befürchtet, dass die Leute sich fragen: *Was macht der bloß mit der da?* Er hat einen Anzug an. Kein Hemd mit Krawatte, sondern einen echten, dunkelblauen Herzklopfen erregenden Zweireiher.

»Ashley, du siehst wunderhübsch aus. Ist das Kleid neu?«

Ich drehe mich einmal um die eigene Achse und nicke. »Danke. Du übrigens auch. Umwerfend meine ich, nicht wunderhübsch.«

Er hält mir die Glastüre auf, und am Straßenrand steht ein schwarzer Porsche Boxster. Er öffnet die Tür des Sportwagens, holt einen Strauß rosa Rosen heraus und hält ihn mir hin. Ich schaue mich um. Ist das nicht wie am Ende von *Flashdance*? Ich fange an, die Filmmusik zu singen, aber Kevin versteht nicht, was ich meine, und so halte ich meinen Mund und schaue nur auf das Auto.

»Danke«, sage ich mit flirtendem Tonfall, als ich die Blumen entgegennehme. »Was ist hier los? Wo ist dein Auto?«

Er fängt an zu lachen. »Das hier ist mein Auto. Ich wollte schon immer einen Porsche haben. Vielleicht findest du das oberflächlich, aber ich habe ihn gekauft, als ich meine erste feste Stelle hatte, obwohl ich mir kaum die Miete für meine Wohnung leisten konnte. Gut, dass es Kredite gibt.«

»Aber wo ist das Auto mit dem Strick am Kofferraum?«

Jetzt lacht er richtig los. »Das ist nicht mein Auto.«

»An dem Auto habe ich mir meine gute Hose zerrissen. Würdest du mir bitte diesen Porsche erklären? Kannst du mir verraten, was hier läuft?«

»Ein paar von uns Assistenzärzten haben das andere Auto gekauft. Wir unterhalten es gemeinsam. Wir haben ein Abkommen geschlossen, dass jeder bei seiner ersten Verabredung mit einer Frau dieses Auto benutzt. Willst du jetzt einsteigen? Mein Arm wird allmählich müde.«

»Und du hast mich in dieser Blechschüssel durch die Stadt gefahren?«

In einer Geste der Empörung legt er die Handfläche flach auf seine Brust. »Du nennst mein anderes Auto eine Blechschüssel? Ich bin am Boden zerstört.«

»Du weißt genau, dass dieses Auto nicht das über dich aussagt, was du möchtest. Es sagt nicht: *Ich bin ein armer Schlucker, liebst du mich trotzdem?* Es sagt: *Ich habe keine Selbstachtung und weiß nicht, wie man mit Geld umgeht.* Es macht einer Frau Angst, dass sie dich durchfüttern muss.«

»Wirklich?« Er kommt auf mich zu und legt seine Arme um mich, während er die Blumen zur Seite legt. Sein charmantes schiefes Lächeln taucht wieder auf seinem Gesicht auf. »Und würdest du mich unterstützen, Ashley Stockingdale?«

Ich weiche zurück. »Nie im Leben. Gehen wir jetzt Essen, oder wie ist das?«

Er tritt zurück und hilft mir ins Auto. »Abendessen, richtig schick zu Abend essen.«

»Aber nicht in der Krankenhauscafeteria, oder? Denn wenn es noch mehr von deinen Tests gibt, dann lass mich da raus. Meine Anwaltszulassung war der letzte Test, den ich bestehen wollte.« Ich versuche, den großen Blumenstrauß irgendwo unterzubringen, aber Porsche Boxster sind nicht für größere Transporte geeignet.

Er rutscht auf den Fahrersitz und lässt den kraftvollen Motor aufheulen. Komisch. Ich mag Autos, aber wenn ein Mann Autos mag, macht mir das Sorgen. In meiner vielleicht etwas verdrehten Vorstellung ist eine Frau, die Autos mag, selbstbewusst, cool, mutig. Aber ein Mann? Ein Sportwagen sagt mir, dass er unsicher ist und sich beweisen muss. Außerdem ist ein Boxster ein Frauen-Porsche: Es ist die nette, günstigere Porsche Variante. Ein Mann sollte einen Carrera fahren. Aber ich versuche, diese Gedanken abzuschütteln. Schließlich ist das mein neues Leben. In meiner neu erblühten Welt verhalten sich die Männer anders. Er ist kein Ingenieur. Er wird dieses Auto nicht auf der Interstate 280 zu Schrott fahren.

»Nein, keine weiteren Tests, versprochen.« Kevin legt den ersten Gang ein, und weg sind wir. »Außerdem musst du nicht nervös sein. Du hast den ersten mit Glanz und Gloria bestanden.«

»Das kannst du gar nicht wissen. Mit meinen Computerkenntnissen bei Patenten hätte ich herausfinden können, auf wen der Wagen zugelassen ist, und hätte gewusst, dass du mich nur auf die Probe stellen willst. Ich hätte deinen Kontostand überprüfen oder dich überwachen lassen können. Du weißt nicht wirklich, ob ich bestanden habe. Du bist immerhin ein Arzt aus Stanford.«

»Du bist ein harter Brocken, weißt du das?«

Bei dieser Bemerkung muss ich lächeln. »Natürlich weiß ich das. Das gehört zu meinem Charme.«

Wir rasen durch die Seitenstraßen, bis wir mitten im reichen Palo Alto sind. Obwohl es mitten unter der Woche ist, sind die Restaurants rappelvoll mit Stammkunden, die mehr Geld als Kochkenntnisse haben. Wir halten vor einem winzigen, sehr exklusiv wirkenden Restaurant, und Kevin bezahlt den Parkservice, damit er seinen Porsche parkt.

Das Wetter ist kühl, und ich wickle mir meinen neuen Angoraschal etwas enger um die Schultern. Kevin sieht, dass ich friere, legt seinen Arm um mich und bringt mich schnell ins L'aime Donia, ein kleines französisches Bistro, das total in zu sein scheint.

Salbeigrün und ein warmes Gelb an den Wänden mit handgemalten Landschaftsbildern sorgen für eine beruhigende Atmosphäre. Aber ich fühle mich hier nicht wohl. Nicht, dass ich nicht wüsste, wie man sich in so einem Restaurant benimmt, aber es scheint alles so verschwenderisch. Als wir sitzen, bringt uns der Ober eine übermäßig lange und teure Weinkarte. *Neues Leben. Neues Leben*, erinnere ich mich selbst.

»Was für einen Wein magst du am liebsten?«, fragt Kevin.

»Eigentlich gar keinen. Ich trinke nicht oft Alkohol.«

»Gut für dich. Sie haben hier einen fantastischen Merlot, aber er wird nur in der Flasche angeboten.«

Ich schüttle meine Stoffserviette aus und lege sie auf meinen Schoß. »Ich werde trotzdem keinen trinken«, sage ich entschuldigend. »Ohne meine Mutter und meinen Bruder habe ich keinen Grund, Alkohol zu trinken.«

Er lacht und hat dabei lauter Lachfalten um seine warmen Augen. »Siehst du, du hast soeben den zweiten Test bestanden: Gruppenzwang. Weißt du noch, dass ich gesagt habe, dass ich normalerweise nichts trinke, weil ich immer Rufbereitschaft habe?«

Ich bin ein wenig empört. Werde ich hier tatsächlich auf die Probe gestellt? Ich versuche, das ungute Gefühl zu verdrängen.

Er bestellt Mineralwasser. Und ich? Ein ganz klassisches Cola Light. Natürlich wieder mit einem Spritzer Zitrone; ich bin ja nicht aus der Provinz. Ich wage eine direkte Frage. »Machst du aus allem einen Test, Kevin?«

»Ich bin im Anerkennungsjahr. Da scheint irgendwie alles auf Probe zu sein.«

»Was machst du eigentlich jetzt in deiner Freizeit, wo du keine Modellschiffe mehr bauen kannst?«

Kevin hält inne und denkt lange über meine Frage nach. Nach einem langen Schweigen meint er: »Nichts. Ich mache eigentlich nicht viel außer arbeiten, schlafen, essen und meine Eltern besuchen, wenn sie in die Gegend kommen.«

Als ich Kevin anstarre, ist es plötzlich, als starre ich in einen Spiegel. Wir sind beide oberflächlich, fahren Sportwagen und verschwenden unser Geld mit teurem Essen. Das ist nicht mein neues Leben. Das kann es nicht sein. Ich ziehe mir meinen Angoraschal etwas enger um die Schultern, aber im Augenblick hält mich diese teure Verpackung auch nicht warm.

»Ist das nicht der Typ, von dem Arin gesprochen hat?«, fragt Kevin. »Es muss wohl gleich wieder verpufft sein.«

Ich schaue zu einem Ecktisch weiter hinten und falle fast vom Stuhl beim Anblick von Seth Greenwood, der dort mit einem Rotschopf gemütlich im Eck sitzt. Sie hat langes, schönes, rotes Haar, das sie in regelmäßigen Abständen mit einer Kopfbewegung zurückwirft. Ich bekomme keine Luft mehr. Und ich kann meinen Blick nicht von ihm abwenden. Er hat diese Frau in ein »richtiges« Restaurant eingeladen. Er ist nicht so unwissend. Seth weiß, dass eine richtige Einladung aus mehr besteht als ein Essen bei Fresh Choice mit Rabattmarke.

»Ashley?«, sagt Kevin, und ich zwinge mich, den Blick wieder auf ihn zu richten, aber ich bekomme immer noch keine Luft. Ich blinzle, um die Tränen zu verdrängen, und versuche, den Knoten in meinem Hals hinunterzuschlucken. Ich werde niemals in der

Schlussszene von *Flashdance* die Hauptrolle spielen. Ich würde total dahinschmelzen. Mein Blick wandert immer wieder zu Seths Tisch, weil ich einfach nicht glauben kann, was ich da sehe. *Oh Gott, schenk mir ein neues Herz, das diesem wunderbaren Mann mir gegenüber zugewandt ist. Bitte.*

Der Ober kommt an unseren Tisch und leiert irgendwelche Menuempfehlungen in einer anderen Sprache herunter. Essen, das ich nicht genießen können werde und das mich nur daran erinnert, wie viel Seth für eine andere Frau ausgibt. Ich sollte mir nur Kevin wünschen. Er sieht gut aus, ist erfolgreich, ist bereit zu einer ernsthaften Beziehung, und ich verzehre mich vor Sehnsucht nach dem Glatzkopf dort in der Ecke.

»Miss?«, fragt der Ober. »Haben Sie noch Fragen zu unseren Angeboten?«

»Was? Äh, nein. Keine Fragen. Klingt alles ganz himmlisch. Ich muss nur einen Augenblick nachdenken.« Ich zwinge mich, meine Aufmerksamkeit auf ihn zu richten.

»Ich hätte dich fragen sollen, ob du überhaupt gerne französisch isst«, meint Kevin.

»Ach weißt du, Kevin, ich bin einfach nur froh, auszugehen. Ich bin nicht in Taiwan. Ich werde gleich das vornehmste Abendessen des Jahres in Gesellschaft eines gut aussehenden Chirurgen genießen. Das Leben meint es gut mit mir, und ich sollte ein bisschen Dankbarkeit zeigen. Also, danke schön.« Damit habe ich mich beinahe selbst überzeugt.

»Bitte, gern geschehen.« Kevin bricht sich ein Stück Brot ab.

Beim Anblick der bunten Gewürzmischung im tiefgrünen Olivenöl dreht mein Magen beinahe durch. *Ich muss diesen Abend irgendwie durchstehen*. Wenn ich das nicht schaffe, werde ich niemals meine Reifeprüfung bestehen und nie über meine armselige Verliebtheit in Seth hinwegkommen. Ich denke, dass ich verliebt bin. Obwohl ich nie gemerkt hätte, dass ich an ihm interessiert bin, wenn Arin nicht gewesen wäre.

Der Ober mit seinem nervigen französischen Akzent ist wieder da. »Haben die Herrschaften bereits gewählt?«

»Ich nehme Ihr Lachsmenü«, sage ich voller Selbstbewusstsein, das ich nicht habe. Ich glaube ich habe etwas von Lachs gehört in dieser Liste an Speisen, die er heruntergeleiert hat.

Ich verschränke die Hände auf dem Tisch und bin bereit, alles über Dr. Kevin Novak herauszufinden und dabei alles zu ignorieren, was ich bei Seths Anwesenheit empfinde. Ein dummer Zufall, das ist alles. »Im Café hast du erzählt, dass du gerne am Strand bist. Gehst du oft hin?«

»Nicht wirklich.«

»Dann erzähl mal von dir, Dr. Novak.«

Die Frage passt ihm, und er fängt an zu erzählen. »Nun, ich komme aus bescheidenen Umständen, aber das hast du ja gesehen, als du meine Eltern getroffen hast.«

»Glaubst du wirklich? Sie schienen mir eher aus der Oberschicht zu sein.«

»Natürlich sind sie das, aber sie haben sich einen eher bescheidenen Country Club ausgesucht. Sie gehen in den Club mit den besten Ärzten, nicht in den mit den Leuten, die das meiste Geld haben.«

Kein Anzeichen von Lachen. Er meint es ernst. Ich schaue zu Seth hinüber, der eine Krawatte trägt. *Wer hätte gedacht, dass Seth eine Krawatte besitzt.*

»Wirst du auch einmal Mitglied in einem Country Club werden?«

»Warum fragst du das?« Seine Augen werden schmal dabei. »Wolltest du das schon immer einmal tun?«

Ich schüttle den Kopf. »Nein, nicht wirklich.«

»Country Clubs haben viel zu bieten. Es ist schön, mit Menschen zusammen zu sein, die einen verstehen.«

Wieder driftet mein Blick zu Seth. »Ja, das stimmt.« Die Singles verstehen mich.

»Meine Eltern haben mich angerufen und mir gesagt, wie schön sie es fanden, dich kennen zu lernen. Sie hoffen, dass sie das nächste Mal, wenn sie hier sind, deine Eltern kennen lernen.«

»Tatsächlich?« Ich kann mir den Gedanken nicht verkneifen,

dass seine Eltern wahrscheinlich einen DNA-Test von mir verlangen würden, wenn sie die Gelegenheit dazu hätten. »Ich dachte, ich hätte es vermasselt.«

»Nein, überhaupt nicht. Sie wussten, dass du erschöpft warst – nach deinem langen Flug. Ich treffe nicht viele hübsche Anwältinnen, die noch zu haben sind. Sie freuen sich für mich.«

»Aha«, bringe ich gerade noch heraus. Und dann kommt ein unangenehmes Schweigen über uns, wie einer der häufigen Stromausfälle hier in der Gegend.

Ich versuche, einen möglichst neutralen Gesichtsausdruck zu machen. Da ich im Silicon Valley lebe, habe ich Geld wohl immer für selbstverständlich gehalten, vermute ich. Geld ist überall, und Millionäre gibt es hier im Dutzend billiger. Aber ich hatte nie angestrebt, eine Person des öffentlichen Lebens zu sein. Mir genügt es, ab und zu bei Ann Taylor einzukaufen und einen Sportwagen zu fahren. Selbst mit viel Fantasie kann man mich nicht als wohlhabend bezeichnen, aber ich denke, die meisten Menschen um die Dreißig hier sind reich. *Aber das hier?* Diese Art von gesellschaftlichem Gehabe ist mir fremd, und ich mag es genauso wenig wie noch zappelnde Krebstiere.

»Kommen deine Eltern oft nach Kalifornien?« Ich weiß nicht, was ich ihn sonst fragen soll. Entweder das oder: *Wie oft muss ich sie jedes Jahr ertragen, wenn wir nach heute Abend noch zusammen sind?*

»Ein paar Mal im Jahr. Meistens auf dem Weg nach Hawaii oder Japan. Sie reisen gerne.« Kevin lehnt sich in seinem Stuhl zurück und verschränkt die Arme. Für ihn sind seine Eltern ein Vorteil für eine Beziehung und nicht der abschreckende Faktor, der sie in Wirklichkeit sind. »Genug jetzt von mir. Was machst du in deiner Freizeit?«

Ich reiße die Augen auf. *Das ist die Herausforderung: die Single-Gruppe als etwas ganz Normales darzustellen.* Eigentlich ist das nicht schwer, abgesehen davon, dass Kevin wahrscheinlich als Kind Polo gespielt und nicht Star Trek von der ersten bis zur letzten Folge studiert hat.

»Ich bin viel mit der Single-Gruppe in meiner Gemeinde zusammen. Manchmal schauen wir uns bei einem von uns zu Hause einen Film an. Manchmal gehen wir zu Applebee essen. So in der Art.« Ich zucke mit den Achseln, als wäre das ganz typisch. Ich erwähne nicht, dass wir immer denselben Film sehen und dass Schnellrestaurants für uns vollkommen angemessen sind. Ich sage keinen Ton von unserer Talentshow bei Starbucks, mit der wir uns öffentlich zum Gespött gemacht haben. Und wieder kommen diese ganz leichten Gewissensbisse. Ich erinnere mich an die Predigt über die Sünde des Verschweigens. Aber ich verschweige nicht wirklich offiziell etwas. Ich editiere nur ein bisschen. Das ist ein großer Unterschied.

»Arins Freund scheint dich gesehen zu haben.«

Ich drehe mich um und sehe, wie Seth mir zuwinkt, drehe mich aber wieder um, bevor ich zurückwinken kann. »Seth. Er heißt Seth.«

»War das nicht ganz verrückt, was Arin getan hat? Einfach so ins Ausland abzuhauen?«

»Vielleicht wird sie einmal Missionarin. Wer weiß?«

»Missionarin?« Kevin schüttelt den Kopf. »Nun ja, es hat schon merkwürdigere Dinge gegeben.«

»Komisch, ich kann sie mir dort gut vorstellen in ihren wilden Dreiviertelhosen. Sie hat wirklich so eine anziehende Persönlichkeit, und sie liebt das Abenteuer. Wer weiß also, wann wir sie wiedersehen werden.«

»Seth scheint ihre Abwesenheit nichts auszumachen, zumindest nicht lange, wenn ich seine Verabredung da drüben richtig einschätze. Ich kann auch nicht behaupten, dass ich sie sehr vermisse.«

Ich schaue nach hinten und sehe, wie Seth und der Rotschopf lachen. Ehrlich gesagt kann ich nicht sehen, ob der Rotschopf lacht. Ich sehe nur, wie ihre Haare schwingen, als sie ihren Kopf bewegt. Ihre Haare sind wunderschön, aber insgeheim hoffe ich, dass sie potthässlich ist.

»Seth und Arin waren nie wirklich miteinander befreundet«,

erkläre ich. »Sie hatten sich gerade erst kennen gelernt, als Arin abgereist ist.«

»Aber selbst wenn sie nur ein einziges Mal miteinander ausgegangen sind – Arin hat eine Art, mit der sie dich glauben macht, sie wolle dich im nächsten Moment heiraten. Glaub mir.«

Meine Backen zucken. »Arin würde niemals absichtlich so mit einem Menschen spielen. Ich bin mir sicher, dass es nur an ihrer extrovertierten Art liegt.«

»Meine Eltern mochten sie auch, bis sie mit dem ganzen religiösen Gelaber anfing.« Er verdreht die Augen. »Ich hätte sterben können. Sie steht wirklich darauf, das sag ich dir.«

»Sie hat einen felsenfesten Glauben, das kann man nicht leugnen«, sage ich, als sei ich der Inbegriff moralischer Vollkommenheit. Ich, die ich hier sitze und einen Mann auf der anderen Seite des Restaurants begehre. *Ob man den Donner wohl noch hört, nachdem einen der Blitz getroffen hat?*

Aber ich lasse mir seine Bemerkungen über Arin durch den Kopf gehen. Sind seine Eltern nicht gläubig? Und warum sollte es sie aufregen, wenn Arin von ihrem Glauben spricht? Und noch wichtiger: Warum hat Kevin sie nicht unterstützt?

Ich beobachte den Mann mir gegenüber genau und würge dabei einen Bissen Brot hinunter. Wie immer interpretiere ich zu viel hinein. Da bin ich mir sicher.

25

Am Ende unserer Verabredung küsst mich Kevin als vollkommener Gentleman platonisch auf die Wange, was mich etwas verwirrt. Brea begrüßt mich schon an der Tür und zieht mich ungeduldig herein. Mit unter dem Kinn gefalteten Händen fragt sie: »Und?«

Die beiden kleinen Möpse, die sie nach ihrer Hochzeit gekauft hat, knabbern an meinen Füßen, und ihre eingedrückten Schnauzen zeigen ihre Verärgerung darüber, dass sie ihr Frauchen jetzt mit mir teilen müssen. Sie scheinen ihre Laune an mir auslassen zu wollen.

»Erzähl schon, erzähl schon! Ist er wirklich so traumhaft, wie er aussieht?«, fragt Brea.

»Ich gehe nach oben«, verkündet John kopfschüttelnd. »Ich ertrage es nicht, euch zuzuhören, wie ihr den Untergang eines weiteren Mannes plant.«

»Ach du!« Brea küsst ihn spielerisch.

»Gute Nacht, John«, sage ich und schaue zu, wie er sich davonschleicht. »Kevin ist sehr nett, Brea. Er ist ...« Aber ich komme ins Stocken. Ich kann Brea nichts vormachen. Ich habe mich den ganzen Abend darauf vorbereitet, und jetzt versetzt es mir einen Stich, wenn ich anfange, ihr zu erzählen, wie wunderbar Kevin ist. Ich bin in Tränen aufgelöst, und sie fließen in Strömen, als mir klar wird, wie viel es mir ausmacht, Seth mit einer anderen Frau zu sehen. »Es war wunderschön, bis ...« – ich schniefe – »man mich mal wieder versetzt hat.« Ich klopfe mir selbst auf die Brust. »Ich habe Schluss gemacht. Ich habe Seth einen Abschiedskuss gegeben. Wie konnte er es da wagen, im gleichen Restaurant zu erscheinen!«

»Ash, was ist denn passiert? Wovon in aller Welt redest du eigentlich?«

»Seth war da.« (Lautes Heulen.) »Mit einem Rotschopf.« (Noch einmal Heulen.) Wenn ich in Zungen geredet hätte, hätte sie wahrscheinlich mehr verstanden. Aber so heule ich nur. Die Juden haben die Klagemauer, ich habe Brea. Ohne etwas vorzutäuschen, ohne Fassade bin ich einfach nur Ashley Wilkes Stockingdale, völlig entfesselt in meiner ganzen kläglichen Herrlichkeit.

Brea verschränkt die Arme. »Das ist nicht dein Ernst, oder?«

Meine Tränen versiegen mit einem Schniefen. »Was?«

»Du weinst Seth nach, weil er mit einem Rotschopf essen geht? Er ist ein ewiger Single, Ashley. Wie oft hast du mir das gesagt, wenn ich dir gesagt habe, dass er an dir interessiert ist?«

Sie zeigt kein bisschen Mitleid, und sofort verwandelt sich mein Schmerz in Wut. »Hey, ich war bei dir, als du all die Jahre in der Highschool dem wie-hieß-er-doch-gleich nachgeweint hast. Als er Kohli gefragt hat, ob sie mit ihm zum Abschlussball geht ... habe ich da nicht mit dir die ganze Nacht Eis, Pralinen und Cola in mich hineingestopft? Du bist mir was schuldig. Von deinem Kummer damals habe ich jetzt wahrscheinlich sechs Pfund mehr auf den Hüften.«

»Das war etwas anderes«, sagt Brea und lässt sich auf die Couch fallen, unmittelbar gefolgt von zwei Hunden, die auf ihren Schoß springen.

»Was ist daran anders? Bist du überhaupt jemals mit Kyle Lupinchec ausgegangen?«

Brea zuckt ein bisschen zusammen. »Nein, aber ...«

»Hat Kyle dein Auto in seine Garage gestellt? Und sich darum gekümmert, dass deine ganzen Sachen irgendwo gelagert werden, damit du dir keine Sorgen machen brauchst?«

»Das würde Seth für jeden anderen genauso tun.«

»Ich gehe ins Hotel«, verkünde ich. »Und ich werde bei der Telefonseelsorge anrufen, damit ich mit jemandem sprechen kann, den das interessiert.«

»Ash, komm schon.«

»Nein.« Um meinen Worten Nachdruck zu verleihen, stemme ich die Fäuste in die Hüften. »Wie kann es sein, dass du im Mittelpunkt der Aufmerksamkeit stehen darfst, aber wenn ich mal einen Durchhänger habe, soll ich einfach so darüber hinwegkommen?«

»Weil du Ashley bist. Die Kluge. Die Starke. Diejenige, die sich jede Mutter für ihren Sohn zur Frau wünscht. Ich bin die mit den schwachen Genen, ohne Hirn, schon vergessen? Und jetzt kann ich nicht einmal Kinder bekommen, also kann ich nicht mal das richtig machen.«

»Was?!« Ich bin versucht, meine beste Freundin zu würgen. Sie ist vollkommen durchgeknallt. Eine andere Erklärung gibt es nicht. Ich werde sie noch in der Klinik besuchen müssen, die niemand wirklich Klinik nennt. »Du hast eine Fehlgeburt gehabt, Brea. Nicht alles im Leben ist vollkommen und fix und fertig mit Schleifchen. Ich weiß, dass es in deinem Leben meistens so lief, aber daran musst du arbeiten. Ich muss an *allem* arbeiten, Brea. Ich habe keinen Mann oder Eltern, die zu meiner Rettung kommen. Wer kam mir zu Hilfe, als mein Auto in San Francisco beschlagnahmt wurde?«

Brea scharrt mit den Füßen. »Meine Eltern.«

»Und wer ist bei der College Abschlussfeier im richtigen Moment aufgestanden und hat Beifall geklatscht, nicht wie meine Eltern, die dachten, ich hätte meinen Abschluss in Wirtschaft gemacht?«

»Meine Eltern und ich.«

»Bei dir war alles immer schön verpackt, Brea. Du machst mich wahnsinnig.«

»Seth kam auch schön verpackt, Ashley. Er lag dir zu Füßen mit rotem Schleifchen, aber du hast das Geschenk nie ausgepackt, weil du immer gedacht hast, es kommt noch etwas Besseres.«

»Habe ich nicht! Das ist nicht wahr!« Wie kann sie mir nur vorwerfen, wählerisch zu sein!

»Doch. Ich glaube, du bist schon längst in Seth verliebt gewesen. Du wolltest dich nur einfach nicht dazu herablassen, dir deine Schwäche einzugestehen. Aber du bist auch nur ein Mensch, genau wie ich. Genau wie Dave. Genau wie deine Mutter. Das macht dich wahnsinnig, nicht wahr?«

»Du redest Blödsinn.«

»Du tust so, als wärst du vollkommen außer dir wegen all dem, was Seth dir angeblich angetan hat, dabei bist du selbst schuld. Du hast Seth immer etwas bedeutet, er war immer da für dich, und du bist ihm aus dem Weg gegangen, weil er nicht deinen Vorstellungen vom Traumprinzen entspricht, weil du dieses Bild vom Aschenputtel im Kopf hast.«

Mir verschlägt es die Sprache.

»Dein Traumprinz kann keine Karrierefrau entführen, die über jede Romantik erhaben ist.«

»Karrierefrau? Was soll ich denn sonst sein? Ich muss ja schließlich meinen Lebensunterhalt verdienen.«

Brea bleibt hartnäckig. »Was hast du geantwortet, als Seth dich beim Skifahren gefragt hat, ob du mit ihm allein essen gehst?«

»Ich musste arbeiten, Brea. Ich war schon den ganzen Tag Ski fahren gewesen. Wir waren mit der ganzen Single-Gruppe dort. Es hätte komisch ausgesehen, wenn wir beide allein weggegangen wären.«

»Was hast du zu Seth gesagt, als er dich letztes Jahr gefragt hat, ob du mit ihm zusammen die Bibelgruppe der Singles leiten würdest?«

»Ich war jede zweite Woche geschäftlich unterwegs. Wie hätte ich mich denn auf die Bibelarbeiten vorbereiten sollen?«

»Und was hast du gesagt, als er dich an deinem Geburtstag eingeladen hat, mit ihm Matrix anzuschauen?«

»Das war sein und Sams dummes allwöchentliches Ritual. Das war keine echte Einladung.«

»Ich würde mal sagen, Seth hat seinen Teil mehr als erfüllt, um dir nachzulaufen, und du hast ihm einfach einmal zu oft eine übergebraten, Ashley Wilkes Stockingdale. Und jetzt hast du deinen Traumprinzen an der Hand und plötzlich möchtest du doch lieber den Dienstboten, der schon die ganze Zeit da war.«

Ich schüttle den Kopf. »Du irrst dich, Brea. Keine dieser Gelegenheiten war so, wie du sie schilderst. Es gab immer einen praktischen Grund, weshalb er mich einladen wollte. Denk nur an das Abendessen bei Fresh Choice. Hä?«

»Payback-Punkte stinken wohl, oder? Bei einem Mann wie Seth

ist alles praktisch. Du würdest einen romantischen Mann doch wie einen Käfer am Boden zertreten.«

Ich umklammere meine Brust. »Autsch!«

»Meine Beweisführung ist abgeschlossen«, sagt Brea. »Du kannst dich jetzt vor Sehnsucht nach Seth oder Kevin oder mit wem auch immer du diese Woche rummachst, verzehren, aber werd dir endlich mal über dich im Klaren. Soweit ich das erkennen kann, sind sie alle beide wunderbare Männer. Entscheide dich und überleg dir, wen du wirklich willst, sonst hast du am Ende gar keinen.« Brea geht nach oben. »Ach, übrigens werden John und ich das Baby adoptieren. Ich will, dass das Kind in einem christlichen Elternhaus aufwächst, und das ist ein Weg, um das sicherzustellen.« Sie knallt oben die Tür zu.

Was ist faul an mir, dass sich in letzter Zeit so viele über mich ärgern?

Ich spiele Scarlett. *Darüber werde ich ein anderes Mal nachdenken.* Ich logge mich in meinen Computer ein und habe nur zwei E-Mails. Seit ich das Anti-Spamprogramm habe, merke ich, wie wenige Freunde ich wirklich habe. Eine Mail ist von Seth, und ich öffne sie sofort.

An: Ash@NNN.net

Von: MatrixMan@NNN.net

Ash, hier ist dein Benutzername und das Passwort für deine Möbel, etc.

657584 Passwort: 777 (habe ich mir ausgedacht, schön, oder?)

Ich habe Larry das mit Taiwan erklärt.

Wenn du eine Wohnung hast, ruf ihn einfach an.

Ich habe heute Abend ein Arbeitsessen mit einer von den Barbies.

Ruf mich auf dem Handy an, wenn du was brauchst. S

Ich schaue mich kurz um, aber Brea ist nicht in der Nähe. Gott sei Dank.

»Ash.«

Ich fahre hoch. »Was ist?«

Brea ist leise wieder heruntergekommen. »Ich bin noch mal

heruntergekommen, um dir zu sagen, dass es mir leid tut. Was schreibt Seth?«

Die Worte kommen aus ihr herausgepurzelt wie ein Schuldbekenntnis. »Er war heute Abend mit einer von den Barbies zu einem Arbeitsessen. Es war keine Verabredung.«

Brea bekommt große Augen. »Mit wem?«

»Mit einer von den Barbies. Viele Firmen stellen schöne Frauen ein, die mit den Ingenieuren flirten sollen, um ihre Produkte besser zu verkaufen. Seth war mit so einer Puppe aus.« Sie starrt mich immer noch an, und ich versuche ein Grinsen zu unterdrücken. »Diese Puppen sind für gewöhnlich verheiratet. Und wenn nicht, dann sind sie mit Footballspielern befreundet.«

»Dann war es also gar keine romantische Verabredung.«

»Genau!«, jauchze ich.

»Aber du hattest eine.«

Autsch. Die Wahrheit schmerzt. »Geh weg.«

Ich mache weiter mit einer E-Mail von Kay Harding zu unserem Samstagabend: Kegeln und Square Dance. Ist es zu viel verlangt, dass meine Samstagabende mehr beinhalten sollten als ein Kindergeburtstag?

»Square Dance, he?« Brea liest immer noch über meine Schulter mit. »Was macht denn dein Onkel Doktor am Samstagabend? Vielleicht könnten wir ja zufällig das Gleiche tun, dann könnten John und ich ihn kennen lernen.«

»Er wird wahrscheinlich arbeiten.«

»Was stimmt mit ihm nicht, Ash?«

»Nichts. Das ist ja das Problem. Er macht mich nervös, weil ich immer denke, er ist zu gut, um wahr zu sein. Er fährt einen Porsche, hat eine gute Arbeit, lebt nicht bei seiner Mama. Aber an seinen Eltern ist etwas sehr seltsam. Ich habe das Gefühl, dass sie auf der Suche nach gutem Genmaterial sind. Sie sind mir unheimlich.«

Brea legt die Nase in Falten. »Uuuuh. Er fährt einen Porsche? Du gehst mit einem Mann, der einen Porsche fährt. Das ist wirklich wild und außergewöhnlich!«

»Hin und wieder habe ich eine wilde Ader.«

»Ich gehe jetzt ins Bett.« Sie schaut auf meine Aktentasche. »Und arbeite nicht die ganze Nacht. Du musst schlafen.«

»Ich muss ins Internet und herausfinden, was zu einer chinesischen Hochzeit gehört.«

»Das will ich gar nicht erst wissen.«

»Dave sagt, ich muss – für Mei Ling. Ich weiß auch nicht, warum sie keine große amerikanische Hochzeit mit Hühnertanz und so will. Keine Ahnung.«

»Gute Nacht.« Brea schlendert die Treppe hinauf.

Ich sitze unten am Computer, und da kommt eine neue E-Mail herein, von Purvi. Ich schüttle den Kopf. Die Frau wird sich auch in ihren Sarg noch DSL legen lassen.

Taiwan wieder gebucht. Schwer was los. Erzähl ich dir später. Purvi.

Ob sie in Las Vegas wohl eine Elvis-Darstellerin brauchen, wenn wir dort sind? Das muss ich unbedingt herausfinden. Es wird Zeit, dass ich dieses verrückte Leben hinter mir lasse, da kann ich es auch genauso gut gegen ein anderes verrücktes Leben eintauschen.

Nachdem ich ein paar Stunden lang Patententwürfe durchgeschaut habe, zeigt mein Instantmessager plötzlich eine Nachricht an. Ich schaue auf die Uhr. Es ist zwei Uhr morgens.

Wie war deine Verabredung?

Ich ignoriere die Nachricht. Es ist bestimmt irgendein Teenie, der mir eine heiße Nacht mit kostenlosen Filmen anbieten will. Wieder eine Nachricht:

Warst das nicht du im Restaurant, Ash? Ich war mit einer von den Barbies dort.

Meine Hände fangen an zu zittern, aber ich tippe trotzdem. *Seth?*

Nenn mich Ken. Oder GI Joe.

Ich kichere amüsiert.

Haben ihre Knie auch so ein komisches Geräusch gemacht, als sie sich hingesetzt hat?, tippe ich.

Hä?

Mädchenwitz. Egal. Hat sie dir was verkauft?

Nein, aber hat keinen Alkohol getrunken - um Geld zu sparen.

Wie war es mit ihr? Meine Finger zucken wieder. Will ich die Antwort wirklich wissen?

Gleicher IQ wie die echte Barbie.

»Ja!«, sage ich zu mir selbst und strecke die geballte Faust hoch.

Wo bist du?

Bei Brea. Muss doch nach Taiwan.

Mist.

War wohl mein letztes Abendmahl heute. Wenn ich doch bei einer echten Unterhaltung nur auch so geistreich wäre wie beim Chatten.

LOL. Warum bist du noch auf?

Muss mich über chinesische Hochzeit informieren.

Sollte ich davon wissen?

Mein Bruder heiratet nächsten Monat eine Chinesin.

Bin in China aufgewachsen. Bin MK.

Unmöglich. Er kann kein Missionarskind sein. Das glaube ich ja nicht. Keine Sekunde, aber mein Herz schlägt, als würde es gleich aus der Brust springen. Wieso habe ich das nicht gewusst? Meine Hände schweigen. Mir fällt nichts ein, was ich schreiben könnte, obwohl ich voller Fragen bin. Seth spricht nie über sich selbst. Ich wäre im Leben nicht darauf gekommen, dass er in China aufgewachsen ist.

Ash?

Verarbeite gerade Vorstellung von dir in China.

Haare sind immer noch dort.

Siehst besser aus ohne.

Und dann kommt nichts mehr. Bin ich zu weit gegangen? Ich tippe leicht auf die Tastatur und warte, ob er wiederkommt. Hätte ich mir das mit den Haaren nicht sparen können?

Bin wieder da. Sam kam heim. War ausgesperrt.

Schade, dass mein Bruder heiratet. Könnte mit Sam zusammenziehen.

Sam ist cool. Kocht.

Kochen ist okay. Einkaufen ist nervig. Ich verziehe das Gesicht.

Musst freitagabends gehen. Alles leer.

Sieht aber nach Loser aus.

LOL. Bin Loser. Glatzköpfiger, alter Ingenieur.

Steht das in deiner online-Bewerbung? Schlechtes Image.

Was für Image?

Ich beschließe, dass es besser ist, das Thema zu wechseln. *Kannst du Square Dance?*

Sag ich doch: schlechtes Image.

»Ashley, worüber lachst du?« Brea steht auf der Treppe und reibt sich die Augen.

»Entschuldigung. Habe ich dich geweckt?«

»Nein, ich dachte nur, ich könnte was verpassen. Mit wem schreibst du?« Sie nickt zum Bildschirm.

»Seth. Er hat geschrieben.«

»Und deshalb kicherst du so?«

»Er ist wirklich witzig, Brea.« Seth ist auch beständig, wie ein strahlender Stern oder ein fester Berg. Er steht fest im Leben und auch im Glauben. Und Kevin? Ich glaube, ich sehne mich ein wenig nach dieser Stabilität, vielleicht weil meine Familie so wechselhaft ist.

»Schreib Seth. Er wartet.«

Brea ist da. Gruß.

Gruß zurück. Schaue jetzt Matrix mit Sam. N8 Ash.

N8 Seth. Und die kleine Sprechblase verschwindet von meinem Bildschirm. Was für eine passende Darstellung.

»Was hat er gesagt?«

»Dass die andere den IQ einer Barbiepuppe hatte. Alles andere ist dann ja wohl unwichtig, oder?«

»Wahrscheinlich, ja.«

»Ach, und ich muss doch wieder nach Taiwan. Purvi hat mir eine Mail geschickt.«

»Ashley! Hör endlich mit diesem Wahnsinnsjob auf! Mann, du

wirst noch eine andere Sprache sprechen, bevor ich es merke. Oder du kommst mit einem Typ heim, der dich wegen der Greencard geheiratet hat. Außerdem mag ich es nicht, wenn du die ganze Nacht im Flugzeug bist. Ich bin dann die ganze Nacht wach und bete für dich und mache kein Auge zu.«

»Hast du gewusst, dass Seth als Missionarskind in China aufgewachsen ist?«

»Nein, hab ich nicht. Es gibt wohl eine Menge, was ich nicht von ihm weiß, Ash, aber eines verstehe ich nicht. Ich verstehe wirklich nicht, woher dein plötzliches Interesse an ihm kommt.«

Ich seufze verträumt. »Ich weiß. Ich weiß es auch nicht.«

»Du brauchst Urlaub. Du hast keine Wohnung mehr, deine Kleider sind irgendwo gelagert - eine beängstigende Vorstellung für mich -, deine Schuhe könnten total altmodisch sein, bis du sie mal wieder auspackst. Deine Firma besitzt dich, als wärst du an deinen Schreibtisch gefesselt, nur noch schlimmer, weil du ans Flugzeug gefesselt bist. Die Band in der Gemeinde nimmt eine CD auf, und ich habe gehört, dass du gesagt hast, du hast keine Zeit mitzumachen.«

»Habe ich auch nicht«, antworte ich achselzuckend.

»Bald ist wieder Single-Skifreizeit - es ist schon wieder ein ganzes Jahr vergangen. Da gehst du doch mit, oder? Selbst wenn es mit den ewigen Singles ist.«

»Ich hasse Ski fahren.«

»Ich weiß, dass du Ski fahren hasst. Dann lass dir derweil im Wellnessbad eine Gesichtsmaske verpassen, aber du brauchst Urlaub. Ich glaube, deine Prioritäten haben sich total verschoben, und ich habe Angst, dass du auch ein ewiger Single wirst, wenn du nicht mal von hier verschwindest. Wenn ich dich eines Tages bei der Star-Wars-Episode-IV-Premiere im Kostüm treffe, ist es zu spät.«

»In zwei Wochen gehe ich nach Las Vegas zur Hochzeit meines Bruders.«

»Pornoangeboten ausweichen und Spielchips jonglieren ist kein Urlaub für dich, Ash.«

»Dort gibt es auch Wellnessbäder.«

»Versprichst du mir, dass du in eines gehen wirst?«

Die Frage macht mich kribbelig. Früher mochte ich solche mädchenhaften Dinge, aber inzwischen hat sich alles verändert. Ich ruhe mich nicht mehr aus oder entspanne mich. Ich mache mir Gedanken um alles, was ich vergessen habe zu erledigen, bevor ich gegangen bin und all die Entwürfe, die ich noch einmal durchsehen muss. Wenn ich an all meine Aufgaben in der Gemeinde denke, die ich früher einmal hatte, fühle ich mich so unzulänglich. Und ich hasse es, mich unzulänglich zu fühlen, und deshalb denke ich nicht gerne darüber nach und will auch die Geschwindigkeit, mit der ich vorwärts presche, nicht verringern. Wenn ich nicht mehr in Aktion bin, holt mich das alles ein.

»Ich verspreche dir, dass ich in ein Wellnessbad gehen werde. Aber wenn du nicht mit mir eine chinesische Hochzeit planen oder dir Patententwürfe ansehen willst, dann gehst du jetzt besser ins Bett.«

»Es war schön, dich wieder kichern zu hören. Seit ich geheiratet habe, warst du so seltsam. Ich bin runtergekommen, um dich kichern zu hören, und wenn Seth dich dazu bringen kann, dann solltest du ihm noch eine Chance geben.«

26

Dinge, auf die ich mich bei meiner Reise nach Taiwan freuen kann:

1. Seth wird mich vielleicht vermissen (Trennung macht noch zärtlicher das Herz und so weiter).
2. Kann Albtraum-Mittagessen mit Dan Hollings (würg) am Freitag absagen, ohne lügen zu müssen.
3. Muss nicht die ganze Woche auf eventuelle Anrufe hoffen. Ich bin so beschäftigt!
4. Kann die Wohnungssuche noch eine Woche hinausschieben.
5. Kann original chinesische Zutaten für die Hochzeit meines Bruders mitbringen.

Brea kommt in die Küche, während ich gerade auf meinem Laptop tippe. »Hast du letzte Nacht überhaupt geschlafen?«, fragt sie.

»Es reicht so.«

»Ich hatte schon Angst, dass du die ganze Nacht mit Seth gechattet hast. Was hat er gesagt?«

»Nichts weiter«, antworte ich achselzuckend. »Wir haben aufgehört, als du ins Bett gegangen bist. Er wollte Matrix schauen.« *Schmerzlich, das zuzugeben.* »Ich muss mal telefonieren, wenn du nichts dagegen hast. Wenn ich das richtig verstanden habe, fliege ich heute, also muss ich meine Verabredung mit der dunklen Seite am Freitag absagen.«

»Ich kann immer noch nicht fassen, dass du überhaupt jemals zugesagt hast.« Brea zieht ein Gesicht, als hätte sie gerade eine Zitrone im Mund.

»Es ist deine Schuld, dass ich da reingeraten bin.« Ich suche die Nummer in meinem PDA. »Wenn ich ihn jetzt anrufe, ist bestimmt der Anrufbeantworter dran.«

»Dan Hollings.«

»Oh, hallo«, stottere ich. »Ich hatte mit deinem Anrufbeantworter gerechnet.«

»Du weißt doch, Morgenstund hat Gold im Mund. Außerdem klingelt es dann auf meinem Handy. Genau genommen sitze ich im Auto. Auf dem Weg zu einem Kunden.«

Ich bin eine Frau mit einem Auftrag. »Ich muss unsere Verabredung am Freitag absagen, Dan. Ich fliege heute Nachmittag nach Taiwan.« Ich spreche in diesem ernst-geschäftlichen Tonfall mit etwas tiefem Bedauern dabei. Das ist filmpreiswürdig.

»Passt genau«, meint er. »Vielleicht können wir uns am Flughafen zum Mittagessen treffen, bevor dein Flug geht?«

Mist! Ich wusste doch, dass ich zu viel Bedauern in der Stimme hatte. Ich hätte mich für den rein geschäftlichen Tonfall entscheiden sollen. Die Filmjury wird meine Auszeichnung widerrufen.

»Ich fliege von San Francisco aus«, sage ich in der Annahme, dass er jetzt gleich sagen wird, er habe mit San José gerechnet.

»In Ordnung. Also dann um zwölf?«

Ich schlage mich auf die Stirn. Ich habe ihm viel zu viel verraten. Wann werde ich endlich lernen, den Mund zu halten? Ich hätte einfach sagen sollen, dass ich zu viel zu tun habe, um mich diese Woche mit noch einem Mann zu treffen ... »Ja, zwölf Uhr geht in Ordnung«, murmle ich.

»Wunderbar. Dann treffen wir uns um zwölf. Beim Japaner.«

»Schön.«

»Du bist doch echt ein Loser«, sagt Brea, als ich seufzend aufgelegt habe.

Ich beschließe, den Vorfall bei Bloomingdale nicht noch mal aufzuwärmen, oder sie daran zu erinnern, dass diese Verabredung nur aus Rücksicht auf ihre Schwäche entstanden ist. Da stehe ich drüber. Ich bin ja schließlich eine gute Freundin. »Danke für deine Unterstützung.«

Brea hat ihren Jogginganzug an, ein reizendes grau-rosa Sweatshirt mit Hose, höchstwahrscheinlich von der Topmarke Nordstrom. Sie sieht viel zu hübsch darin aus, um zu schwitzen, und wenn man ihre Kleidergröße bedenkt, scheint es eine Verschwendung von guter Kleidung zu sein. Ihre Möpse knabbern an ihren Füßen und warten auf ihren Morgenlauf.

»Können die Hunde mit dir mithalten?«, frage ich mit einem Blick auf ihre kurzen Stummelbeine.

»Nein, ich nehme sie im Burley mit.«

»Im was?«

»Im Burley. Das ist ein Sport-Kinderwagen zum Joggen.« Sie zeigt aus dem Fenster, und da steht ein leuchtend rot und gelbes Vehikel für Kinder, inklusive orangefarbener Sicherheitsfahne und Regenüberzug.

»Das ist nicht dein Ernst, die Hunde darin spazieren zu fahren?«

»Sie sind meine Babys.« Sie nimmt einen von den Hunden hoch und drückt ihn an ihre Wange. »Zumindest noch zwei Monate.«

»Ich mache mir ernsthaft Sorgen um dich. Du brauchst dieses Kind wirklich. Hol es dir. Ich muss zur Arbeit.«

»Willst du nichts essen? Im Schrank sind Atkins Müsliriegel.«

Arme Brea. Sie glaubt tatsächlich, zuckerfreie Soja-Riegel seien Frühstück. Für ein richtiges Frühstück braucht man mindestens Koffein. »Ich hole mir unterwegs einen Mokka.«

»Ein bisschen heftig, oder?« Breas wohlgeformte kleine Nase zieht sich in Falten.

»Na ja, ich versuche davon runterzukommen, aber du weißt ja, wie das ist.«

Sie gibt mir in ihrer verspielten Art einen Klaps. »Sei still. Ich meine ja nur, weil du immer jammerst, dass dir deine Klamotten nicht mehr passen und so.«

Ich zucke mit den Schultern. »Ich kann mir ja neue kaufen. Apropos, ich lasse meine Wäsche hier«, erkläre ich. »Kann ich sie mir nach der Geschäftsreise frisch gewaschen wieder abholen?«

»Nachdem du soeben meine Babys beleidigt hast?« Sie fängt an, mit den Hunden in Babysprache zu reden.

»Dan Hollings am Freitag«, sage ich nur. Mehr braucht es nicht.

»Ja, ich wasche sie dir. Schreib mir eine Mail, wenn du angekommen bist, okay? Ich bin froh, wenn du mal einen normalen Job kriegst und hierbleibst.«

»Für Silicon Valley ist das ein normaler Job. Mit Hunden im Kinderwagen joggen gehen dagegen nicht.«

Breas Oberschenkel beweisen, dass sie mit ihren Hunden joggen geht. Meine Oberschenkel beweisen dagegen, dass ein Mokka mehr meiner grazilen Figur auch nicht mehr schadet.

Brea drückt mir einen Kuss auf die Backe. »Mach Urlaub.« Das sind ihre letzten Worte, bevor ich zur Arbeit gehe und mich freue, meinen heißgeliebten Audi wiederzuhaben. Wenigstens ein paar Dinge im Leben funktionieren noch.

Dianna ist heute Morgen nicht da. Die quälende Telefonschicht von gestern Abend muss ihr wohl den Rest gegeben haben. Sei freundlich, ermahne ich mich selbst. Aber Herr, muss ich zu *allen* freundlich sein? Kann ich mir nicht die Menschen aussuchen, zu denen ich freundlich sein will? So jammere ich innerlich.

Purvi ist da, telefoniert aber und hindert wahrscheinlich irgendeinen armen Tropf in Taiwan am Schlafen. Dort ist es Mitternacht. Ich räume meinen Schreibtisch so gut es geht auf und lasse Dianna so viel Arbeit liegen wie menschlich vertretbar. Dann erledige ich einige Anrufe, während ich auf letzte Anweisungen von Purvi warte, die mich wieder in das verflixte Flugzeug und die braune Luft zurückschicken wird. Inzwischen versuche ich alles, um die neuesten technischen Zeichnungen für das Patentamt zu bekommen.

»Bis in spätestens einer Stunde bekommst du die letzten Unterlagen«, ruft Purvi, als sie an meinem Büro vorbeigeht.

»Warte! Fliege ich mit dem drei Uhr Flug?«

»Ja, du bist gebucht. Deine Buchungsbestätigung und Fluginfos liegen bei Dianna auf dem Tisch.«

Purvi winkt ab und wendet sich einem unserer Chefs zu.

Ich drehe mich um, und da steht Dianna vor meiner Nase mit einem Blatt Papier in der Hand.

»Ich dachte, du bist noch gar nicht hier«, sage ich zu ihr.

»Bin schon seit einer Stunde hier.«

»Ich habe von zu Hause gearbeitet«, entgegne ich in einer Art vermeintlichem Wettstreit. »Sag Purvi, dass die Unterlagen für das Incline-Projekt auf ihrem Tisch liegen.« Ich werfe mein Haar mit einer schwungvollen Bewegung zurück, aber es bewegt sich natürlich nichts.

»Wie war deine Verabredung gestern Abend?« Dianna spielt mit den Augenbrauen, als würde ich ihr gleich etwas hoch Vertrauliches von meiner Verabredung verraten. Wenn es etwas sehr Vertrauliches gäbe, würde ich es vielleicht tun. »Ich habe seinen Porsche gesehen. Sehr beeindruckend. Wohin hat er dich eingeladen?«

»Irgendein kleines französisches Restaurant in Palo Alto.«

»Aber nicht das L'aime Donia«, sagt sie mit perfektem französischem Akzent. »Ich liebe dieses Lokal.«

Das haut mich um. Ich hätte nicht gedacht, dass sie überhaupt schon mal dort war. Sie wirkt auf mich nicht wie der Typ, der französisch essen geht. Ich fange an zu begreifen, dass es sehr viel gibt, was ich nicht über Dianna weiß.

»Es war nett«, sage ich ausdruckslos.

»Weißt du, Ashley, du bist klug genug, du brauchst keinen reichen Kerl.«

Ich bin platt. Seit wann heirate ich wegen Geld? Seit wann heirate ich überhaupt wegen irgendetwas, ist die eigentliche Frage.

»Ich weiß, was du jetzt denkst«, fährt sie fort. »Ich bin nicht die Richtige, um dir einen Rat zu geben. Aber weißt du was? Ich bin genau die Richtige, um dir einen Rat zu geben. Ich werde es nie wieder zulassen, dass ein Mann mich in der Hand hat. Ich will die Männer in der Hand haben.« Sie zwinkert und geht wieder zu ihrem Schreibtisch, wo sie schon eine andere Assistentin erwartet, um sich mit ihr zu unterhalten.

Hat man die Männer in der Hand, wenn man sie in den Ausschnitt schauen lässt? Vielleicht hat man sie in der Hand, aber es erinnert sehr an Isebel, die Frau des Königs Ahab, und ich stehe mehr auf das Beispiel von Esther oder Ruth. Aber nicht das der Jungfrau Maria. Dem folge ich jetzt schon einunddreißig Jahre. Ich will einen Mann, und zwar jetzt! Heute morgen ist es mir egal, ob es Kevin oder Seth ist. Der Erste, der sich rührt, mit dem gehe ich vor den Altar. Na ja, vielleicht bin ich doch nicht ganz so verzweifelt. Aber fast.

Purvi stopft mir in letzter Minute noch ein paar Dokumente in die Tasche und verabschiedet mich. »Das ist eine große Sache«, erinnert sie mich noch einmal. »Mit diesen Tantiemen bleiben unsere Aktien oben. Wenn wir sie und unsere Aktionäre verlieren, dann wird sich der Vorstand direkt die Patentabteilung vorknöpfen.«

Ich salutiere. »Das schaffe ich schon.«

»Die nächste Geschäftsreise nach Seattle darfst du machen. Das verspreche ich.«

Ich nicke nur. Eines weiß ich genau: Purvi wird dafür sorgen, dass es sich für mich lohnt. Jedes Mal, wenn ich für die Firma ein Patent an Land ziehen kann, bekomme ich 1.000 Dollar Bonus. Und wenn ich uns Tantieme für ein Patent sichern kann? Womöglich fliege ich dann nach Hawaii! Dann lasse ich mir die Gesichtsmaske dort machen. Ich werde bis zum Umfallen üben, mich zu entspannen.

Als ich in die Stadt fahre, ist kein Verkehr. Natürlich muss ich wieder den einzigen Tag im Jahr erwischen, an dem auf der 101 nach San Francisco kein Verkehr ist. Kennen Sie den Film *Der Tag danach?* So sieht die Autobahn jetzt aus, und ich habe freie Fahrt bis zum Flughafen und komme rechtzeitig zu meiner schicksalhaften Verabredung, zu der ich ausnahmsweise viel lieber zu spät kommen würde.

Ich weiß, dass ich an meiner Einstellung arbeiten muss. Vielleicht ist Dan Hollings ja mittlerweile ein super Typ, und ich verderbe mir mit dieser Haltung alles. Noch mal von vorne. Ich muss mich neu booten. Er ist nicht mehr hinter den Cheerleadermädchen her. Er ist ein erfolgreicher Geschäftsmann hier in der Gegend von San Francisco. Er hat immerhin eine Rufumleitung auf sein Handy. Das zeigt doch etwas Initiative. *Na schön, Herr, ich lege die Sache ganz in deine Hand. Es ist das, was du heute mit mir vorhast. Ich nehme es an. Ich will heute deine Botschafterin für Dan Hollings sein.*

Ich bin eine Stunde zu früh am Flughafen. Das hat mir gerade noch gefehlt. Noch mehr warten. Aber ich checke meinen Koffer, der jetzt seit fast einer Woche gepackt ist und meinen ganzen Besitz enthält, zu dem ich noch Zugang habe, am Schalter ein.

Ganz gleich, zu welcher Tageszeit man am Flughafen in San Francisco ist, hier ist immer Gedränge. Durch die neuen Glaswände wirken die Menschen so klein, wie wuselnde Ameisen, die in alle Richtungen auseinanderströmen. Ich stürze mich in den Strom und steure mit all den anderen Silicon-Valley-Arbeitsbienen und Touristen auf das Terminal für Auslandsflüge zu.

Ich beschließe, mit meinem PDA noch E-Mails abzurufen, während ich auf Dan warte. Ich warte auf Dan Hollings. Wenn das keine klare Aussage über mein Liebesleben ist, dann weiß ich auch nicht, wie man es besser beschreiben soll. Als ich durch die Eingangshalle hinüber zum japanischen Restaurant schaue, steht Dan da und wartet. Er winkt mir zu, als sei ich quer durch die Staaten gereist, um ihn zu treffen. Er hat sich überhaupt nicht verändert, und das ist kein gutes Zeichen.

Er hat immer noch das gleiche drahtige, krause, dunkle Haar und den gleichen schmuddeligen, ungleichmäßigen Bart. Ja, er hatte schon in der Highschool einen Bart. In den 80er-Jahren, als Haargel aufkam, war das nicht in.

Blass. Das ist das Wort, das sein Aussehen am besten beschreibt. Obwohl sein Haar dunkel und dick ist, ist sein fahles Gesicht farblos, abgesehen von ein paar noch verbliebenen Pockennarben. Aber es ist nicht sein Aussehen, das mich so überwältigt; so oberflächlich bin ich nicht. Es ist dieses klebrige, schleimige Gefühl, das man bei ihm immer hat. Genau wie dieser schreckliche Typ auf meinem letzten Flug nach Taiwan, der seinen Ehering versteckt hat. Ich kann nicht erklären, warum, aber in seiner Nähe fühle ich mich schmutzig.

»Ashley!«, sagt er und kommt auf mich zu, um mich zu umarmen.

Von seinen Armen umschlungen, antworte ich in seine Schulter hinein: »Dan, schön dich zu sehen.«

»Wir sind wohl beide früh dran«, meint er.

»Ja, scheint so. Was für ein Zufall.«

»Komm, setz dich. Ich habe uns schon einen Tisch bestellt. Dann erzähle ich dir von mir.« Ich setze mich, und Dan räumt seine Unterlagen, sein Handy und seine Aktentasche vom Tisch.

»Sieht aus, als sei das hier dein Büro.«

»In letzter Zeit ist mein Büro überall.«

»Was hast du so getrieben?«, frage ich freudig und erinnere mich an mein Versprechen gegenüber Gott.

»Ich bin Finanzleiter eines kleinen, jungen Unternehmens.«

Kleines, junges Unternehmen. Gibt es auch große, junge Unternehmen? »Und was macht deine Firma?«

»Firmenanwendungen.«

Aha, also nichts. Kein richtiges Produkt. »Habt ihr irgendwelche wichtigen Patente laufen?«, frage ich.

»Stimmt ja, du bist Patentanwältin. Wir haben ein paar.«

»Noch in der Schwebe oder schon gewährt?«

Er sieht etwas verärgert aus. »Im Werden.« Na schön, kein richtiges Produkt, keine Patente. Das heißt, dass er seinen Job höchstens sechs Monate lang behält. Aber ich bin ja nicht bei einem Bewerbungsgespräch, ich bin bei einer Verabredung. Benimm dich entsprechend.

»Das macht bestimmt Spaß in einem jungen Unternehmen.« *... Wenn man nie genau weiß, ob man im nächsten Monat sein Gehalt bekommt.*

»Oh ja. Viele Vergünstigungen, freie Arbeitszeiten, vorausgesetzt, es sind nicht mehr als achtzehn Stunden am Tag. Aber es wird.«

Ich bin geneigt, ihn zu fragen, wie viele Aktienoptionen er schon anstelle von Gehalt bekommen hat, aber ich merke schon an seiner draufgängerischen Art, dass es viele sind.

»Komm, ich bestelle uns was zu trinken.« Er hebt den Arm, und nickt der Kellnerin zu. Es ist eine zierliche Asiatin, die die richtige Mischung aus Lächeln und Distanziertheit hat.

»Kann ich Ihnen schon einmal etwas zu trinken bringen?«, fragt sie.

»Eine Cola Light, bitte«, sage ich, bevor Dan die Gelegenheit hat, etwas für mich zu bestellen. An seinem geöffneten Mund kann ich schon erkennen, dass er der Typ Mann ist, der das tut.

Er lacht wieder. »Du warst schon immer die Brave. Ich nehme eine Bloody Mary.« Er schickt die Kellnerin mit einer Handbewegung weg.

»Ich habe deine Schwester mit ihrem goldigen Baby bei Bloomingdale getroffen. Sind ihre Kinder alle so süß?«

»Ja, sie hat da ein paar nette Kinder zustande gebracht.«

Ich nicke.

»Hast du welche? Kinder, meine ich«, fragt er.

»Nein, ich bin nicht verheiratet.«

»Das will heutzutage nichts mehr heißen. Ich habe zwei.« Er holt seinen Geldbeutel heraus.

»Kinder?«

»Und Exfrauen.« Er lacht und zeigt mir ein Bild mit Zwillingsmädchen, die etwa drei Jahre alt sind. »Die Ehe passt irgendwie nicht so zu mir.«

»Siehst du deine Töchter oft? Sie sind süß.« Das sind sie wirklich. Blonde Locken, ein breites Grinsen und Stupsnasen. Sie müssen wohl ihrer Mutter ähnlich sehen.

»Etwa einmal im Monat. Ich bin im Moment beruflich noch viel unterwegs. Deshalb hat wohl auch die Ehe nicht gehalten. Ich glaube, ich muss jemanden suchen, der das Gleiche vom Leben erwartet wie ich.«

Breas Worte, dass ich eine Karrierefrau bin, verfolgen mich. »Seltsam, dass du das sagst. Ich denke gerade darüber nach, ob ich weiterhin so viel unterwegs sein will.«

»Es ist die einzige Möglichkeit, beruflich voranzukommen. Das habe ich meinen Frauen immer gesagt.« *Frauen*. Er ist erst zweiunddreißig und hat schon *Frauen* gehabt. Silicon Valley ist ein ehefeindlicher Ort. Es sei denn, beide Partner haben das gleiche Geschlecht, dann ist es ein guter Ort für die Partnerschaft. Ich bin schockiert, wie alt er aussieht, als hätte er die vergangenen Jahre doppelt gelebt. Gibt es Schönheitschirurgie gegen diesen auszehrenden, zu stressigen Lebensstil?

»Vielleicht ist vorankommen nicht die Lösung.«

»Jetzt hörst du dich an wie meine Schwester. Sie hackt immer auf mir herum, dass ich mich doch wieder auf das Wesentliche konzentrieren soll.«

Ich gebe ihm das Bild von seinen Töchtern zurück. »Ich glaube, das ist eigentlich ein guter Rat.«

Die Kellnerin stellt unsere Getränke ab, und Dan legt Bargeld auf ihr Tablett. »Und was ist das Wesentliche?«, meint er lachend. »Hier in der Gegend scheint das ein 5er BMW und ein großes Haus im richtigen Viertel von Menlo Park zu sein.«

Ich kratze mich am Kopf. »Es scheint wohl so. Was das Auto angeht, kann ich das verstehen. Schließlich sitzt man viel drin. Aber das Haus? Wer zum Kuckuck kommt überhaupt dazu, nach Hause zu gehen?«

Dan lächelt. »Ich denke oft, dass mein Hausmädchen mehr Zeit dort verbringt als ich.«

Die Kellnerin kommt zurück. »Möchten Sie bestellen?«

»Sashimi Hamachi und Gemüseröllchen.« Ich gebe der Kellnerin meine Speisekarte zurück.

»Klingt gut. Für mich auch.« Dan schlürft seinen Cocktail leer und bestellt noch einen, sieht dann aber meinen besorgten Gesichtsausdruck. »Ach, doch lieber eine Cola.« Mit dem Rest seines Cocktails darin hebt Dan das Glas. »Auf den Erfolg. Und darauf, dass wir herausfinden, was zum Geier Erfolg ist.«

Wir stoßen an. »Ich wurde ja mal zur Person ›mit den besten Erfolgschancen‹ gewählt. Eigentlich müsste ich wissen, was das ist.«

»Nun, dann fragen wir doch einfach mal die Expertin. Was glauben Sie ist Erfolg, Ashley Stockingdale?«

Ich halte inne und grüble über dieser Frage. Es ist eine gute Frage, aber ich kann sie nicht für andere beantworten. »Ich glaube, Erfolg ist, wenn man ein Leben ohne Angst lebt. Wir haben Angst, unseren Job zu verlieren, also arbeiten wir wie Maschinen. Wir haben Angst, dass wir nicht erfolgreich aussehen, wenn wir nicht das richtige Handy oder Auto haben. Es ist, als seien wir unser ganzes Leben lang in einer Schulclique. Ich will ohne Angst leben. Wenn ich mich bei Starbucks lächerlich mache, was soll's?«

»Genau, was soll's?«

»Und wenn ich nie heirate und die Menschen denken, dass ich für den Rest meines Lebens eine Bus-Braut bin, was soll's? Hat Gott mich nicht aus einem anderen Grund an diesen Platz gestellt?«

»Amen! Halleluja!« Wir lachen beide unbeschwert, was mich überrascht.

»Was ist mit dir, Dan? Was bedeutet Erfolg für dich?«

Er schiebt mir das Bild von seinen beiden Mädchen hin, und von seinem Lachen ist nichts mehr zu sehen. »Meinen Mädchen ein guter Vater sein. Ein echter Vater.«

In diesem ernsten Moment kommen in uns beiden so viele Fragen auf, dass wir kein Wort mehr sprechen. Wir essen unsere Sashimi fast völlig schweigend.

»Es war schön, dich wiederzusehen, Dan. Das meine ich ernst. Ich werde für dich und deine Familie beten.«

Dan wischt sich die Stirn mit der Stoffserviette ab. »Es ist lange her, seit jemand gesagt hat, er würde für mich beten. Aber ich nehme es an. Es kann nicht schaden, so viel ist sicher.«

»Wir sind alle ein Teil von Gottes handgewebtem Meisterwerk. Wir müssen nur herausfinden, wohin unser Lebensfaden führt.«

Er lacht und umarmt mich. »Du hast immer noch die besten Erfolgsaussichten, Ashley.« Ich bezahle das Mittagessen und schaue zu, wie Dan seine Siebensachen einsammelt. Während ich ihm nachsehe, tut es mir für seine Familie leid. *Mein Gott, heile diese Familie.*

Ich winke ihm zu und gehe dann durch die Sicherheitskontrolle zu meinem Flugsteig. Als ich dort bin, habe ich das dringende Verlangen, Seth anzurufen. Ich könnte vorgeben, es sei wegen meiner Wohnung. Ich wähle seine Nummer, bevor ich allzu lange darüber nachdenke.

»Hallo Ashley«, sagt er.

Ich liebe Rufnummernweiterleitung. Ich atme in sein Ohr aus. »Oh, Seth, es ist so schön, deine Stimme zu hören. Ich würde alles geben, wenn ich nicht in dieses Flugzeug steigen müsste. Oder wenn ich Selectech sagen könnte, sie können sich ihren Job sonst wohin stecken.«

»Hoppla. Ashley, hast du mal wieder Country Musik gehört?«

»Sehr witzig. Nein, ich definiere nur gerade das Wort Erfolg neu. Ich habe wohl gerade einen Anflug von Oprah Winfrey.«

»Aha, du warst zu einer Firmentagung über Produktivitätssteigerung.« Er lacht. »Der Sinn des Lebens. Außer Jesus? Matrix schauen. Komm doch vorbei.«

Ich lache. Seth schafft es immer, mich zum Lachen zu bringen. »Hast du im Ernst gestern Abend schon wieder Matrix gesehen?«

»Nein, hab ich nicht. Ich musste arbeiten. Aber ich weiß, dass du glaubst, dass das alles ist, was ich in meiner Freizeit tue. Also lasse ich dich in dem Glauben.«

»Du bist abnormal, Seth.« Ich werde Seth nie ganz verstehen, und wahrscheinlich macht das seinen Charme aus.

»Du bist auch nicht ohne, Ashley«, sagt Seth und tut, als hätte er meinen Ausdruck nicht bemerkt.

»Ich melde mich wieder. Sehen wir uns, wenn ich wieder da bin?«

»Kann es kaum erwarten. Tschüss, Ashley, mach's gut.«

Ich lege auf und schaue sehnsüchtig auf mein Handy. In meinem Leben muss sich etwas verändern, sonst werde ich mich nie erfolgreich fühlen. Ich tippe meine Notizen in den PDA und halte nach jedem Punkt nachdenklich inne. Aber die Gedanken fliegen nur so aus meinen Fingern auf das Display, als schriebe mir Gott eine Mail, könnte ich schwören.

WAS ICH TUN MUSS, UM ERFOLGREICH ZU SEIN:

1. Mich mit der Matrix liebenden Hälfte meiner Persönlichkeit versöhnen. (Ich darf ein schräger Vogel sein.)
2. Lernen, meine Gliedmaßen in der Öffentlichkeit frei herumtanzen zu lassen. (Ich darf wie ein schräger Vogel aussehen.)
3. Den Ingenieur, der in mir steckt, annehmen. (Und vielleicht auch den, der vor mir steht. Ich darf einen schrägen Vogel lieben.)

27

HÖHEPUNKTE MEINER TAIWANREISE:

1. Aus dem eklig-feuchten Flugzeug steigen.
2. Nach einer Woche in brauner Luft wieder in das eklig-feuchte Flugzeug steigen.
3. Freundliche Menschen (nicht wie im Silicon Valley).
4. Reise hat länger gedauert als erwartet (Wohnungssuche wieder hinausgeschoben).
5. Bin rechtzeitig daheim, um *Amerika sucht den Superstar* zu sehen (Juhu!).

Auf dem Anrufbeantworter sind vierzehn Nachrichten meiner Mutter wegen der Hochzeit meines Bruders. Meistens fragt sie, ob mein Büro die Kosten für den Anruf übernimmt. Ich habe von verschiedenen Orten auf diesem Globus versucht, sie zurückzurufen, aber es war immer besetzt. Hat man in ihrer Generation noch nie etwas von einer Anklopffunktion beim Telefon gehört? Ich war schwer versucht, ihr Gespräch unterbrechen zu lassen. Aber dann dachte ich, wozu? Sie wird mir nur eine ewig lange Einkaufsliste von lauter Dingen herunterleiern, die ich in Taiwan besorgen soll.

Aber ich rufe sie eine Stunde nach der Landung an, weil ich ja eine ganz besondere Tochter bin. Außerdem habe ich gerade fünf Minuten Zeit, bis der Vermieter kommt, um mir die neue Wohnung zu zeigen. Craiglist hat eine Kleinanzeige im Internet geschaltet und hat Tausende von Wohnungen zu vermieten. Ich habe mir Bilder angeschaut – als ich in Taiwan war –, und ich glaube, das ist die richtige Wohnung. Aber ich schweife ab.

»Hallo?« Die Stimme meiner Mutter klingt angestrengt, als sei Telefonieren eine sportliche Höchstleistung.

»Mama, hier ist Ashley.«

»Ashley, wo hast du gesteckt, um Himmels willen? Auf dem

Handy konnte ich dich nicht erreichen, und du hast nie zurückgerufen. Du hättest tot sein können, und ich hätte es nicht erfahren. Die kleine Inderin, für die du arbeitest, sagt mir ja nichts.«

»Doch, Mama, ich habe oft versucht, dich zurückzurufen, aber es war immer besetzt.«

»Diese Hochzeit macht mich noch wahnsinnig. Ich habe das Gefühl, dass ich nur noch am Telefon hänge.«

»Du hättest mir eine Mail schreiben sollen.«

»Du weißt, dass ich den Computer hasse. Ich vergesse immer, wie man ihn anschaltet.«

Der Knopf, Mama. Der kleine leuchtende Knopf. »Was ist denn so dringend?«

»Hast du alles, was wir für die Hochzeit brauchen?«

»Ja, Mama, ich habe Mei Ling ein Kua gekauft. Es ist wunderschön. Das ist ein traditionell chinesisches Kleid, das die Braut beim Gästeempfang trägt«, erkläre ich, als sei ich die absolute Chinakennerin. »Sie wird das normale weiße Brautkleid, das sie gekauft hat, bei der eigentlichen Trauung tragen, und das hier ist für hinterher, wenn sie möchte. Zumindest hat sie so eine Erinnerung an ihre Kultur. Es ist aus rotem Brokat und einfach umwerfend. Ich war schwer versucht, mir auch eines zu kaufen.«

»Besorg dir zuerst einmal einen Mann, Ashley.«

Das war ein rechter Haken direkt auf den Kopf. Ich beschließe, die abfällige Bemerkung zu ignorieren. Ich bin zu müde, um mich mit ihr anzulegen. »Äh … ja, Mama. Ach, ich habe auch kleine Gastgeschenke mit ihren Namen in chinesischen Zeichen darauf. Es sind kleine chinesische Kleidungsstücke und Stäbchen.«

»Ashley, wenn ihre Namen in Chinesisch geschrieben sind, kann es ja keiner lesen.«

Bin ich nicht gerade eben noch durch ganz Taipeh gefahren, um etwas Chinesisches für eine Hochzeit zu finden, die nicht mal meine eigene ist? Habe ich nicht versucht, mich mit einem alten Taiwanesen zu verständigen, der die Namen mühsam auf jedes Stäbchen gemalt hat? Könnte das nicht wenigstens ein klitzekleines bisschen Anerkennung finden?

»Dann sag ihnen in deiner Rede einfach, was die Zeichen bedeuten, Mama. Darum geht es, wenn Menschen aus zwei verschiedenen Kulturen heiraten – man muss die Unterschiede erklären und annehmen.«

»Bei einer chinesischen Hochzeit wird doch auch Alkohol getrunken, oder? Dein Vater hat ein Vermögen ausgegeben für freie Getränke.«

»Ja, Mama, sie trinken Alkohol. Wir müssen ja auch nicht alles so machen wie in China. Wir wollen Mei Ling nur zeigen, dass uns ihre Herkunft bei ihrer Hochzeit wichtig ist. Es ist schon schwer genug für sie, dass ihre Eltern nicht hier sein können.« Ich halte inne. »Hier geht es um sie und Dave, nicht um uns.«

»Die Hochzeit macht so schon genug Arbeit, auch ohne den ganzen chinesischen Kram. Aber wahrscheinlich hast du recht.«

»Ich habe von allem fünfzig Stück mitgebracht. Das müsste reichen, oder?«

»Um Himmels willen, ja«, meint Mama. »Es kommen eigentlich nur meine Tanten. Sie spielen gerne und haben vor, nach der Hochzeit ins Caesars Casino zu gehen. Die Verwandtschaft auf der Seite deines Vaters meint, die Ehe würde sowieso nicht lange halten, so dass es sich nicht lohnt, den Flug nach Las Vegas zu zahlen.«

Typisch. Das war eine schöne Umschreibung dafür, dass Papas Verwandte scheinheilige Fanatiker sind und sich weigern, zu Daves Hochzeit zu kommen, weil er keine Weiße heiratet. Zugegeben, ich habe gelinde ausgedrückt auch leichte Zweifel, wenn ich daran denke, dass Dave heiratet. Aber das hat nichts mit ihrer anderen Hautfarbe zu tun. Es hat ausschließlich damit zu tun, dass Dave Dave ist. Und selbst wenn Dave Christ ist, ist er immer noch Dave. Ein neuer Mensch in Christus? Vielleicht. Aber in jedem von uns lauert irgendwo tief drin noch ein bisschen vom alten Mensch.

»Dann haben wir von allem genug. Hör zu, Mama, ich will mir jetzt eine Wohnung ansehen. Ich ruf dich später noch mal an, ja?«

Beklommen schaue ich den Vermieter an. Im Silicon Valley

gibt es zwei Sorten von Vermietern. Es gibt die wohlhabenden Unternehmer, die immer neue Häuser kaufen und die alten vermieten, wenn sie ausgezogen sind. Ich nenne sie gerne unsichtbare Vermieter, weil sie nie da sind und man nie wieder von ihnen hört. Nicht einmal, wenn die Abflussrohre verstopft sind.

Und dann gibt es die Griesgrame, die ganze Gebäudekomplexe vermieten. Sie wohnen gewöhnlich selbst in diesem Komplex und beobachten alles, was in ihrem Wohnblock vorgeht, mit Adleraugen. Und es ist *ihr* Wohnblock; die Mieter sind nur Gäste – vorübergehende Gäste. Das heißt, dass jede Party, jeder Besucher und jedes Haustier kritisch beäugt und anschließend zum Anlass heftiger Diskussionen gemacht wird.

Als ich Mr. Harvey White in seiner Polyesterhose Jahrgang 1957 kommen sehe, die er bis unter die Brust hochgezogen hat (und die für ihn immer noch gut genug ist), erkenne ich, dass er offensichtlich zu Letzteren gehört. Er geht um mein Auto herum und beäugt es kritisch. Ich springe mit einem freundlichen Lächeln auf dem Gesicht heraus. Ich habe auch Mr. Manger, wenn nicht sogar Mrs. Manger überzeugt. Was soll dieser Kerl an mir finden?

»Mr. White, ich bin Ashley Stockingdale. Schön, sie zu treffen«, begrüße ich ihn zuckersüß. Ich kann es kaum erwarten, meine Hände auf die Granitarbeitsflächen zu legen, die er in der Küche neu eingebaut hat. Ich werde zwar niemals etwas darin kochen, aber sie sehen himmlisch aus.

Er wedelt mit ein paar Formularen. »Haben Sie das ausgefüllt?«

»Ja, ich habe sie Ihnen zugefaxt. Anscheinend haben Sie sie bekommen.«

»Ihre Referenzen sind schlecht. Es hat gar keinen Sinn, dass ich Ihnen die Wohnung zeige, weil ich sie mit diesen schlechten Referenzen nicht an Sie vermieten werde.«

Ich schüttle nur den Kopf. Die Toilette aus Zedernholz ... der Parkettfußboden. Jetzt werde ich nervös. »Mr. White, ich versichere Ihnen, dass ich ausgezeichnete Referenzen habe. Haben Sie meine früheren Vermieter angerufen?«

»Sie ist die Referenz, die gegen Sie spricht.« Er blättert durch die Formulare und genießt meine Demütigung ganz offensichtlich. »Es heißt hier, dass Sie Dinge mitgenommen haben, die Ihnen nicht gehören, wie zum Beispiel die Mikrowelle.«

Ich schüttle den Kopf. »Nein, das habe ich nicht getan. Ich habe drei Jahre dort gelebt und habe nicht ein Mal die Miete zu spät gezahlt. Rufen Sie Mrs. Manger an.«

»Das habe ich. Mrs. Manger sagte, dass auch der Kühlschrank gestohlen wurde. Sie sagte, das hätte sie nie von Ihnen erwartet.«

Und dann packt mich die Angst, als mir alles klar wird. Es war Seths Freund, Larry. Ich hatte ihm nicht gesagt, dass die Haushaltsgeräte nicht mir gehören. »Das ist ein Missverständnis«, sage ich verzweifelt. »Ich war in Taiwan, und eine Firma hat den Umzug organisiert. Wahrscheinlich haben sie zu viel ausgeräumt. Lassen Sie mich das in Ordnung bringen ...«

»Da gibt es nichts in Ordnung zu bringen.« Er spuckt in die Hecke. »Diebstahl. Mrs. Mangers ist Ihnen auf den Fersen. Sie werden für die Sachen bezahlen, und noch mehr.«

»Bitte, Mr. White. Ich kann Ihnen das alles erklären.«

»Jeder Knacki kann das«, dabei tippt er sich an die Schläfe. »Aber um Harvey White hereinzulegen, müssen Sie schon früher aufstehen.« Er verschwindet in seiner Wohnung, und ich stehe alleine auf dem Bürgersteig. *Kein Grund zur Panik. Das heißt nur, dass diese Wohnung nicht die richtige war*, sage ich ruhig zu mir selbst. Erfolgreiche Menschen geraten nicht in Panik. Gottes Kinder geraten nicht in Panik. *Im Herrn ist keine Furcht, im Herrn ist keine Furcht*, wiederhole ich immer wieder.

Ich gehe auf dem Bürgersteig auf und ab. Trotz des wunderbar sauberen Bürgersteigs und der unmittelbaren Nähe zum Zentrum von Palo Alto versuche ich mir einzureden, dass sicher noch etwas Besseres auf mich wartet. Ich rufe Seth an, um ihn nach Larrys Nummer zu fragen. Irgendjemand wird für dieses »Missverständnis« geradestehen, und das bin ganz sicher nicht ich.

Anrufbeantworter. Grrrrrrr! Ich hacke seine Handynummer rein. Mailbox. Jetzt brauche ich Koffein. Einen riesigen dreifachen Mokka mit einer doppelten Portion Sahne. Ich gehe ins Zentrum zu einem der Cafés. Innerhalb einer Minute klingelt mein Telefon. Es ist Seth. Ich gehe auf ihn los.

»Seth, dein Freund hat den Kühlschrank und die Mikrowelle mitgehen lassen. Jetzt sind meine Referenzen am Arsch, und dieser Vermieter denkt, ich sei eine Diebin. Ich komme gerade aus Taiwan. Ich habe kein zu Hause, und meine Klamotten sind keine Ahnung wo. *Was geht hier ab?*«

»Ash, beruhige dich. Ich muss dir etwas sagen.«

»Seth, ich habe diesem Typ vollkommen vertraut. Ich weiß, dass alles nur ein Missverständnis ist, aber ich brauche meine Sachen wieder. Ich muss irgendwo wohnen.« Die Menschen drehen sich nach mir um, als ich die Straße entlanglaufe und dabei in mein Handy schreie. Da haben wir es wieder. Zeigt das, dass ich Christ bin? Wohl eher nicht. Eine durchgeknallte, psychopathische Obdachlose, die an der Straßenecke steht und schreit? Treffer!

»Kann ich dich irgendwo abholen? Wir müssen miteinander reden.« Seth klingt wie ein Psychologe. Jetzt drehe ich durch.

Ich schlucke. »Nein, du sagst es mir auf der Stelle.« Ich bleibe wie angewurzelt stehen.

»Larry musste sein Geschäft aufgeben.«

Mir nimmt es den Atem. Weil ich keine Luft mehr bekomme, setze ich mich auf den Bürgersteig. In meinen nagelneuen Sachen von Bebe! Ich kann ganz eindeutig nicht mehr klar denken.

»Ashley?«

»Seth, ich habe nichts mehr. Wann bekomme ich meine Sachen wieder?«

Er schweigt lange. »Ashley, ich habe ein schrecklich schlechtes Gewissen.«

»Vergiss das alles. Das interessiert mich nicht. Ich gebe dir nicht die Schuld, aber wo sind meine Sachen?«

»Larry hat diesen Typ engagiert. Anscheinend hat er zusätzliche Sachen aus den Wohnungen geräumt. Absichtlich. Dann hat er sie verkauft. Sie haben ihn erwischt, als er deine Haushaltsgeräte gerade in einer Seitengasse in San José verkaufen wollte.«

Ich verberge das Gesicht in den Händen. Ich kann es kaum glauben. »Und wo ist der Rest?«

»Die Sachen wurden von der Polizei in San José beschlagnahmt. Sie katalogisieren alles, um es so schnell wie möglich an die rechtmäßigen Besitzer zurückzugeben. Aber du musst Formulare ausfüllen und aufzählen, was alles fehlt.«

»Seth, es war nicht nur ein Koffer! Es war meine ganze Wohnung! Du weißt, wie es bei mir aussieht. Woher soll ich wissen, was fehlt?«

»Du musst einfach versuchen, dich zu erinnern. Ich werde dir helfen.«

Erinnern. Ich soll mich erinnern. Das Problem dabei ist, dass ich mich im Moment nicht mal mehr an meinen Namen erinnern kann. Ich schaue an mir hinunter und versuche herauszufinden, wer ich eigentlich bin - oder was aus mir geworden ist. Ich bin gut gekleidet; das ist etwas Positives. Ich trage tolle Designerschuhe von Jimmy Choo, also ist mein Stil in dieser Katastrophe erhalten geblieben. Aber ich sitze mitten in der Stadt auf dem Gehweg und schreie in mein Handy. Alles, wofür ich gearbeitet habe, ist weg.

Mehr noch, alles, wofür ich gearbeitet habe, ist sinnlos und vergänglich gewesen. Alles, außer diese Schuhe vielleicht ...

»Ich gehe einen Kaffee trinken«, sage ich zu Seth. »Ich muss unbedingt nachdenken. Und beten.«

»Ash ...« Seine Stimme klingt so traurig und er tut mir so leid. Ich weiß, dass er mich niemals absichtlich hereinlegen würde.

»Seth, ich bin nicht sauer. Es ist nicht deine Schuld, dass das passiert ist. Es ist passiert, weil ich total überlastet bin und nicht mehr vernünftig denken kann. Ich brauche ein bisschen Zeit, um alles zu überdenken.«

»Wo wirst du heute Nacht schlafen?«

Ich stehe auf und klopfe mir den Hintern ab. »Ich weiß nicht. Aber du erreichst mich auf dem Handy.«

»Mich auch. Ruf mich an, wenn du zur Polizei gehen willst. Ich will nicht, dass du alleine ins Zentrum von San José gehst.«

»Werden sie mir überhaupt etwas geben? Meine Klamotten?«

»Das werden sie bestimmt. Das Problem wird sein, sie zu finden. Die haben jede Menge Zeug. Larry hängt es zum Hals heraus. Er ist gegen Kaution entlassen worden.«

»Er ist aus dem Gefängnis, und meine Sachen sind in Gewahrsam und vergammeln.« Ich halte inne und erinnere mich daran, dass Seth das alles nicht wollte. »Tschüss, Seth.« Ich klappe mein Handy zu und laufe an einigen wunderschönen, alten viktorianischen und handverzierten Häusern in Professorville vorbei – dem Viertel, wo die Universitätsprofessoren früher wohnten und das sie sich jetzt aber nicht mehr leisten können.

Meine Füße bleiben vor einem Bungalow in traditionellem Stil stehen, der wegen seiner Lage bestimmt zwei Millionen wert ist. Er ist umgeben von einem seltsamen weißen Palisadenzaun und blühenden Blumen mitten im Januar. Ist es das, was ich will? Meinen Audi Cabrio vor einem Millionen-Bungalow parken, der überall anders in Amerika nur 100.000 Dollar wert wäre? Wie bin ich nur je darauf gekommen, das könnte Erfolg sein? Ich fühle mich wie damals am Flughafen, als ich in einer Menschenmenge feststeckte und gar nicht merkte, dass ich in die falsche Richtung ging.

Will ich der Welt beweisen, dass ich Ashley Stockingdale bin, eine erfolgreiche Geschäftsfrau im Silicon Valley – einem der schwierigsten Orte der Welt, um sich zu behaupten? Oder gibt es noch eine andere Art, erfolgreich zu sein? Ich schaue zum Himmel auf, und mir wird deutlich, dass ich im Moment innerlich leer bin. Wenn ich mir das wunderschöne Äußere dieses Hauses ansehe, glaube ich zu wissen, weshalb. Aber mein Gehirn leidet noch etwas unter dem Jetlag. Plötzlich überwältigt mich eine ungeheure Müdigkeit. Ich setze mich besser hin, bevor ich noch umfalle. Wenn ich mich nur einen Augenblick hier auf den Gehweg lege und wieder zu Atem komme. Ich mache nur einen Moment lang die Augen zu. Nur einen Augenblick …

28

»Hier spricht Rick Ramirez von ›Unterhaltung am Abend‹«. Rick nimmt seine Stimme zurück, bis sie nur noch das Flüstern eines Golfreporters ist. »Wir befinden uns hier am Haus von Ashley Wilkes Stockingdale, der Braut des berüchtigten Kaffee-Millionärs John Folger. Während wir Ashley beobachten, wie sie die geschwungene Marmortreppe ihres Hauses herabschreitet, sehen wir die reinste Anmut. Jen Jenkins berichtet …«

»Das stimmt, Rick, wir befinden uns im Haus des berühmten Paares, John und Ashley Folger. Die beiden zu beobachten, wie sie sich zärtlich in den Armen liegen, mutet an wie in einem Märchen. Ganz offensichtlich handelt es sich hier um mehr als nur die übliche Hollywood- Romanze. Dieses Paar liebt sich wirklich. Ein Paar, das seinen großen Besitz ganz nebenbei meistert, um ihre gegenseitige Liebe in Ehren zu halten. Ashley, verraten Sie uns, wie es ist, mit dem ehemals begehrtesten Junggesellen der Welt verheiratet zu sein?«

»Er ist immer noch sehr begehrenswert«, meint Ashley kichernd und lehnt sich an Johns Hals. »Aber jetzt muss ich ihn nicht mehr mit dem Rest der Welt teilen.«

Jen lächelt und überschlägt ihre eine-Million-Dollar-Beine. »John, es heißt, der Diamant an Ashleys Ring sei einer der seltensten überhaupt. Können Sie uns ein bisschen erzählen, warum Sie so einen teuren Ring gekauft haben?«

»Es ist ein kanariengelber Diamant, zehn Karat mit vollkommenem Schliff. Als ich den Diamanten sah, musste ich an Ashley denken. Sie hat ein sonniges Gemüt, ist etwas ganz Besonderes – und so kam nur dieser gelbe Diamant infrage. Vollkommen – nun, das erklärt sich von selbst. Der funkelnde Schliff steht für ihre spritzige Art.« Er lächelt seine Frau an, und sie fallen sich kichernd in die Arme.

»Miss, ist alles in Ordnung?«

Ich schaue auf und sehe einen Polizisten, der mich anstarrt, als hätte ich Drogen genommen. Er schnippt mit seinen Fingern vor meinem Gesicht, und ohne nachzudenken, schiebe ich seine Hand zur Seite. »Lassen Sie mich in Ruhe.«

»Wie heißen Sie?«

Ich reibe mir den Kopf. Wie heiße ich? Ich fühle mich, als hätte ich einen Tritt gegen den Kopf bekommen. So heftig habe ich noch nie auf Jetlag reagiert. Es ist, als höre ich ihn aus weiter Ferne sprechen. »Ihr Name, Ma'am.«

»Ashley Wilkes Stockingdale. Der dümmste Name, den Sie je gehört haben, was? Ich bin nach dem Leisetreter Ashley Wilkes aus ›Vom Winde verweht‹ getauft. Meine Mutter mochte schwächliche Männer, aber ich glaube, sie ändert sich.« Etwas benommen stehe ich auf. Ich drehe mich um und sehe das viktorianische Haus, während ich versuche, mich zu orientieren. Ich fühle mich etwas beschwipst. »Ist das nicht ein wunderschönes Haus?«

»Ma'am, bitte zeigen Sie mir Ihren Ausweis.« Er greift nach meiner Prada-Handtasche, die ich instinktiv aufhebe und ihm dabei unbeabsichtigt ins Gesicht schlage. Erschrocken halte ich die Hand vor den Mund.

»Das tut mir leid, ich wollte ...«

»Sie werden mit mir kommen müssen.«

»Nein, nein, nein, Herr Polizist. Es tut mir leid, ich dachte nur ... Mein Auto steht nur ein paar Blocks weiter. Ich hatte einen sehr schlechten Tag. Ich bin müde, und ich muss mich nur zwei Tage ins Bett legen.« Ich fange an, ihm die Sache mit dem Flugzeug und dem Jetlag zu erklären, aber mittendrin verliere ich den Faden – er überwältigt mich mit einem Griff an meinen Arm. »Nein, ich zeige es Ihnen. Mein Auto steht gleich dort oben.« Ich wedle wie eine Geistesgestörte mit meiner freien Hand.

Er schiebt mich auf den Rücksitz seines Wagens. Ich sitze auf dem Rücksitz eines Polizeiautos! »Ma'am, Sie sind absolut nicht in der Verfassung, Auto zu fahren. Wir werden Sie auf der Polizeistation ausnüchtern.«

»Ausnüchtern? Nein, Sie verstehen das nicht. Ich bin nicht betrunken! Lassen Sie mich ins Röhrchen pusten.« Ich schaue noch einmal zu dem wunderschönen Haus. »Ich bin nicht betrunken.« Ich strecke meine Füße hoch, dass er sie sehen kann. »Sehen Sie, ich habe Schuhe von Jimmy Choo; ich bin nicht betrunken.« Ich schaue auf meine Füße und schüttle den Kopf. »Das sind wirklich großartige Schuhe.«

Er fährt an meinem Auto vorbei, und ich breche beinahe in Tränen aus, als wir an meinem Baby vorbeikommen. Kein Wunder, dass ich so an meinem Auto hänge, wo mein Leben ansonsten total aus den Fugen gerät.

»Schauen Sie! Da ist mein Auto - sehen Sie nicht, wie schön es ist? Das ist alles ein Fehler, ein Hohn auf die Gerechtigkeit. Das einzige Verbrechen ist, dass sie mir in San Jose alle meine Sachen gestohlen haben. Nein, warten Sie, es sind zwei Verbrechen. Aber es sind nicht *meine* Verbrechen. Ich bin unschuldig. Mir fehlt nur Koffein; das ist kein Verbrechen, aber ich bekomme schreckliche Kopfschmerzen davon.« Ich reibe mir den Kopf, aber ich kann immer noch seine Augen im Rückspiegel sehen.

Er schaut mich nur an, als sei ich verrückt. »Sie stehen unter Arrest wegen Trunkenheit und ungehörigem Verhalten, Herumlungern und tätlichem Angriff eines Polizisten.« Er fängt an, mir meine Rechte vorzutragen.

»Ich bin Anwältin; ich kenne meine Rechte! Sie können mich nicht wegen Trunkenheit festnehmen, ohne einen Alkoholtest zu machen.«

»Sie bekommen Ihren Test schon noch. Auf der Wache.«

Ich stöhne. »Sie werden mich in einen Plastikbecher pinkeln lassen, stimmt's?«

Aber er leiert nur weiter die Liste meiner Rechte herunter. Ich habe das Recht zu schweigen. Ich kann meinen Anwalt anrufen, bla bla bla. Ich lege mich auf die Rückbank und schlafe ein wenig.

Als ich wieder aufwache, sitze ich in einer Gefängniszelle. Einer Gefängniszelle! Außer mir ist niemand in der Zelle, aber sie ist noch feuchter als das taiwanesische Flugzeug. Und dieser Geruch! Den beschreibe ich besser gar nicht erst. In der Mitte des Raumes ist eine kleine Toilette. Jetzt frage ich mich, wer hier wohl auf die

Toilette gehen würde, wenn ganz in der Nähe, hinter einem Schreibtisch ein Polizeibeamter sitzt? Gibt es irgendein Wesen auf dieser Welt, das nicht eher eine Ewigkeit zurückhalten würde, als sich selbst dazu zu erniedrigen, auf diese öffentliche Toilette – und öffentlich meine ich wörtlich – zu gehen? Hier sehne ich mich sogar nach meiner von Ratten verpesteten Wohnung. *Ich muss hier raus.*

Hinter einer quälend langen Theke sitzt eine Beamtin. »Das ist alles nur ein Irrtum. Ich muss zur Arbeit gehen.«

Sie schaut auf, sieht zu mir herüber, verdreht die Augen und stempelt dann weiter irgendein wichtiges Dokument, an dem Sie arbeitet.

»Nein, wirklich. Ich will hier raus.«

Sie kommt um die Theke herum. Sie ist groß und Furcht einflößend und schaut mich von oben herab an, als sei ich ein Krümel auf ihrem Tisch. »Sie haben einen Telefonanruf. Sind Sie bereit, ihn zu machen?«

»Ich habe mein Handy ...«, aber als ich mich umschaue, habe ich kein Handy mehr. »Wo ist meine Prada-Handtasche?«

»In der Designerabteilung, zusammen mit Ihrem Feinkostmenü. Wollen Sie jetzt telefonieren oder nicht?«

»Ja!«, schreie ich. Ich kratze mich am Kopf und überlege angestrengt, wen ich anrufen soll. »Wenn niemand zu Hause ist, darf ich dann jemand anders anrufen?«

»Ja«, sagt sie.

Meine Mutter kann ich nicht anrufen. Das würde Dave mir ewig nachtragen. Meine Familie darf von diesem Tag nichts erfahren. Purvi kann ich nicht anrufen; ich müsste ja im Büro sein. Brea, ich könnte Brea anrufen. Da dieser weibliche Hüne mir meine Handtasche oder meinen PDA nicht geben will, bin ich umso dankbarer, dass ich Breas Nummer auswendig weiß. Um sicher zu gehen, wähle ich ihre Handynummer und bin wie erstarrt, als ihre Mailbox antwortet. Ich lege sofort auf. Ich will nicht, dass dieser Anruf zählt. »Kann ich ein Telefonbuch haben?«

Ich blättere darin herum und denke der Reihe nach an meine Freunde. Ich weigere mich, Kay Harding anzurufen. Sie würde ihr Klemmbrett niemals lange genug loslassen, um verhaftet zu werden, und Seth würde nur denken, dass ich jetzt völlig durchgedreht bin, und sich selbst die Schuld dafür geben, weil er denkt, er sei Schuld, dass meine Sachen weg sind. Kevin ... soll ich es wagen?

Ich suche die Nummer vom Lucille Salter Kinderkrankenhaus und wähle. Als jemand abnimmt, frage ich nach Dr. Kevin Novak und erkläre schuldbewusst, dass es ein Notfall sei. Sie rufen ihn aus, und innerhalb von drei Minuten oder weniger ist er am Telefon.

»Dr. Novak.«

»Kevin, ich bin's, Ashley. Ich brauche deine Hilfe. Ich sitze im Gefängnis und brauche eine Kaution.« Das ist der demütigendste Augenblick meines Lebens. Kevins Bild von mir ist jetzt das der Kriminellen, die ihn in einem dunklen Parkhaus in San Francisco geküsst hat, und das der Verbrecherin im Gefängnis. Wenigstens werden seine Eltern jetzt nicht mehr hinter meiner Erbmasse her sein.

Kevin lacht. »Komm schon, Ashley, was hast du für einen Notfall?«

»Das ist kein Witz. Ich sitze in der Polizeistation von Palo Alto in einer Zelle. Ich brauche jemanden, der Kaution für mich hinterlegt.«

Einen Augenblick lang ist er still. »Und das ist wirklich kein Witz?«

»Ich wünschte, es wäre einer.«

»Ich bin sofort bei dir.« Er legt auf, und ich werde in meine Zelle zurückgeführt.

Jetzt ist noch eine zweite Frau drin. Sie ist groß und schlaksig und trägt auch schicke Schuhe. Sie sehen aus wie Schuhe von Cole Haan.

»Hallo«, murmle ich.

»Hallo.« Sie nickt mir zu. »Ladendiebstahl?«

Ich bin gekränkt. »Nein.« Aber dann verschwindet mein Stolz schnell. »Tätlicher Angriff auf einen Polizisten und Herumlungern.«

»Krista Harchek«, stellt sie sich vor und streckt mir die Hand hin.

»Ashley Stockingdale.«

»Haben Sie schon einen Bürgen? Ich kenne einen guten.«

»Mein Freund kommt gleich«, erkläre ich.

»Es ist gut, Freunde zu haben.«

Unbewusst fange ich an ›Welch ein Freund ist unser Jesus‹ zu singen, und Krista zeigt auf mich. »Das Lied kenne ich. Das habe ich mal in der Reha gehört.«

»Wir singen es im Gottesdienst. Es ist mir gerade eingefallen.«

»Wirklich? In welche Kirche gehen Sie?«

»Die bei Paly«, antworte ich und nenne die Highschool, in der wir unsere Gottesdienste feiern.

Sie flucht. »Die kenne ich.«

Ich muss schlucken. »Sie sollten mal kommen, wenn Sie wieder draußen sind. Schicke Schuhe haben Sie da übrigens an.«

Sie nickt. »Von Cole Haan. Habe ich von Bloomingdale.«

Ich weiß nicht, ob sie damit meint, sie hat sie gekauft oder gestohlen. Und jetzt kommt mir, dass es wahrscheinlich nicht klug ist, einer Ladendiebin Komplimente zur Wahl ihrer Beute zu machen. Auch nicht, wenn ich es für Jesus tue.

Nach einer Stunde Geplauder steht Kevin an der Theke und fragt die Hünin nach mir. Sogar in dieser stinkigen Arrestzelle strahlt er wie die Sonne. Die Hünin gibt ihm einen Stapel Formulare, und ich sehe, wie er dem Justizwachtmeister Geld gibt. Ich bin eine Kriminelle. Eine christliche Kriminelle. Das ist unheimlich. Die Hünin kommt mit den Schlüsseln, und der Herr Doktor sieht mir nicht in die Augen. Wie demütigend.

»War nett, Sie kennen zu lernen, Krista. Kommen Sie doch mal sonntagmorgens zu uns in den Gottesdienst. Dann haben die Läden ohnehin zu.« Ich zwinkere ihr zu. »Außerdem machen Sie den Eindruck, als ob Sie genug hätten von diesem Leben.«

Sie lächelt und zeigt mit dem Finger auf mich. »Hast recht, Baby. Bleib anständig.«

Kevin schaut mich ungläubig an.

»Ich erzähle es dir draußen.« Wir gehen hinaus an die kalifornische Sonne, und ich war noch nie so glücklich, wieder Tageslicht zu sehen. Ich führe einen kleinen Freudentanz auf dem Gehweg auf. »Ich bin frei!«

»Nicht ganz. Deine Verhandlung ist am Dienstag.« Er gibt mir den Stapel Unterlagen.

Ich versuche, ihm die Sache zu erklären, aber ich höre mich idiotisch an und will nicht zugeben, dass ich in einen Plastikbecher gepinkelt habe, auch wenn das Ergebnis mich entlastet hat. Jemand anders hätte vielleicht nicht verstanden, weshalb ich so müde war, aber Kevin als weltreisender Assistenzarzt versteht mich.

»Musstest du auch gleich nach der Landung nach einer Wohnung suchen? Du hättest dir eine Pause gönnen sollen.«

»Ich wollte das nicht verpassen. Es war eine erstklassige Wohnung.«

»Hast du Hunger? Komm, wir gehen zu einem verspäteten Mittagessen. Ich habe seit drei Uhr heute Morgen nichts mehr gegessen«, meint er.

»Hast du die Toilette mitten in der Zelle gesehen? Glaubst du, dass die jemals jemand benutzt?«

»Dem Geruch nach zu urteilen, hat sie jemand benutzt.«

Iiih. Das will ich nicht weiter diskutieren. »War es schwer, aus dem Krankenhaus rauszukommen?«

»Nein, du hast zu einem günstigen Zeitpunkt angerufen. Aber ich muss gestehen, dass ein Elektroschock mit dem Defibrillator mich auch nicht mehr geschockt hätte als dein Anruf.« Er sagt, er sei geschockt, aber er hat es geschluckt. Er liebt seine Rolle als rettender Held.

Ich sehe Kevin mit ganz neuen Augen. Er ist nicht durch und durch selbstsicher, wie Seth, sondern da ist ein wunder Punkt innen drin. Er will Menschen retten, und ich hasse es, zu denen zu gehören, die gerettet werden müssen – aber manchmal muss man einfach nachgeben und sich retten lassen. Es ist beruhigend zu wissen, dass Kevin dazu fähig ist – für den Fall, dass ich mal wieder einen Retter brauchen sollte. Es gibt mir ein sicheres Gefühl.

»Ich kann dir gar nicht genug danken, dass du mich rausgeholt hast. Ich bin heute einfach nicht ich selbst, und ich wusste nicht, wen ich sonst anrufen sollte. Ich wusste, dass du in der Nähe bist. Was bin ich dir für die Kaution schuldig?«

Er winkt ab. »Vergiss es, Ashley.«

»Nein, sag schon.«

»Lass uns was essen gehen.« Kevin fährt die Straße entlang zu Revvia, einem meiner Lieblingsrestaurants. Es ist eine Mischung aus interessantem griechischem Essen, kalifornischem Gesundheitsbewusstsein und Silicon-Valley-Preisen.

»Du gehst offensichtlich gerne gut essen«, bemerke ich.

Sein Blick wandert zu meinen Füßen. »Und du trägst gerne gute Kleidung.«

Ich nehme die Schultern zurück und drücke die Brust raus. Es war es wert, aus dem Knast gerettet zu werden, wenn dafür jemand meine Kleidung bemerkt.

»Gehst du immer so gut essen?«, frage ich.

»Nur wenn meine Begleitung es wert ist. Und in den letzten zwei Jahren ist das das zweite Mal, dass ich in ein gutes Restaurant gehe. Das erste Mal war mit dir in dem französischen Lokal.«

Mein Herz klopft wild. Ich kann es nicht fassen, dass er überhaupt denkt, ich sei irgendetwas wert. Welcher andere Mann würde an ein und demselben Tag eine Kaution für mich hinterlegen und mich zu einem guten Mittagessen einladen? Ich glaube, das könnte echte Liebe sein. Seth, wer jetzt?

»Was würden deine Eltern davon halten, dass du mich aus dem Gefängnis geholt hast?«

»Sagen wir einfach, dass wir über so etwas nicht sprechen würden.« Er greift nach meiner Hand und drückt sie. Ich liebe seine Hände. Sie sind gleichzeitig männlich und zart, und wenn er mich mit seinen tiefgrünen Augen ansieht, geht es mir bis in meine

Jimmy Choos Schuhe. Diese Art von Anziehung kann eine Frau in ernste Schwierigkeiten bringen.

»Bitte lass mich für das Mittagessen bezahlen«, biete ich ihm an. »Das ist das Wenigste, was ich für dich tun kann.«

Er dreht sich zu mir und sieht mich mit hängendem Kinn an, den Arm über das Lenkrad seines Porsches gelegt. Er sieht aus wie aus einer Porsche-Werbung, nur noch besser.

»Vielleicht bin ich altmodisch, aber ich lasse mich nicht von Frauen einladen.«

»Auch nicht mit einer Rabattmarke?«, frage ich.

»Ganz besonders nicht mit einer Rabattmarke.« Seine Stimme klingt sexy. Ich fächle mir Luft zu. *Ist es hier drin so heiß?*

Er findet gleich einen Parkplatz. Er ist ein Glückskind. Kevin kommt um den Wagen herum, öffnet die Tür und hilft mir aus dem Porsche. Natürlich ist mein ganzes Gewicht in Wirklichkeit auf dem rechten Bein. So naiv bin ich schließlich nicht. Soll er doch denken, ich wiege so viel wie Arin.

»Hast du denn im Kittchen genug geschlafen?«, meint er scherzhaft.

»Ja, habe ich. Bis morgen früh bin ich wieder ausgeschlafen. Dann gehe ich einfach ins Büro und erkläre meiner Chefin, dass ich einen Tag für mich gebraucht habe.«

»Ist es nicht unglaublich, dass sie einen ans andere Ende der Welt schicken, in eine ganz andere Zeitzone und wenn man zurück ist, erwarten sie, dass man ganz normal weiterarbeitet, als hätte man acht Stunden geschlafen?«

»Sie erwarten, dass man funktioniert wie ein Roboter.«

»Tust du das nicht?« Kevin schüttelt den Kopf, greift nach meiner Hand, und wir rennen über die Straße. In Kalifornien haben Fußgänger Vorrang, aber Vorrang haben und tot sein ist oft das Gleiche. Alle denken, wir leben hier so gesund. Wir leben gar nicht gesund; wir joggen nur, um uns vor rasenden BMWs in Sicherheit zu bringen.

»Ich werde schnell zu einem Roboter«, seufze ich.

Kevin lässt seinen Blick wieder über meine Figur gleiten und schaut dann schnell weg. »Ich muss zustimmen, dass du eine sehr gut gebaute Maschine hast, aber du bist kein Roboter.« Er zwinkert mir zu.

Ich haue ihn auf den Arm. »Diese Bemerkung ist gestrichen.«

Er fängt an zu lachen, und sein Lachen ist ansteckend. Habe ich schon erwähnt, dass er einfach Sinnlichkeit ausstrahlt? *Komm wieder runter, Mädchen.* Ich rede schon wie Dianna, die kriegerische Assistenten-Prinzessin.

»Das ist kein anständiges Benehmen für einen Christen.«

Er lacht immer noch. »I-ich bin kein Christ.«

Mein Lächeln verschwindet. »Wie meinst du das, du bist kein Christ. Ich habe dich doch im Gottesdienst gesehen. Arin hat gesagt ...«

»Ich bin ein paar Mal hingegangen, um Arin zum Brunch abzuholen. Ich fürchte, meine Überzeugung ist eher agnostischer Natur. Ich weiß es einfach nicht.« Er zuckt mit den Schultern. »Aber ich toleriere euren Glauben. Ist das ein Problem für dich? Ich meine, wenn ich deinen Glauben stehen lasse, kannst du dann nicht auch mich so stehen lassen?«

29

Der Fußmarsch nach dem Mittagessen zurück zu meinem Auto ist qualvoll. Diese Schuhe mögen großartig aussehen, aber Schuhe mit Pfennigabsätzen sind einfach nicht zum Laufen gemacht - außer für das kurze Stück auf dem Laufsteg hin und her. Es ist nur zwei Häuserblocks weit, und ich habe Blasen so groß wie Walt Disneys Epcot Miniaturwelt. Aber ich wollte nicht noch einmal in Kevins Porsche mitfahren und habe ihm erzählt, ich müsste noch einkaufen gehen - was nicht ganz gelogen war. Ich habe in einem Reisebüro Kataloge von Hawaii mitgenommen und träume jetzt davon, dass in der Firma mal weniger los ist und ich Urlaub machen kann. Dann kann ich in Flip-Flops und Urlaubsmode von Lilly herumlaufen.

Zurück zu Kevin. Wissen Sie noch, dass ich mir immer Gedanken gemacht habe, dass alles zu schön war, um wahr zu sein? Nun, das war es auch. Er ist nicht schwul, wie ich gedacht habe, aber er ist kein Christ und bewegt sich nicht in denselben kulturellen Kreisen wie ich. Es ist, als ob er in der Staatsoper spielt und wir in den Bühnenstücken der Vorstadt. Aber er ist so wohlerzogen! *Mein Gott, warum kann ein christlicher Mann mich nicht so behandeln?*

Wenn ich jemals heirate und Jungen großziehe, werde ich ihnen beibringen, Kavalier zu sein. Als Kevin mir die Autotüre aufhielt, hätte mir das schon sagen müssen, dass etwas nicht stimmt. Wenn ich an die unzähligen Hinweise denke, die vor mir lagen, fühle ich mich dümmer als ein Sushi Fischröllchen.

Und dann die ganze Sache mit der »Toleranz«. Ob ich seine Überzeugung nicht tolerieren könne? Wenn ich glaube, dass jemand in der Hölle landen wird, weil er nicht an Jesus Christus glaubt, wie soll man das tolerieren? Nehmen wir mal an, ich verliebe mich in diesen Mann. Was kommt dann als Nächstes? *Ach, übrigens habe ich da noch so meinen kleinen Harem nebenbei. Das macht dir doch sicher nichts aus? Sei doch ein bisschen tole-*

ranter. Zugegeben, Menschen, die Jesus nicht kennen, sind mir wichtig. Aber das ist etwas ganz anderes, als mit einem solchen Menschen gemeinsam Kinder zu erziehen.

Ich schäle mich aus meinen Schuhen und trage sie den letzten halben Häuserblock in der Hand. Von hier kann ich mein Auto sehen. Das Verdeck fehlt. Das ist schon das zweite Mal, dass das Verdeck gestohlen wurde, aber bei all dem, was heute schon passiert ist, komme ich zu dem Schluss, dass das das kleinste meiner Probleme ist, und lache einfach nur bei der Vorstellung. Ich werde zu Brea fahren und die Polizei von dort aus anrufen. Ob sie wohl mit einem Exknacki reden?

Ein Mann wässert seinen Rasen. Er beobachtet mich, als hätte ich in seiner Nachbarschaft nichts zu suchen, und das habe ich wahrscheinlich auch nicht. Aber seine warnende Körpersprache macht mich nur noch selbstbewusster. Ich schüttle mein Bebe-Outfit und schlenkere meine Schuhe.

Als ich in meinem Auto sitze, bin ich froh, dass ich in Kalifornien lebe - weil es Winter ist und ich kein Verdeck mehr auf meinem Cabrio habe. Ich lasse das Auto an und drehe die Heizung voll auf, und das Leben ist eigentlich ganz in Ordnung. Ja, man kann es sogar genießen. Als ich meinen Schal von Burberry abnehme, stelle ich fest, dass das Radio noch da ist, und der CD-Wechsler ist sowieso im Kofferraum und damit in Sicherheit. Ich lasse meine Lieblings-CD auf voller Lautstärke laufen und beschleunige in den dritten Gang. Ich fühle mich wieder frei, und mit der Januarsonne im Gesicht fahre ich zu meiner Lieblingsstrecke: der Schnellstraße durch die Hügel. Diese Strecke ist für mich so entspannend wie ein Wellnessbad. Sie ist umgeben von Grün, und die goldfarbenen Hügel in der Ferne mit vereinzelten Eichen sehen aus wie aus einem Gemälde. Wenn ich diesen Anblick genießen kann, ist das Leben für mich ein Vergnügen. Das ist Erfolg: den Augenblick genießen. Was für Augenblicke auch immer Gott einem schenkt.

Ich hebe den Arm und lasse meinen Burberry-Schal hinter mir im Wind flattern wie einen Drachen. Ich atme tief durch. Zum ersten Mal wird mir mit etwas Stolz bewusst, dass ich tatsächlich ein ewiger Single bin. Wahrscheinlich bin ich ewig hoch zwei Single, aber ich bin nicht in der Opferrolle!

Ich habe Opfer gespielt. Ich jammere darüber, dass ich von meiner Firma in der Welt umhergeschickt werde, ohne wenigstens vierundzwanzig Stunden vorher informiert zu werden. Aber ist das Purvis Schuld? Nein, es ist meine Schuld, weil ich es zulasse, dass sie mich gefügig machen.

Ich bin Patentanwältin, nicht weltreisende Vertreterin. Ich habe nie unterschrieben, dass ich auf Geheiß einer Person in der Welt umherjette. Dann beklage ich mich, *Weh mir, sie tun es mir schon wieder an.* Sehen Sie? Ich spiele Opfer.

Ich bin diejenige, die ohne zu fragen um sechs Uhr morgens zur Arbeit kommt. Und ich bin diejenige, die beschlossen hat, mit dem Exfreund ihrer Freundin auszugehen, ohne auch nur einen Augenblick darüber nachzudenken, warum sie wohl mit ihm Schluss gemacht hat. Es war mir nie bewusst gewesen, dass Arin ein Herz für die Mission hat; vielleicht hat sie sich mit diesem ständig ausweichenden Dr. Novak angefreundet, um ihn zu Jesus zu führen. Wenn jemandes Glaube stark genug dafür ist, dann ist es Arins.

Selbst dass ich meinen ganzen Besitz Seths Freund überlassen habe, weil mir alles zu viel wurde - auch das war mein Fehler. Wenn ich nicht mal mehr ein Dach über dem Kopf habe, warum fliege ich dann nach Taiwan, nur um mich dann in irgendwelchem Ruhm sonnen zu können, der wahrscheinlich nie kommen wird?

Mein Arm ist immer noch ausgestreckt, und mein 200 Dollar Schal weht wie eine Siegesfahne hinter mir. Ich werde Silicon Valley besiegen, und zwar auf meine Weise. Zuerst einmal bin ich Christ. Eine selbstbewusste, initiative Frau. An zweiter Stelle bin ich eine Hilfsarbeiterin. Erfolg heißt, seine Begabung auszuleben, nicht die Nachbarn zu beeindrucken.

Ich lasse den Schal los und sehe im Rückspiegel, wie er im Fahrtwind davonschwebt. Dann schalte ich in den vierten Gang runter und trete das Gaspedal durch. Ich bin frei! Ich bin nicht Single, weil es an mir liegt, sondern ich bin Single, weil es Gottes Wille für mich ist.

Immerhin bin ich niemandem Rechenschaft schuldig. Ich kann mir um zehn Uhr abends einen doppelten Espresso bestellen, und niemand kann sagen: »Dann wirst du die ganze Nacht wach bleiben«, wie John es mit Brea macht. *Merke: Meinem Ehemann - wenn es ihn denn jemals geben wird - darf es nichts ausmachen, wenn meine Freundin ab und zu zu mir kommt und mit mir kichert, als seien wir bei einer Teenager-Übernachtungsparty.*

Gott hat mich nicht in die Technologiehauptstadt der Welt gestellt, um Opfer zu spielen. Er hat mich hierher gestellt, um sein Reich auszubreiten, und wie soll ich das tun, wenn ich immer nur über mein erbärmliches Leben jammere? Brea ist verheiratet. Sie jammert immer noch - nur jetzt eben, dass sie Kinder haben möchte. Es gibt immer etwas zum Jammern. Irgendwo muss man mit der Zufriedenheit anfangen, und ich beschließe, hier auf meiner Lieblingsstrecke, in meinem wunderbaren Cabrio, unter der kalifornischen Sonne, mitten im Winter anzufangen.

Ich greife nach meinem Handy und stecke mir den Kopfhörer ins Ohr. Ich muss zwar das Fenster hochkurbeln, um etwas zu verstehen, aber ich rufe Kays Namen, und die Nummer wird automatisch gewählt. Ich liebe moderne Technik.

»Kay Harding«, meldet sie sich.

»Kay, ich will dir einen Vorschlag machen.«

»Ja?«, entgegnet sie etwas nervös, weil ich sie, ohne einen Termin gemacht zu haben, anrufe.

»Kay«, sage ich mit Überzeugung und versuche, sie in meine neu gefundene Leidenschaft mit hineinzunehmen. »Ich habe im Moment keine Wohnung. Was würdest du sagen, wenn ich bei dir wohne und dafür Miete zahle? Du musst die Frage nicht gleich beantworten, aber ich bin den Kampf einfach leid, immer zu schauen, wie ich über die Runden komme, geschweige denn Abendessen zu kochen! Man muss sich das Leben nicht so schwer machen. Gemeinsam könnten wir es leichter haben.«

»Klar«, sagt sie nur, und ich höre fast die Erleichterung in ihrer Stimme. Ist es möglich, dass sie sich in dem großen Haus einsam fühlt?

»Nein, ich möchte wirklich, dass du dir Zeit lässt für die Entscheidung«, sage ich. Ich will nicht, dass sie mich aus lauter Mitleid bei sich aufnimmt.

»Ich brauche nicht mehr Zeit. Ich hätte gerne eine Mitbewohnerin. Auch wenn ich das Gegenteil behauptet habe, aber ich habe es satt, immer für mich alleine zu kochen. Dieses Haus ist für mich alleine sowieso zu groß. Aber ... wirst du das Wohnzimmer sauber halten?«

»Das werde ich.«

»Und keine wilden Parties?«

»Noch besser: gar keine Parties.«

»Abgemacht. 675 Dollar pro Monat?«

»Achthundert, Kay. Das ist immer noch die Hälfte von dem, was ich mir vorgenommen hatte, für eine Wohnung auszugeben.«

»Wunderbar. Wann willst du einziehen?«

Ich bin für einen Moment still. »Wäre heute Abend zu früh?«, frage ich verlegen.

»Ich lasse dir auf dem Heimweg einen Schlüssel machen.«

Wir verabschieden uns. *Na also.* Ich werde mit der Herrscherin des Klemmbretts zusammenwohnen; vielleicht lerne ich dann ein bisschen besser zu organisieren. Ich bin über meinen Schatten gesprungen. Ich könnte die ganze Welt aus den Angeln heben. Das erste Problem wäre gelöst, bei 75 km/h mit dem Fahrtwind in den Haaren und dem Kopfhörer im Ohr. Nächstes Problem.

Ich schreie »Seth« ins Mikro.

»Hallo Ashley. Wo warst du? Ich wollte dich nicht anrufen ... weil ich dachte, du bist vielleicht sauer auf mich.«

»Nein, ich bin nicht sauer. Ich bin heute verhaftet worden, bin mal wieder mit einem nicht Christen ausgegangen – ist in letzter Zeit meine Spezialität –, aber ich habe eine Bleibe gefunden, und ich werde mich morgen dranmachen, meine Sachen zurückzuholen. Was treibst du?«

»Ash, hast du was getrunken?«

»Das scheinen in letzter Zeit alle zu glauben. Nein, ich habe nichts getrunken. Ich wäre vielleicht normaler, wenn ich es getan hätte. Ich war noch nie klarer bei Verstand.«

»Willst du heute nach der Arbeit bei der Polizei vorbeifahren und ein paar deiner Sachen holen?«

»Ehrlich gesagt gehe ich heute nicht zur Arbeit, und von Polizeistationen habe ich für heute genug. Ich fahre an den Strand: zu den Felsbrücken bei Santa Cruz. Ich wollte dir nur sagen, dass es mir gut geht und dass du dir keine Gedanken um meine Sachen machen musst. Ich werde sie morgen holen.« Ich halte einen Moment inne, und dann fahre ich die großen Geschütze auf. »Ich weiß es sehr zu schätzen, Seth, dass du mir jederzeit hilfst. Aber heute werde ich ein Stück reifer.«

»Ashley?«

»Ich fliege nach Hawaii. Ich habe mir ein paar Reiseprospekte mitgenommen, als ich durch Palo Alto gelaufen bin - mit Pfennigabsätzen. Nicht zu empfehlen. Hawaii dagegen ...«

Er ist verwirrt. Ich weiß auch nicht, weshalb ich ihn immer noch überraschen kann. Ich bin neurotisch, und meine Stimmung wechselt im Handumdrehen. Warum ist das für ihn so schwer zu begreifen? Vielleicht mag ich Seth deshalb. Er ist von meinen ständig wechselnden Gemütszuständen fasziniert. Wenn man bedenkt, dass sonst kaum jemand - meine Familie eingeschlossen - meinen Gemütszustand wahrnimmt, ist das schon fast ein Kompliment. Es fasziniert mich, dass seine Stimmung nie umzuschlagen scheint.

»Ash, du steckst mitten in einem Gerichtsverfahren für Selectech. Hawaii?«

»Hawaii«, sage ich nachdrücklich. »Aber zuerst die Felsbrücken von Santa Cruz.«

»Was hast du vor?«

Ich stoße einen langen Seufzer aus. Ich bin keine Frau von Grundsätzen. Als Arin ankündigte, sie werde in den Urwald gehen, schüttelten alle nur den Kopf. Sie wussten, dass sie es ernst meinte. Von jetzt an werden die Menschen bei meiner Entschlossenheit zusammenzucken, wenn ich etwas sage.

»Ich fahre mit 75 Sachen an diesem wunderschönen, sonnigen Wintertag, und mein Auto hat seinen eigenen Willen. Es fährt einfach nicht zu Selectech. Es fährt zu den Felsbrücken.«

Seth ist sprachlos vor Staunen. Und das ist gut so. Letzte Woche gab es in meinem Leben so viele romantische Aussichten. Aber heute wird mir klar, dass eigentlich gar nichts zur Auswahl stand. Ich habe bei der Abschlussfeier unserer Schule die Rede gehalten. Man sollte meinen, ich brauche keine einunddreißig Jahre, um herauszufinden, was ich will - mit oder ohne Mann.

»Musst du nicht eine Wohnung suchen?«, fragt Seth, in einem weiteren Versuch, mich in den Strudel der Angst zurückzuziehen.

»Schon gefunden. Ich ziehe heute Abend bei Kay Harding ein.« Ha! Ich bin doch nicht so blöd. Ich bin auch ohne gute Referenzen und ohne Hab und Gut in der Lage, eine Bleibe zu finden.

Ich schaue auf den Rücksitz. Wer auch immer das Verdeck gestohlen hat, hat die Bibel liegen lassen. Aber vermutlich will jemand, der stiehlt, keine Bibel mitnehmen. Also habe ich alles im Auto, was ich zu einer kurzen Erholungspause brauche. Und genau das habe ich vor. Ich werde mein Singledasein genießen und mich freuen, dass Gott einen Grund dafür hat, wenn ich auch nicht weiß, welchen. Ich werde meinen weiteren Lebensweg planen. Von nun an ist Ashley Wilkes Stockingdale eine andere Frau.

»Ich muss auflegen. Ich muss Purvi anrufen.«

»Ash ...«

»Tschüss!« Ich tue so, als hätte ich das nicht mehr gehört, und lege auf. Ich analysiere das Gespräch nicht. Ich mache einfach weiter. *Nächster Punkt.*

»Purvi«, sage ich dem Telefon und höre wie es wählt.

Sie geht brüllend ans Telefon, was ihr gar nicht ähnlich sieht. »Ashley, wo steckst du? Die Marketing- und die Technikabteilung brauchen die Entwürfe, die du durchgesehen hast, und du musst diese Verträge noch einmal durchgehen. Bei einem internationalen Patent ist Abgabetermin, und bei einem anderen Patent ist Abgabetermin für eine Verlängerung. Wo bist du?«

»Ich sitze in meinem Auto und bin auf dem Weg zum Strand. Ich habe jetzt sechzehn Tage am Stück gearbeitet und brauche eine Pause, sonst drehe ich durch.«

Purvis Stimme verändert sich. Sie zeigt Mitleid, aber sie weiß immer noch, was sie will. »Ashley, willst du deinen Job verlieren? Ich kann dich nur für eine bestimmte Zeit decken, aber diese Patente müssen ...«

»Ich war zwei Wochenenden in Taiwan und habe noch acht Wochen Urlaub stehen – ganz zu schweigen von meinen Überstunden. Ich werde meinen Job nicht verlieren, es sei denn, Selectech will ein Gerichtsverfahren am Hals haben, und das glaube ich nicht. Ich brauche einfach einen freien Tag, und den nehme ich mir jetzt. Die Arbeit wird erledigt werden. Habe ich dich schon jemals im Stich gelassen?«

Ihre nächsten Worte schluckt sie hinunter. Das höre ich sogar trotz des offenen Verdecks und dem Wind, der mir ins andere Ohr rauscht.

Ich spreche ruhig weiter. »Morgen bin ich wieder da, und alle werden rechtzeitig bekommen, was sie brauchen. Der Tag heute gehört Gott.«

»Natürlich, Ashley. Wenn du irgendetwas brauchst, ruf an. Ich mache mir Sorgen um dich.«

Sie ist wieder besorgt. Ich hinterlasse eine Reihe von Panik ergriffener Menschen, nur weil ich mir einen freien Tag nehme. Was sagt das über mich?

»Brea«, sage ich meinem Telefon. Sie nimmt ab.

»Jetzt bist du ja daheim«, schelte ich mit ihr.

»Natürlich bin ich daheim. Ich habe mir heute Morgen Kinderbetten angesehen. Hast du mich auf dem Handy angerufen?«

»Ja, aber in diesem Loch von Kinderbettenladen hat dein Handy wahrscheinlich nicht funktioniert. Kauf dir endlich ein gescheites Handy«, kritisiere ich.

»Ich war nur eine Stunde dort.«

»Das war zufällig die Stunde, in der ich im Gefängnis saß.«

»Was um alles in der Welt ...?«

»Ich habe einen Polizisten geschlagen. Es ist eine lange Geschichte, aber er hat nach meiner Prada-Handtasche gegriffen. Aber das ist vorbei. Jetzt fahre ich an den Strand. Ich ziehe heute Abend bei Kay Harding ein – wollte dir nur sagen, dass ich dann zu dir komme, um meine Sachen zu holen, und dann bin ich dir aus den Füßen. Das wird John freuen.«

»Spar dir die Bemerkung. John hat dich gerne hier.«

Ja, genauso gerne wie man sich um die fauchende, eingesperrte Katze des Nachbarn kümmert.

»Soll ich dir am Strand Gesellschaft leisten?«, fragt sie.

»Nein, danke. Ich ruf dich heute Abend an.« Ich lege auf und mache noch einen letzten Anruf. Es ist das Gespräch, vor dem mir am meisten graut.

30

Die gewundene, kurvige Straße, die durch die Rotholzwälder zum Strand führt, ist zugleich tückisch und schön. Raser fahren oft über hundert Kilometer pro Stunde, und an den Haarnadelkurven sind Unfälle dann unvermeidlich. Auf dem Asphalt der Schnellstraße 17 sind viele Bremsstreifen, und die Leitplanken sind überreich mit bunten Lackstreifen übersät, wie irgendein krankes Kunstexperiment.

Aber ich kann mich nie lange auf das alles konzentrieren. Ich spüre die Sonne auf meinem Gesicht, obwohl ich die Heizung auf höchster Stufe laufen lassen muss, um gegen die kalte Januarluft anzukommen. Die Schönheit um mich herum hebt meine Stimmung. Wenn ich nur überlege, was für Geschichten diese Bäume wohl aus ihrem Leben erzählen könnten - einem Leben, das zurückreicht bis zu der Zeit, als Jesus auf dieser Erde lebte. Diese Straße, die eine Schneise durch den Wald macht, ist wie ein Stück Himmel auf Erden, abgesehen von den Unfällen natürlich.

Ich bin so hingerissen von allem, dass ich meinen Anruf bei Kevin, dem ich sagen will, dass das mit uns keine Zukunft hat, hinausschiebe. Man muss einen so wunderbaren Tag nicht damit ruinieren. Ich habe meine Probleme zusammen mit dem Verdeck meines Cabrios in Palo Alto zurückgelassen.

Jahrelang haben diese belanglosen Dinge mein Leben ausgemacht. Wie zum Beispiel, dass es in meinem Café keine echte Schlagsahne mehr gibt und sie stattdessen Sprühsahne nehmen. Oder dass meine Sachen nicht rechtzeitig vor meinem Auslandsflug aus der Reinigung zurück sind. Oder etwas ganz Schreckliches: das Patent für ein Produkt, das neu auf den Markt soll, nicht rechtzeitig zu bekommen.

Mir kommt plötzlich der Gedanke aus dem Buch Prediger, dass all das bedeutungslos ist. Ich kann nicht wirklich behaupten, dass irgendetwas von dem, was ich erreicht habe, Bestand hat.

Als ich von der Schnellstraße abfahre, kann ich das Meer riechen. Der salzige Geruch schlägt mir entgegen, und ich gehorche dem Ruf der brechenden Wellen und der wilden Klippenlandschaft. Ich fahre durch den Ort, vorbei an all den komischen Gestalten, die Santa Cruz zu Santa Cruz machen.

Ich fahre auf einen Parkplatz, lasse die ungeheure Aussicht auf mich wirken und lausche eine Weile dem Donnern der sich brechenden Wellen. Diese beständige Bewegung, die die Erwartung immer wieder erfüllt. Die Farbe des Wassers ist überwältigend. Hier schauen sich die Wellnessbäder die Farben ab.

Ich greife nach meinem Notizbuch, denn das ist ein Tag, den man festhalten muss. Ich schleudere meine Prada-Tasche in den Kofferraum, gehe zum Strand und beobachte einen riesigen grauen Pelikan, der im Sturzflug ins Wasser stößt und einen Fisch herausholt. Der Vogel, der aussieht wie aus der Steinzeit, segelt anmutig über den Wellenkämmen, als wolle er seine Beute den anderen Fischen zeigen, die glücklicherweise noch übrig sind. Als wolle er dem Schwarm sagen, jeder kann der Nächste sein.

Ich setze mich in den trockenen Sand und starre auf den weiten Horizont. Lange Zeit denke ich über alles Mögliche nach, was ich morgen anziehen werde oder was für ein Badeanzug am besten zu Gottes Plan für mein Leben passen würde. Ich nehme mein Notizbuch heraus und beschließe, das Leben so anzugehen, wie ich ein neues Patent angehen würde. Ich höre in mich hinein und mache mir Notizen, damit ich nichts vergesse.

Die neue Ashley Stockingdale wird

1. auf der Hochzeit ihres Bruders tanzen und sein neues Leben akzeptieren.
2. Urlaub machen und lernen, sich zu entspannen – bis zum Umfallen.
3. sich jeden Tag zehn Minuten über ihre Umgebung freuen.
4. Risiken eingehen. Vielleicht sogar eines Tages Lilly-Pulitzer-Kleider zur Arbeit anziehen.

5. nie wieder, und ich meine wirklich niemals, Matrix anschauen.
6. sich nicht über die Single-Gruppe lustig machen. Sie ist selbst einer.

Als ich aufschaue, bin ich gefesselt vom Anblick des strahlend blauen Himmels vor dem Hintergrund des Pazifiks. Ein Kastendrache in leuchtenden Neonfarben fliegt am Himmel, und ich wünschte, ich könnte mit dieser Leichtigkeit fliegen. Außerdem wird mir bewusst, dass ich Hunger habe. Ich bin seit drei Stunden hier und habe überhaupt nicht bemerkt, wie die Zeit vergeht. Ich stehe auf, gehe barfuß ans Wasser und strecke meinen großen Zeh ins eisige Wasser.

»Ashley!«

Beim Klang meines Namens lache ich, aber er kommt noch einmal.

»Ashley!«

Ich drehe mich um und sehe, dass Seth auf mich zu kommt. Er hat einen Blumenstrauß in der Hand, und es sind Tulpen, meine Lieblingsblumen. Rosa Tulpen. Ich blinzle und schüttle den Kopf. Vielleicht habe ich doch Alkohol getrunken und weiß es nur nicht mehr.

Ich warte, bis er bei mir ist, um zu sehen, ob ich vielleicht zu lange in der Sonne war. Es ist wie eine Fata Morgana, aber es ist Seth. Wahrscheinlich ist er gekommen, um mich zu fragen, ob Arin oder Kay diese Tulpen gefallen würden, oder weil er ein schlechtes Gewissen hat wegen meiner Sachen.

»Hallo Seth. Hast du gedacht, ich sei durchgeknallt?« Einen anderen Grund, weshalb er hier sein sollte, kann ich mir nicht vorstellen.

Er streckt mir den Strauß nicht entgegen; er steht einfach nur da. Wieder einmal wartet er, dass etwas passiert, wie das Ingenieure so an sich haben.

»Nun?« Ich klopfe mit meinem nackten Fuß auf den Sand.

Er sagt kein Wort, lässt die Blumen zu meinen Füßen fallen und schaut mich nur an. Seine kristallblauen Augen vor dem Hintergrund des Ozeans erinnern mich schmerzhaft daran, dass ich noch nicht alles, was mich quält, überwunden habe. Seth Greenwood wühlt immer noch alles in mir auf, wie die Flut den Meeresboden.

Seths Hände greifen nach mir, und ich zucke zusammen und weiche zurück. Er kommt auf mich zu, und ich schüttle den Kopf. Von diesem Augenblick hängt zu viel ab für mich. Ich stehe da mit allen Erwartungen der Welt in mir und habe gleichzeitig nicht ein Körnchen Vertrauen, dass irgendetwas davon in Erfüllung gehen wird.

»Sag was«, befehle ich ihm.

Aber er sagt nichts. Er beißt sich nur auf die Unterlippe. Ich ermahne mich selbst, daran zu denken, dass kein Mensch mir Erfüllung geben kann - ich versuche angestrengt, mich an alles zu erinnern, was ich heute beschlossen habe - jeden Tag und jeden Moment für sich zu nehmen und mich daran zu freuen. Vor lauter Nervosität fange ich an, ein Kirchenlied zu singen. Ich fange ganz leise an, werde aber im Einklang mit den Wellen immer lauter.

»Seliges Wissen, Jesus ist mein! Köstlichen Frieden bringt es mir ein. Leben von oben, ewiges Heil ...«

»Ich habe es schon einmal versucht«, erklärt er. Aha, er kann also doch sprechen.

Ich höre auf zu singen. »Was hast du versucht?«

»Du bist immer so in Eile und musst irgendwo hin. Ich habe nie das Gefühl, dass jetzt der richtige Augenblick ist.«

»Ich bin immer in Eile. Deshalb bin ich auch heute hier am Strand. Ich will nicht mehr so hetzen. Eines Tages bin ich fünfzig und probiere immer noch Miniröcke an, weil alles so schnell gegangen ist, dass ich gar nicht gemerkt habe, dass ich alt geworden bin. Das wäre erbärmlich.«

Er nimmt mein Gesicht in seine Hände und drückt mein Kinn leicht nach oben. Ja, ich sollte diesen Augenblick einfach genießen, aber ich frage mich, wo er sich das abgeschaut hat. Hat Bond das so gemacht? Oder Indiana Jones? Es ist lieb von ihm, aber ich weiß, dass es nicht von ihm selbst ist. Diese Geste hat etwas Verbindliches, und das macht mich ungeheuer nervös. *Warte ab. Warte ab.*

Er drückt seine Lippen fest auf meine, und ich spüre, wie mir die Hitze in den Kopf steigt. Mein Make-up ist schon längst verblasst, aber es ist mir egal. Ich küsse ihn entschlossen zurück, und unsere Leidenschaft wird immer stärker, bis wir uns hier am Strand regelrecht abknutschen. Ich weiche zurück und schüttle den Kopf. Ich bin außer Atem. *Wow, ich hätte nicht gedacht, dass er so rangehen kann.*

Ich muss ausprobieren, ob das nur Zufall war, und küsse ihn noch einmal. Er erwidert meinen Kuss leidenschaftlich. Jetzt bin ich wirklich misstrauisch.

»Ist das so ein dummer Witz?«, frage ich.

»Das war's, Ashley. Ich werde keine Bessere mehr bekommen.« (Er zuckt mit den Schultern.) »Du bist das Beste, das ich bekommen kann.«

Mein Magen krampft sich zusammen, und ich kann die Tränen nicht zurückhalten. Sie laufen in Strömen über meine Wangen, wie die Springbrunnen in den Vorgärten von Palo Alto. *Ist das alles? Ist das der Augenblick der Wahrheit und der Romantik für mich? Ich bin das Beste, was er bekommen kann?*

Seth hebt den Blumenstrauß auf und hält ihn mir hin, aber ich schlage ihn aus.

Ich spüre, dass er etwas ganz anderes meint, als seine Worte sagen. Aber ich bin auch ein bisschen verstimmt. Das hier sollte eigentlich unser ganz großer Augenblick sein! »Du bekommst keine Bessere? Das ist dein ganzes romantisches Werben um mein Herz? Du bekommst keine Bessere?«

»Ach, komm schon, Ash. Du weißt doch, dass ich das mit Worten nicht so gut ausdrücken kann.«

»Ich will keine Worte, Seth. Was *fühlst* du? Fühlst du in dieser verschlossenen Schachtel, die du dein Herz nennst, irgendetwas?« Dabei tippe ich ihm auf die muskulöse Brust. Er hat Krafttraining gemacht.

Er wirft die Blumen in den Sand, und eine heftige Welle schwemmt sie davon.

»Ich fühle alles.« Er beißt sich wieder auf die Lippe. »Ich kann es nur nicht richtig ausdrücken, glaube ich. Ich kann hier nicht gewinnen.«

»Schau mich nicht so an. Ich erwarte nicht, dass im Leben alles nur eitel Sonnenschein ist, aber ich will niemanden, der sich mit mir zufrieden gibt. Glaubst du, das ist zu viel verlangt?«

»Ich habe nie gesagt, dass ich mich mit dir zufriedengebe. Das hast du mir in den Mund gelegt.«

Wobei es vielleicht im Moment keine schlechte Idee wäre, ihm Worte in den Mund zu legen. »Na schön.« Ich komme auf ihn zu. »Sag mir, was ich nicht verstanden habe. Hast du nicht gerade gesagt, dass du keine Bessere mehr bekommst – und vielleicht nie bekommen wirst? Hast du erwartet, dass mich das umhaut?«

Er schüttelt den Kopf. »Vergiss es, Ashley. Du denkst schlecht von mir. Und es gibt nichts, was ich tun kann, um das zu ändern.« Er geht weg, dreht sich aber noch einmal zu mir um. »Mit Arin habe ich einen Fehler gemacht. Ich war ein Idiot zu glauben, dass so ein flatterhaftes junges Ding das Richtige für mich wäre. Aber eine Zeit lang habe ich das geglaubt. Du kannst mir das jetzt vorwerfen. Du hast es besser gewusst. Du hast es die ganze Zeit gewusst.«

»Willst du damit sagen, dass es *mein* Fehler war, dass du nicht wusstest, was du wirklich wolltest?«, frage ich ungläubig.

Seth sieht wütend aus. Es ist das erste Mal, dass ich ihn so erlebe.

»Wenn du das mit Arin wusstest, warum hast du es mir nicht gesagt, statt zuzusehen, wie ich mich lächerlich mache? Du wusstest die ganze Zeit schon, was zwischen uns beiden war, aber du hast es zugelassen, dass ich an dieser kleinen Fee hing wie Feenstaub.«

»Ich habe versucht es dir zu sagen! Wag ja nicht, mir das in die Schuhe zu schieben!«

»Vielleicht hast du das.« Er schüttelt den Kopf und schaut auf irgendeinen Punkt weit weg am Horizont. Die Sonne fängt an unterzugehen, und der orange und rosa leuchtende Himmel verwandelt das Meer in ein dunkles Grau. »Ich bin gekommen, um dir zu sagen, dass ich aus Kalifornien weggehe. Ich habe einen Job in Phoenix und werde in zwei Wochen gehen. Ich dachte ... ach, egal, was ich dachte. Es war dumm.«

Ich schnappe nach Luft und suche nach irgendeiner Antwort.

»Eigentlich bin ich gekommen, um dir zu sagen ...« Er hält inne und starrt mich an. Wieder stehen die Worte in seinen Augen geschrieben, aber sie kommen einfach nicht aus seinem Mund. Er setzt noch einmal an, hält aber wieder inne. Ich sehe, wie er sich innerlich endgültig von mir abwendet.

»Ich ... ich wollte dir nur sagen, dass du in meiner Eigentumswohnung bleiben kannst, ohne Miete zu zahlen. Sam hat jetzt eine eigene Wohnung, und ich weiß, dass du keine Bleibe hast.«

Ich schüttle nur den Kopf und versuche zu verarbeiten, was er mir gerade erzählt hat. Waren die Blumen wirklich ein Abschiedsgeschenk? Unmöglich. Er ist nicht extra bis hierher gefahren, um sich zu verabschieden – das hätte auch Zeit gehabt, bis ich heute Abend wieder zurück bin. Aber ich werde es ihm nicht abnehmen, es zu sagen. Nein, das werde ich nicht!

»Ich wollte nicht, dass du es von jemand anderem erfährst«, meint Seth.

»Gut.« Ich gebe ihm noch eine Chance. »Und der Kuss?«

»Was bedeutet schon ein Kuss zwischen Freunden?« Er lächelt mich leicht an.

Ja, was schon. Alles und nichts, beides auf einmal.

»Danke für dein Angebot. Aber ich habe schon alles mit Kay arrangiert. Ich kann nach deiner Wohnung schauen, wenn du möchtest. Blumen gießen und so.«

»Nein«, meint er kopfschüttelnd. »Ich werde sie entweder vermieten oder verkaufen, wenn du sie nicht brauchst. Ich dachte nur, falls du sie brauchst ...«

»Lieb von dir, dass du an mich gedacht hast.« Ich will ihn nicht so gehen lassen, und wenn ich das nicht will, dann war alles, was ich mir gerade selbst gesagt habe, eine Lüge. Wie kann ich mit Grundsätzen leben, wenn ich sie für einen einfachen Kuss verrate? Wenn ich keinen Respekt vor mir selbst habe, wie sollen andere mich da respektieren?

»Du bist nicht die, von der du glaubst, dass du sie bist, weißt du«, sagt Seth. Es hört sich wie ein Vorwurf an.

»Das verstehe ich nicht.«

»Du bist keine alternde Frau, die im Schatten von Arin und ihresgleichen lebt.«

Ihresgleichen? Was soll ihresgleichen heißen? Da ich nicht in Arins Schatten passe, weiß ich auch, dass ich dort nicht leben kann.

Er fährt fort. »Arin ist lieb. Sie ist süß. Du bist schön. Und du bist echt. Ich kann mit Arin ausgehen und mich dabei total lächerlich machen und es dann hinter mir lassen, weil es unwichtig ist. Es ist mir egal, was *sie* von mir denkt.«

Ich warte darauf, aus einem meiner Tagträume aufzuwachen. Jetzt fühlt er sich frei, mir zu sagen, was er fühlt - jetzt, wo er sich gleich umdrehen und von mir weggehen wird. Jetzt, wo er in einen anderen Bundesstaat ziehen wird. Aber was bedeutet das wirklich? Ich kann ihn nicht dazu bringen, hier bei mir am Strand zu bleiben, nicht einmal in Kalifornien, und ich würde es auch gar nicht wollen. Das Leben besteht aus einer Reihe von Entscheidungen. Ich habe meine getroffen. Er hat seine getroffen.

Ganz gleich, wie, sie passen nicht zusammen.

31

Bei Kay Harding einzuziehen ist, wie in ein Trainingslager zu kommen. Das Klemmbrett hat seinen Ehrenplatz, an einem eigenen Haken am Kühlschrank. Organisation ist nicht einfach nur eine Charaktereigenschaft von Kay. Es ist ihr Lebensstil. Kay macht alles so, als sei das Klemmbrett ihr Chef, dessen Anweisungen sie ausführen muss. Sie ist eine Sklavin des Brettes.

Kay wäscht am Montag, kümmert sich am Dienstag um den Garten ... und so weiter. Zuerst dachte ich, ich drehe ihr den Kragen um, als ich ihr an ihrem Wäsche-Falt-Tag zusah. Es ist ein bisschen wie in diesem Internetshop, wo die Mädchen die Sachen immer und immer wieder sauber zusammenfalten. Man möchte am liebsten in den Bildschirm steigen, sie schütteln und schreien: »Schnell! Macht, dass ihr wegkommt!« Das ist wahrscheinlich nur menschlich.

Mittwochs ist Single-Bibelstunde, und ich musste Kay versprechen zu kommen. Es ist schon mindestens ein Jahr her, seit ich das letzte Mal da war - weil ich dachte, dass Sonntagsschule genug ist - also ist es wohl mal wieder Zeit. Nicht Bibel zu lesen (das mache ich auch alleine), sondern in der Gruppe Bibel zu lesen. Auch dafür gibt es ein Ritual. Kay schaut auf ihre Liste und ruft am Vorabend diejenigen an, die dran sind, Snacks mitzubringen, um sie daran zu erinnern. Sie bittet schon vorher jemanden, das Anfangsgebet zu sprechen, und dann betet sie für das ganze Haus, unmittelbar bevor alle kommen. Ich mag Letzteres, auch wenn ich zugeben muss, dass es mich beim ersten Mal ein bisschen schockiert hat. Es ist ein bisschen, wie wenn ein Priester Dämonen austreibt. Oder wie Eintopf - manchmal möchte man lieber nicht wissen, was drin ist.

Um sieben Uhr klingelt es. Es ist Jackie Cole. Sie ist dran mit den Snacks, und Kay nimmt ihr den Behälter mit den katzenförmigen Keksen ab und dreht ihn um. »Ist das für Menschen?«

Jackie zeigt zu ihrer Rechtfertigung auf die Aufschrift. »Da steht es. Nahrungsmittel.«

Ich lächle. Ein Snack, bei dem man erst dazu sagen muss, dass er für Menschen gedacht ist, wird keinen Ansturm auf die Küche auslösen. Das wird Kay sehr beunruhigen. Ich sehe, wie sie zuckt. Und dann wird sie heute Abend darüber sprechen wollen. Und was noch schlimmer ist, ist, dass ich anfange ihre Besorgnis zu teilen.

»Ich stelle es in die Küche«, sagt Kay und bemüht sich sehr, freundlich zu sein.

Zu Kays Verteidigung muss ich sagen, dass Jackie Vegetarierin ist. Sie ist nicht nur Vegetarierin, sondern strenge Veganerin – was bedeutet, dass sie eigentlich nur Pappe isst. Ich höre, wie Kay in der Küche werkelt, um innerhalb von wenigen Minuten den perfekten Snack zu richten.

»Und, Jackie«, sage ich, um die Geräusche aus der Küche zu übertönen. »Wie läuft es bei dir?«

»Mein Job kotzt mich an. Ich habe so einen dämlichen Chef, der ein Problem mit Frauen hat, und ich bin sein passiv-aggressives Verhalten einfach leid.«

»Das tut mir leid. Das muss sehr schwierig sein.« Ich setze mich und hoffe, damit diese Unterhaltung mit dem feindseligen Ton zu beenden. Aber Jackie legt jetzt erst richtig los.

»Am Freitag hat er ein Biergelage organisiert, und dann wurde auch noch gegrillt. Es ist, als wolle er mich persönlich beleidigen, indem er bei einer Firmenfeier verbranntes Fleisch serviert. Er und alle seine kannibalischen, frauenfeindlichen Kumpels.«

Ich habe wirklich nichts gegen Vegetarier. Ich kenne einige, die ganz normal sind. Aber andere, so wie Jackie, sind mehr vegetarisch als christlich. Es ist ihre oberste Religion. Sie ist bekannt dafür loszuquasseln, wie früh man ein Kalb von seiner Mutter trennt oder dass dieses Kalb dann in eine Kiste gepfercht wird, um mein nächster Kalbsbraten zu werden. Nicht, dass ich ihre Meinung nicht respektiere, aber nach einer Unterhaltung mit ihr habe ich immer das dringende Bedürfnis zu duschen. Sie bringt mich ins Schwitzen. Außerdem sieht Jackie sehr ungesund aus. Ihr Teint ist fahl und hat einen grünlichen Unterton, ihr Auftreten immer verärgert, und ich kann mir nicht helfen, aber ich habe das Gefühl, wenn ich sie einmal zwingen würde, einen guten Karamell- oder Schokokaffee zu trinken, wäre sie vielleicht hinterher besser drauf und würde sich an die Frohe Botschaft erinnern.

»Nun, du weißt doch, dass Männer gerne Grillfeten feiern«, sage ich lachend. Ich könnte wetten, dass Jackie noch nie gefragt wurde, ob sie Es am Wochenende getrieben hat. Vielleicht sollte ich es als Kompliment sehen.

»Verrat mir mal, was daran feierlich sein soll, ein Lebewesen zu töten!« Sie legt ihre Hände in ihre nicht vorhandene Taille, die unter einem übergroßen Busen verschwindet.

»Jetzt hast du mich ertappt. Komm, wir setzen uns« - auch wenn ich schon sitze. Ich versuche, sie von ihrem hohen Ross herunterzuholen, damit sie das Wort Gottes annimmt. Es klingelt wieder, und ich springe förmlich auf und hechte zur Tür. Es ist Seth. Und er schaut geradewegs an mir vorbei.

»Hallo Jackie«, sagt er.

»Seth, kann ich dir die Jacke abnehmen?«, frage ich. Ich stelle mich direkt vor ihn, damit er mich ansehen muss.

Er mustert mich einen Augenblick lang so, dass ich wünschte, ich könnte alles rückgängig machen, was ich je zu ihm gesagt habe. Ich möchte noch einmal von vorne anfangen mit ihm, aber dafür ist es jetzt zu spät. Die Verachtung in seinem Blick ist offensichtlich.

»Nein, danke. Ich behalte sie an.« Aha, er will mir also die kalte Schulter zeigen. Ich soll ihn mir den ganzen Abend anschauen, wie er wie für den arktischen Winter gerüstet dasitzt.

Ich schlucke den Knoten in meinem Hals hinunter. Ich wünsche mir, dass er mich noch einmal so küsst wie am Strand. *Oh Gott, wie konnte ich nur noch mehr verlangen, wo Seth doch alles gegeben hat, was er hatte.* Warum erwarte ich von einem Ingenieur Seifenopern-Romantik? Brea hat recht. Kein Wunder, dass ich Single bin.

Kay kommt wieder, und auch ihr steht der Schweiß auf der Stirn. Offensichtlich hat sie einen passenden Snack gefunden, aber er hatte wohl seinen Preis. Die anderen kommen, und wir holen unser Heft zum Thema Unterordnung heraus. Schon wieder Unterordnung! War die Sonntagsschullektion neulich nicht genug? Oder die anderen zwölf Mal, wo wir uns schon mit diesem Thema beschäftigt haben?

Die Gruppe fasst die bisherigen Gespräche dazu zusammen, und dann lese ich eine wichtige Bibelstelle vor, und mein Interesse ist unwillkürlich geweckt. Genau so funktioniert es doch mit der Bibelgruppe. Es ist nervig hinzugehen und sich auf das Thema zu konzentrieren, aber dann zieht das Herz nach. Das muss wohl Gottes Werk sein.

»Ihr Sklaven und Sklavinnen, ordnet euch euren Herren und Herrinnen unter und erweist ihnen den schuldigen Respekt, nicht nur den guten und freundlichen, sondern auch den launischen. Es ist eine Gnade Gottes, wenn jemand ohne Schuld nur deshalb Kränkungen erfährt und leiden muss, ...«

»Wisst ihr«, meint Jerry, ein Mann Ende vierzig, plötzlich, »das ist ein sehr guter Abschnitt. Sklaverei funktioniert in dieser Welt. Ich weiß gar nicht, warum die Menschen dagegen protestieren. Schaut euch nur mal die kleinen Mädchen an, die in Asien als Prostituierte arbeiten. Sie haben zu essen. Sie haben ein Dach überm Kopf. Wir sollen doch Gott in allen Umständen danken. Das sagt die Bibel. Ich weiß wirklich nicht, warum wir Amerikaner glauben, wir hätten das Recht, in diese Länder zu gehen und den Menschen dort zu sagen, wie sie leben sollen.«

Die Frauen starren ihn alle mit offenem Mund an und warten darauf, dass er sich selbst korrigiert. (Jerry war noch nie verheiratet, aber ich glaube, das brauche ich gar nicht zu erwähnen.) Seth schüttelt den Kopf – und fragt sich wahrscheinlich, wie Jerry sich da wieder rausreden wird –, und Jackie sieht aus, als würde sie ihn gleich anspringen. Sie überdenkt offensichtlich gerade ihre Haltung zu Grausamkeit an Tieren.

»Was ist denn schon der Unterschied, ob sie Prostituierte sind oder verheiratet?«, versucht Jerry zu erklären. »In diesen Ländern ist das das Gleiche.«

Er meint es absolut ernst. Wir sind hier in einer Bibelgruppe! Und wir diskutieren darüber, warum Prostitution nicht legal ist und es auch nicht sein sollte. »Ähm, zum Beispiel Krankheiten«, sage ich. »In der Bibel wurden Sodom und Gomorra wegen ihrer fehlenden Moral vernichtet, und nach Hebräer 13 verabscheut Gott Sex außerhalb der Ehe.«

Jerry sieht auf seine Bibel hinunter. »In der ganzen Bibel kommen Prostituierte vor.«

Jetzt weiß ich, dass meine Gemeinde eine missionarische Gemeinde ist. Es kommen viele zu uns, die Jesus noch nicht als ihren Retter angenommen haben, und es ist ein gutes Zeichen, dass sie sich bei uns wohlfühlen. Schließlich habe ich die Diebin im Gefängnis eingeladen. Problematisch wird es erst, wenn jemand wie Jerry die Gemeinde benutzt, um auf Brautschau zu gehen. Offensichtlich hatte er in den Aufreißerbars kein Glück (kann ich mir gar nicht erklären!), und jetzt beehrt er uns mit seinen Weisheiten.

Normalerweise wäre mein Herz voller Liebe für einen so armen verlorenen Sünder, aber heute Abend bin ich einfach nur genervt. Man muss kein Christ sein, um gegen Prostitution zu sein. Grundkenntnisse darüber, was richtig und falsch ist, würden genügen, denke ich. Aber Prostitution mit der Bibel zu rechtfertigen? *Oh Gott, steh mir bei, sonst erwürge ich ihn.*

Kay sieht Jerry geradeaus an. »Wenn dir jemand erzählen würde, dass in der Bibel immer wieder Eunuchen vorkommen und dass du auch in dieser Situation fröhlich sein sollst, würdest du das auch glauben?«

Jerry kratzt sich am Kopf. »Du vergleichst Äpfel mit Birnen.«

Während alle von uns panisch bemüht sind, Jerry auf die rechte Bahn zu bringen, damit nicht alle Frauen in unserer Gruppe über ihn herfallen, blättert Seth schweigend in seiner Bibel und meldet sich plötzlich zu Wort. Er spricht beinahe im Flüsterton und hat damit unsere volle Aufmerksamkeit.

»Die Ehe soll in Ehren gehalten werden bei allen und das Ehebett unbefleckt; denn die Unzüchtigen und die Ehebrecher wird Gott richten. Hebräer 13,4. Klingt das wie Zustimmung zur Prostitution?«

Friede legt sich über den Raum. Warum versuchen Christen immer zu argumentieren, statt den Heiligen Geist wirken zu lassen? Eine Weile lang sind wir alle still.

Jerry nickt. »Ich verstehe.« Und ich glaube, er hat es vielleicht wirklich verstanden.

Kay schaut auf die Uhr. »Lasst uns zusammen beten. Amy, du bist dran, das Gebet zu leiten.«

Amy will gerade anfangen, als es an der Tür klopft und Dr. Kevin Novak hereinspaziert kommt. Ich sehe, wie Seths Kiefermuskeln zucken, aber er rückt zur Seite und macht Platz für Kevin. Kevin lächelt mich an und zwinkert mir quer durchs Zimmer zu. Hier sind sie: Kevin und Seth, Seite an Seite. Jetzt sehe ich die ungeheuren Unterschiede. Kevin ist mit sich selbst eins, fühlt sich aber in dieser Umgebung etwas unwohl. Um es zu verbergen, streckt er sich ganz cool auf der Couch aus, als sei es seine, während Seths Kiefermuskeln immer noch zucken.

Ich wünschte, ich könnte Seth jetzt einfach sagen, wenn ich die Wahl hätte ... Aber ich habe keine Wahl. Da ist Kevin in all seiner wunderbaren, nicht christlichen Herrlichkeit, und Seth, der Mann, der mein Herz kennt, aber alles, was er mir bieten kann, ist, in seiner Eigentumswohnung zu wohnen, wenn er wegzieht.

Nach einigen ebenso kurzen wie oberflächlichen Gebetsanliegen und dem gemeinsamen Gebet machen wir mit den Snacks weiter. Die Schachtel mit den katzenförmigen Papp-Keksen ist jetzt in eine Kristallschüssel geleert, aber irgendetwas daran weckt in einem das Verlangen, in eine zweite Schüssel Milch zu gießen und die Mieze von nebenan zu rufen. Niemand rührt die Kekse an.

Kay hat eine Platte mit Erdbeeren und Scheiben frischer Ananas und Kiwi hergerichtet. Im Februar! Daneben steht eine Platte mit warmem Briekäse und Kräckern. Ich muss gestehen, dass ich sie bewundere. Wenn das Treffen bei mir wäre, hätte ich ein paar

Vitamintabletten und einige alte Mixed Pickles hingestellt und gehofft, dass niemand merkt, dass ich unvorbereitet bin. Kay ist niemals unvorbereitet, und ich muss zugeben, dass ich mir nicht vorstellen kann, dass es einen Mann gibt, der das an einer zukünftigen Frau nicht schätzt. Ich beneide sie jedenfalls darum.

Seth hält sich von mir fern, als hätte ich eine der Krankheiten, von denen ich vorhin gesprochen habe. Sein Gebetsanliegen war sein Umzug.

»Hallo Ashley.« Kevin stößt mich mit der Schulter an.

»Hallo Kevin. Schön, dich in unserer Bibelgruppe zu sehen.«

»Ergibt irgendwie Sinn. Dieses Buch.« Er hält seine Bibel hoch, auf der sein Name in den schwarzen Ledereinband eingraviert ist. Hat Arin ihm die gekauft, als sie mit ihm befreundet war, um ihn zu missionieren?

»An manchen Tagen ist das das Einzige, was noch Sinn ergibt«, erwidere ich, beobachte aber Seth aus dem Augenwinkel. Er isst nichts, er unterhält sich nicht. Er steht nur da, wie ein Mauerblümchen in der Highschool, das auf den richtigen Augenblick für seinen Auftritt wartet.

»Ich habe nichts mehr von dir gehört, seit ich dich aus dem Gefängnis geholt habe.«

»Ja, ich hatte viel zu tun«, antworte ich ausweichend.

»Ich auch. Nächstes Wochenende habe ich frei. Du auch?«, fragt Kevin.

»Mein Bruder wird am Valentinstag heiraten, weißt du noch? Ich werde nach Las Vegas fliegen.«

»Ach ja. Das wird bestimmt unterhaltsam. Spielst du?«

Ja, leider spiele ich gerade, und es ist mich schon teuer zu stehen gekommen. »Nein, nein, ich spiele nicht. Ich trinke auch keinen Alkohol oder mache sonst etwas, was man in Las Vegas tun kann. Ich spiele nicht mal Golf.«

»Das ist wirklich schade.«

Höchste Zeit, das Thema zu wechseln. »Erzähl mal, wie es dir mit diesem Buch geht. Was liest du darin?«

»Matthäus.«

Mein Herz klopft wie wild. Kevin steht vor mir und ist bereit, über theologische Fragen zu sprechen und darüber, was er in der Bibel liest – was seine Errettung bedeuten könnte –, und wo bin ich mit meinen Gedanken?

Ich beobachte Seth Greenwood, wie er zur Tür hinausgeht, ohne sich zu verabschieden.

32

Es ist Donnerstagmorgen, und als ich bei Selectech durch die Glastür gehe, stehen reihenweise Sicherheitsbeamte an der Tür – offensichtlich als Eskorte. Das ist ein sicheres Zeichen. *Heute fliegt jemand.* Ich glaube nicht, dass ich es bin, denn sie haben mir in die Augen geschaut, als ich hereingekommen bin, aber in dem Moment, als ich mein Büro betrete, klingelt mein Telefon – und erschreckt mich zu Tode.

»Ashley Stockingdale«, sage ich so ruhig wie möglich.

»Ashley, hier spricht Hans Frauer«, meldet sich der Geschäftsführer der Firma. Mein Herz klopft wie wild. *Wo ist Purvi?*

»Ja, Mr. Frauer?«

»Bitte kommen Sie sofort in mein Büro«, sagt er mit seinem starken deutschen Akzent.

»Komme sofort.« *Mist, noch nicht einmal genug Zeit, um meine persönlichen Sachen in eine Kiste zu packen.*

Dianna, die Königin des Büroklatsches, schaut mich an und zwingt sich zu einem Lächeln. »Alles wird gut.« Aber irgendetwas ist faul. Die Hälfte ihres sonst so dick aufgetragenen Mascaras ist abgewaschen. Sie hat geweint!

»Wo ist Purvi?«, frage ich beunruhigt.

Dianna zuckt nur mit den Schultern. Dianna weiß immer alles, und deshalb ärgert es mich, dass sie sich unwissend stellt. Meine Hände zittern, aber ich bete leise und gehe in Gedanken meine Ersparnisse durch. Ich überschlage, wie lange ich davon leben kann, bis ich wieder einen Job habe. Keine leichte Angelegenheit in der derzeitigen Wirtschaftslage, und das wird meinem Plan, früher in den Ruhestand zu gehen, auf jeden Fall schaden. Aber es wird helfen, das Problem mit der Arbeitssucht zu lösen.

Bevor ich in Hans' Büro eintrete, streiche ich noch einmal meine Jacke glatt. Es ist eine olivfarbene Jacke im Cargo-Stil von DKNY, die ich mir von meiner Kaution gekauft habe. Wie so oft in stressigen Situationen tröste ich mich mit meiner Kleidung.

Als ich Hans' Büro betrete, sitzen dort lauter Männer in Anzügen. Normalerweise tragen die Männer im Silicon Valley keine Jacketts. Vermutlich ist das Voraussetzung, wenn man jemanden vor die Tür setzt. Hmmm. Vielleicht trösten sie sich auch mit ihrer Kleidung.

Ich nicke. »Guten Morgen, Mr. Frauer.«

»Guten Morgen, Ashley.«

Ich nehme mir einen Augenblick Zeit, um den versammelten Chefs aus der Ingenieur- und Personalabteilung und dem Generaldirektor beherrscht lächelnd zuzunicken. *Oh ja, das ist definitiv die Kündigung.*

»Guten Morgen, meine Herren … Annette.« *Na schön, bringen wir es einfach hinter uns.* Ich mache mich auf das Unvermeidliche gefasst.

»Ashley, Sie wissen ja, dass wir dieses Jahr extrem viele Patente hatten und auch Patentstreitfälle …«

»Ja, Sir.«

»Es war auch das erste Mal, dass wir uns entschlossen haben, das Reich des Bösen zu verklagen.«

Komm endlich auf den Punkt.

»Ms. Sharma hat großartige Arbeit geleistet, unsere Firma auf dieses neue Gebiet zu führen, aber wir haben das Gefühl, dass sie an ihre Grenzen gestoßen ist. Wir haben den Eindruck, dass wir eine neue Richtung und eine neue Ausrichtung brauchen.«

Purvi hat großartige Arbeit geleistet? Sie hat ihr Leben für diese Firma geopfert! »Ich verstehe nicht ganz. Wo ist Purvi, Hans?«, frage ich und spreche ihn absichtlich mit Vornamen an.

»Der Vorstand hat beschlossen, dass Purvi noch nicht so weit ist, sich mit dem Reich des Bösen direkt auseinanderzusetzen.«

Ich gehe unruhig in seinem Büro auf und ab. »Diese Ansicht teile ich absolut nicht.« *Habe ich das gerade wirklich gesagt?*

»Der Vorstand schaut auf die Ergebnisse, Ashley. Durch Ihre Arbeit konnte diese Firma sowohl wichtige Patente im Bereich der Technologie sichern als auch stetige Einkünfte aus den Tantiemen, weil Sie den Wettbewerb im Auge hatten.«

»Ich bin Ihnen sehr dankbar, dass Sie meine Anstrengungen bemerkt haben, aber Purvi hatte all das unter ihrer Aufsicht, Mr. Frauer.«

»Wir sollten Ihnen vielleicht sagen, dass wir Purvi freigestellt haben«, sagt Mr. LaBou.

Ich lasse mich in den Stuhl fallen, der schon die ganze Zeit für mich bereitstand. *Sie haben es tatsächlich getan. Sie haben Purvi rausgeschmissen.* Sie hatte sich mit Haut und Haar dieser Firma hingegeben.

»Ich weiß nicht, was ich sagen soll.« *Außer dass ihr alle Werkzeuge des Teufels seid!*

»Wir hätten gerne, dass Sie als vorläufiger Chefsyndikus Purvis Platz einnehmen«, sagt Hans. »Wir haben Sie jetzt fast ein ganzes Jahr lang beobachtet. Unsere Aktien sind Dank Ihrer grundlegenden Arbeit im Patentbereich um mindestens drei Punkte gestiegen.«

Chefsyndikus. Dafür habe ich gearbeitet. Aber wie kann ich andererseits leugnen, was sie mit Purvi gemacht haben? Sie haben sie ausgesaugt und ihre leere Hülle dann am Straßenrand liegen lassen. Wie könnte ich Erfolg jemals so definieren und dabei noch in den Spiegel schauen? Ich spreche im Stillen ein Gebet und bekomme die Bestätigung, die ich brauche.

»Nein, danke«, sage ich.

»Ich glaube, Sie haben uns nicht richtig verstanden. Das ist Ihre Chance. Ihre einzige Chance. Wir haben hier im Haus sonst keine Aufgabe für eine Patentanwältin.«

Ich stehe auf. »Ich brauche keine andere Aufgabe, aber ich weiß Ihr Angebot zu schätzen. Meine Antwort ist Nein.«

»Lassen Sie mich das noch einmal wiederholen. Wir haben keinen anderen Job für Sie, Miss Stockingdale. Entweder Sie werden Chefsyndikus oder Sie gehen.«

»Ich habe verstanden, Mr. Frauer, aber ich fürchte, ich bin daran nicht interessiert. Ich habe nicht so viel Zeit für die Arbeit. Bis heute Abend haben Sie meine Kündigung.«

Hans schüttelt den Kopf. »Dazu haben Sie zu zu vielen Informationen Zugang. Wenn Sie die Stelle nicht wollen, dann ist das Arbeitsverhältnis hiermit beendet.«

Noch besser! Arbeitslos und eine Abfindung. Ich sehe seinen harten Gesichtsausdruck, aber ich weiß auch, dass er jetzt mehr Schwierigkeiten hat als ich. Es laufen zwei Gerichtsverfahren bezüglich wichtiger Patente, sechs Patente sind in der Mache, und er hat nicht einen einzigen Patentanwalt. Der Stolz ist eine Bestie.

Hans hebt den Finger, und sogleich bin ich von Sicherheitspersonal umgeben, das mich aus dem Gebäude begleitet mit einem kurzen Zwischenstopp in meinem Büro, um die obligatorische Kiste zu packen, die sie jedes Mal untersuchen, wenn ich etwas hineinlege. Die Ironie an der Tatsache, dass man seine gesamte berufliche Laufbahn in einen Pappkarton packen kann, entgeht mir dabei nicht.

»Harter Tag heute«, meint einer der Sicherheitsbeamten.

»Es ist leichter, als Sie denken.«

»Alle hier mögen Sie, Miss Stockingdale. Sie packen das schon.«

»Erfolg lässt sich auf mehr als eine Art definieren«, entgegne ich. Schließlich habe ich mir all diese Rechtskenntnisse und das Verhandlungsgeschick nicht umsonst angeeignet. Ich werde schon noch eine nette Abfindung bekommen.

Als ich aus meinem Büro gehe, kommt Dianna herausgerannt. »Du hast abgelehnt?« *Mann, ist die schnell.* Sie zieht den Klatsch an wie der Strand die Wellen.

»War Purvi heute Morgen hier, Dianna?«

Sie nickt. »Etwa um sieben. Da haben sie sie rausgeschmissen.« Die Tränenströme haben lauter Streifen in Diannas Make-up gezeichnet. »Sie haben mir gesagt, ich dürfe kein Wort sagen, sonst würden sie mich auch feuern.«

»Wie hat sie es aufgenommen?«

»Du kennst Purvi. Sie war gefasst.« Dianna ist immer noch in Tränen aufgelöst. »Sie war die beste Chefin, die ich je hatte. Hans hat sie wie Dreck behandelt, und sie hat uns alle vor ihm abgeschirmt.« Und dann spuckt Dianna es förmlich aus. »Schwein!«

Ich nehme ihre Hand. »Ihr wird es gut gehen. Geh wieder rein und sieh zu, dass du dir meinetwegen keine Schwierigkeiten einhandelst.«

»Warum nimmst du die Stelle nicht an, Ashley? Du wärst ein großartiger Chefsyndikus, und Purvi würde wollen, dass du den Job annimmst.«

Mein Kopf nickt auf und ab. »Weil ich wusste, dass es falsch war, als sie mir die Stelle anboten. Gott hat einen anderen Plan mit mir. Ich weiß nicht, welchen, aber er hat mich noch nie verlassen.« Ich drehe mich um und will gehen, als Dianna noch etwas sagt.

»Wenn ich dir verrate, dass ich den Flug nach Taiwan morgen früh für dich buchen sollte, wirst du dich besser fühlen.«

Ich fange einfach an zu lachen. »Dann wird wohl jemand anderes meine halb rohen Meeresfrüchte essen. Und ich hoffe, derjenige hat einen deutschen Akzent.« Wir umarmen uns zum Abschied. »Wenn du etwas brauchst oder irgendwelche Fragen hast, dann ruf mich an.«

»Vielleicht ist es gar keine so dumme Idee, den reichen Arzt zu heiraten.«

»Vielleicht. Aber ich brauche keinen Mann, um glücklich zu sein«, antworte ich. »Und du auch nicht.« Ich winke ihr zu und gehe zu meinem Auto mit dem kleinen Pappkarton unterm Arm – ein Karton, der vier Jahre meines Lebens beinhaltet.

Drei Tage sind vergangen, und ich komme erstaunlich gut über meinen Job hinweg. Ich hatte schon ein paar Fäden gezogen, und einer davon führt sogar nach Arizona, und obwohl ich ihn von Herzen gern verfolgen würde, streiche ich die Idee als verzweifelten Versuch zu flüchten, statt mein neues Leben zu gestalten. Die Hochzeit steht vor der Tür und damit auch der traurige Gedanke an den Valentinstag. Wer hat diesen sadistischen Feiertag erfunden? Normalerweise vergesse ich ihn einfach, aber dank Kays schaurigen griechischen Figuren im ganzen Haus begegnen mir diese lebhaften roten Sticheleien überall. Ich glaube schon, die Herzchen schlagen zu sehen, wie in Edgar Allan Poes »Das verräterische Herz«. Deshalb bin ich froh, nach Las Vegas flüchten zu können.

Natürlich bin ich ohne Begleitung. Obwohl ich eine kostenlose Reise nach Las Vegas zu bieten habe, fällt mir niemand ein, den ich mitnehmen könnte! Wenn man sich einen Mann nicht einmal mehr *kaufen* kann, dann ist man kein heimlicher Verlierer mehr, sondern Ehrenbürger von Loserheim.

Ich habe Kay gefragt, aber sie meinte, sie habe nicht den Eindruck, dass Gott sie in Las Vegas haben will. Da stimme ich ihr voll und ganz zu, aber ich habe keine andere Wahl. Mein Bruder heiratet, und für dieses Wunder würde ich sogar in das Innerste der Erde reisen.

Ich habe daran gedacht, Dr. Kevin nur als »Freund« zu fragen, aber Las Vegas als Reiseziel deutet irgendwie an, dass auch Sex dazugehört, also besser nicht. Und ich bin mir absolut nicht sicher, ob seine neue Offenheit für den Glauben nicht nur vorgetäuscht ist, um mich zurückzugewinnen.

Seth würde nicht annehmen, dass bei einer Reise nach Las Vegas auch Sex mit im Spiel wäre, aber er spricht nicht mehr mit mir. Außerdem, warum sollte ich Gefühle neu wecken, wenn es offensichtlich vorbei ist? Er zieht in einer Woche weg, und wahrscheinlich wird er mir so lange aus dem Weg gehen. Ich sehne mich nach seiner Freundschaft, aber ich weiß, dass wir auch die beenden müssen, zu seinem und zu meinem Besten.

Mein Gesicht ist ganz aufgequollen vom vielen Weinen über das, was ich hätte tun sollen, was ich hätte sagen sollen. Nicht wegen Selectech. Wegen Seth. Ich bin es leid, nachts mit dem Kissen meine Tränen zu unterdrücken, um Kay nicht aufzuwecken, ganz zu schweigen von dem Schleim, den ich dabei eimerweise produziere. Mich in Seth zu verlieben war schön, aber über ihn hinwegzukommen nicht.

Vollkommen emotionslos starre ich in den Badezimmerspiegel. Ich hätte nie gedacht, dass ich der Typ Frau bin, der sich über Beziehungen definiert. Das bin ich auch nicht, aber Seth war ein ständiger Hoffnungsschimmer in meinem Leben. Meine allgegenwärtige Energiequelle. Er war ein Grund, neue Kleider zu kaufen. Natürlich ist mir klar, dass nicht *er* der Grund war. Es war die Hoffnung, an die ich mich klammerte. Ich weiß, dass Gott bei mir ist, und ich will nicht ohne seine Zustimmung heiraten, aber ich will einen Grund haben, neue Schuhe zu kaufen!

Meine Haare sind endlich wieder lang genug für eine Spange, und ich stecke sie zurück. Ich pudere mein Gesicht, trage etwas Rouge auf und zum Schluss noch meinen Lipgloss. *Besser wird es nicht mehr.* Ich werfe meinem Spiegelbild eine Kusshand zu.

Ich fliege nach dem Gottesdienst mit dem zwei Uhr Flug nach Las Vegas, aber ich singe heute im Gottesdienst ein Solo. Ich habe heute Morgen lange gebetet, für meinen Bruder und Mei Ling und ihr gemeinsames Leben. Ich hoffe, dass sie glücklich werden und dass ich mich mit ihnen freuen kann. Ich glaube, über die Eifersucht bin ich hinweg, aber man weiß ja nie. Es scheint so unfair, dass Gott Dave eine Partnerin fürs Leben gibt und mir eine Lektion über das Singlesein erteilt.

Brea kommt zur Hochzeit, also bin ich nicht alleine, aber sie bringt John mit. Also wird das auch nicht sehr lustig. Sie werden zu den alten Liedern von Journey tanzen und sich dabei tief in die Augen schauen, und ich werde arbeitslose Cousins ohne Lebensperspektiven abwimmeln - und gegen meine Tanten ankämpfen, die meine Haare im 80er-Jahre-Stil auftoupieren wollen. *Oh ja, ich kann es kaum erwarten.*

All meine guten Absichten, mich mit meiner neuen Schwägerin anzufreunden, endeten genauso wie der Intel 486 Prozessor - sie gingen zwischen Jobsuche und Singen in der Gemeinde unter. Mein Leben mit Kay hat sich zu einer außergewöhnlichen Erfahrung entwickelt. Es ist etwas anderes, eine Mitbewohnerin zu haben. Sie ist keine »normale« Mitbewohnerin, wie jemand, den man fragen kann: »Sieht mein Hintern in diesen Klamotten zu dick aus?« oder: »Sieht man meine BH-Träger durch?«. Aber sie ist eine fantastische Köchin und bringt mir Unmengen bei über Effektivität und Organisation.

Wussten Sie schon, dass man morgens tatsächlich früher aus dem Haus kommt, wenn man nicht erst sechs verschiedene Sachen anprobiert? Natürlich fühlt man sich dann den ganzen Tag über unwohl, weil man eigentlich gar nicht in der Stimmung für diese Bluse war, aber man kommt pünktlich. Natürlich muss ich jetzt nirgends mehr hin, aber das ist ein anderer Grund zum Jammern. Und ich jammere ab jetzt nicht mehr. Komme was wolle. Ich bin jetzt Annie, die »Tomorrow« singt! Ich bin Maria aus »Sound of Music«! Na ja, das ist vielleicht ein bisschen zu hoch gegriffen.

Wäre Kay nicht so eine Valentinstag-Fetischistin, wäre ich vielleicht sogar gerne in ihrem hübschen kleinen Bungalow. Ich habe das Gästezimmer und das zweite Bad beschlagnahmt. Am Tag bevor ich wusste, dass das Geld knapp werden würde, habe ich alles noch mit feuerfesten Stoffen von Sheridan dekoriert.

Es klopft an meiner Badezimmertür. »Bist du so weit, Ashley?«, fragt Kay.

Ich fahre mir noch einmal durch die Haare. »Ja, ich komme.« Ich öffne die Badezimmertür, und Kay hat diesen mitleidigen Gesichtsausdruck. »Mir geht es gut«, sage ich.

»Geh einfach und genieße die Hochzeit.«

»Das habe ich vor. Das werde ich!«

Das Telefon klingelt, und ich stürze mich darauf. Jedes Mal, wenn es klingelt, habe ich ein schlechtes Gewissen, weil es nie für Kay ist. *In ihrem eigenen Haus!* Ich muss unbedingt meinen eigenen Anschluss haben, bevor sie mich wegen Ruhestörung rausschmeißt.

»Hallo?«, melde ich mich.

»Ashley, ich bin's, Brea.«

»Sieh bloß zu, dass du kommst.«

»Bleib locker. Ich komme.« Brea räuspert sich. »Ich rufe dich an, um dich daran zu erinnern, dass das der große Tag deines Bruders ist, und das ist ganz in Ordnung so. Dein Bruder hat nicht ›gewonnen‹, weil er vor dir heiratet. Okay?«

»Was soll das? Bist du mein Gewissen?«

»Jemand muss das ja sein. Das ist der wichtigste Tag in seinem Leben, Ash. Er hat keinen Uniabschluss gemacht, ist nicht befördert worden. Für Dave ist das der größte Tag. Okay?«

Aber ich spüre nichts von den Sorgen, die sie sich macht. Ich freue mich sogar für Dave und darauf, einmal aus Silicon Valley wegzukommen. Irgendwie liebe ich meinen Bruder. Natürlich musste ich ihn auch als meinen menschlichen Plagegeist erdulden. Er hat mir zwanzig Jahre lang eingeredet, dass niemand so dumm wäre, mich zu heiraten, hat mir beim Abschlussball die Unterhose zwischen die Pobacken gezogen, mit seinen Freunden mein Tagebuch gelesen, meine Handschrift nachgeahmt und damit einen Liebesbrief an einen Footballspieler geschrieben … und so weiter. Aber Dave hat sich verändert, und es wird Zeit, dass ich das auch tue.

Ich hole tief Luft. »Ich bin ganz ruhig. Ich werde im Gottesdienst singen und habe den ganzen Morgen gebetet. Mach dir also keine Sorgen. Daves Glück ist auch meines.«

»Ich mache mir ja gerade Sorgen, weil du so locker drauf bist.«

»Wir sehen uns im Gottesdienst.« Ich lege auf, bevor sie ihre Gardinenpredigt fortsetzen kann.

Kay und ich quetschen uns in ihren Honda Accord, und ich wärme den ganzen Weg zum Gottesdienst meine Stimme auf – bis die arme Kay das Lenkrad so krampfhaft umklammert, dass ihre Knöchel weiß werden.

»Bin ich so schlecht?«

»Deine Stimme klingt wunderbar, das weißt du, Ash. Ich bin nur nervös wegen dem Gottesdienst heute. Ich treffe mich danach mit jemandem.«

»Tatsächlich?« *Ups, meine Stimme klingt viel zu überrascht.* »Das ist großartig, Kay, wollte ich sagen. Kenne ich ihn?« *Bitte, bitte, Gott, lass es nicht Seth sein. Tu mir das nicht an.*

»Nein, es ist nur jemand aus einer anderen Gruppe, den ich kennen gelernt habe, als ich einmal mit Sharon gegangen bin.«

»Was ist er von Beruf?«

Sie wagt es, mich anzuschauen. »Was denkst du denn?«

»Er ist Profi-Bungee-Jumper«, sage ich ganz trocken.

»Genau. Er ist Ingenieur.«

»Ich hoffe, dass du trotzdem einen schönen Tag hast. Hast du Rabattmarken dabei?«, frage ich scherzhaft.

»Ich habe welche für drei Restaurants im Geldbeutel.«

»Dann kann nichts schiefgehen.«

Vor der Schule trennen Kay und ich uns, und ich gehe durch den Hintereingang hinein, um noch mal mit der Band zu üben. Die Kerzen sorgen für Atmosphäre, und die Gemeindemitglieder setzen sich brav in die Stuhlreihen der Schulaula. Seth sitzt natürlich in der ersten Reihe. Er geht am Freitag. Es ist beschlossene Sache, alles unter Dach und Fach, und an seiner Wohnung hängt ein »zu verkaufen«-Schild. Ich habe es gesehen.

Die Band beginnt den Gottesdienst mit einem fetzigen Loblied, dass die Wände wackeln. Alle tanzen und erheben die Hände. Während wir so eingestimmt werden, warte ich, bis der Pastor das heutige Predigtthema vorgestellt hat, und gehe dann auf die Bühne, um mein Lied für Gott zu schmettern. Zum ersten Mal seit Jahren konzentriere ich mich dabei ganz auf Gott und nicht darauf, wer mich beobachtet, nicht einmal auf Seth in der ersten Reihe. Nur auf Ihn. Als ich fertig bin, bin ich ganz erfüllt von Ihm.

Nach einem höflichen Applaus wage ich es, mich neben Seth in die erste Reihe zu setzen. Die erste Reihe ist die einzige halb leere Reihe in meiner Nähe, und so beschließe ich, ein tapferes Mädchen zu sein und mich dort hinzusetzen, wo mich Gott hinführt.

»Wunderschön«, flüstert er mir nach einem kurzen Augenblick zu, dann nimmt er meine Hand. Meine Hand! Es ist eine Freundschaftsgeste, ein Friedensangebot, kein Liebeszeichen. Richtig? Ich zwinge mich, ihn verstohlen anzusehen, aber an seinem Gesichtsausdruck kann ich nichts erkennen. Ich drücke seine Hand fest. *Geh nicht,* flehe ich ihn damit an.

»Du kannst vielleicht singen.« Kevin ist gerade auf meiner anderen Seite in die Reihe geschlüpft, und Seth zieht schnell seine

Hand zurück. Ich bin hin und her gerissen. Ich habe das Gefühl, als läge das volle Gewicht von Kevins Erlösung auf der einen und Seths Person auf der anderen Seite auf meinen Schultern und ich müsse die Balance halten

Der Wettstreit zwischen diesen beiden Männern ist offensichtlich. Beide sind fest entschlossen – Seth will sich nicht zum Gespött machen, und Kevin will diesen heimlichen Kampf nicht verlieren. Nach einer ziemlich langen Predigt, auf die ich mich nicht konzentrieren konnte, weil ich die ganze Zeit befürchtete, ich könnte zu sehr schwitzen, wird das letzte Lied gespielt, und ich stehe zwischen den beiden.

»Ich fliege nachher nach Las Vegas«, sage ich, um ein bisschen Small Talk zu machen.

»Ich auch«, sagt Seth.

»Was?«

»Ich habe ein Rückflugticket nach Phoenix über Las Vegas bekommen für fünfzig Dollar. Meine letzte Wohnungs-Suchexpedition.«

»Wie viel bringt dir die verlorene Zeit in Vegas?«, fragt Kevin.

»Ungefähr einhundert Dollar, glaube ich«, antwortet Seth achselzuckend.

Die Situation ist wirklich unangenehm. Ich will alleine mit Seth reden, aber Kevin geht nicht, und da sich das Ganze jetzt zu einer Dating-Show entwickelt, erst recht nicht. Ich wünschte, ich hätte eine Rose, dann könnte ich sie wie in der Show dem Mann meiner Wahl überreichen. Andererseits ist Kevin in den Gottesdienst gekommen, und das könnte für seinen Glauben sehr wichtig sein. Der einzige Weg, um hier heil herauszukommen, ist, mich von beiden gleichzeitig zu verabschieden.

Ich schlucke, hole tief Luft und entschuldige mich. »Ich muss zum Flughafen. Wir sehen uns, wenn ich wieder da bin.« Aber ich weiß, dass ich Seth nicht wiedersehen werde, und der Gedanke daran nimmt mir den Atem.

»Ruf mich an, wenn du wieder da bist. Soll ich dich vom Flughafen abholen?«, fragt Kevin.

Der Gute, er ist ein liebenswerter Ungläubiger, sonst nichts. »Nein, danke.«

Ich versuche, Seth beiläufig mit dem Zeigefinger zu mir zu winken, aber er bemerkt es nicht. Mein Blick kreuzt sich mit seinem. Ich weiß, dass er es fühlt. Diesmal lässt sich die Anziehungskraft nicht leugnen. Er kommt näher und ignoriert dabei, dass Kevin danebensteht. »Mach's gut, Ashley.« Er küsst mich auf die Wange, und ich greife nach seiner Hand.

»Wirst du wirklich gehen?«, flüstere ich unter Tränen. Kevin spürt, dass er überflüssig ist, und streichelt mir den Rücken, um Tschüss zu sagen. Ich beachte ihn nicht. In diesem Moment habe ich nur Augen für Seth.

»Ich bekomme eine Managementposition«, erklärt Seth.

»In Arizona. Du hast immer gesagt, dass Silicon Valley der Ort ist, wo man sein muss, Seth. Hier muss man bleiben, um langfristig Karriere in der Technikbranche zu machen. Hast du mir das nicht einmal gesagt?«

»Ich habe wahrscheinlich schon viele dumme Sachen gesagt. Wenn du auf Jobsuche gehst, Ashley, dann kannst du bei dieser Wirtschaftslage nicht mehr sehr wählerisch sein. Hier in der Gegend weiter voranzukommen war unmöglich.«

Er kommt noch näher, und jetzt ist es mir vollkommen egal, wo Kevin ist. Ich kann den Herzschlag in Seths Brust spüren, das Kraftfeld zwischen uns. Aber ich weiche nicht zurück. Es ist eine schweigende Herausforderung an ihn. Er ist jetzt nur noch wenige Zentimeter von meinem Gesicht entfernt, und ich frage mich, ob er mich hier in der Gemeinde küssen wird. Ich halte den Atem an und warte ab. Schließlich findet unser Gottesdienst ja nicht in einem Kirchengebäude statt, sondern in einer Schulaula - aber trotzdem. In der Gemeinde küssen? Viel zu uncool. Aber meine Sorgen sind umsonst. Er reißt sich von meinem Blick los und weicht zurück. Ich atme tief aus.

»Ich maile dir, wenn ich wieder da bin. Viel Spaß bei der Hochzeit deines Bruders.« Seth nickt mir zu und wendet sich dann ab.

»Wir werden in der Viva Vegas Kirche sein, wenn du bei deinem Zwischenstopp in Vegas vorbeischauen willst«, sage ich und stelle mich ihm verzweifelt in den Weg. Aber er winkt nur ab und geht weiter. Er wirft nicht mal einen Blick zurück. Kevin ist sofort wieder an meiner Seite.

»Ist alles in Ordnung?«, fragt er.

»Bestens. Genau so, wie es sein muss.«

»Gut. Lass uns zusammen Mittagessen, bevor du zum Flughafen musst. Ich bringe dich hin«, bietet Kevin an. Und ich habe nicht mehr die Kraft, ihm zu widersprechen. Aber ich werde ihm beim Mittagessen die Stelle aus dem Korintherbrief erklären, wo es heißt, dass wir nicht mit Ungläubigen an einem Joch ziehen sollen. Irgendetwas Gutes muss dieser Tag schließlich auch bringen. Und diese Freundschaft. Ich winke Kay zu und signalisiere ihr, dass sie mich nicht fahren muss, und dann schaue ich Kevin an, als führe er mich zum Schafott.

33

Die Hochzeitskapelle ist trostlos dämmrig, bis auf die bunten Lichtstrahlen, die durch die bunten Glasfenster mit ihren geometrischen Mustern hereinfallen. Auf den Glasscheiben sind keine Heiligen abgebildet, sondern nur Karo- und Pik-Muster und wenn ich mich nicht täusche, auch ein grünes Dollarzeichen. Bei dem Gedanken, dass Dave die Kapelle ausgesucht hat, muss ich lachen. Er liebt es, Menschen zu schockieren, und ich bin mir sicher, dass das seine Absicht dabei war.

Ehrlich gesagt ist mir das auch nicht ganz geheuer, aber ich kann in den Details die dramatische Veranlagung meines Bruders erkennen. An den Wänden hängen blutrote Vorhänge, und über den Stühlen sind weiße Überzüge mit überdimensionalen Schleifen auf der Rückseite. Lichterketten blinken unausstehlich, als sei in Las Vegas jeden Tag Weihnachten, und ich weiß ganz genau, dass mein Bruder bis zu seinem Tod darüber lachen wird.

Mei Ling muss eine wahre Heilige sein, wenn sie es mit meinem Bruder aushält. Inmitten dieses Angriffes auf die Sinne werden meine kleinen chinesischen Mitbringsel gar nicht bemerkt werden. Überall stehen Seidenblumen (man könnte auch künstliche Blumen sagen), als sei eine Seidenblumenfabrik explodiert. Die Kuppel ist riesig – besser gesagt, höhlenartig – mit einer schwarzen Decke, wie im Theater. Ich bin total überwältigt und kann mich auf nichts konzentrieren, weil ständig irgendwo ein Licht aufblinkt und mir ins Auge fällt.

Noch bevor ich ins Casino kam, wurde ich von einem Schwarm weiß gekleideter Bräute überrollt. Zu einer Hochzeit im Casino-Stil scheinen tiefe Dekolletees zu gehören.

Obwohl in der Kapelle für fünfzig Besucher Platz ist, sind wir nur neun, außer Braut und Bräutigam. Meine drei Tanten – in voller, glitzernder, tief ausgeschnittener Aufmachung, um den Casino-Bräuten Konkurrenz zu machen –, meine Eltern, Brea und John und der Trauzeuge: Mister Hast-du-mal-Feuer, Chip Standish. Das Ganze sieht so nach billiger Show aus, und mein Bruder tut mir wirklich leid, aber ich weiß auch, dass das für ihn die Hochzeit schlechthin ist. Und Mei Ling scheint es nichts auszumachen. Im Nebenzimmer hat sie sogar über ihre Vegas-Hochzeit gekichert und gemeint, sie sei besser, als sie gedacht hätte. Sie meinte, Dave wisse wirklich, wie man eine Party schmeißt, und das liebe sie an ihm - dass er immer der Mittelpunkt jeder Party sei. Sie verriet mir auch, dass sie mit dem Hochzeitsgeld eine Kreuzfahrt zu den Bahamas machen wollten. *Sie ist schon eine klasse Frau, dass sie all das zulassen, ja sogar genießen kann. Offensichtlich passt sie besser zu Dave, als ich dachte.*

Ich warte am Ende des Mittelganges, gegenüber von meinem Bruder, der aussieht, als würde er jeden Augenblick in Ohnmacht fallen. Ich kann aus drei Metern Entfernung sehen, wie er atmet - kein gutes Zeichen. Ich bete im Stillen, dass er das hier überlebt. Ich frage mich, wie es wohl ist, sich zu einer lebenslangen Ehe zu verpflichten, wenn man es noch nicht einmal geschafft hat, von zu Hause auszuziehen und selbstständig zu leben. Ich glaube, ich hatte bisher nicht genügend Respekt vor der Entscheidung, die er hier trifft.

Ich dagegen halte die Luft an. Ich muss gestehen, dass der ganze Tag ein wenig irreal auf mich wirkt, als geschehe das alles gar nicht wirklich. Vielleicht kommt noch die große Erleuchtung, wenn mir bewusst wird, dass ich ohne männliche Begleitung auf der Hochzeit meines Bruders bin. Aber im Moment bin ich einfach nur dankbar, dass ich nicht hier heiraten muss.

Ich trage ein dunkelblaues, schulterfreies, langes Kleid von McClintock. Es ist zwar von der Stange, aber die Braut hat es ausgesucht, und ich sehe darin nicht aus wie eine ausgestopfte Aubergine, also gibt es nichts zu klagen. Mei Ling hat einen guten Geschmack - vielleicht nicht, was Männer oder Kirchengebäude angeht, aber bei Mode schon.

Der Hochzeitsmarsch beginnt. Ich sehe kein Klavier, aber es klingt wie Live-Musik, und ich ertappe mich dabei, wie ich mich nach Lautsprechern umschaue. Mei Ling erscheint in der Tür. Sie sieht umwerfend aus in dem Kleid, das sie selbst genäht hat – nach einem Modell von Vera Wang, ganz ohne Schnittmuster oder Vorlage. Wer will da behaupten, dass Nähen eine verloren gegangene Kunst ist?

Mei Ling kommt den Mittelgang entlang. Nicht mit dem typischen Innehalten nach jedem Schritt. Schön wie sie ist und in ihrer praktischen Art trottet sie einfach den Gang entlang. Sie stellt sich neben meinen Bruder und lächelt ihn gelassen an. Er ist dagegen jetzt vollkommen entspannt und hat diesen »Ich habe einen seltenen Vogel gefangen«-Blick, mit dem John Brea immer anschaut.

Der Pastor ist aus dem Nichts erschienen, und ich frage mich, für was er wohl Pastor ist. Pastor für meditative Wahrnehmung? Oder Joga? Im Internet kann man in drei Minuten ordiniert werden und in Las Vegas noch schneller. Ich habe einmal in einer Spam-Mail ein solches Angebot bekommen.

»Meine lieben Geschwister«, sagt der Prediger mit tiefer, salbungsvoller Stimme. »Wir sind heute hier versammelt, um David Jeffrey Stockingdale und Mi Linga Wa im heiligen Stand der Ehe miteinander zu verflechten.« *Mei Ling*, würde ich ihn am liebsten korrigieren. *Und verflechten? Das klingt in meinen Ohren etwas wüst.* Aber ich schaue zu meinem Bruder hinüber, und der ist absolut gefesselt vom Anblick seiner Braut. *Na gut, dann halt verflechten.*

»Die Ehe ist ein heiliger Stand. Die beiden werden zu einer Einheit verflochten.« *Er liebt dieses Wort.*

Ich schaue zu Brea hinüber, und die hält die Hände vors Gesicht. Jeder andere mag vielleicht denken, dass sie den Tränen nahe ist, aber ich weiß es besser. Ich weiß, dass sie einen pubertären Lachanfall hat, weil der Prediger verflechten sagt. Und schon geht es los. Ich schaue schnell wieder weg, aber es ist schon zu spät; sie hat mich gesehen.

In mir steigt ein Kichern auf, das sich nicht unterdrücken lässt. Es ist das Kichern, das nicht wieder aufhört, wenn es einmal angefangen hat, und immer lauter wird, je mehr man versucht, es zu unterdrücken. Ein paar Sekunden lang kann ich es unter Kontrolle halten, aber dann ist es passiert. Wie kann ich nur so kindisch sein? Verflechten ist schließlich nur ein ganz normales Wort. Jetzt schauen alle zu mir, und Brea und ich wagen es nicht, einander noch einmal anzuschauen. Ich beiße mir auf die Lippen, um das Lachen zu unterdrücken.

Der Pastor schlägt seine Bibel mit einem Knall zu und spricht weiter über das Verflechten zu einer Einheit. *Es reicht jetzt!* Aber mein Blick verrät mich wohl. Plötzlich öffnet sich in der Decke ein großes Loch, und ein Mann und eine Frau in himmelblauen Trikots schweben umeinander gewickelt wie zwei Schlangen herab. Ich schaue mich um, um festzustellen, ob das, was ich da gerade sehe, echt ist. Und da alle Augen zur Decke gerichtet sind, gehe ich davon aus, dass es echt ist. Zwei spärlich bekleidete Menschen hängen aneinandergeklammert an einem schwingenden Trapez. Es sieht eher nach einer Szene aus Disneys Wunderwelt aus.

Ich halte es nicht mehr länger aus. Ich kann einfach nicht mehr. Mein Lachen wird immer heftiger und lässt sich nicht mehr verbergen. *Das kann doch alles nicht wahr sein!*

Der Prediger fragt, ob ich hinausgehen möchte, und fährt dann fort mit noch mehr Verflechtungen und noch mehr umeinander kriechenden Gliedmaßen in der Luft. Der Prediger bleibt in der Zeit, und nach der Unmenge von weißem Satin draußen im Foyer zu urteilen, muss er sich ranhalten. Die anderen Bräute warten. Mein Bruder und Mei Ling sollen ihre Hochzeitskerze anzünden.

»Wenn ihr jetzt diese Kerze anzündet, um eure Einheit zu symbolisieren, werden Junien und Patrice dort oben ein Stück aufführen, das die Einheit zweier Seelen darstellen soll.« Junien und Patrice, die anscheinend aus Gummi sind, verknoten sich zu einer riesigen menschlichen Brezel. Ihre übermäßig geschminkten Gesichter sind schmerzverzerrt, um die Dramatik des Augenblicks zu unterstreichen. Ich bewundere sie ehrfürchtig.

Was wohl Patrice sagt, wenn sie gefragt wird, was sie von Beruf ist? »Äh, ich wickle mich um einen Typ in eng anliegendem Trikot, während wir dabei von der Decke hängen.« Sieht das außer mir denn niemand? Ich versuche verzweifelt, still zu sein, während mein ganzer Körper bebt vor Lachen. Ich muss mir Luft zufächeln. Meine Knie werden weich, und ich kann mich kaum noch auf den Beinen halten. Meine Tanten starren mich an, als verstünden sie überhaupt nicht, was daran so komisch ist. Da hängen zwei Menschen wie hypnotisiert in einer ziemlich pornografischen Haltung in der Luft, und *ich* soll diejenige sein, die nicht normal ist? Ich sagte ja schon, dass ich wahrscheinlich nur adoptiert bin.

Ehe man es sich versieht, sind Patrice und Junien wieder in der Decke verschwunden, um dann auf die nächste ahnungslose Hochzeitsgesellschaft herabgelassen zu werden. Aber es nützt auch nichts mehr - ich kichere immer noch wie ein übertrieben begeisterter Zuschauer einer Sitcom.

Der Prediger gibt sich größte Mühe, mich mit seinen Blicken zum Schweigen zu bringen, ebenso mein Bruder. Mei Ling hat ebenfalls angefangen zu kichern. Schon bald lässt sich mein Bruder von ihr anstecken, bis wir uns allesamt vor Lachen beinahe auf die Schenkel klopfen.

Dave und Mei Ling werden zu Mann und Frau erklärt, und sie versuchen feierlich dreinzuschauen, müssen aber immer noch lachen. Aber sie küssen sich herzlich, als sie dazu aufgefordert werden, und damit ist es offiziell: Sie sind miteinander verflochten. Sie stellen sich vor den Altar, und alle Gäste beglückwünschen sie. Alle neun Gäste.

Neben mir steht der Trauzeuge meines Bruders, Chip. »Nette Hochzeit, nicht wahr? Was war eigentlich so lustig?«

»Ich glaube, es war nur Nervosität.«

»Wahrscheinlich.«

»Bitte begeben Sie sich zu einem kleinen Empfang mit Mi Linga und David hier nach nebenan.« Eine rothaarige Frau mittleren Alters liest die Namen von einer Liste auf einem Klemmbrett ab - das wäre doch ein Job für Kay - und dirigiert uns in den angrenzenden Raum. Bevor wir noch alle draußen sind, sehe ich schon, wie sich die Tür der Kapelle öffnet und der nächste Bräutigam hereinkommt. So viel zu den Förmlichkeiten.

Dave und Mei Ling kommen auf mich zu, und man glaubt es kaum, aber ich bringe vor Rührung kein Wort heraus. »Tut mir leid, dass ich so gelacht habe. Ich glaube, ich war einfach nervös.«

Dave fängt an zu kichern. »Ich dachte, du hast über dieses Verflechten gelacht.«

Ich schüttle nur den Kopf. »Wie seid ihr denn gerade auf dieses Thema gekommen?«

»Ich dachte einfach, es ist eine einmalige Chance, zwei Menschen dafür zu bezahlen, dass sie sich von der Decke fallen lassen. Ist doch cool. Niemand wird unsere Hochzeit je wieder vergessen«, meint Dave achselzuckend.

»Wahrscheinlich«, gebe ich zu.

Mei Ling lacht. »Du hättest mich vorwarnen sollen, Dave. Ich hätte fast einen Herzschlag bekommen. Ich dachte schon, es ist ein Überfall oder wir werden entführt. In meinem Land ist es kein gutes Zeichen, wenn Menschen von der Decke fallen.« Sie nimmt meine Hand. »Und deine arme Schwester. Wetten, dass sie noch nie bei einer Trauung mit Unterhaltungsprogramm war?«

»Nein, das kann ich nicht behaupten, aber es war eine wunderschöne Trauung.«

»Unsere zweite«, flüstert Mei Ling.

»Was?« Ich schaue zu Dave.

»Wir haben uns von unserem Pastor trauen lassen, bevor wir hierhergekommen sind. Es war schön. Eine traditionell chinesische Trauung und auch noch auf Chinesisch.«

Ich halte ihm die Faust unters Kinn. »Und du hast mich nicht eingeladen?«

»Wir hatten ein älteres christliches Ehepaar als Trauzeugen, das uns in der Ehevorbereitung begleitet hat.« Dave legt seinen Arm um Mei Ling. »Es war uns wichtig, diesen Schritt vor Gott zu tun, gemeinsam mit denjenigen, von denen wir so viel gelernt haben. Ich wollte es ganz persönlich halten, damit ich mich ganz auf das konzentrieren kann, was Gott für uns getan hat.«

Ich schüttle nur den Kopf. »Tja, Dave, ich hätte nicht gedacht, dass das möglich ist, aber du hast mich wieder einmal überrascht.«

»Das ist nur eine der vielen Überraschungen, die ich bereithabe. Warte nur, bis du die Hochzeitssuite siehst, Mei Ling.« Dave küsst seine Braut und schaut mich dann an. »Was wirst du heute Abend in Vegas machen?« Er schaut sich im Raum um. »Unsere Cousins sind nicht hier, also musst du keine Tanzpartner abwimmeln. Vielleicht kannst du mit Chip spielen gehen.«

Ich schaue zu Chip hinüber, der so nervös schnieft wie ein Schwein, das Trüffel sucht. Wahrscheinlich überlegt er sich, wo er Marihuana auftreiben kann, um diese Nacht zu überleben. »Nie im Leben. Außerdem sind ja noch Brea und John da«, meine ich.

»Als wollten die dich dabeihaben«, meint Dave lachend.

Meine Mutter steht neben mir. »Ashley, was war so lustig?«

»Ich freue mich nur für Dave, das ist alles, Mama.«

»Das tun wir alle.« Meine Mutter lächelt. Dave führt Mei Ling auf die Tanzfläche, und die beiden tanzen ihren ersten Tanz. Noch vor dem ersten Toast. »Sie ist wunderschön, nicht wahr, Ashley?«

»Das ist sie«, stimme ich zu. Meine Mutter hat einen verträumten Gesichtsausdruck, und ich kann mich nicht erinnern, wann ich sie zum letzten Mal so glücklich gesehen habe. »Du freust dich für die beiden, was, Mama?«

Ihr stehen die Tränen in ihren grauen Augen. »Ich bin immer glücklich, wenn meine Kinder glücklich sind. Mehr will ich nicht.« Sie dreht sich zu mir und sieht mich an. »Deshalb mache ich mir solche Sorgen um dich und deine Arbeit. Ich weiß nie ganz genau, ob du dabei wirklich glücklich bist oder ob du sie nur machst, um dir noch mehr von diesen teuren Kleidern zu kaufen.«

»Ich habe diese Woche meine Stelle verloren, Mama.« Ich warte auf ihre unvermeidliche, übermäßige Enttäuschung über mein erneutes Versagen. Auch wenn sie gerade noch gesagt hat, dass sie sich um mich Sorgen macht wegen …

»Gut.«

»Was?«

»Ich bin froh, dass du diesen Job verloren hast. Das ist doch kein Leben, durch die Weltgeschichte zu reisen, immer im Wettkampf, um eure Geräte in die Läden zu bekommen. Für so ein Leben bist du zu schade, Ashley. Wenn es dir Spaß machen würde, wäre das etwas anderes, aber ich glaube, du warst einfach nur zu gut in etwas, das dir keinen Spaß gemacht hat. So war das schon immer bei dir. Bei allem, was du probiert hast, hattest du Erfolg. Pass auf, dass dein nächster Job dir auch Spaß macht.«

»Du machst dir keine Sorgen um mich? Ich meine finanziell oder sonst wie?«

Sie schaut mir geradeaus in die Augen. »Hab ich dir je erzählt, warum ich dich Ashley Wilkes genannt habe?«

»Gibt es dafür einen Grund?«

»Natürlich gibt es einen Grund«, entgegnet meine Mutter. »Ashley Wilkes hat immer das Richtige getan. Wenn er in Schwierigkeiten war, raffte er sich immer auf und tat das Richtige. Es war nicht immer das Erfolgreichste, aber immer das Beste, was er tat.« Sie rückt ihre Korsage etwas zurecht. »Manche mögen ihn für einen schwächlichen Charakter halten, aber er war stark, weil er sich ganz für andere hingegeben hat. Schon als Baby hattest du einen starken Willen. Du bist aus meinem Bauch gekommen und hast sofort Befehle erteilt, und ich habe mir immer gewünscht, dass du deine Willenskraft für etwas Gutes einsetzt.«

Ich wusste, dass sie nicht dumm ist. Aber ich habe nie gewusst, wie intelligent sie wirklich ist. Hier ist der Beweis. Es gibt also einen triftigen Grund für meinen lächerlichen Namen. »Ich glaube, du hättest Ashley heißen sollen, Mama.« Ich drücke ihr einen Kuss auf die Wange und ihr läuft eine Träne übers Gesicht.

»Das ist lieb von dir. Ich bin auf diese Welt gekommen, um zwei wunderbare Kinder großzuziehen, die ihren Weg gehen. Und jetzt schau euch beide nur an!« Sie reibt mir mit dem Handrücken über die Wange. Das hat sie immer getan, als ich noch klein war, und es hat mich sehr getröstet.

»Nun ja, mein Daseinszweck kann es wohl kaum sein, bei

Bloomingdale einkaufen zu gehen, zumal ich jetzt arbeitslos bin«, witzle ich.

»Du wirst wieder eine Stelle finden. Du bist zu intelligent, als dass du keine findest. Aber tu mir den Gefallen und finde erst heraus, wofür dein Herz wirklich schlägt.« Sie zwinkert mir zu und geht, um meinen Vater auf die Tanzfläche zu ziehen.

Der DJ spielt ein bisschen Glenn Miller Swing aus den 40ern – meine Lieblingsmusik. Kann man »In the Mood« hören und dabei nicht glücklich sein? Ich glaube, ich bin einfach zur falschen Zeit geboren.

Als ich meinen Eltern und meinem Bruder so zuschaue, überkommt mich plötzlich die Musik. Ich muss daran denken, wie viel Spaß ich beim Karaoke-Singen im Starbucks-Café hatte. Ich steure einfach auf die Mitte der Tanzfläche zu und fange an zu singen und tanzen. »Na na-na, Na na-na, Na na-nah, whap wha! Sing it with me now!« Ich swinge quer über die Tanzfläche und genieße die fröhliche Musik, und es ist mir egal, wer mir zusieht. Ich sehe, dass Brea lacht, und der DJ vermutet wahrscheinlich, dass ich betrunken bin, was so viele in letzter Zeit von mir zu denken scheinen. Ich hebe meine Hände im Stil der 40er-Jahre hoch und greife beim Tanzen nach den Händen der anderen.

Das ist besser als jeder Tagtraum, den ich mir selber ausdenke. Das ist Leben leben, wie Gott es will: ohne Angst und Furcht. *Merke: Ich bin Ashley Wilkes Stockingdale, ledig, arbeitslose Patentanwältin und Ehrenmitglied im Club der ewigen Singles!*

»Ashley.«

Ich wirble herum und sehe Seth. Mein Herz bleibt beinahe stehen. Ich blinzle ein paar Mal, aber die Erscheinung geht nicht weg. »Bist du das, Seth?«

»Ich bin's.«

»Was machst du denn hier?«

»Du hast mich eingeladen. Und Brea auch. Sie meinte, wir hätten noch etwas miteinander zu klären.«

Ich schaue zu Brea hinüber und breche augenblicklich in Tränen aus. »Das hat sie gesagt?«

Seth schaut sich um. »Ist Kevin hier?«

Ich schüttle den Kopf. »In the Mood« ist zu Ende, und »I love you for Sentimental Reasons« wird gespielt. Seth nimmt mich in den Arm, und ich drücke mein Gesicht an seinen Hals und rieche sein Parfüm. Wer hätte gedacht, dass Seth Parfüm besitzt?

Ich muss zwar zugeben, dass ich mich bei diesem Lied sogar in Chip Standishs Armen wohlgefühlt hätte, aber mein Kopf ruht glücklich auf Seths Schulter.

»Ist dein Zwischenstopp länger als erwartet?«, frage ich ihn.

»Ashley, ich habe genug davon. Ich bin nicht hier, weil ich einen Zwischenstopp mache oder weil der Flug günstiger war, klar?«

Ich weiche zurück. »Warum dann?«

»Und du wagst es, mir zu sagen, ich hätte keine Ahnung!«, sagt er. Und dann hört er auf zu tanzen und starrt mich mit seinen strahlenden Augen einfach nur an. Ich zittere am ganzen Körper, und ich weiß jetzt, was John fühlt, wenn er Brea ansieht.

Er nimmt mein Gesicht in seine Hände und küsst mich mitten auf den Mund. Meine Zehennägel rollen sich auf, und an meinem ganzen Körper kribbelt es vor Leben. »Mach das noch einmal«, sage ich, und er drückt seine Lippen auf meine, und wir küssen uns und küssen uns und küssen uns ... Dann schaut er auf und sieht, dass meine ganze Familie mich anstarrt, als sei ich die Hauptattraktion in Las Vegas. *Ich bin nicht Celine Dion. Die Frisur täuscht.*

Merke: Wenn vier Jahre aufgestaute Leidenschaft plötzlich hervorbrechen, sollte die Familie besser nicht dabei sein.

Er drückt meinen Kopf wieder an seine Schulter und tanzt weiter. »Du hast die richtigen Worte verdient. Und die richtigen Gefühle.«

All meine Gefühle sind durch Seth geweckt. Die richtigen Worte sind plötzlich nicht mehr so wichtig, wie sie einmal waren. Bei ihm zu sein ist so natürlich und gleichzeitig so berauschend. Ich höre meinen Herzschlag in den Ohren, wenn ich daran denke, was er jetzt wohl sagen wird. Ich schaue erwartungsvoll zu ihm auf.

»Ich bete dich an, Ashley Wilkes Stockingdale. Wenn ich mir vorstelle, ich müsste ohne dich nach Arizona gehen, schmerzt es mich in der Brust. Das wäre mehr als eine Wüste für mich.«

Bleib ruhig, mein Herz. Ich zittere wie ein Chihuahua. Er hat es gesagt! Die richtigen Worte!

»Ich werde im Silicon Valley bleiben und sehen, was passiert.«

»Ich hoffe nur, dass das nicht heißt Arbeitsamt. Denn im Moment haben wir beide ein kleines Problem mit unserem Job. Sozusagen eine Dürreperiode.«

»Dann haben wir ja umso mehr Zeit, herauszufinden, was wir füreinander empfinden – und mit Rabattmarken essen zu gehen«, meint Seth lachend und beugt sich dann über mich, um mich wieder zu küssen. Jetzt ist die Welt wieder in Ordnung.

Wirklich? *Ich bin arbeitslos, wieder mal Brautjungfer und in Las Vegas, Nevada!* Es war nicht das, was ich mir vorgestellt hatte – aber es ist genau das, was ich brauche. Wer hätte das gedacht? Es lag die ganze Zeit direkt vor meiner Nase.

Was ich brauche, ist Gottes Wille für mein Leben.

Nichts kommt dem auch nur annähernd gleich.

Ashley Stockingdale

Und mit diesen beiden Romanen geht es weiter:

Teil 2: **Liebes Abenteuer**

Ashleys neuer Freund kann sich kaum auf einen Handyanbieter festlegen, geschweige denn, sich lebenslang auf eine Beziehung einlassen. Aber Ashley ist keine Frau, die sich mit halben Sachen zufriedengibt …

Teil 3: **Liebes Glück**

Endlich - Ashley hört die Hochzeitsglocken läuten. Doch ihre zukünftige Schwägerin möchte sie am liebsten ausbooten …